世界科幻大师丛书
主编：姚海军

A Song for a New Day
新日之歌

[美]莎拉·平斯克 ———— 著 于娟娟 ———— 译

四川科学技术出版社

图书在版编目（CIP）数据

新日之歌 / (美)莎拉·平斯克 著; 于娟娟 译.
-- 成都 : 四川科学技术出版社, 2024.5
(世界科幻大师丛书 / 姚海军 主编)
书名原文 : A SONG FOR A NEW DAY
ISBN 978-7-5727-1342-2

Ⅰ.①新… Ⅱ.①莎… ②于… Ⅲ.①幻想小说 – 美国 – 现代
Ⅳ.①I712.45

中国国家版本馆CIP数据核字(2024)第104232号
图进字号 : 21-2021-71

世界科幻大师丛书

新日之歌

SHIJIE KEHUAN DASHI CONGSHU
XINRI ZHI GE

丛书主编　姚海军
著　者　　[美]莎拉·平斯克
译　者　　于娟娟

出 品 人　程佳月
责任编辑　兰　银　姚海军
特约编辑　颜　欢
封面绘画　飞行猴
封面设计　李　鑫
版面设计　李　鑫
责任出版　欧晓春
出　　版　四川科学技术出版社
　　　　　成都市锦江区三色路238号　邮政编码610023
　　　　　官方微博 : http://weibo.com/sckjcbs
　　　　　官方微信公众号 : sckjcbs
　　　　　传真 : 028-86361756
成品尺寸　140mm×203mm　　　印　张　15
字　　数　280千　　　　　　　插　页　3
印　　刷　四川省南方印务有限公司
版　　次　2024年5月第1版
印　　次　2024年5月第1次印刷
定　　价　63.00元

ISBN 978-7-5727-1342-2

邮 购 : 成都市锦江区三色路238号新华之星A座25层　邮政编码 : 610023
电 话 : 028-86361770

献给现场演奏音乐和欣赏音乐的每一个人

献给为我所有歌曲带来灵感的 Zu

目 录

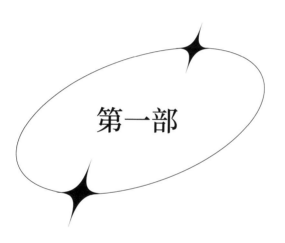

第一部

第1章 卢斯 一百七十二种方法

据我所知,有一百七十二种方法可以破坏一个旅馆房间。过去八个月,我们赶路时坐在面包车里集思广益,讨论出了这些方法。就当是个游戏,我心想:61. 推倒所有的家具;83. 放进去一群野猫;92. 往所有的抽屉里倒满啤酒;……93. 装满弹珠;114. 地板铺上涂了肥皂的塑料布,在上面滑着玩;诸如此类,等等等等。

我不在场的时候,我的乐队想出了第一百七十三种方法,并首次投入试运行。这可不是什么令我引以为荣的事情。

如果杰玛在这里,她会怎么办? 我不再站在走廊上干瞪眼,而是直接走进他们的房间关上门,幸而没有旅馆员工经过。保险起见,我顺便按下按钮点亮"请勿打扰"的标志。"见鬼,伙计们。这是一家不错的旅馆。你们到底干了什么?"

"我们找到了一些涂料。"休伊特呼吸的气味闻起来就像酿酒厂的垃圾箱。他在门厅里围着我转悠。

"你可真擅长轻描淡写。"

他们把所有的行李和乐器都塞进了门口的壁橱。整个房间被粉刷成一种鲜艳的荧光粉色,早上我离开时肯定不是这个样子。不仅仅是墙壁,床头板、床头柜、梳妆台也被粉刷了。地毯上飞溅的痕迹看起来就像有人用刀刺中一个布偶,任它慢慢爬走死掉。即使在这些涂料的气味中,休伊特呼吸的臭味仍然掩盖不住。

"甚至连电视都是?"我问,"开玩笑吗?"

电视也一样,边框和屏幕都一样。一层湿淋淋的粉红涂料后面正在播放有线电视新闻,讨论一条新的高速公路仅限自动驾驶汽车通行的事。我们会避开那条公路。

JD懒洋洋地躺在远处的那张床上,手里拿着一杯焦糖色的东西。他的鞋也是粉红色的。至于床单,那是另外一处布偶谋杀案的现场。

"我们考虑过搞个重点装饰墙。"他朝床头板后面那道墙挥了挥杯子。

阿普丽尔坐在桌子上,手里拿着鼓槌,在空气中敲出无声的鼓点。"你今天过得怎么样?"她问道,仿佛什么事也没发生。

"我马上回来。"我逃进走廊,摸出我和阿普丽尔同住房间的钥匙卡。我们的房间里安静无人,并且最重要的是,不是粉红色的。我把吉他包斜靠在角落里,长出了一口气,我没有意识到自己之前一直屏着呼吸,我在床上向后一躺,打电话给杰玛。

"我们不应该自己到这里来,"她一接电话我就说,"你什么时候回来?"

她叹了口气,"嗨,卢斯。我弟弟没事,谢谢你问候他。子弹直接穿过他的身体,但没有击中任何器官。"

"我听说了! 我很高兴他没事! 对不起,我应该先问候他的。不过你觉得你能很快就回来吗?"

"不,我真的做不到。怎么了? 你需要什么东西吗?"

"一位巡演经理。一个保姆,照管你丢给我的这些巨婴,这样我就可以专注搞音乐,而不是担任房间里唯一的成年人,我明明比他们所有人都小。没关系。我不该打这个电话的,很抱歉打扰你。我希望你弟弟尽快好起来。"

我挂断电话。就算巡演经理不在,路上这几个星期我们应该也能应付得了。很多乐队没有经理也过得挺好,但那些可能是真正的乐队,每个人都切实投入其中。我之前一直单独演出,直到这个厂牌①雇用了这些所谓的专业人士来支持我进行巡回演出。

我敲了敲门,休伊特又一次开门让我进去。冰箱里横着塞了两个大瓶子,分别装着杜松子酒和龙舌兰酒。这个被粉刷过的迷你冰箱让我的指尖变成了粉红色,还黏糊糊的。指纹会使我变成同谋,我心想。我拿出龙舌兰酒,直接对着瓶子喝了一大口。涩口的便宜

---

①指与音乐唱片或音乐视频营销相关的品牌或商标。

货,难怪要冷藏。窗户下面的扶手椅没有被粉刷,于是我拿着龙舌兰酒走过去,小心翼翼地,以免碰到别的东西。

"好吧,阿普丽尔。"我开始回答她的问题,仿佛我之前没有离开过,"既然你想知道。我的这一天从早上五点开始,首先参加了两个不同的晨间电视节目,然后是一个电台点播节目。然后我在车站停车场打了两个小时的电话,跟厂牌抗议我们为什么还没拿到新的T恤。然后我为一个本地音乐播客创作了几首原声歌曲,吃了个很一般的墨西哥卷饼,回来后发现你们比我取得了更多的成果。我是说,我为什么要浪费这么多时间宣传我们明晚的演出?我本可以帮你们一块儿搞装修。"

他们都露出叛逆的眼神,甚至连阿普丽尔也懒得出于礼貌而表现出愧疚。他们知道,如果我愿意,我有权解雇他们,但我不会这么做的。我们在舞台上配合极佳。

我没法一直保持铁面无情,"你们从哪儿搞到的涂料?"

阿普丽尔咧嘴一笑,"我们查了下最近的卖酒的商店在哪儿,对吧?要到那里去,我们必须跑步横穿一条高速公路,大概有六条车道,这就有点儿,嗯,令人头疼。所以回来的路上我们想找个更合适的地方过马路,比如什么地方可能有人行横道,然后我们路过一家超级沃利幼儿园,有个房间正在重新装修,空无一人,对吧?但门是开着的,我猜是为了通风。"

我咕哝了一声,又喝了一口龙舌兰酒,"你们从幼儿园偷的?"

"一家**超级沃利**幼儿园,"JD说,"他们不会因为我们破产的,我跟你保证。不管怎么说,我们又出去找了家真正的超级沃利,在那儿花了点儿本来不会花的钱,所以扯平了。"

我简直不敢问,"你们还买了什么?"

"这就是最妙的地方。"休伊特按下电灯开关。

房间里在发光。粉红色的电视机和床头板后面的墙壁还涂了一层外星人似的夜光绿,只有关灯时才能看见。浴室后面的墙壁上画着我们乐队的标志:一尊闪闪发光的大炮。阿普丽尔的鼓槌也在发光——如果他们只在自己的东西上瞎画就好了。

"我希望你们有人能抓来一只笑得龇牙咧嘴的柴郡猫,因为我很想一拳打掉某个人的牙齿。"

JD的声音从我旁边传来,"就像我说的:我们考虑过搞个重点装饰墙,但后来我们决定还是算了。"

我把瓶子举到嘴边,免得说出什么以后会感到后悔的话。我坐在椅子上打了一会儿瞌睡,然后在灯光又亮起来时清醒过来。阿普丽尔不见了,也许是回到我们的房间去了;JD睡在床上;休伊特自个儿在浴室里唱歌。也许我闭上眼睛的时间比想象的要长。

我摇摇晃晃地站起来,龙舌兰酒有些上头。我试着把自己代入杰玛,那位不在我们身边的巡演经理。她在三周前回家了,因为她弟弟在一家商场吃午饭时遭人枪击。厂牌本来不想让我们在她缺席的情况下继续巡演,但我跟他们保证我们会一切顺利。刚才我不应该打电话给她的，这不是她的错。不管怎样，即使她今天在这里，她也只会和我一起开车出去，处理各种宣传活动，让我可以当个纯粹的艺术家。虽然乐队还是会自由行动，不过他们在干出这种傻事之前很可能会三思而后行，因为她会把他们臭骂一顿。

杰玛会怎么说？我代入杰玛的抱怨："如果旅馆要求我们赔偿损失，这会从你们的工资里扣除。我只是让你们自己待一天而已，没理由还得给你们找个保姆。在这里我才是艺术家。如果说谁有权胡来，那也是我。你们应该是专业人士，该死的。"

即使他们听到了，也没有人回应。这就是我得扮演成年人的原因。都是厂牌的错，他们没有派新的巡演经理来。而且在我单独开着面包车出去进行宣传活动时，乐队一整天都被困在这家郊区旅馆里，这也是厂牌的错。我嫉妒他们一直形影不离，而我一直被排除在外，不过我最好抑制住这种情绪。

我带着他们的龙舌兰酒去了隔壁。阿普丽尔背对着我躺在远处那张床上，虽然我感觉她是在装睡。床的诱惑力很大，但如果不卸妆，我的脸就会出问题，而且我全身散发着播客主持人未过滤烟草的臭味。我把沾满烟味的衣服踢到角落里，走进淋浴间，闭上眼睛，让水流冲在身上。用洗发水洗头时，眼睛也没睁开。

我没能立即认出随后出现的那个声音。乍一听像是校铃，但它一直响个没完。我迷迷糊糊的大脑在几秒钟之后才宣布那是火警。

"真见鬼，"阿普丽尔说，声音大到正在淋浴的我也能听得清清楚楚,"那是什么?"

我关掉水,遗憾地把沾满烟味的衣服穿回湿漉漉的身上。我扔掉内裤,胳膊下面夹着胸罩,没穿袜子的脚直接套上靴子,"是火警。如果隔壁房间里那些疯子是罪魁祸首,我们就把他们留在这儿,作为双人组合继续活动。"

我的背包还放在床脚。钱包、手机、面包车钥匙、平板电脑和巡回手册都在里面。我把带着烟味的胸罩塞进去,把背包和吉他包一起甩到右肩上。如果这是一场真正的火灾,那么这些就是我想要保住的财产。

阿普丽尔跟着我穿过走廊,闪烁的灯光与刺耳的警报声交织在一起。我们在楼梯间碰到另外几人。JD赤身裸体,身上只有一条平角短裤、一个乐器包和他的文身。休伊特穿着旅馆的浴袍,上面还带着涂料,他没来得及拿吉他。我一看就知道不是他们两个拉响警报的。其他人也和我们一起跑到楼梯上,匆匆忙忙,但算不上惊慌失措。人群对这两个家伙敬而远之。

我们跑下楼梯,拥进一个停车场。沥青马路上已经聚集了一群人,正看着旅馆建筑。有几个人坐在车里,这倒是个更好的主意。我刚踏上人行道,一阵冷风吹来,湿衣服紧紧贴在我身上。

"上车吧,"JD说,"不能让我们的主唱带着满头肥皂泡到处跑,然后生病。"

"说这话的是个穿着平角短裤的贝斯手。"

他耸了耸肩,胳膊上和腿上都冒出了鸡皮疙瘩。

我和他,还有阿普丽尔一起穿过人群来到我停车的地方,一小时前我回来时把面包车停在了当时最亮的位置——才刚刚过了一小时吗?我在包里摸索着找到钥匙,然后我们一起挤进车里。

"休伊特去哪儿了?"我问道,启动面包车,打开暖风。我的旅行箱还在房间里,我带的所有厚衣服都在里面。

"又回去了,他想搞明白到底发生了什么事。"JD说。

"所以不是你们干的?"

"哈哈。你以为我们会这样搞事?"

"你还记得一小时前你们让我欣赏的旅馆DIY粉刷作品吧?"

"那不一样。那没有伤害任何人。我从来没有。"

虽然我可以指出,他们会给我们退房后负责打扫房间的人带来麻烦,或者他们可能为我和厂牌之间的关系带来伤害,但我明白他的意思。如果离开这些家伙太长时间,他们就会搞出一些愚蠢的恶作剧,但他们不会故意吓唬睡着的孩子们。他们不会希望有人因为恶作剧在楼梯上绊倒或摔下去。这一点我很确定。我和他们一起演奏的时间到目前为止只有八个月,但我想至少在这方面我足够了解他们。

后车门滑开,休伊特爬进第三排,"不是火警,是炸弹威胁。"

JD皱起眉,"也许我们应该离开这里。"

"我们不能离开,"我看了他一眼说道,"我们的东西大部分还在楼上。再说,如果是炸弹威胁,我们离开的话观感不好,毕竟楼梯间里所有人都已经对你们这些家伙侧目而视了。"

JD不太冷静,"如果他们认为有炸弹,难道他们不应该让人们离建筑更远一点儿?或者用机器人、狗之类的搜查一遍?"

休伊特点点头,"他们在等拆弹小组。"

"还有炸弹嗅探犬这种生物?"阿普丽尔问,"我以为它们只用于毒品。"

"肯定有炸弹嗅探犬,"JD说,"还有炸弹嗅探蜜蜂和炸弹嗅探老鼠,但我想那些东西用于战区,而不是旅馆。"

我脑海中有个念头挥之不去,"等等,消防车在哪里?警察呢?我以为我听到了警笛声,但他们都没影儿。"

休伊特耸耸肩,"他们今晚很忙,我猜。"

我们观察了一会儿。我猜站在停车场里的这些人没能把钥匙带出来。几名家长抱着孩子颠来颠去。我把头靠在窗户上,闭上了眼睛。其他人也一样,除了JD。他坐在那里用一只脚敲着车缘,力度足以让整辆面包车颤抖。

"你能停下吗?"阿普丽尔朝他扔了个空汽水罐,"试试睡一觉。"

那是不可能的。我用手肘碰了碰他,"拿起你的贝斯。"

他朝我挑起一边眉毛,"什么?"

"你的贝斯。来吧。"

我爬到后座,花了点儿时间拿出我的练习用小型音箱,这是我十五岁时用照顾婴儿赚的打工钱买的，一同买的还有我的第一把廉价吉他。这个音箱音质不算好，但就这次的用途来说也够了。大概五十个惊惧交加、又冷又冻的人仍然站在停车场里，他们没来得及拿上钥匙或钱包，也就无法躲进汽车里。如果他们被困在这儿，我们至少可以帮他们暂时分散一下注意力。

JD在停车场大门旁边的水泥台上找到了插座，我们两人把吉他插上电。几个原本看向旅馆的人转身朝我们看过来。

"我们要演奏什么?"JD问道。

"你来选吧，"我说，"选让人开心的。即使他们听不到人声也能产生效果的那种。也许，《快到家了》?"

他没有回答，而是直接奏出开场的低音贝斯。我跟着奏出吉他的部分，然后开始在不伤到嗓子的前提下，用尽可能大的声音唱了起来。我没注意阿普丽尔也跟在我们后面，直到第二节开始时，一阵嚓嚓的节拍声加入了JD，我扫了一眼身后，看到她正在用一个比萨盒演奏。

家长们把孩子带了过来——我想他们在这种时候对于任何能带来消遣的东西都心怀感激——然后其他人也跟了过来。旅馆肯定也很感激有人能分散一下大家的注意力，因为他们没有来阻止我们。也许警察对于这场凌晨两点的音乐会有异议，但他们还没到。

现在已经有一小群人围着我们了。我们演奏《血与钻》时，一名少年说:"妈妈! 他们来自**超级流媒体**! 他们很有名!"我已经逐渐习惯了因这样的话产生自豪感,但我还是会不太自在。我没想到会有人知道我的歌。

休伊特不知把浴袍丢在了什么地方。我在心里默默记下,得让他找回来,免得我们结账时卡在这东西上,然后我想到它上面那些涂料,那么,它现在大概已经归我们所有了。他在我们前面跳舞,穿着一条苏格兰短裙和乐队的运动衫。这样至少观众能知道是谁在为他们演奏。如果我更擅长招揽观众——如果我这么做不会害羞的话——我本应告诉他们,我们第二天晚上将在**桃子剧场**演出。

我们演奏了八首歌之后,有个一脸憔悴的旅馆经理向我们走来。他颠倒的名牌上写着"埃弗拉姆·道金斯",头发有一边被压扁了。我琢磨他之前在哪儿睡了一觉。

"不好意思。"他说。

"没关系,没问题,我们会停下来的。"我举起一只手表示让步。

"不,不是的。我是说,也许你们应该停下来,但不是因为音乐有什么问题。我很感激你们为大家表演。不过,警察不来了。明天早晨之前都不会过来。"

我把手放在吉他弦上,"是假警报吗? 我们可以回里面去了?"

"呃,你看,出现炸弹威胁之后,除非警察检查了旅馆,否则我们不能让大家回去,但警察现在不会过来,所以我们无法让任何人进去。"经理用手揉着后颈,"公司政策。"

一个刚才和孩子一起跳舞的女人开始对那名经理发火,"等等,你们不让我们回房间睡觉,也不让我们拿钥匙? 那我们要怎么办?"

道金斯摇了摇头,"我不知道。我只是转达警察的说法。"

"好吧,那你们会送我们去连锁旅馆的另一家分店,把我们安顿在那里,对吧?"

"我倒是愿意,但……"他停顿片刻环顾四周,仿佛希望有人能让他保释出狱、结束刑期。可是没有人来拯救他。"我倒是愿意,但这个地区的每一家旅馆都受到了同样的威胁。"

"这家连锁旅馆的每一家分店?"

"不,每一家旅馆。"

"肯定不是所有的威胁都可信吧?"

道金斯耸了耸肩,"警察似乎认为全都可信,或者他们分不清哪些可信、哪些不可信。"

我看着那些疲惫的面孔。一分钟之前,他们还在跳舞、欢呼,而现在他们看起来又变回了凌晨两点的模样。

"这太荒谬了。"一个穿着松垮白内裤的男人说,怀里紧紧抱着一个公文包,"如果不是迫不得已,我再也不想出差了。上个月我就经历了三次机场疏散和一次餐馆里的'就地避难'。"

一位老妇人开口说道:"我们肯定足够安全,否则他们会派人过来的。一辆警车、一个消防队长、一条狗,或者随便什么人。他们绝对有某种确定优先级的检定方式。"

道金斯又耸了耸肩。

"好吧,你看,"我试着说,"降低一下风险怎么样?每次只让一个人进去,至少让他们拿到钥匙或钱包?"

"我倒是愿意,但如果真有炸弹呢?哪怕只有一个人在里面,如果爆炸了怎么办?或者,如果是你们中的某个人装的炸弹呢?我不能让你们进去。"

人群几分钟之前才被我尽力安抚下来,现在所有人都面面相觑,仿佛我们中间有个杀手。一个小男孩哭了起来。"你看,"一个把熟睡的孩子扛在肩上的父亲说,"我们总得有个地方去。"

阿普丽尔从路边站起来,"嗯,我想到一个主意。想到一个地方,你知道吧?"

她不太习惯当众讲话。当旅馆客人都朝她的方向转过身来时,她举起了比萨盒,仿佛那是个盾牌。"沿着这条路往前走,有一家没锁门的超级沃利幼儿园。"她指了指,"他们正在重新粉刷前面的游戏室,但涂料气味不大,后面有个带垫子的午休室。得过一条马路,但反正现在也没什么车,对吧?走着就能到。"

阿普丽尔和休伊特带着这群人过去,道金斯则打电话给当地警方,确保不会有人因为非法入侵被捕。只留下我和JD站在空荡荡的旅馆停车场里。

他叹了口气,"还想再演奏一会儿吗?"

"也行。"

为了保护嗓子，我一小时前就不再唱歌了，但我和JD一直演奏到凌晨四点，直到阿普丽尔和休伊特回来。

"你俩不累?"休伊特问道，瘫倒在草地上。

我伸出手，"我的茧都要长茧了。不管怎么样，我还没醒。我在做梦。"

"那如果你能醒过来，我会感恩戴德。这太荒谬了。"

我之前全靠肾上腺素坚持，但现在所有人都离开了，我感到筋疲力尽。我们拔掉电吉他插头，拖着疲乏的身体回到面包车里。我倒在中间撒满面包屑的长座上，尽管这里无法舒展身体，但至少还能躺平。

"那么，去哪儿?"JD坐在驾驶座上问。

阿普丽尔坐在我前方车座上说："你现在开车还属于醉驾。我想我们都一样。"

"我知道，我也是，"休伊特举起杜松子酒瓶，"而且我还在不断加码。"

"反正没地方可去。"我说，"明天我们在这里有场演出，应该说是今天，所以开车去别的地方也没什么意义。"

"我们可以去隔壁的城镇睡觉。"

休伊特摇了摇头，"如果他们疏散了镇上所有旅馆的住客，那么每一个在警报响起时拿着车钥匙往外跑的人，现在都已经在隔壁城镇的旅馆里睡了一小时了。每一个方向的每一个城镇。"

"虽然是面包车里的一夜，"我闭上眼睛，"但总比我在纽约住的第一个地方舒服，也更大。"

"哇哦，"阿普丽尔说，"她刚刚与我们分享了一项个人经历？她也有过去？"

我的眼睛仍然闭着，所以我不知道她有没有看见我对她吐舌头，"你在说什么？"

"你不是那种主动交际的人。我们在这辆面包车里已经待了八个月，而我们对你几乎一无所知。"

"没什么好说的。"

"这就是我们基于我们知道的两件事——现在是三件了——为你编了个故事的原因。你在高中自学了吉他，你大概是全世界最后一个靠街头卖艺跟厂牌签约的人。就这些。除了刚刚那条新花絮，我们知道的仅此而已，于是我们把其余部分编了出来。你的父母都是狼人，但你没有遗传那种基因。"

其他人七嘴八舌轮流插话。"你用家里的牛换了一把魔法吉他。""你在人行横道上出卖了自己的灵魂，换取演奏的能力。""你拒绝了富有的生活，得到在乐队里演奏的机会。""你来自南极，这就是你开车时会把冷气开那么大的原因，感觉就像回到故乡。"

他们是在开玩笑，但我隐隐发现了其中的严肃之处。向他们透露过去是一项挑战。可是要说什么呢？说了又有什么影响呢？说我十五岁时宁可离家出走，也不想告诉我古板守旧的父母和六个兄弟姐妹，我是个同性恋？说我当时还不知道那个词，或者其他说法，但我已经确信那个词不能说？或者说，想当年，小小的查瓦·莉亚·坎纳怎样走进一个街头集市，第一次听到电吉他的声音？说我怎样看着吉他手，心想那就是彷徨失措的我，而后来的一切都是为了让我想象中的自己与真实的自己和解？说我怎样在计划了几个月之后离开布鲁克林，来到一个离经叛道的姑妈在华盛顿高地的公寓，第一次乘地铁行驶的距离比之前任何一次驾车行驶的距离长一千倍？说我知道那个姑妈的存在，还是因为一个帮助人们离开社区的组织的成员告诉了我，并且认识到我的家族也会以同样的方式抹去我的存在？我无法把以上任何情况告诉这些人，即使我们已经在面包车里相处了八个月。也许等未来的某一天吧，等我相信他们不会拿这些事情开玩笑的时候。

"我保证，你们这个版本比事实更刺激。事实就像我说的那样，没什么好说的。"

"当然，"阿普丽尔说，"不刺激并不意味着我们不想听。"

她听起来比我想象的更恼火，于是我试着挽回局面，"但你们怎么猜到我家里养了牛？我以前从没提过博西①。"

"我就知道！"JD的话音里带着挖苦和得意的意味，"总有那么一头牛。"

---

① 拉丁语中表示牛的词是"bos"，"博西"是美国奶牛场流传下来的对牛的昵称。

周围安静下来,我知道他们在等我补充一些真实的东西,但我没有,沉默一直延续到JD的呼吸节奏改变,阿普丽尔开始打鼾。

"嗨,"休伊特在我睡意蒙眬时低声说,"卢斯,你还醒着吗?"

"足够清醒。怎么?"

"印象深刻占百分之多少,惊慌失措占百分之多少?"

"什么东西?"我问。

"旅馆房间。"

"印象深刻占10%。"

"只有10%? 得了吧。那个酷毙了。"

他看不见我的笑容。"好吧。印象深刻占50%。你们的创意得到加分。夜光涂料加得很妙。"

之后还有没有人醒着,我就不知道了。

第2章　罗斯玛丽　又一名快乐的超级沃利员工

倾听。

学习。

沟通。

我们的目标是高速和高效。

坚持！不要放弃！

你是有价值但可替代的。

　　罗斯玛丽工作区域的墙上贴着六张规定张贴的励志海报，最后一张是她最不喜欢的。公司每三个月送来一组新海报，并附上布置建议。罗斯玛丽会按规定把它们挂起来，按规定每天拍摄自己在工作环境中的照片发给总部。她的晨间照片甚至曾经上过公司网站，标题是"又一名快乐的超级沃利员工"。

　　她并不是一名快乐的员工,但也不是悲伤或不满的员工,只是一名冷漠的员工。她每天早晨醒来,和父母一起吃早餐,然后回到卧室。她把小时候的书桌改成了一个超级沃利供应商服务中心。在工作区域之外,在公司摄像机的视野之外,是鸢尾枝乐队、罐子里的大脑①和虚度乐队的海报。虽然这些东西是她在超级沃利用员工折扣买的,但它们仍然不能进入规定的工作环境。她靠这些东西提醒自己,她不属于超级沃利:如果她是有价值但可替代的,那她的雇主也是如此。至少理论上是这样。她从未做过其他工作。

　　8:29,她关掉身上那件有年头的超级沃利基本款连帽衫的音乐播放器,这还是她刚上中学时买的校服。把播放器放在床边的充电板上,她套上一件工作连帽衫,调整麦克风。

　　"欢迎上线,罗斯玛丽!祝你这一天卓有成效!"这句话闪现在她的视野中。她挥手跳过。

　　每天早上8:30到8:35之间打来的第一个电话,一直都是质量控制部的测试电话。她知道这一点,虽然他们从未明说。

　　8:32,她的耳机中响起铃声。她在铃声刚响第二声时接起,最佳表现。一条表扬她反应及时的消息闪现在她视野的角落中,兜帽空间变成了一个房间,里面有张整洁的木制小办公桌,墙壁刷成了暗蓝色以让人保持平静。

　　"早上好。您已接通供应商服务。我是罗斯玛丽。"

---

　　① "罐子里的大脑"是由乌鸦宪章乐队的埃里克·斯托尔佩(Erik Stolpe)发起的一个音乐项目。

"早上好。"一个灰胡子的锡克人以虚拟形象现身,坐在她对面的虚拟椅子上,"我想知道你能否帮我解决我遇到的问题。"

她懒得像面对真实客户那样浏览他的文化和性别特征,"当然,杰里米,我能为您做些什么?"

那个男人僵住了,一动不动的,"你就不能假装一下你不知道是我吗?我们会被录下来的。我们会被评估。"

罗斯玛丽叹了口气,"对不起。没错。严格按照剧本……今天我能为您做些什么?您是超级沃利大家庭中的重要供应商,我相信我能迅速有效地为您找到解决办法。"

"谢谢。我们的运营界面出现了故障。我看不到你们的图森仓库里有哪些商品需要我们补货。"

"当然,尊贵的客户。如果您能提供您的供应商ID,我相信我们可以解决这个问题。"

杰里米驱动当天的假供应商虚拟形象,给了她当天的假供应商ID号码,坐在那里看着她解决当天的假问题。这个问题一点儿都不难,但她抑制住了让他提高问题难度的冲动。今天某个时候会有某个人带来问题的,她希望如此。正是那些问题使这份工作变得有趣。

她想象杰里米坐在他家里的供应商服务中心,就在——他曾说过在哪儿吗?他工作区域的墙壁看起来肯定和她的一样,但也许他同样在摄像头范围之外贴了自己的海报。她琢磨着,他是否也仍然和父母同住,她不是第一次这样想了。她想象他可能与她同龄,二十四岁，但他也很可能已经三四十岁了。

从他的虚拟形象上看不出任何线索，因为质量控制部可以每天改变他们的容貌。每个人的虚拟形象都设置为三十三岁，公司在之前某个时候确定了这个年龄，他们认为这能完美融合成熟老到和年轻热情。在所有的早间测试电话中，她对杰里米的全部了解仅限于他的名字，以及他的住处是"fu"字音开头的某个地址，弗吉尼亚，她想，或者佛蒙特。这两个数据不一定是真实的，但已经超过了她对所有其他同事的了解。其余人都仅仅是一长串员工绩效评分表上的竞争对手。

她花了七十二秒解决今天早上的问题，又收到一条"及时服务！"的消息表扬她的高效。杰里米离开后，她一边翻到透明视图整理办公桌，一边等待她的第一位真实客户。她没等多久。8:47，耳机中再次响起铃声。她努力露出一个笑容，接通。

"早上好。您已接通供应商服务。我是罗斯玛丽。我能为您做些什么？"干得好！你的客户可以听出你在微笑！这句话在她视野角落中滚动。她挥手确认奖励加分。

"今天早上我们遇到了大麻烦。"首先传来的是声音，随后一个高个子年轻韩国人的虚拟形象出现在她的虚拟木制办公桌旁边。这是个高端虚拟形象，精细到让她可以看出他表情里的紧张。

"我相信我能迅速有效地找到解决办法。可否告诉我您的供应商ID号码？"这些话从她的虚拟形象嘴里说出。根据公司规定，她的虚拟形象与她的真实照片类似,但年龄增加到了三十三岁,头发和妆容也更干练。她很高兴他们不会管她在现实生活中是否化妆,虽然他们坚持要求她每天穿着公司制服。他们号称这是"展现最佳外表,发挥最佳水平",但她了解那些纺织品中植入了什么技术,它们可以更好地量化您,亲爱的。

他匆匆给出供应商 ID,罗斯玛丽不认得。她输入 ID,看到了弹出的公司名称,试图掩饰自己的兴奋,"可否请您确认供应商名称?"

"全息舞台现场或全息舞台。我不知道那里面显示的是子公司还是我们自己的公司实体。"

"你们自己的公司实体。"罗斯玛丽确认道。

她在超级沃利已经工作了六年,但从未接到过全息舞台现场(SHL)的电话。她甚至根本没想到他们是超级沃利的供应商。他们肯定是。你还能在哪儿买到全息舞台投影仪或者 SHL 增强型连帽衫?他们演出的实物周边商品的订单会交给谁?再说,他们的这种那种服务——全息舞台现场或全息体育或全息电视——是通过谁的线路进入全国各地每一个家庭和每一件连帽衫的?

还有千家万户。她家里甚至没有可以播放电视和电影的基本款全息舞台客厅盒,更不用说扩展会员服务或沉浸式现场体验。主要原因在于费用,部分原因在于反对技术进步的卢德主义①家长的

① 卢德主义源于十九世纪英国民间对抗工业革命、反对纺织工业化的社会运动。该运动的起因是工业革命大量运用机器取代人力劳作,使许多手工工人失业。卢德主义者拒绝接受技术进步,特别是在工作场所。

原则。如果当初不是她坚持留下她这件旧校服连帽衫,他们也会把它扔掉。这件连帽衫没有多少功能,但可以让她假装自己还没彻底落伍。

"我能为您做些什么?"她一边问一边在心里重复了一遍那个供应商号码,希望以后能更快认出来。这个号码有些重复数字,很容易记住。

"我们今晚有一场盛大的演出,但网站告诉今天注册购买当日票的用户,门票销售已结束。昨天还没问题的。"

所以超级沃利也负责运营他们的注册网站。这倒也合情合理。否则,超级沃利现在已经创造出一个竞争对手,把全息舞台挤出市场了。

"我马上为您解决。"罗斯玛丽在看到代码之前已经开始构想。在检查实际代码之前先想象一下应该是什么样子,工作会更容易。她看向代码的可视化表示形式,找到问题所在,只敲了几个键就修复了。她又敲了一会儿才停止,这样看起来不像实际那么容易。不要让客户感觉自己很蠢,或者感觉他们本可以自己解决问题。

"搞定,"她说,"现在没问题了。在我断开连接之前,您是否想在您那边的终端测试一下?"

"那太好了。稍等。"虚拟形象变得一动不动,再回来时明显松了一口气,"没错。你把它修好了。"

罗斯玛丽瞥了一眼计时器。如果她现在就结束这次通话,她会又一次得到高效解决问题的奖励加分,但有些事令她纠结,"也许这不是我该问的事情,但我猜这种情况不是第一次发生了?"

"不是,其实上个月我就打过两次电话。你为什么这么问?"

"我针对这次的问题进行了修复,但我觉得整个网站系统给日期编码的方式存在漏洞。这种问题很可能继续发生。"

"有意思。呃,你能让这种问题不再发生吗?"

"我可以,如果您愿意的话。"

"当然。这就是我打电话来的目的。"

"好的,您打电话提出的具体问题我刚刚已经修复。我们应该'迅速有效'地解决眼前的问题,这一点我做到了;但更有效的解决办法是彻底修复,免得一周后再出问题,到时您又得打电话。"

"太好了。麻烦你搞定它吧。"

罗斯玛丽这次真的在现实中笑了。修复花了五十八秒,她没有等待最佳时机,"还有什么我能为全息舞台现场做的吗?"

"没有了,不过,听着。你效率太高了,我很感谢你主动解决了隐藏在问题背后的问题。我能否给你发个代码,邀请你免费观看今晚的演出?"

"对不起。我不能接受供应商的礼物。这会违反公司规定。"这样她就不用提到家里只有那么两件连帽衫的事,一件是工作专用连帽衫,禁止用于休闲娱乐;另一件是她十三岁学校虚拟化时由教育系统提供资助的基本款连帽衫,它仍然可以用来听音乐,或者和她的朋友们出去玩,但毕竟还是落伍了,无法处理SHL技术。

"明白了。哦,好吧。我不想给你带来麻烦,但可否告诉我你的员工ID号码?或者直接联系你的方式?你可是我的新英雄。我希望以后也能联系到你,也许可以跟你的上司表扬一下你。"

她觉得这没什么坏处,已经有好几家供应商会直接联系她。她把ID号码发给了对方。

"谢谢,罗斯玛丽。祝你今天过得愉快。"

"您也一样。感谢您成为忠实客户。"

通话断开。罗斯玛丽瞥了一眼她的奖励中心。她没有拿到高效解决问题的奖励加分——这次通话时长已经超出两分钟的最佳时间——但因为拒绝礼物拿到了另一次加分。她只差157分就能拿到绩效加薪了。也许她会用那钱买一件兼容SHL技术的连帽衫,即使这会使她的父母生气。

余下的值班时间中,她进行了一连串的简单修复,并解决了几个相对棘手的问题。罗斯玛丽更喜欢棘手的那些,即使系统并不会因为处理更复杂的问题给她加分。她想这个职位上的其他人会设法避开这些问题,争取时间加分而非完成加分;她偶尔会接到其他供应商服务人员转过来的电话。她从未跟他们见面或交谈过,所以她只能猜测是系统给她做了些备注。

如果她父母说得对,迟早她会为此付出无法升职的代价。公司会把她留在这个职位上,解决所有人的问题,但不是以迅速高效的方式,或者本月励志海报要求的别的什么方式。午餐时她又快又有效率地吃掉了酸奶。她会尽可能快地解决问题,但有些事情已经没法再快了。

那天晚上,在她脱下连帽衫之前又收到一条信息。她心里有一丝恼火。她有责任处理这条信息,即使距离下班只有两分钟,但她没有事先申请加班,如果她索性无视它,又会收到警告。

她点击信息封面,发现这是个可自由选择的加班任务。全息舞台现场正式邀请她观摩当晚的演出,以确保超级沃利的终端不存在技术故障。去现场观摩演出,但需要的话也可以访问代码。她读了两遍,以确定他们是认真的。

"我很高兴能去,但我的连帽衫不支持SHL技术。我会看看是否来得及借一件,但可能性不大。"她在回复中写道,"很抱歉无法完成这项任务。"

系统将她的信息传给发送者。她换掉工作制服,打卡下班后公司不应继续追踪她,但她不信任他们。

她从卧室兼工作区域走向厨房,仿佛走回现实。一整天置身于兜帽空间之中,有时她甚至开始觉得人类并不真实存在,遍布世界各地的只有声音、信息、一行行代码以及虚拟形象,还有那些需要她的帮助,才能得到数据、程序包和金钱的面孔。直到她走进温暖的厨房,才再次意识到人类的存在,有血有肉的、并不全都需要她帮助的真实人类。

"我能做点儿什么吗?"她问道,一只手撑在门框上,又撑上另一只手。

她妈妈正在切胡萝卜做汤,拐杖靠在旁边的橱柜上。今天她没用拐杖。"如果你接手来做蔬菜,我就去做鸡肉。"

罗斯玛丽接过那把递来的刀,把一片胡萝卜塞进嘴里,然后又吐了出来。超级沃利用无人机送来的漂亮胡萝卜,完全没有他们种的疙疙瘩瘩的尚特奈红心胡萝卜甜,但花园里那些好几个月前就已经挖完了。妈妈看了她一眼,她吃掉了那块没滋没味的东西,没有浪费。

"妈,你知不知道附近谁有全息舞台现场连帽衫? 得足够近,让我能在一小时内拿到?"

"问这个干吗?"

"我有机会免费听一场音乐会。我觉得那可能很有趣。"

"那不是'听音乐会'。相信我,那是滑向深渊。连帽衫很便宜,也许演出本身也不贵,但随后他们就会让你为更进一步的体验付费,而你很容易点击'是',然后转账。这是一个让你不断花钱的系统——"

她不用看母亲的脸,就能从她的声音里听出她在皱眉。"我知道,我知道。但这次是他们请我。我也对完整体验感到好奇。仅此一次。而且我还能拿到加班费。"

给加班费就有点儿不一样了。"我没意识到这是为了工作。也许可以找蒂娜·西蒙斯？她差不多活在公司的乐园里。"

罗斯玛丽没考虑这个人，她妈妈没有注意到她多年来一直躲着蒂娜。她绞尽脑汁思考近邻中还有谁可以借她，但没想出哪个人是自己愿意去问问的。进一步考虑之后，她发现"近不近"只是第一个问题。她妈妈说得没错，蒂娜把所有时间都花在兜帽空间里，就像除了罗斯玛丽之外的所有人一样；所以第二个问题是，要怎么借一件大多数人醒来就穿上、睡觉才脱掉的东西，这压根儿不可能。

她切完了剩下的胡萝卜，接着切芹菜和洋葱。她正准备把晚餐摆上餐桌时，前门的"靠近警报器"响了起来。她妈妈洗了手，在牛仔裤上擦擦，从口袋里掏出手机查看安全摄像头的画面，"送包裹的无人机。是你的吗？"

罗斯玛丽摇了摇头，"我去看看是什么。"

她打开门。包裹又小又轻。收件信息里写的是她的员工ID号码，而不是她的个人身份证号。里面是一件实实在在的、顶级的全新名牌连帽衫，附带所有配件。她伸手把它翻了过来，惊讶地发现最新型号如此之轻。难怪人们从来不脱。

包裹清单的备注部分有一句话——"感谢你支持我们今晚的音乐会。"她跑回自己的房间，套上工作服的兜帽，查看她的加班任务是否仍然有效。有效。

"我可以参加。"她说，幸好界面不会显露出她的兴奋。

第3章　卢斯　桃子剧场

清晨的太阳早早地撬开了我的眼皮。休伊特裹着粉红色的浴袍睡在乘客座上，一件T恤盖着他的脸。JD靠着方向盘打瞌睡。阿普丽尔占了后排座位，就在我身后。她已经醒了，"太好了，你起来了。我得让人看看这个。"

她把平板电脑递给我。我用仍然带着烟味的袖子擦去眼中的睡意，这气味令人皱眉。我仔细看着平板电脑，然后抬起头，"每一家旅馆？"

"每一家旅馆。"

"整个城市？"

"整个州。"

我又闭上了眼睛，"还没找到炸弹？"

"还没有。炸弹小组还没查完一半地方。"

"他们计划查完所有的地方？他们还没有抓到什么人，或者找到什么东西，让他们相信这是个恶作剧？"

"你要看看这篇文章吗？"

"不了。"我把平板电脑还给她，"这会让我紧张。可怕的恶作剧。我需要睡眠。我们都需要睡眠，然后我们需要为今晚的演出做好准备。"

我、阿普丽尔和JD花掉一部分每日津贴，到旅馆附近一家小餐馆吃早餐，休伊特还在车里打瞌睡。餐馆里面挤满了昏昏欲睡的人，有些人我之前在停车场里见过。我把糖倒进又酸又淡的咖啡里，总算让它变成勉强能喝的东西。

我们安排了一个午间电台广播节目，但他们还不允许我们回旅馆房间，我闻起来仍然像是那个播客主持人的烟灰缸。我在餐馆洗手间里用纸巾尽可能地把自己擦干净，把头发上凝固结块的洗发露刮掉，但我对这身衣服无能为力。

"卢斯，那是电台节目，"当我回到桌边时，JD说，"没人能闻到你身上的味道。"

他躲开我朝他扔过去的黄色小包甜味剂。

我讨厌在超级沃利购物，讨厌他们压低价格挤垮当地商家，讨厌他们使用自动结账解雇收银员。但考虑到目前的情况，超级沃利似乎是我们的最佳选择。于是我跑着穿过停车场，去那里买了干净的牛仔裤和背心，希望休伊特醒来后也能这么做，但我不打算跟他说。有一次我建议他演出时换件衣服,结果他穿了条摔跤用的丁字裤出场。

他为什么会带着摔跤丁字裤?我们私下猜测过,但不打算直接问他——最好装作不为所动,免得反而鼓励到他。如今他从包里拿出任何东西都不会令我们感到惊讶,但如果我让他买些衣服换掉浴袍,他可能还会搞来连体内衣和兔子拖鞋。

我们回到车上时,看到他不知从哪儿找来一条牛仔裤,还有他昨天晚上脱掉的那件带乐队标志的上衣,我松了一口气。他还没拿到吉他,所以他本来可以不参加电台宣传,但我很感激他愿意做出努力。

电台节目照常进行。吉他、贝斯,一个倒过来的塑料垃圾桶当鼓,全都塞进了一个移动厕所大小的空间。有一首老歌叫《消失的恐惧》,里面有句歌词是关于在电台演播室里,如何小心控制吉他琴颈的角度的。当我们努力不要戳到对方的眼睛时,那首歌总是浮现在我脑海中。

"《血与钻》是一首自传式的歌曲吗?"我们演奏这首歌之后,主持人问道。

"不是。"总之,只能怪他问的是个只能肯定或否定的问题。大家都知道,如果你想得到开放式答案,就问个开放式问题。如果他问"那首歌的灵感来源是什么?"也许我就能告诉他一些事。阿普丽尔和JD交换了一个好笑的眼神,我意识到自己又一次回避了私人问题,就像他们前一天晚上说的那样。我没打算守口如瓶,只是觉得这并不重要。

主持人意识到自己的错误——耸耸肩向我表示歉意——节目继续进行下去。我们回答了关于当晚演出、巡演、专辑、热门歌曲的问题,甚至把这次旅馆恐慌事件变成了更轻松的趣闻轶事。我们向几位幸运听众赠送了门票,惊讶地看到了(不是第一次)真实的参与者们打爆真实的电话线争取门票的画面。主持人把他的平板电脑递给我,表示人们在社交媒体上的反应也一样。

我还没有习惯红起来。在七个月的步履维艰之后,我们近二十二个晚上的十七场演出门票,都是完全售罄或基本售罄。一切发生得太快了。一段视频出现在正确的时间、正确的位置,一个专题节目放在超级流媒体上,然后突然之间,我们从开端直接跳到了高潮。《血与钻》甚至不是我最好的歌曲。平淡无奇的日常细节都很现实,宣传、开车、粗陋的食物、肮脏的俱乐部洗手间,以及舞台时间,但竟然有人在倾听这些细节,这仍然超出了我的理解范畴。

下午两点,他们终于让我们回到旅馆,否则我马上就要从恐慌发展到高度恐慌了。阿普丽尔已经开始在网上搜索当地商店了,看看我们能到哪儿给休伊特买或租一把新吉他,我试着不去想必须回超级沃利买化妆品和适合舞台的服装的事。旅馆的人完全没提到粉红色的房间,我怀疑要么炸弹小组根本没去我们的房间,要么他们接到的命令是,除了他们要找的东西,忽略其他的一切。合情合理。没人愿意进入并不欢迎访客的旅馆房间。

"也许我们应该把所有东西都带走,以防再发生这种事情。"阿普丽尔一下子倒在床上,闭上了眼睛。她有个习惯是把所有的衣服都从包里拿出来,放进衣柜和衣橱里,即使我们只在城里住一晚。她说这能让她减少一些漂泊不定的感觉。

"这种事情不可能连续发生两次,对吗?"我扒拉着自己乱七八糟塞满舞台服装的行李袋,寻找我想穿的衣服。没多少选择。我们一般会在周一去自助洗衣店,但我那天一直忙着为今晚的演出做宣传,而乐队一直忙着"改造房间"。原本计划改到今天,但我们没想到会被锁在旅馆外面。

阿普丽尔开始轻轻打鼾,我也忍不住想打个盹儿。我设置了手机闹钟,然后闭上眼睛。似乎刚过了两秒钟,我就被手机铃声吵醒。阿普丽尔正在吹头。我一直不知道她是怎么不靠闹钟醒过来的,不管我们多么缺少睡眠。我跟她一样洗了个幸福的、没有被打断的澡。

我考虑了一下要不要把所有东西都带走,决定不要这样做,然后又觉得还是该带走,然后再次反悔。有人连续两个晚上玩同一套把戏的概率有多大?我把现场演出需要的东西放进背包里,留下了那个大一点儿的行李袋,以表明我的观点。

我们和男人们在停车场见面。我把巡回手册交给休伊特,他把地址输入面包车的GPS以确定路线。巡回演出的最初几天,那些家伙曾嘲笑我坚持要打印一份行程安排,直到有一天下午,大家的手机都瘫痪了,但我仍然知道我们要去哪儿。那天我们停下来想买一份实物地图。"如今早就没人卖这种东西了。"便利店店员说。那之后再没人嘲笑我的手册了,我喜欢在地图的空白处写备注。在一个地区的限制范围内度过整个童年,这使我迷上了地图,以及它们能告诉我的一切。

我们开车经过一个漂亮的小商业区,这里到处都是精品店和餐厅,随后我们离开宽阔的街道,驶入一条窄路。

"停车。"我已经在开车门了,"停,停,停下。"

休伊特猛踩刹车,我跳了出去。桃子剧场,我们的目的地,上方有块老式大招牌。一块写着我的名字的老式招牌。**今晚:卢斯·坎农**。我在黑板上和海报上见过自己的名字,但以前从未在招牌上见到过。

一年前,我刚出道时列了张清单,记下自己希望在音乐生涯中完成的所有目标。其实是两张清单:一张是我能控制的事情,另一张是我无法控制的事情。我在第一张清单上列出的项目类似于"学习怎样把主音吉他弹得更好"。第二张列的项目则比较缥缈:我希望担纲演出的俱乐部和剧场;我希望在舞台上合作的人。我从未想过要加上"我的名字出现在大招牌上",一有机会打开日记本,我就会写上这条,然后开心地划掉表示已完成。

"这个好酷!"我其实不是在跟哪个人说话,我掏出手机迅速拍了张照片。

一辆汽车在我们的面包车后面按喇叭,我挥手让乐队继续往前开,"我等下到里面去找你们。"

休伊特拿着我的巡演手册,他能看到那条"装卸口在俱乐部后面"的备注。我还有几分钟时间可以用来欣赏我的名字被灯光围绕的样子。

一位女士在马路对面牵着一只德国牧羊犬走向公园。

我指着标志牌,"那是我的名字!"

她微笑着向我竖起大拇指。

这家剧场看起来曾经是个电影院。厂牌的公关团队已经把海报送来了,其中一张就贴在老式售票亭旁边那块花式灯泡展板上。我试了三扇门都是锁上的,最后才发现一扇开着的门,通往一个带酒吧的圆形大厅。一个身穿黑色T恤的人正在往啤酒冷却器里面加酒,身后有个巨大的桃子。我走进去时,他抬起头来。

"我是乐队的,"我在他开口询问之前介绍道,"你知道装卸口开没开吗?"

他点点头,我走进剧场。

难怪他们一直催我在这个城镇宣传推广。我们大多数时候都是在中等规模的摇滚俱乐部演奏,但这是个真真正正的剧场,有座椅、有楼厅、有所有的一切。我们要在一家剧场担纲演出。我即将担纲演出。当然，只是在周二而不是周末，但这仍然是个进步。

我沿着通道往前走去。观众席的灯光亮着，展现着所有的细节：装饰艺术风格的壁灯，雕梁画栋的舞台。阿普丽尔带着一个巨大的乐器包费劲爬上来，那是她的架子鼓硬件，永远都是最后一个装上去、第一个卸下来的，和她一样高，比她重一倍。其他人跟在她后面，拿着她的鼓凳、她的镲包、她的低音鼓。每个人都在帮忙，但阿普丽尔总是自己拿最大的鼓包，这令她感到自豪。

我走向面包车。杰玛之前说过我不用帮忙装卸。"你可以扮演天后的角色。毕竟是你给我们发工资。"

也许我本可以习惯这种事，但这样会使我和一起演奏的那些人之间出现一种古怪的隔阂，即使他们属于"雇佣军"。我想成为这个团体的一员，但总有些情况让我格格不入：个人宣传广播节目，他们的涂料探险。我本身也不愿意分享太多关于自己的事情。我能做的只是搬自己的音乐装备，然后再帮他们。

杰玛离开后，我很高兴他们已经习惯了我随时介入各种事情，流程上没什么古怪变化。也许我偶尔会有某种特权，类似于"那是我的名字"，但说到底，我实在不知道怎么扮演天后。

我们把所有的东西都卸下来，开始安装。阿普丽尔把她的架子鼓组装好之后，另一位穿着桃子剧场制服的员工来到舞台上和我们一块儿干了起来。他把架子鼓的麦克风和支架从一个凹室里拉出来，开始纠结它们的位置。

"嗨——我是卢斯。"我在他暂时停下来时开口说。第一步：如果某个人负责让你的音乐听起来更棒，一定要对他们表示友好。

"埃里克·席尔瓦。叫我席尔瓦吧。我很期待这次演出。最近几周我们一直在家里播放你的作品，我真的很喜欢你的声音。"

我在心里给他加分。我一般根据音响师的态度就能知道这场演出效果如何。有些人不欢迎我们，也许他们更喜欢另一种曲风，或者单纯看不上年轻女歌手，他们不会跟我介绍自己的名字，而在我进行自我介绍时，他们只是嘟囔两句、点点头，或者接着干自己的事情。那些家伙有问题只会去找JD或休伊特，居高临下地对我和阿普丽尔说话，或者根本不跟我们说话。我已经学会了把自我介绍当作一个简单的测试。

灯光室里有人正在反复切换各种颜色和位置，投下绚丽多彩的灯光，时不时令我们眼花缭乱。我们调试时席尔瓦一直在乐队周围转悠，放置麦克风，调整监听器角度。他没有问我们任何关于乐队构成的问题，或者我们想把监听器放在哪儿，我意识到他已经认真研究过了我们的技术附加条款，据我所知，正是这一点使这个地方成为排名前1%的场馆。到舞台上来见我们的这个人会满足我们所有的需求和偏好，我有一种预感，这将是一次很棒的演出。

试音很顺利。这家剧场的音响系统是我们这次巡演中最棒的，席尔瓦为我们提供的监听混音完全符合我们的要求。这个剧场的音效听起来就像身处大教堂，饱满而温暖；坐满观众后听起来会更棒。席尔瓦调好所有的音量之后,我们问他还有没有时间让我们试试我周末写的一首新歌。

"当然,请便。"他说,"开门前你们还有两小时时间,晚餐很快就会送到休息室。如果你们需要我帮忙,就来找我。"

我在巡演刚开始的一段时间状态不佳,当时我还没有掌握好处理事情的节奏。我们在每场演出结束后开车去下一个城镇,半夜入住旅馆,我只能睡几个小时就又得开始宣传活动;其他人可以多睡几个小时,而我却得被杰玛拖去参加早间节目。我当时满脸憔悴,只能靠咖啡因让自己打起精神,吃的都是垃圾食品。

三个星期后,我请求杰玛改变一下这种情况,我们安排了新的时间表。如果可能的话,我们就睡在演出的那个城镇,让我可以睡上一夜好觉。醒来后,去旅馆健身房、开车、试音、演奏、睡觉。如果我们必须在早上八点前参加六小时车程外的电台节目,就不能这样安排了,不过公关人员会把一些宣传活动从早间挪到午间,也会按照我的建议让其他人一起参加。

上周六,在试音和演出之间的几个小时里,我在整个巡演期间第一次坐下来写歌。开车时,我脑海中不知不觉涌现灵感。我的大部分灵感都产生于手握方向盘的时候,那条路的节奏让我的大脑自由徜徉。

灵感的种子来源于我在路上看到的一处涂鸦。标语牌上潦草地写着**"别再去想"**,就在城镇名称、市长姓名和人口数目下面。别再去想什么？我琢磨着，这首歌就此浮现在我脑海中，一首关于孤僻和恐惧的冥想曲，简洁有力。我在周日早上把它写了出来，给面包车里那些家伙听，那天试音时我们试了一种编曲，我听着很满意。

两天后，它听起来不像周日时那么完美了，当时，新鲜感掩盖了这首歌的粗糙之处。巡演进行到这个时候，我基本已经不再犹豫要不要告诉乐队该怎么做。最初，我就算感觉不对也不愿跟他们说。

"要告诉我们，"阿普丽尔注意到这一点时对我说，"我们的目标就是让你的音乐更好听。"

"但你们更有经验，你们都是很棒的音乐人。也许错的是我？"

"这是你的歌，对吧？我们可以提出建议，但你有最终决定权。我们都希望忙完这一天音乐听起来更棒，对吧？如果你开心的话，我们的音乐听起来就会更美妙。"

接下来几个月我一直朝这方面努力。如果我觉得有人跑调，或者架子鼓加花喧宾夺主，我就会鼓起勇气说出来。

"JD，你和阿普丽尔等到第二节再加入怎么样？"我现在会问，"开头需要有一点儿呼吸空间。"

我们试了试新的演奏方式。我又稍微调整了一下，把一个和弦改成它的关系小调，给这首歌带来一丝恰如其分的深沉色彩。

"我觉得可以了。"第四遍之后我宣布。歌词还是不太对劲，但在我们录音之前没什么是板上钉钉的。

"谢天谢地，"休伊特说，"我饿得想吃掉自己的胳膊。"

"你懒得吃早餐可不是我们的错。"阿普丽尔说，"听起来不错，卢斯。"

我对她咧嘴一笑，"你们觉得我们能把这首歌塞进今晚的曲目列表吗？"

"如果你觉得我们不会搞砸的话。"JD把贝斯靠在音箱上，按下待机开关。

"你介意我再弹一会儿吗？"我对着麦克风问道。

"没问题。开场乐队还没到。"只闻其声不见其人的席尔瓦通过监听系统回答我，"你们需要我留在这里吗？"

"不用，谢谢。一切听起来都很完美。"

所有人都离开去吃晚餐了，我又逗留了几分钟。不是因为我还有什么事情要做，而是因为我想在这个美丽的舞台上独处片刻。观众席的灯光再次亮起，我望向那一片空荡荡的座位、两条长长的过道，以及优雅的楼厅。我翻唱了当年在街头唱过的一首歌，感受自己的声音听起来多么丰润洪亮，我的吉他充满力量。音乐填满了这个空间，就像液体或气体一样，涌向最远的角落。我属于这里。

我的手机响了，是阿普丽尔发来的信息。**来看看这间休息室。**

我走进去的那一瞬间就明白了她为什么会发信息给我。这个房间比我们这次巡演中曾经挤进去的任何一间休息室都大。沙发有点儿破旧，但看起来没有后台常见的那种生物危害现场糟糕。角落里有一张带镜子的梳妆台，仿佛在保证让我们具备电影明星一般的魅力。墙上贴着各种乐队贴纸和8英寸×10英寸的黑白照片,有新有旧。

"这可吓不住我。"休伊特指着一张约翰尼·卡什①的签名照片说。他在开玩笑。我从未见过任何剧场或任何情况令他心生畏怯。他是个真真正正的主音吉他手,充满了主音吉他手的自信。

"那是洗手间吗?我们有自己的洗手间?"我问。在大多数俱乐部里,我们只能和一到三个其他乐队共用一间休息室,所以除了公共洗手间没有别的地方能换演出服,公共洗手间的标准配置:两个厕所隔间——一个堵住了,另一个没准儿;没有卫生纸;涂鸦比墙壁还多;对着有裂缝的镜子化妆;所有物品的表面看起来都得戴手套去碰才安全。而这个洗手间干净到发光,虽然还是太小,换衣服不太方便。

"吃点儿东西。"每隔一段时间,阿普丽尔会试着暂时进入杰玛的管理角色。不会太久,也就是说,不足以让她放弃把旅馆房间涂成粉红色,但至少足以告诉我记得吃晚餐。

我看了看摆在桌上的食物,他们满足了我们所有的附加条款。很多地方无视我们的要求,给我们提供比萨和麦当劳,或者直接把钱给我们,让我们自己去买晚餐。我倒是不介意自己买晚餐这个选项——让我们有机会找家当地餐馆,稍微看看这个新城市。

---

① 约翰尼·卡什(Johnny Cash,1932—2003),美国乡村音乐创作型男歌手,被称为当代"美国草根精神"的奠基者之一。

在那个糟糕的夜晚之后,茶几上的电热水壶、润喉健康茶、蜂蜜和柠檬对我来说非常有吸引力。对其他人来说,别的茶和咖啡更有吸引力,因为他们都觉得润喉茶的味道就像腐烂的甘草。蔬菜和鹰嘴豆,冷切肉,还有我们之中不唱歌的人可以吃的奶酪。我给自己装了一盘食物,开始泡茶,盖上一个带缺口的茶碟让它泡得更浓一点儿,然后坐在沙发上吃东西。

"演出门票已经售空。"阿普丽尔说,"我和外面的灯光技术员谈过了。场地超级棒。"

"太好了。"

"如果顺利的话,也许厂牌能让我们接下来的巡演都在这样的剧场里举办。我会习惯的。要是我们没有因为在旅馆房间里乱涂乱画而被全体解雇的话。"

也许那是我能听到的最接近道歉的话。

有人在匆匆忙忙敲门。

"听起来不错——"我刚开口,席尔瓦就走了进来,这半句话戛然而止。

他看上去心烦意乱的。

他向我们挥舞手机,"你们看到了吗?"

我们来到俱乐部之后还没看过新闻网站。

"又是旅馆吗?"JD问。

席尔瓦摇了摇头。没有再说什么。

　　"哦,天哪。"我们都转头去看阿普丽尔。她刚拿出平板电脑,脸色变得苍白。

　　她把平板电脑转向我们。

第4章　罗斯玛丽　《冲击》

罗斯玛丽载入一片停车场中。

绽放酒吧的外观有一种奇特的氛围,同时传达出"欢迎"和"滚开"的意思。长势繁盛的雏菊和黑眼苏珊菊从大门两侧的花坛中一直爬到长长的黑色窗户下方。外墙是黄色的砂浆,"绽放"的几处笔画变形成微笑的花朵。友好的部分就此结束。

停车场上方有一块标牌,上面写着**"专利药品　就在今晚！SHL！"**中间缺了些笔画。门边一块擦写板上写着同样的内容,不过没有缺什么。罗斯玛丽心里嘀咕,为什么虚拟环境里也要假装标牌上的笔画掉了——她猜想是为了增强真实性。从这个角度来说,其实整个停车场都是多余的,只不过又是一个供有钱人炫耀的地方,汽油驱动的跑车、独角兽拉的南瓜车,以及高级兜帽空间提供的任何其他虚拟奢侈品。她以前从未进入过这么高级的兜帽空间。

一个虚拟形象坐在两扇门之间的高脚凳上：至少三米高，远远超过人类的体型。不，这不是个虚拟形象，而是个非玩家控制的机器人。罗斯玛丽不确定它是安保员还是售票员，或者二者兼任。一个扫描设备在它旁边的墙壁上闪烁。

"你来这里看演出还是去酒吧？"机器人的语气仿佛充满厌倦。

"演出。"

它点了点头，仿佛她的回答在它意料之中，也许确实如此；如果不打算看演出，她无法想象有人付钱就为了在虚拟酒吧中消磨时间。不过话又说回来了，停车场里还拴着一条龙呢。人们会为各种各样奇怪的待遇付费。

它看着她，她好像听漏了什么。"三十美元，如果你没有提前购票。"它说，她猜它是又重复了一遍。

"我有个代码？免费进场的？"显然，她出于紧张把陈述句说成了疑问句。

"我为SHL工作。"她努力说出个完整的句子。

"请在此处展示代码。"

她打开物品包，翻出请柬，放在扫描设备前面。

机器人挥手示意她过去，"右边那扇门。"

她猜左边的门是常客走的地方，他们来这里不是为了看演出而是要去酒吧。即使没有演出的时候，这个酒吧可能也存在于SHL虚拟场景中，供会员使用。

　　进入里面后,罗斯玛丽发现天花板很低,距离她头顶不到三十厘米,通道又黑又窄。她往前走了三米多,又遇到另一个坐在高脚凳上的人,这次是个娇小的金发女人。

　　"身份证。"那个女人说。是虚拟形象还是机器人?

　　罗斯玛丽又一次开始翻找她的物品包,在亮出她的数字身份证之前打开了另外两个应用程序和一个截图摄像机,"不好意思,新的连帽衫。"

　　那个女人对此无动于衷,"包。"

　　这里的人说话都不超过一个词。罗斯玛丽打开物品包的访问权限,等着那个女人搜查,"这是我的钱包、摄像机和工作站。我不确定我应该带什么,你明白吧?"

　　那个女人奇怪地看了她一眼,足以让罗斯玛丽知道她是个虚拟形象,而不是机器人。

　　"不好意思,"罗斯玛丽说,"我知道我话很多。我是第一次来这里,也是第一次参加SHL演出。如果你没看出来的话。"

　　那个女人交回物品包的访问权限。这些安全措施似乎毫无意义——也许记得这类真实场所的人会觉得真实性更强,也许他们是为了劝阻那些带着虚拟枪支来虚拟酒吧的人。

　　她走过去时,那个女人开了口,"只有演出前两分钟可以使用你的摄像机应用程序。前两分钟使用的格式不同,所以可以跟乐队合影,告诉别人自己来到了这里。之后就算了。其余时间都不适合拍照。如果你一直试来试去，人们就会知道你初来乍到。另外，别进洗手间，除非你要嗑药或者做爱。"

罗斯玛丽露出一个感激的微笑，"谢谢!"她不懂为什么会有人想拍全息影像，或者为什么虚拟俱乐部需要一个洗手间，但她还是在心里把这些信息归档。下一刻她推着一扇应该拉开的门，再次流露出几分慌乱。

穿过 101 号入口，她发现自己身处一个昏暗的房间里，她对这个空间的大小毫无概念。感觉这里仿佛无边无际。她从外面看过这座建筑，但外部大小与内部空间完全不是一回事。这就是 SHL 的世界。

SHL 的世界。她的眼睛适应了光线。这个俱乐部和她进入过的其他房间一样大，但是更加平淡无奇，就好像还没有任何个性或风格的映射。不，如果更仔细地观察，它不仅仅是第一眼看起来那样的黑盒子，这里有很多层次和纹理。黑墙上的黑漆，黑墙上的黑漆上的黑胶带，黑墙上层层叠叠错综复杂的黑胶带，部分还嵌入了链接。头顶上方高高的金属支柱和照明脚手架投下幻影，磨损的水泥地面上的尘垢形成幻象。

她看着墙上绽放酒吧的标志，发现一些滚动文本解释这里是疫前时代几处场馆融合的产物，而不是重现了其中某个具体地方。她也可以选择查看过去曾在这里演出过的乐队列表，以及即将举办的音乐会时间表。她眨了眨眼，让这些内容全部消失。

第一个进入她视野的人看起来就像一只狮子,罗斯玛丽有一瞬间感到惊慌失措,然后心想是不是在她没注意的时候又开始流行猫的虚拟形象了。她上高中时,这东西在花得起钱的人中间风靡一时,但随着学校和超级沃利工作场所下了禁令,这股风潮也就逐渐消失了。她又看了一眼,这是个男人的虚拟形象,金色的头发高高蓬起一大圈。她环顾房间里面,想看看这个发型是不是特别流行,但别人都不像他那样。

房间较长一边有个吧台,所有座位都坐了人。她打量了一下高脚凳上那些人,琢磨着怎么搭个话。她以前只去过一次虚拟酒吧,那是她二十一岁生日的时候,学校里的朋友们让她跟他们一起去喝点儿什么。真正的鸡尾酒,则装在带保护包装的宽口玻璃瓶里,用无人机送到她家门口。酒吧本身乏味无聊,那是一家普通的爱尔兰酒吧,画面过时,她的基本款连帽衫使界面的一点儿小故障变得更糟糕。这段经历她再也不想重来一次了;她更喜欢在游戏中或别的什么地方和朋友们聊天,谈话的同时也有事可做。她的朋友唐娜说这家酒吧有一段历史了,就好像历史悠久也是个卖点。最引人注目的是那瓶加了伏特加的罗勒柠檬水。

她看着吧台那里的人点了单杯葡萄酒、瓶装啤酒,以及坦布勒杯装的鸡尾酒。有人走开了,她挤过去占了他的高脚凳。她用手肘撑在吧台上,小心不要用手去碰。它是虚拟的,但看起来还是黏糊糊的。吧台上有张微微闪烁的菜单,她位于菜单正上方时就会显示出来,上面有各种饮品和合法毒品,每一种旁边都有两个价格,真实的和虚拟的。酒保终于注意到她时,她点了一杯桦树啤酒。

"真实的还是虚拟的?"

她正在工作,而且无人机得花一小时才能把东西送到她家。"虚拟的。"

"V现金还是超级沃利信用卡?"

"超级沃利!"她没想到这也能选。太棒了。饮品可以直接从她的商店信用账户扣款。酒保拿出一个手持设备,她给出她的账号。他咕哝了一句,转过身制作饮品。他拿着玻璃杯舀冰,但桦树啤酒是从一个瓶子里倒出来的。她并不是真的在喝这东西,她提醒自己。细菌也都是虚拟的。

"如果你用超级沃利,就没办法给他付小费了。他只收V现金小费。"罗斯玛丽右边的人小声地对她说。她转过身来。一位头发蓬松的黑人女士朝她的方向举起手机晃了晃,"他会注意谁没给他小费。如果你还打算再喝一杯或者以后再来这里,在柜台上扔一两块钱。"

她甚至没想过还要给人小费。

"谢谢你。"罗斯玛丽低声回答,去拿她的钱包。当她再次回头看向那个女人时,惊讶地看到那个虚拟形象的脸上布满了瘟疫疤痕。即使在虚拟形象参照真实照片的超级沃利,她也从未见过带疤痕的虚拟形象。她甚至根本没想过这种可能性,但如果你长个猫头都可以，当然有疤痕也可以，只要你愿意。她把手伸向腹部，她自己疤痕最严重的地方。

她本不想盯着对方看，但现在那个女人正看着她，让她觉得应该再聊几句，"你是这个乐队的铁杆粉丝吗？"

"我不在乎是谁来演奏。这个地方让我想起我以前去玩的俱乐部。你呢？"

罗斯玛丽耸耸肩，"我喜欢他们的音乐，但这是我第一次来看他们。事实上，这是我第一次来看乐队演出。"

那个虚拟形象变得热情洋溢，"这样的话，你应该靠近一点儿。"

"靠近一点儿？"

"相信我。"她指着剧场中央，舞台周围的人群稀稀拉拉围成一圈。"如果这是我第一次看演出，我会到那里去。"

酒保把罗斯玛丽的饮品倒在一个红色塑料杯里递给她。她确保他看到了小费，然后打算去找个适合站着的地方。投影仪——其实是投影仪的投影——在一处空地上方盘旋，空地周围环绕着一圈斜放的扬声器。她猜这意味着全息乐队会出现在中央。她站在人数最多的那群人后面，希望他们知道自己在做什么。

这是罗斯玛丽从小到大第一次见到这么多人出现在一个地方，即使是在兜帽空间里。这里的人比她任何一门课上的人都多，比她参加过的任何一次聚会都多，虽然她其实更喜欢小一点儿的聚会。她琢磨着，这里是否属于无限空间，还是说同一个酒吧存在多次迭代,又或者这里的代码允许覆盖。她可以查看一下,但她并不想知道。想到有人和她站在同一个位置,即使在虚拟空间中,这也令她不寒而栗。

剧场里人声嘈杂,构成了背景声。谈话的片段萦绕在她耳边。讨论他们看过的乐队,他们想看的乐队,他们希望看到的乐队,他们那个地方的天气。她关注了一下他们的衣着,人们在这个地方会怎样打扮虚拟形象。她使用了她的工作虚拟形象,穿着工作虚拟形象的制服、短袖T恤和休闲裤。考虑到她来这里是为了工作,她不确定是否可以换上不那么正式的便装。当然,她的真实身体也穿着制服。大多数人穿着"专利药品"的T恤,或者其他SHL乐队的T恤。一个人全身都是羽毛,另一个人穿着紧身皮裤,她认得那张脸,肯定属于她父母那代的一个名人。她在心里把这些信息归档,以备日后使用,如果她还会再做这类工作的话。即使他们没有让她交回这件漂亮的连帽衫,她也付不起会员费,所以这还是个未知数。

昏暗的顶灯变得更暗了。人群开始欢呼。他们在为谁欢呼?乐队好像并不能听见他们的声音。罗斯玛丽犹豫了一下,然后也加入其中,让自己的声音融入人群中的感觉很好。她以前从未做过这种事。这在她内心深处留下了一丝愉悦,她在现实空间中也做了同样的事情。她想象着疫前时代整个体育场一起欢呼的情景。

头顶的舞台装置哗啦啦启动。罗斯玛丽抬头看去,一道炫目的闪光迎面而来。她回头看到幽灵装备出现在原本的空地上。中间是一套架子鼓，一对大型音箱，三个麦克风立架。吉他效果器上连满了幽灵吉他。一个靠近舞台的人伸出手穿透了一把吉他的琴颈。一秒后他就消失了——扰乱幻象会受到惩罚。

灯光闪烁，过了一会儿，乐手们站出来拿起乐器。舞台效果很诡异。最初的空舞台肯定是预录的，因为在他们弹出和弦之前连一秒钟的停顿都没有。音乐从无到有——三个人声和两把吉他。这段音调持续了十秒钟，然后被鼓点盖过。

罗斯玛丽五岁时去过一个造浪池，在疫前时代的一个破旧的游乐园里。她牵着父亲的手费劲地走进水里。造浪池又浅又挤，到处都是人，他们在波浪起伏的间歇懒洋洋地躺在游泳圈上。她发现水底下有个东西，可能是枚角币或分币，在她够不着的地方闪闪发光，她放开父亲的手想去抓它。就在这时，第一道波浪袭来，把她冲回浅水区。她浮出水面，不知所措、语无伦次、惊恐不已，但又有种奇怪的兴奋感。

音乐就像波浪一样击中了罗斯玛丽，使她喘不过气来。这比她曾经听过的任何声音都大，填满了她身体的每一个角落。一个和弦，她整个人满满当当。不要停下，罗斯玛丽想，永远不要停下。

歌曲变了，现在她认出了这首歌，这是她在今晚演出前了解过的歌曲之一，不过又进行了改编。录音版本中的前奏更缓和、更节制。她当时觉得这没什么，没什么特别的。她没有意识到音乐可以触及人的内心。

她挤到更近的地方。剧场里到处都是闪光灯。外面查包的人说过前两分钟可以拍照,但她完全无法把注意力从乐队上移开,哪怕只是截屏的一瞬间。再说这样又能抓住什么呢?幽灵般的面孔,微弱的录音。她内心仿佛有一块磁铁吸引她接近舞台。

全息影像的性质变了,那个女孩提过第二分钟的变化。一瞬间的闪光。罗斯玛丽让自己的虚拟形象紧贴着前面的人,这是她成年后最靠近一个陌生人的时刻。连帽衫发出振动警告,但其他人没有注意到,即使他们注意到了也不会在乎。前面两个男人中间出现一条缝,她挤了过去,希望这没什么失礼之处。她眼前的空间变大了,一条明显的路径把她带到一个更好的位置。

她站在前排中间偏右的位置,抬头盯着贝斯手,那是个光头的瘦高个女人,皮肤晒得很黑,在全息图下变成了紫色。她穿着牛仔裤和无袖T恤,露出惊人的肱二头肌,她光着脚。左脚大脚指甲下有一块瘀伤,这使她更加真实。罗斯玛丽忍住了触碰她的冲动。天啊,她极易堕入情网,即使没有结果。

罗斯玛丽一直很喜欢音乐,虽然她对于这方面不是非常了解。如果有人让她听点儿什么,她就会去听。她购买了一些歌曲,还有她喜欢的艺术家的海报,但她从未深入研究过。她不知道什么东西酷,什么不酷。她今晚收到连帽衫之后播放过《冲击》,觉得这首歌挺不错,但它现在听起来完全不同。最能令她感到满足的事情莫过于写代码,而现在她自己就是代码,她被重写了。

《冲击》唱完了。罗斯玛丽觉得它的结束仿佛是一种有形的损失。她把饮料放在脚边以便鼓掌,一秒后它就消失了。主唱回到麦克风前。他手搭凉棚往前看去,就好像他能看见他们似的。他前面的人大声叫喊,想吸引他的注意力,即使这是不可能的。

"很高兴见到大家。很高兴来到绽放酒吧。"随着他说出"绽放酒吧"几个字,他的嘴唇闪闪发光,这好像是单独嵌入的。一缕头发掉下来遮住他的眼睛,他随手拨开,"我们将继续为你们演奏几首歌,好吗?"

贝斯手第一次睁开了眼睛。有什么东西引起了她的注意,她实际位置的某些东西。她低头看了一眼,摇摇头,然后直视罗斯玛丽,眨了下眼睛。这是罗斯玛丽曾见过的最性感的眨眼放电。她知道那不是给她的,但也没准。她向前走了一步,然后才想起来提醒自己,她只是作为一个虚拟形象看着另一个人站在某个录音棚里的虚拟形象——也许在一百公里或一千公里或三千公里之外。这个人刚刚向另一个人眨眼放电。

罗斯玛丽重新把注意力集中在主唱身上。他头顶上有个东西在闪烁,她查看链接,发现了可选增强功能和辅助功能的菜单——字幕、翻译字幕、振动增强、视觉描述标签。没什么她需要的,但能知道有这些东西也很酷。

下一首歌以贝斯开头。贝斯手再次闭上眼睛,罗斯玛丽后退一步,希望能恢复冷静。她打量着舞台。在这个位置,她可以看到贝斯手脚下显示的曲目列表,不过《冲击》后面的歌她都不知道。鼓手脸上流下幽灵汗水,他用幽灵手臂擦掉。

如果能享受会员服务,可以在任何时间重温这些演出,那会是什么感受?独自欣赏这支乐队呢?去看更多的演出呢?她不是第一次希望自己每天晚上都可以做这些事情。如果全息体育和全息电视也是如此真实,那就解释了为什么当她说她家里人不赞成这些东西的时候,她的朋友们看她的眼神总是带着怜悯。她曾经错过了那么多东西。

"在这种情况下,喊'安可'①有点儿尴尬。"第十二首歌之后,主唱说,"所以我们要假装这是我们的最后一首歌,然后我们离开舞台,你们跺脚、欢呼,直到我们再出来演奏一首歌。我们会演奏最后一曲,然后我们回到现实。感谢大家来听歌。"

别走,罗斯玛丽想说,继续演奏。她不知道这些歌也没什么关系。音乐触动了她内心的某种东西。

真正的最后一首歌以长长的一声水镲和四下断奏金属吉他声结束,她以前从未听过这样结尾的音乐。这肯定是经过排练的,但同时感觉有一点杂乱,有可能和计划的不一样。第三个断奏声时,乐队成员们互相露出笑容,贝斯手看着鼓手,俏皮地挑起一边眉毛。最后一个音符还在空气中飘荡,主唱最后行了个礼,然后乐队

①安可(法语:Encore)是指演出结束后,观众因欣赏表演而希望表演者能够再回到舞台上继续演出。

仿佛一瞬间就不复存在了。他们刚刚还在那里，然后就消失了，像魔法一样，留下一个三维的全息舞台现场标志飘浮在他们之前站立的地方。

然后一个声音响起："专利药品的周边商品可在此处购买，也可在超级沃利和全息舞台现场购买。现在购买可在内部立即佩戴，也可在您回家后由无人机投递实物。"

一段录音回荡在房间里，与刚刚结束的音乐相比显得平淡无奇。灯亮了。这个房间比刚才在黑暗中看起来要小得多，也许这同样是个幻象。天花板变低，墙壁变近，破旧的地板上到处都扔着塑料杯，片刻之后就消失了。

大多数观众已经向出口走去，或者从原本的位置一闪消失，但有几个人还在酒吧中流连，或者看似心不在焉地站在那里，很可能正在购买专利药品的周边商品。就在她眼前，几件T恤变了模样。罗斯玛丽能理解那些东西的吸引力。如果有办法捕捉到第一刻，乐队演奏的和弦对她产生冲击的那一刻，她一定会买的，但一件T恤做不到这一点。也许，也许现场演出记录可以做到。如果也做不到，她就得想想再次见到他们的办法了。

她本可以脱下连帽衫，直接从房间里消失，但她想要一段完整的体验。走出去时，她耳朵里嗡嗡作响。一切都有一种沉闷的感觉，她周身仿佛被棉花裹住。甚至在关掉视觉功能之后，她仍然戴着寂静无声的兜帽——她不想失去走出来时产生的那种感受。

在罗斯玛丽的梦中世界里，当她再次查看信息时，她会收到全息舞台现场提供的工作机会，以及无人机投递的音乐会纪念品——也许是一件T恤，或者是可以贴在她卧室里的海报——还有免订阅费的SHL会员。以上随便哪种都行，她不贪心。

直到她的工作连帽衫收到一条信息，她才想起自己表面上是去那里工作的。

"谢谢你的帮助。"那条信息写道。

她什么也没做，但她本来应该做点儿什么的。她必须谨慎措辞，避免老板认为她假装加班，或者利用加班时间干别的。最后她决定这样说："我很乐意承担这项任务。亲身体验全息舞台现场系统是如何工作的，对于我的专业发展很有帮助。如果今后我还能提供任何协助，请随时告诉我。"

她脱掉工作装备，换上破旧的基本款连帽衫。躺回床上，再次打开《冲击》的音频，闭上眼睛。它比不上现场版。

第5章　卢斯　最后的强力和弦

一个棒球场，或者说棒球场的残骸。本垒后面的看台变成了一个冒烟的大坑。

"那里有人吗?"我问，好像他们会比我知道得更多。我看了一眼墙上的钟，下午六点，"应该还没坐满。"

"西海岸，"席尔瓦说，"这个赛季第一次日场，第七局。看台上挤满了人。"

"哦，我的天。"阿普丽尔重复道。

一个数字在滚动显示着估计的伤亡人数，但我的大脑仿佛无法理解。

"他们知道发生了什么吗?"休伊特问道。

"炸弹。"我指着屏幕。

"还不止这些，"席尔瓦说，"今晚另外三个棒球场、两个机场、一场音乐会、一个会议,以及一大堆购物中心都受到了炸弹威胁。炸弹威胁遍布全国。总统几分钟前表态,希望人们今晚尽可能留在家里,取消公众集会。"

"他们一般不是会告诉人们各司其职,不要被恐怖分子恐吓吗?"我的声音比平时高了八度。屏幕上的画面变成近景:碎石,烟雾,一只小鞋子。我移开了目光。

"他们认为威胁已经消失的时候,才会这么说。"JD摇了摇头,"他们都是马后炮。"

我几乎无法思考这件事,"但这个地方还没受到威胁?我们还要演奏吗?"

席尔瓦耸耸肩,"事务所的人还没说什么。"

我掏出在试音前设为静音的手机,有十几条信息和未接电话,大部分来自厂牌。还有一封电子邮件,也来自厂牌,说他们一直在打电话。

手机在我手中嗡嗡振动。人在厂牌的玛戈发来短信。**取消你们今晚的演出。告诉我你搞定了。**

席尔瓦的手机也响了。他低头看了看,然后又看向我,"制作公司想知道你要不要演奏。他们说这取决于你。"

我又看了一眼时钟,"如果七点钟开门,人们已经在来这儿的路上了。"

"我们可以退款,或者承诺换成另一场演出的票。如果他们正在听新闻,他们现在应该已经打道回府了。"

我走向刚才放茶杯的地方。水滴凝结在我盖上去的碟子下面,在我拿起碟子时滴了下来。我喝了一口,茶比平常更苦,我忘了加蜂蜜。我加进去一点儿,看着它粘在勺子上磨磨蹭蹭地溶解,仿佛想要保持原本的形状。

我真希望杰玛还在,可以跟我们一起做出决定。她为厂牌工作,所以她会听从他们的指示。除非他们认为有这个必要,否则绝不会让我们取消演出;他们一直致力于推动演出完成,完全不考虑天气如何、我们的健康情况如何,或者我们遇到的其他障碍。如果他们让我们取消演出,情况一定很严重。他们有保险。就像席尔瓦说的,剧场可以退票,或者让我们改时间,或者换成另一场演出的票。我们还有机会再次来这里演奏,在一个不那么悲剧的夜晚,在一个观众更多的场馆里。还会有别的机会,更安全的机会。如果我们演出的话,可能根本没人来,或者只有十个尴尬的人,待在一个巨大的、空荡荡的剧场里。

也许有十个人今晚需要得到鼓舞,希望能靠音乐忘记那些新闻或者理解这个世界。也许有人想反抗"请留在家里"的命令,表明没有任何人能让他们害怕。如果我们有能力为人们带来音乐,我们怎能拒绝?似乎没有正确答案。

"别看我,"当我转向休伊特的方向时,休伊特说,"你是老板。"

阿普丽尔和JD也摇了摇头,告诉我这应该由我来决定。我的脑子里毫无头绪——脑海中唯一的画面就是废墟中的那只小鞋子。面对这样的画面我该怎么办？我不会为一个数字哭泣，但我会为一只鞋子哭泣。如果不是还有别的事情要做、别的事情要思考，一只鞋子就会使我泪如雨下。

我想演出，但我不想强迫他们，"有人说点儿什么吗？你们以前有意见从来不会三缄其口。"

JD看着墙上的海报，"如果这里的员工想回家和家人在一起，我们有什么权力让他们留下来？如果存在严重威胁，我们有什么权力让他冒这个风险？我们取消吧。"

"我认为会有足够的人愿意留下来。"席尔瓦说，"我一整天都在这里。我认为风险不大。"

"我们直接就进来了。"阿普丽尔指出。

"别人不会这样。"

"如果你付薪水让员工留在这里，却根本没有观众来，没有人买饮料，你的老板会生气吗？"休伊特曾经当过酒保。

席尔瓦挠了挠头，"我想这没关系。问题在于，如果我们举办演出，我不确定按要求留在家里的人能拿到退款。在这种情况下，我想我们可以做点儿什么。我想人们在这里和别处同样安全。"

"这就是你的意见吗？你希望我们演出？"我努力想读懂他的心声，但还是放弃了，"我不太了解你，不确定你的意思。"

"不算意见。对不起。这完全取决于你。"

我换了个问题，"如果知道很多购票者不会来，你需要多少员工留在这里才能举办演出？你能让那些害怕留下来的人回家吗？"

他想了一会儿，"我们不想降低安全性。除此之外，一个票务加一个酒保我们就能应付下来。如果你不介意灯光和监视器保持静止的话，我可以让大多数员工都回家。"

"所以你自己愿意留下来？"

"我就在这里。我想留下来。你们听起来好像很在意这一点，我想说，我更愿意举办演出，而不是向一群愤怒的人解释他们不应该来。"

"好。我们会演出。我想演出。"把这句话说出口之后，这件事变得更加真实。我环顾我的乐队成员，想确定我做了正确的选择。阿普丽尔对我竖起大拇指。休伊特咧嘴一笑。

席尔瓦拿起腰带上的对讲机，告诉员工们到大厅里见他。我看了一眼静音的手机。玛戈发来一条重复信息，又多了两个未接电话。我把手机关掉，又喝了一口茶。茶还是很苦，但加了蜂蜜还能忍受。

JD抓住我的手臂，"嘿，卢斯，我们能谈谈吗？"

"当然。哦，你是说私下谈吗？"在这个乐队里，一般不会考虑隐私问题，我们几个月前就放弃了。其他人坐在沙发上看起来无动于衷。我走向洗手间，"来我的'办公室'。"

这地方几乎挤不下两个人。他坐在马桶盖上。我靠着洗手池。

"我是想跟你们一块儿的,"他开门见山地说,"但是我不知道我能不能做得到。"

"什么?你刚才怎么不说?"

"我没想到其他人都同意这样做。我不想当坏人。"

"这里没有坏人。我征求了意见,而没有人提出任何意见。"

"我确实有意见。我原以为其他人会同意我的看法。演出不安全,我不想留在这里。我有家庭。"

"我们都有家人。"

"是啊,但我真的很爱我的家人。我还想再次见到他们。"

我无视他的固执,想方设法地说服他,"不会有人做什么的。我们又不出名。我们在一个随机遇到的小镇里,在一个没什么名气的剧场里。"

"说是这么说,但这里的旅馆昨晚也受到了炸弹威胁。"

"全国都受到了炸弹威胁,但并没有炸弹。"

"今天出现了真正的炸弹。我以为你刚才是说,即使我们不想演出,也不会有人心里不痛快。"

"那是十分钟之前的事了,在大家都表态同意演出之前。"

他耸耸肩,"我做不到。很抱歉。我不能演奏。"

"没有贝斯我们就无法演出。"

"我很抱歉,卢斯。我要回旅馆去,或者睡在面包车里,我也可以彻底退出,如果你希望如此。"

我不知道还能怎么说服他。我走出来时，休伊特和阿普丽尔看着我，我摇了摇头。他为什么要私下跟我谈？他们一分钟后还不是一样会知道。他不可能永远坐在洗手间里。如果他那么害怕的话，他也不会想待在那儿。

我去找席尔瓦，告诉他我们终究还是没法演出。大厅里，一位女士正在从包装中取出我们的周边商品。我们会自己带上一些，但自从杰玛回家后，厂牌会把大部分商品直接运到场馆——除了那些无故消失的新T恤之外的所有东西——然后雇用当地粉丝摆摊。

"嗨，我是卢斯。"

"我是阿莱娅·帕克。"她在盒子边上草草记下一个数字，抬头看过来，露出笑容。她比我年长，大概三十五岁，又黑又亮的头发衬托着她的脸。她说话时把一缕头发拢到耳朵后面，"我还以为你比我高呢。"

"视频是仰拍的。我经常听人这么说。席尔瓦已经和你们谈过了吗？你今晚留在这里没问题吗？"我问她。我内心已经接受了现实，屈服于JD为我们做出的决定。

"你在开玩笑吗？我等这场演出已经等了好几周了。我爱你的音乐。"

"你不害怕吗？"

她咬着嘴唇，"我有点儿害怕，但我开车回家时也会害怕某个半自动驾驶者因为睡着了而撞穿中央隔离带，我过马路时也会害怕有人无视停车标志,我遛狗时也会害怕踩到蛇,我去公共洗手间也会害怕染上某种可怕的病毒。这一切似乎都比今晚有人袭击这里的可能性大。"

我在一张海报上给她签名:"献给勇敢的阿莱娅。"我把海报递回给她时,她的手指碰了我一下。

我找到通往录音室的那条狭窄的楼梯。

席尔瓦把一张书签插进他正在读的平装书里,双臂交叠着压在上面。

"更好的未来?"我指着封面上的火箭飞船问。

"不同的未来,我想。除了一名酒保之外,所有的员工都想留下来。我不需要所有人都在,但如果他们愿意留下,我也不想让他们损失一晚上的薪水。"

"然而你只能让他们失望了。我的贝斯手跑了。"

"什么?我以为他们愿意演出。"

"我之前也这么以为,但他一直等到你离开房间后才说出他的疑虑。"

"嗯。"

"我很遗憾。"

"我也一样。见鬼!"

"我想你需要和员工们再谈谈。"我转身打算离开。

"还有另一个选择。"他说。

"什么?"

他微微一笑,"我来弹贝斯。"

他肯定看懂了我脸上的怀疑。"我能行的,"他继续说下去,"我弹贝斯的时间远比我调音的时间长。你的歌不怎么复杂——没有冒犯的意思。我上周一直在家里播放你的歌,所以我对你录的东西很熟悉,如果你能再给我个基调和变调的小纸条,我肯定没问题。"

"那谁来负责音响?"

"灯光师能同时搞定两方面。她很厉害的。"

我又看了他一眼。这个提议是认真的。"我想我们也不会有什么损失,反正也不会有别人出现。那么,欢迎加入乐队。"

他咧嘴一笑,"我一直在期待你能答应。"

我们等着看两千购票者实际能来多少人。本地开场乐队没有出现,我们今天早些时候参加的电台节目的主持人也没有出现,本应由他来介绍我们。

我站在侧厅的帷幕后面,看着人们陆续入场。我试着解读他们的表情,想搞明白他们出现在这里的原因。这个剧场的座位是固定的,有些人坐得离我太远,很难看清他们的表情,但身体语言的波长更长,传输距离更远:严肃、疲惫、警惕。前面一对夫妻在笑,用夸张的动作开玩笑,有点儿用力过度。其余人都很安静,比平时安静得多。大多数晚上,在观众等待时可以播放预先录制的唱片,但在这样一个夜晚该放些什么呢?怎么选都像是一种表态,会被评判为太乐观、太悲观、太沉重、太无礼。想到五千公里外的废墟中有一只小鞋子,没有哪个选择是正确的。

观众席的灯光已经灭了,所以我不知道有多少观众,不过我能从他们在黑暗中的移动看出,外面至少还是有几个人。如果是我处于他们的境地,我不知道自己是否会做出同样的决定,冒险出现在公共场合。

除非我已经这样做了——我总忘记。我内心中某个部分一直想哄骗其余部分相信,我别无选择。对我来说,音乐根本不是什么备选项,虽然我没怎么跟我的乐队提过这一点。演奏音乐是封锁怪物的火焰。在一首歌中间,没有什么能伤害我。

而观众是有选择的,然后他们来了。他们查看手机,喃喃念出伤亡数字,互相讨论最新消息,默默摇头,但他们还是出现在了这里。没准他们也希望我的吉他能让他们感到安全。

阿普丽尔走到我身后。

"如果他们不喜欢我们怎么办?"我低声说。

"他们喜欢我们,否则他们不会来这里。"她也低声回答。

休伊特出现在侧厅,表情严峻,"所有飞机都停飞了,学校明天放假。"

"见鬼!"我说。

他对我挥了下吉他,"我要出去再给我们俩调一下音。等我们准备好,你就可以出去,开始你的演奏了,我们会让人们暂时忘记外面的事情的。"

我又从帷幕后面往外看了一眼,然后点点头。我还是没想出什么值得说的话。没有什么话能比《大写字母》开头四小节的吉他音符更恰到好处。

休伊特又给我的吉他调了一次音,然后调了他自己的。其他人各就各位,席尔瓦站在JD的位置上。房间里安静得出奇。不像平时会有掌声和欢呼声。我感到有点儿恐慌。本来应该有人介绍我们。我应该努力想出点儿话来说,但我不知道他们希望从我这里听到什么。

我的乐队看向我。他们在等待着,看着我呆呆地站在那里。新闻中的数字令我倍受打击,那一串数字也是一串姓名,我不认识的姓名,一些人的姓名。一些出门去棒球场,结果再也没能回家的人的姓名。在我反复纠结到底要不要演出的时候,我把那幅画面隔绝在我的世界之外。这些人也一样吗?麻木地坐进汽车,开车来看我们演出,只因为那是他们今晚原本的安排?还是说他们想从我这里得到更多?

我迈出一步,踏上舞台。这里很黑,只有我要站的位置有一圈聚光灯。

"没问题的,卢斯。"阿普丽尔低声说道。我从她身边走过,我的

新日之歌

吉他和我的聚光灯正在那里等着我。我在眼睛上方手搭凉棚,竭力想看到零零散散坐在一片空座中的人们。他们静静坐着,等着。等着我。

我走向麦克风,"到近前来,前面有很多空座。来吧。"

刚开始没有人动,随即后面有个人站了起来。她的座位嘎吱一声合上。这里太安静了,她走向第三排的每一步都有回声,她选了一个新的座位。停顿片刻之后,其他人也开始挪动,就好像她给了他们许可。等他们重新坐好时,我背起了吉他。

脚步声和嘎吱声停止后,阿普丽尔用鼓点开场。我打开失真效果器开始演奏。四小节音符搭建出 A 和弦及其同伴坚实的框架,我们所有人用肌肉、骨头和血液为之加码。我差点儿忘记开口唱歌,我手中的吉他感觉太棒了。

在这首歌中,我意识到一点。观众来这里不是为了哀悼;他们来这里是为了听挽歌的。那是我们力所能及的。

我们仔细挑选过这次的曲目。没有《定时炸弹》,没有《末日》。尽量选择乐观向上的调子,除了《血与钻》,它是一首快歌,虽然比较黑暗,但观众无论如何都会期待这首歌。说真的,我们演奏什么并不重要。席尔瓦和阿普丽尔配合得天衣无缝,仿佛 JD 在团里的这几个月他们也一直一起演奏。我们搞砸了《别再去想》,那首新歌,但那是因为休伊特忘了我们在试音时做的改编。不过最后还是努力圆回来了。重要的是我们在这里,他们也在这里,共同对抗绝望。

热烈的掌声使我惊讶不已。我用毛巾擦了擦脖子,转向乐队,"你们介意我独奏一曲吗?"

"这是你的演出。"休伊特说。

"谢谢。我能用一下你的原声吉他吗?"

他递了过来。我把自己的吉他放回支架上。

"能不能让观众席的灯光亮起来?"我对着麦克风提出请求。

我们第一次真正看清他们。两千个座位上大概有五十个人,全都挤在前排。

"如果你们知道歌词,想跟着一起唱的话,欢迎。"在寂静的房间里,我独唱的声音听起来很响亮。我有好几年没翻唱过这首歌了,但在这样一个夜晚,我自然而然地想到了它。有几个声音加入进来一起唱,然后加入了更多声音。一曲终了,我稍微敬了个礼,从舞台前面跳了下去。

"就到这里了。"我说。音乐休止,观众席的灯光亮了起来。休伊特到我这里来拿他的吉他。

"去吧,"他说,"我来收拾打包。"

接下来三十分钟,我和来看演出的观众聊天。我卖掉了一些T恤,给几张唱片签了名,但大部分时间在闲逛和聊天。每个人都不愿回到外面那个可怕的世界。

"谢谢你们的演奏。我今晚没法儿独自一人坐在家里。"一位女士说。

"我开了一个小时的车才到达这里,"另一个人说,"我很高兴我来了。"

比平时更明显,他们都想从我这里得到片刻交流时间。我努力为他们每个人留出他们需要的时间。他们一个接一个地讲述着自己的故事,然后于夜色之中徘徊。

一千三百二十三个人死于体育场的炸弹。还有五个人——都是清洁工——在一家已经打烊的商场中死于另一次爆炸,当时我们正在舞台上。

几年后,有位记者发现我们的演出是最后一场大型音乐会。他们不得不放宽对"大型"这个词的定义,以使其成立,但我猜他们是发现所有的体育场和音乐厅自那天晚上起都不再开放,才退而求其次地寻找起规模尚可称得上"大型"的剧院。

有一点那个记者不知道,我也懒得说,但我觉得很可能最后两场演出都是我们做的,如果把那天凌晨在旅馆停车场的舞会也算上的话。我每次想到其中一场,总是会同时想到另一场。在黑暗中演奏音乐,然后以音乐对抗黑暗。我们的演出决定,是为了那些选择外出而非待在家里的人做出的。人们之后会年复一年地待在家里。

这一切都是后来的事情了。

那天晚上,观众陆续离开之后,阿莱娅把我们余下的周边商品打包计数,然后把手中的钢笔磨磨蹭蹭地递到我手中,之后我和她在黑暗的楼厅里偷得片刻闲暇。休伊特在楼梯下面喊了我一声，我们偷偷笑着，互相比出"嘘"的手势，不打算露面。我们彼此靠在一起，我和这个误以为我很勇敢的女人。她需要我，我也需要有人帮我放空几分钟。也许这也是她正在寻求的东西，我们没有说话。

我不知道JD是怎么回旅馆的，但在他和休伊特的房间里，他所有的东西都不见了。"请勿打扰"的标志仍然亮着，这个粉红房间仍然是个亟待解决的问题。

"你想让我睡JD的床吗？这样你可以自己住一个房间。"阿普丽尔边问边朝那台带涂料的冰箱伸出手。

"不用，"我说，"但我想单独待几分钟。"

"没问题，老板。"

在出去的路上，我顺手抓起那罐夜光涂料。回到我们的房间后，我把吉他立着靠在墙角，从行李中的紧急缝纫包里拿出一根针。我推开梳妆台，把针头浸入剩余的涂料中。

在一个不太可能有人看到的地方，我写下一首歌的歌词，尚未谱曲：在我们默默开车从演出地点返回旅馆的路上，这首歌浮现在我脑海中，杂乱无章，尚未成形。有些歌永远都是这样，支离破碎，最终成果遥不可及；有些歌我会进行排练，然后搁置，重新开始，再次搁置，它们还没有准备好，但总有一天会准备好的。我一个字一个字让这首歌成型，精雕细琢。

阿普丽尔溜进房间时，梳妆台已经回到原位。我关了灯，手里拿着吉他,倾听在梳妆台后面闪闪发光的小小文字,等着它们告诉我它们想变成什么样子。据我所知,有一百七十三种方法可以破坏一个旅馆房间。第一百七十四种则是一种缓慢的、微小的破坏:微小的文字、微小的恐惧、微小的希望,铭刻在某个也许永远不会被找到的地方。

第6章　罗斯玛丽　职业机遇

罗斯玛丽从未打算离开超级沃利,她也不知道自己为什么开始浏览起全息舞台现场的招聘列表,也许只是出于好奇。第一个引起她注意的岗位是"上载监督员",岗位职责是在家通过网络确保付费观众不会遇到观影故障。她符合条件——她有六年在超级沃利工作的经验,还在SHL的一场演唱会开始之前为他们解决了故障。

她在心里盘算怎么把她仅有一次的演唱会经历夸大为对SHL持续已久的爱,但他们很可能有办法核实。只要参照她的地址,他们就会知道她没有家庭盒,更不用说适用SHL的连帽衫。参照她的信用账户,他们会看到她只在一次演唱会上买过一杯饮品。她决定只提专利药品的演出多么精彩,不提她只去过一次。

在她最后一次浏览招聘岗位时,她注意到有一个岗位是"艺术家招募者"。薪水相同,还涵盖差旅费。什么样的工作需要差旅?

水管工、建筑工人和铁匠会在某个地区开车跑来跑去，但他们每天晚上都能回家。这个职位不要求工作经验，只需要热情、对音乐的热爱、人际交往能力，并且愿意旅行。她有热情，她热爱音乐，她的供应商服务记录可以证明她的人际交往能力。她愿意旅行，即使她以前从未试过。她勾选了选项框，两个职位一块儿申请。

技能评估和心理部分挺简单的。然后是个有趣的现场小测试，他们给出一组隐藏了所有信息的现场演出视频，她要决定每一场表演应该筛掉还是邀请签约。一共五个视频。

她对音乐行业一无所知，所以她处理这个问题的方式就跟她处理代码一样，首先设想引人入胜的音乐和视觉风格构成一个完美组合，以专利药品的演出为基准，然后看看这些例子是否出现偏差。在这种情况下其实不存在所谓的完美——音乐不是代码，音乐人也不会遵循她的标准。尽管如此，她还是筛掉了两个视频，一个是因为演出缺少活力，另一个是因为他们会出现注意力不集中的情况。她"签下"了五个乐队中的一个。没有人给她发信息让她交回那件 SHL 连帽衫，所以她用它进行了远程面试，她没冒险用她的工作装备，也没用那件老掉牙又有故障的基本款。

令她感到惊讶的是，她拿到了"艺术家招募者"而非"上载监督员"的录用通知。她把这条信息关掉又重新打开，确认自己没有看错。"非常适合。"他们是这么说的。她退回去重读自己的职位申请，确保没有做出任何无法兑现的承诺。她并没有轻率许诺什么。她甚至没有过于夸大。肯定是因为她表现出了热情,也可能是因为她对目前的职位尽心尽力,或者他们认为她是一张白纸,具备可塑性。

离开超级沃利更麻烦。首先,她不知道该怎么做。他们所有那些"你是有价值但可替代的"海报上,没有留下任何与公司解约的说明。也许是公司有意为之。最后,她只能等待杰里米的早间电话。

"你要做什么?"他问。今天他是个年轻的伊格博人,穿着一身传统与现代结合的服装。超级沃利的虚拟形象没那么高档,无法体现出多少情感,但他很好地表现出了惊讶。

"辞职。我怎么才能辞职?"

"你为什么要辞职?你有六年资历。你工作做得很棒。"

"我找了一份更好的。希望如此。总之是一份不同的工作。"

"没有人会辞职,罗斯玛丽。没有更好的工作。"

"你是说,对于我这种人来说没有更好的工作?"她从高中开始就一直听人这么说。她负担不起更高端职位所需的在线认证课程,她父母的信用也不够贷款。她整个高中时期都在为超级沃利的客服岗位做准备,辞职简直不可思议。

"对于我们这种人。"

"是的。我要离开。我要离开超级沃利。"她说着打起了精神。为了她自己,也是为了杰里米。

他叹了口气,"很遗憾失去你。你一直很可靠。"

他让她联系一个神秘的人才管理热线。她把整轮谈话重复了一遍,几乎一字不差,对面是个灰金发色白人女性的通用虚拟形象,表现出通用的担心。他们不是担忧找不到人替她。令人受触动的是,他们真心实意地不相信还存在其他工作。她对他们的担心表示感谢,这很好地掩饰了她的恐惧。

她在干什么?她有一份真正的工作,一份好工作,一份她表现不错的工作。她要辞职,因为她突然被雷劈了、疯掉了,因为她产生了一种想法,认为自己可以做点儿别的什么。

"超级沃利的工作很可靠。如果这家新公司倒闭了怎么办?你还能去哪里?"当她把这件事告诉她父亲时,他问道。他问出了在她脑海中盘旋的所有问题,仿佛这些问题不知怎么泄露了出去。

他正在摆弄风车基座,她帮他拿着一块嵌板。他们戴着厚厚的冬季工作手套,调整过程愈发烦琐缓慢。"那不是一家新公司。他们运营好几年了,已经进入了80%的美国家庭。"这样回答感觉很好,让她对于自己的决定有了信心。

"如果超级沃利决定进入演唱会行业呢?他们进入的家庭甚至更多。"

"如果我们——他们——愿意的话,他们早就那样做了。这是某种合作关系,超级沃利是渠道。"

"再跟我说说你为什么必须亲自到那里去?"

她还没提过,在这次旅行之后,她的工作还会涉及更多的出差。一小步一小步慢慢来。

"这是个培训项目。他们想让我们看看他们是怎样让魔法成真的,这样我们就能在出现错误时进行修复。"

"出错的魔法?"

"这个比喻可能不对,但我想,你明白我的意思。而且,如果我能去别的地方,那多酷!"她父亲看起来有点儿伤心,她赶紧安抚他,"我不是说觉得自己需要去什么别的地方,但我整整六年一直在做同样的工作,我想我可以稍微改变一下,不是吗?"

他抓了抓冬天留的胡子。

"我希望你安全。"

"并且快乐?"

"并且快乐,但主要是安全。"

"我已经长大了,可以照顾好自己。你像我这么大时住在城市里,与父母相距几千里。"

"那个时代不一样……"

这种言论她烂熟于心。"那个时代不一样,这个国家不一样。我们现在最好的做法就是互相关照,待在最安全的地方,尽可能自给自足。"她停顿了一下,"但是爸爸,我从小到大都听你这样说。你让这个地方成为一个很适合长大成人的地方,但如果你不想让我每周七天、每天二十四小时都戴着兜帽,也不想我去任何地方,那我会永远被超级沃利困住。我不打算做任何危险的事情。我只是想知道外面还有什么。"

他伸出手,两人一起把嵌板装回原位。他劝得越多,她越是坚信自己应该试着去做这件事。

第7章 卢斯 必须有所改变

美国宾夕法尼亚州一家旅馆又发现了一枚尚未引爆的炸弹。一名持枪歹徒袭击了密西西比州的一个公共汽车站,并且据守其中。第二天早上我们醒来后就看到了新闻:关于随机出现的独狼恐怖分子的研究,没有人能确定他们是否真的是随机出现。政府还给出了同样令人恐慌的指令——回到家里,留在家里。无论他们知道什么,他们就是不告诉公众。

"巡演终止了,"厂牌的玛戈在电话里重复道,"所有的场地都关闭了。回家吧。"

家。我没有家。一年前,我把我在皇后区租的房间转租了出去,找了个租客在我不回去的时候住。如果我回去敲门,他会把我的床还给我,但我和那些家具之间没有什么特殊的纽带,我那一点点个人物品都在旅行中随身携带。

我给几个城市的朋友发了信息,打算找个地方低调谋生,我找到一个住处,条件跟我离开的那个地方差不多:巴尔的摩艺术家聚居处一间带家具的转租房。原本的居住者也是个巡回演出音乐人,目前长期在欧洲演出。

去欧洲巡演怎么样?我发短信给玛戈。

要花好几个月安排。签证、文书之类的。再说吧。她在回复中写道。

阿普丽尔和休伊特想预订回家的航班,分别去纽约和洛杉矶,但飞机都停飞了。最后休伊特和两个也想去西边的女商人挤进一辆租来的汽车,阿普丽尔买了凌晨一点的大巴车票,唯一一班。

面包车里感觉空旷而安静,即使正在播放音乐。没有了下一场演出、下一个停留地的吸引力,没有了任何潜在的未来的可能性,路途显得乏味无聊、一成不变。我就像个灰溜溜回家的失败者,而我的目的地甚至不是家乡。我在新的地方便宜卖掉了我那点儿微薄的"财产",伤感地拍了拍租来的面包车把它交回去。我只能屈从于命运,在别人的城市里、别人的屋子里、别人的房间里、别人的床上,不知道停留多久。

我不知道自己该怎么办。我每天中午左右醒来,躺在床上查看新闻,看看宵禁有没有取消,没有。人们照例到处抗议,但这些抗议是半心半意的。袭击的频率和持续威胁的随机性,让人们实实在在地感到害怕。

我会穿着旧T恤和睡裤下楼,完全懒得梳妆打扮。我有四名室友:一位雕刻家、一位护士、一位电影制作人和一位喜剧演员。电影制作人贾斯普里特白天会去当老师,其余人的生物钟则都很古怪。大多数时候我们会在厨房里遇见:有人来喝咖啡,有人来吃早餐,也有人来吃午餐。

"我们应该恢复正常,"有人会说,"在我们忘记正常是什么样子之前。"

"我们必须找到一种新常态。"另一个人说。那时我已经知道了他们所有人的名字,但这是谁说的并不重要。同样的对话反复出现,一遍又一遍。

然后会有人指出某些方面有所改善——比如说学校又开学了——然后我们都假装高兴。我会在碗里装满麦片,溜回楼上。我不是不喜欢和他们相处,我只是对此不感兴趣。

我会在下午的某个时候打电话给玛戈,"今天你听到什么消息了吗?"

她向我保证,如果有的话她会告诉我,我不需要每天打电话过去。她不明白,是我有这个需要。我需要她让我回去巡演。我想到了阿莱娅和桃子剧场的工作人员,以及我们演奏过的所有地方的工作人员。他们都是拿时薪的。如果俱乐部一直停业,有多少人会付不起下个月的账单?俱乐部、剧场、电影院、体育场、商场。哪怕只有一天,对于小时工的打击也是毁灭性的。我记得那种感觉。

我以前从未像这样无所事事。高中时我搬到上城区的姑妈家,睡在沙发上,迎接了一大波全新的体验:牛仔裤、吉他、音乐、女孩,还有我错过的整个美丽的城市。毕业后,预约演出、演奏音乐和自我宣传,对我来说相当于做着三份全职工作,我甚至还打了第四份工来付房租。踏上正轨之后,巡回演出和宣传推广使我忙得不可开交,余下的时间也都忙于写歌、录音和排练。彻底停工是一种全新的体验。

督促自己去写歌也没用。我写在旅馆墙上的那首歌仿佛在躲着我。我闭上眼睛时,歌词仍然会在我脑海中闪烁,但一加上音乐就感觉不对劲。我躺在床上无所事事,一种有意识的无为,一种琶音①般的无为,拖了一个下午。

阿普丽尔打了个电话过来,向我提出我问玛戈的那个问题。我给出了玛戈给我的回答。

"你看起来真是一团糟啊。"阿普丽尔的手在厨房的橱柜上敲着鼓点。

我关掉摄像头,但她已经看见我了。"倒是你怎么会不是一团糟?话说,你在哪儿?"

"在家。"她看起来很平静,"纽约永远是纽约。"

我的心情为之一振,"你是说那里的俱乐部还开着?"

---

① 琶音是指一串和弦组成音从低到高或从高到低依次连续圆滑奏出。

"不，俱乐部和博物馆还没开门，没有多少游客，但这样更好。我找到了足够付房租的兼职。所有人都在录唱片，因为没法到外面演出。你在做什么？你看起来糟透了。你上次洗头是什么时候？"

我想不起来。"我没做多少事。我们的作品在线上卖得不错，因为人们都被困在家里。超级流媒体的版税相当可观，他们付的钱解决了我的账单。"

"天无绝人之路，我想。如果你愿意的话，可以来我这里看看。"

我又花了一个月的时间才说服自己接受她的提议。学校再次开学，其他地方也陆续开放：几家本地商店、一些电影院。随之而来的是更多的威胁。美国职业棒球大联盟讨论要不要开启一个简短的赛季，后来又取消了。一家博物馆开放了一天，然后再次关闭。

"如果这里是战区，人们就会各扫门前雪。"我的雕塑家室友是个叙利亚人，很了解战区的情况，"这里的人自欺欺人，以为自己是安全的，幻想破灭时他们就会无法承受。"

我点点头，退回我的房间，打电话给玛戈，"肯定有些地方可以演出。"

"但不足以开启巡回演出，卢斯。"玛戈说，"再忍耐一下。我们正等待夏日音乐节的消息。如果这个也不行，我们再开始寻找小型俱乐部。"

我打电话给阿普丽尔，"这么干等着真是要了我的命。你不会告诉我，纽约还是没有一家俱乐部开业吧？"

"那是上个月。现在有几个地方可以躲开监控预约演出。"

她把场地名称发给我。其中有个很小的场地,我十几岁时就在那里演奏过。我打电话说服他们让我换个名字举办演出,不公开宣传。在他们晚上本应关店的时候,不会引起什么注意。

我乘州际巴士前往那座城市。我本以为人们会更加谨慎,但我们一边排队一边聊天,仿佛所有同行者都仍然遵循社会行为规范。每个人都喜欢靠窗的座位——我把吉他斜倚在车窗边,自己坐在旁边靠过道的座位上。有几个人对我摆臭脸,但我向他们挥舞第二张车票,"它也付了钱。"

马路看起来和我离开时一样,只是更空了一些。下午六点,我在市中心下了车,但约好的时间是八点,于是我步行穿过四十个街区前往那个酒吧,半路在小摊上买了热狗和椒盐卷饼。除了更加空旷之外,纽约看起来没什么区别。是我的,也不是我的。

我的那部分:我十八岁时在那里演奏的街角;我背着吉他走进去时,目不转睛地看着我的俱乐部;试音时看到我饿着肚子坐在角落里,会跟我分享薯条、让我为他们开场的乐队。

不是我的那部分:坚挺的"我们是纽约"的喧闹,和比平时更空旷的街道一起构成的组合;那种喧闹背后隐藏的、连纽约都害怕的感觉。

我想知道我的父母是否注意到了这些巨大的变化。他们和我所有的兄弟姐妹都在布鲁克林大桥的另一边,他们就像生活在另一片大陆，仿佛有一道墙把他们和城市其余部分隔开，我猜他们那种不可思议的社会结构完全没有受到外部世界停止运转的影响。偶尔我会打电话给某个兄弟姐妹，邀请他们来纽约看演出，但我从未想过他们真的会来，他们也确实从未来过。

我来到回忆酒吧，阿普丽尔已经在那里小口浅酌，喝的看起来像是热托蒂鸡尾酒。在和陌生人一起住了好几个月之后，我差点儿要拥抱她，但我忍住了。她看上去比我想象的更累。

"很抱歉你不能和我一起演奏。禁止打鼓的政策太蠢了。"

她耸耸肩，"没事儿。这个地方对于完整的乐队来说太小了。"

"我记得。"

"我忘了你以前在这里演奏过。他们用的还是原来那个家用音箱，一半旋钮都坏了，听起来糟透了。反正，我给你借了个更好的。"

"你最好了！"我说，"你这杯酒我请？"

"这杯我已经付过了，但你可以给我再买一杯。"她举起空杯子。

我给她又买了一杯热托蒂，给我自己要了一杯龙宫龙舌兰，我们穿过一道厚厚的帷幕来到后台，阿普丽尔拖着一个小型运输箱。场地比我记忆中小。房间另一边窗台下面有六个高脚凳，还有一块可以容纳十五到二十个人站立的地方，如果他们不介意挤在一块儿的话。一块小音板占据了凸出的舞台区域，这里勉强能容纳两个吉他手，一套架子鼓就别想了。"我想你本来可以玩手鼓的。"

"收声，"她说，"反正我今晚感觉不太舒服。幸好你可以独唱。"

"难怪你选了冷天才喝的热饮。因为宿醉?"

"不应该这样的。我不晓得。"她举起小箱子放到舞台上,把那台家用音箱推到一边。音箱的格栅布像是被剖开一样从中间撕裂,露出里面的一对扬声器。高音、音量和增益旋钮都不见了,柜子上放了几把钳子,以备自行调整之需。

"哎哟。"我试着转动一个没有旋钮的地方,"好日子之后风光不再啦。"

"对吧,你会更喜欢这个的。是我朋友尼科做的,很适合在小空间里面用。"

我打开阿普丽尔带来的箱子,取下盖子,里面的音箱露了出来。

"哇。太漂亮了。"外壳是装饰艺术的风格,时尚有型。正面没有商标,不过背面有个小铜牌写着"尼科电气,布鲁克林"。我把音箱插到电涌保护器上,再把我的吉他插上去。我背对阿普丽尔调整设置了一会儿,试着弹了弹。它有很干净的轻微过载音色,在把音量调高到五之前,我找到了音色的最佳位置。

"听起来太棒了。"我对阿普丽尔说。她斜倚在墙上,看起来有些疲惫。"我想他不肯卖掉这台音箱吧?"

她摇了摇头,"仅此一件。我跟他说,你就算弄坏了也赔得起。虽然我完全不怀疑这一点,但还是别弄坏。"

我又演奏了一会儿,然后看了看手表,八点钟。"什么时候开门? 音响师不是应该已经到了吗?"

"如果你没有付钱雇一个的话，就不会有音响师，亲爱的。"有人边说边穿过帷幕，"希望你也不要期待有人付钱给你。"

说话的人年龄在四十五岁到六十五岁之间，一口烟嗓，一听就是无过滤嘴香烟搞出来的。他靠在舞台边上的一个破旧的吉他箱上——箱子几乎全靠强力胶布粘住。我不知道这东西能为里面的乐器带来多少保护。

我露出一个最假的笑容，"如果我需要钱，亲爱的，我就不会在这里演奏了。不过谢谢你告诉我音响师的事。没问题。你今晚收钱干活吗？"

他点点头。我不知道他是否听懂了我的讽刺。"店主晚一点会带着节目安排过来。如果你愿意的话，我可以给你当音响师，二十块钱。"

"我自己能搞定，谢谢。如果你愿意出五十块，我可以给你当音响师。"我脸上已经没了笑容。

阿普丽尔忍着笑，开始咳嗽。那家伙盯着我看了一分钟，然后无视我走开了。我知道我宁可被他无视也不想再听他说什么，就算我需要他的帮助。但我知道他是哪种人。幸好我不需要他的帮助。我已经很长一段时间不用应付这种讨厌的家伙了——我被宠坏了。

酒保掀开帷幕，挥舞着一张纸条，看起来有点儿发愁，"嗨，大伙儿，肖恩病了，所以他不会来了。他说这是节目安排，但如果你们不喜欢这个顺序，可以改。你们自己看着办。"

另一个音乐人走过来，从她手里抓走那张纸。

"你来这里是因为你想要演奏，"阿普丽尔低声说，"别让他毁了你的夜晚。"

她说得对，他已经悄悄影响了我的情绪。与志趣相投的音乐人一起反击这个荒诞的时代，这样一个夜晚本来会很美好，但今晚不是那样的夜晚，那也不是我来到这里的目的。我需要演出。我默默祈祷，哪怕只有一个观众出现也好。为阿普丽尔和这家伙演奏可不一样。

"女士优先。"那个音乐人举起那张纸。两段演出各四十分钟，先是我后是他，九点半开始。我意识到我们还没做过自我介绍。纸上写着他的名字，坦纳·沃特基斯。

"莫莉·福勒？"他眯着眼睛看了看那张纸，"我没听说过你。你还在哪儿演出？"

我甚至想不起来店主建议用假名时我怎么选的名字。我耸耸肩，"这是我第一次演出。我给你开场更好。"

沃特基斯怀疑地看了我一眼，我尽可能在脸上摆出一副单纯诚挚的表情。

不管怎样，逗他玩分散了我的注意力，反而没再关注空荡荡的房间。我自行完成试音，从背包里拿出我自己的麦克风，换掉俱乐部破旧的SM58。如果我不介意倒挂着工作的话，可以在舞台上调整调音台滑钮,而我确实不介意。沃特基斯正站在房间中心默默做着判断。阿普丽尔坐在靠后墙的凳子上,把脸凑到那杯饮品上方,吸着饮品散发的蒸汽。一般情况下我会问她平衡调得对不对,但我不想让沃特基斯钻空子发表意见,所以我决定相信自己的判断。等我感到满意时,我把吉他靠在音箱上,过去和阿普丽尔坐在一起。

"听起来还成吗?"我问。

她睁开眼,"如果我说我一直在听,那是撒谎。对不起,卢斯。我很不舒服。"

"没事儿。很遗憾你病了。你要回家吗?"

"不。我会靠墙坐在这里,等到你演出结束。"

令我松了一口气的是,就在我写完自己的曲目列表时,有四个人走了进来。我的祈祷得到了回应:观众,虽然为数不多。我知道他们不是为我而来,因为"莫莉·福勒"根本不存在。这意味着他们要么是坦纳·沃特基斯的粉丝,要么只是来听听新歌的。我发现沃特基斯也同样在打量他们,可以确定是后一种情况。太棒了。

到了九点半,又来了五个人。不用多少人就能让这个房间看起来挨挨挤挤。我踏上小舞台,又调了一次音,然后打开小型音箱,走向麦克风。那一小群人一直在聊天。

有那么一会儿,我在淋浴隔间大小的舞台上看着那十一个人,禁不住感到紧张。我随即摆脱了这种感觉。笑话。我能毫不迟疑地为几千人演奏。为什么十一个人会让我这么在意?因为我必须从零开始争取这些人的支持。我已经有一段时间没有面对这种情况了,但我并非从未经历过。

"嗨,我是——"我停下来回忆那个化名,但实在想不起来。不过这不重要,"我会为大家演奏几首歌曲。感谢你们前来。"

我写的曲目列表跳过了那些在超级流媒体上大受欢迎的歌曲。我开始演奏急促而欢快的《失而复得》,这首开场曲是为了让那些自以为可以在我演出时聊天的人安静下来。很有效。我视线飘移,只跟观众进行短暂的眼神接触,以防在这么小的房间里令任何人感到不自在,我想让他们沉浸在歌曲中而不觉得尴尬。

扬声器中传来一声尖叫,破坏了我正要施展的魔法。我在演奏中间扭头看向调音台:沃特基斯正在摆弄我设定的均衡器音量。我瞪了他一眼,但他没有抬头看。我知道他就是那种人,他会一刻不停地摆弄。他盯着手头转动的旋钮,仿佛怎么都做不到完美。

我唱完了这首歌,转向他的方向。我可不是那种只会默默瞪人的家伙,"哥们儿,在我把吉他砸到你头上之前,离调音台远点儿。"

观众那边传来一些笑声。至少他们知道问题不在我这里。我把音量调回我设定的位置,转向麦克风。笑了笑。假装第一首歌还没唱过。"嗨!我会为大家演奏几首歌曲。感谢你们前来。"又是一阵笑声,他们站在我这边。

那之后,演出进行得很顺利。观众来到这里是因为他们想听点儿新东西,也许还因为他们想暂时假装一切正常。

　　我来到这里是因为我需要这种能量,一种只能从这种连结中得到的能量:一首歌、一场表演、一个瞬间所带来的、难以定义的碰撞——我和他们达成协议,我会尽力触动他们,而他们会敞开心扉被我触动。在这九首歌的时间中,之前那可怕的几个月仿佛消失了。这九首歌令人得以避开外面发生的一切。我原以为我需要巡演,但我怀念的其实并不是那种表演方式,而是这种能量。无论在什么样的房间中,无论房间是大是小,我都能找到。

　　我不想结束。我的歌足够再唱一小时,但这不是我的地盘。我唱完最后一首歌,伴随着热烈的掌声离开。我等了一会儿,表示这部分演出真的结束了,然后踏上舞台拿起我的吉他、麦克风和音箱。我绝不可能和那个家伙分享我的装备。

　　"干得好,亲爱的。"沃特基斯说,"如果这个世界不会变成一坨屎,你没准能大获成功。"

　　"接受道歉。"他看起来还有话想说,但我转过身去不再理他。

　　有几个人走过来和我聊天。"你有什么我能买的东西吗?"最早走近的一个女人问。她穿了件背心,露出的臂膀壮得惊人。我要是能有那样的臂膀,真是死也甘愿,不过健身或游泳比死有用。

　　"或者超级流媒体?"她的一个朋友问。

　　我差点儿说没有,然后意识到用假名的目的在于避免太多人进入这个房间,而现在演出已经结束,也就无所谓了。"有的,不过用的是另一个名字。"

大多数人对我的名字感到茫然,不过有一个人睁大了眼睛,"哦,天哪。那首歌是你唱的。我知道那首歌。"

他唱出《血与钻》的副歌,其他人点头听出了这首歌。

"你在这个破地方干什么?"他的一个戴着粗框眼镜的朋友问。

"这是唯一一个开放的地方。"我没来得及开口,另一个人做出了回答。

"她可以为更多的人做全息舞台演出。"

我看着那个戴眼镜的人,"全息舞台是什么?"

"一家新公司。我有个朋友在那里工作。这家公司随时都会一飞冲天。"

我在心里默默记下来,打算查一查。

"不管怎样,我很高兴你在这里。"认出我的那个人说,"我并不在意今晚是谁演奏,但我很高兴是你。"

"我能请你喝一杯吗?"那个有着诱人臂膀的女人问道。

是引诱,还是友好的邀请? 她把手放在我的胳膊上。强壮的手臂,手势带着恰到好处的力量。这肯定是在挑逗我。

"我很乐意,但我朋友在那边,"我朝阿普丽尔点点头,"我得送她回家。"

她看着阿普丽尔,收回了手,"嗯,是的,她看起来不大妙。改天再说吧。"

坦纳·沃特基斯开始演奏,刚才和我聊天的那群人转身再次面对舞台。我希望他是个糟糕的表演者,但令人失望的是,他还算够格。他绕过音箱,把吉布森蜂鸟吉他直接插在调音台上。他指法很扎实,歌声有一种粗犷的魅力。这首歌没什么记忆点,但他演奏得很好。

从礼貌上来说,我应该留下来看他演出,因为他欣赏了我的演出;但阿普丽尔看起来每一刻都在变得更糟。我转过身去,背对着沃特基斯。

"我带你回你住的地方。"我对阿普丽尔说。

她睁开眼睛,"行,好的。"

她甚至没有抗议,所以我知道这样做是对的。我用不着等着拿报酬,反正也没钱。我把乐器包和背包都挂在右肩上。幸运的是,音箱的运输箱有轮子和折叠手柄。

"你能走路吗?"我问。

阿普丽尔点点头。她从高脚凳上滑下来时,我对这一点感到怀疑,但她还是勉强站住了。我让她在前面带路,这样我也可以照看着她点儿。她边走边用手扶着墙。

当时才晚上十一点,天气也不错。我们甚至还没走到门口,我打电话叫的出租车就已经到了。阿普丽尔滑进后座,动弹不得。我把音乐装备塞进后备厢,走到另一侧,"你确定不用去医院吗?"

她摇了摇头,"不要去医院。我把保险停了。很傻,我知道。我会没事的。睡一觉就好了。"

我把手放在她额头上，"你在发烧。"

"小感冒。我会没事的。"

我知道她有事，光从她一动不动的手就能看出来。我回忆了一下，整个晚上完全没看到她用手做出击鼓的动作。

我们在沉默中乘车前往黑人住宅区。楼房没有电梯，我先把装备搬上三层，然后下来扶她上楼，她只勉强爬了前面四级台阶。让她在床上和衣而卧后，我来到厨房，从架子上取下一个玻璃杯倒了点儿水。我搞不清楚盥洗室里的东西都是谁的，抓起一瓶泰诺和另一瓶商店自产的感冒药给她选。我不知道还能为她做些什么，也不知道她打算让我睡在哪里——客厅入口拉了一道门帘，显然也是某个人的卧室。我打开她的柜子，好不容易翻出她的睡袋铺在旁边的地板上。

阿普丽尔呻吟着辗转反侧，显然是精疲力竭但又睡不着。我感到很无助。她需要医生，但我无法让她去医院。我给浴室和厨房的水槽，以及所有的门把手消了毒，用肥皂和热水擦洗我的双手，然后勉强进入半睡半醒的状态。四点左右，她的一名室友回来了。我起身打算和他们谈谈，但还没走过去，另一间卧室的门就关上了，敲门也没人应答。我又回到睡袋里。

"回家吧，"太阳升起后不久，阿普丽尔低声说，"我会好的。"

"见鬼。我不会走的，除非你去看医生，或者你的室友说他们会照顾你。"

"别指望他们了。一群混蛋。"

"至少去诊所怎么样？经济实惠。如果你没钱，我来付。"话刚出口，我就知道我不该这么说。

"你回去吧，卢斯。如果我没有好转，晚点儿我会去诊所的。我保证。"

我越界了。我们并不是真正的朋友。某种意义上，我曾经是她的雇主。某种意义上，我们曾经组成一个乐队。除了我已经做的，她的自尊心不允许她接受我更多的帮助。我上网把车票换成更早一班车的。

"快点儿好起来。谢谢你介绍的演出，很棒的音箱，还有住的地方……"我的声音渐渐变小。

她用一只手肘支撑自己，"音箱？你把它带回这里了吧？"

我指了指墙角。她又躺了回去，"谢谢。"

"你确定没有别的什么事要我做吗？"

她挥手送我离开。我本来希望能跟她哪个室友说一声，她病得很厉害，但我一个人都没看到，她说过那些人都是混蛋。我自己走了出去。

我在去地铁的路上买了一杯咖啡和一个面包圈，等我意识到现在正处于交通高峰期时，就开始后悔买了这两样东西了。即使有那么多地方停业，纽约地铁在高峰期仍然很挤。我不得不把背后的吉他转到身前保护好它，再用另一只手的手肘勾住扶杆，以免咖啡溅到脸上。为了分散注意力，我开始观察周围的人，然而连这件事都不如平时有意思，大概是因为我前一晚没睡好。也许是我的想象，但每个人看起来都一脸憔悴、无精打采。我下地铁时咖啡早就凉了。我把它扔进最近的垃圾桶。

返回巴尔的摩的早班车不像我前一天坐的车那么拥挤。没有人在意吉他占了个座位，因为有足够的位置让每个人都可以靠窗坐。我在上层找了个坐车离开时能看到曼哈顿的位置；从新泽西这边看，纽约总是显得宏伟壮丽。随着曼哈顿岛的南端从视线中消失，我把注意力转向之前逃避的问题。

接下来要做什么？我希望演出能让我振作起来，但仅仅一次演出带来的鼓舞消失得太快了，充其量只能暂时分散注意力。我需要某种真实而持久的东西，但我想不出什么东西符合要求。

那个戴眼镜的人在我演出后提到的新网站是什么来着？至少，探索并加入一个新的平台可以消耗一些时间，让我感觉有点儿收获。他说的是超级全戏。不对，全戏舞台？我用手机搜索，终于找到了——全息舞台。不怎么吸引人的品牌名称。

客车一个急刹车，我伸手撑着前面的座位，用胳膊挡住吉他免得它掉下去。我看到车外亮起一大片刹车灯。在早晨这个时间的出城路上，事情有点儿古怪。

我又回到全息舞台的网站。看起来他们是通过专利硬件提供私人演出服务的，收费服务。"不用停车，没有呕吐。就像现场演出，甚至效果更佳。"他们的标语还可以再完善一下，而且他们似乎没有提供艺人注册链接。看起来有点儿简陋。

巴士还是没有动弹。我站起来看向汽车前窗。其他人也一样。

"你能看出堵车的原因吗？"我问另一个人，他看起来一直在关注情况。

"看不出。有辆救护车停在公路另一边，就在前面。我觉得他们想从这边开过去，但路太窄了。"

我回到座位上等着。又过了二十分钟，巴士磨磨蹭蹭往前挪，终于看到路边有拖车正在解救护栏上的一辆汽车。我们开过那个地方之后，高速公路立即变得通畅，仿佛从未发生过什么问题。

我们抵达马斯·爱迪生休息站。这本来是一班从纽约直达巴尔的摩的快车，但扬声器吱吱啦啦响了起来，司机宣布："我们要紧急停车，让一位生病的乘客下车。其他人留在车上，我们马上就会继续行驶。"

车门位于我的座位对面，我伸长脖子看向那边。一辆救护车在休息站等着我们，大家一起看着一名乘客在两名医护人员的帮助下走向那边，排队时我对他没什么印象。下层没什么动静。我想如果发生了什么戏剧性的事情，我们在上层应该也能听到。

我看了眼时间，已经上午十一点了。在这么晚的时间点发短信给阿普丽尔，就算吵醒她也不至于太内疚。

你怎么样了？我写道。没有回信。

　　汽车再次开动,余下的旅程平安无事。我又给阿普丽尔发了几条短信,然后就放弃了,希望她只是关机睡觉。如果她不回复,我也没别的办法能联系上她。

　　下车后,我拖着沉重的步伐回到家里,那种低落的情绪进一步加剧了。一场演出而非巡演。这甚至不足以让我忙上一天。我走进我住的屋子,这里还没有家的感觉。我不是说巡演住的旅馆房间有多少家的感觉,但至少得到了一些什么。公路、演出、音乐,那才是家。

　　客厅里没人。厨房里没人。只有一只我以前没见过的猫在喵喵地叫着迎接我,我弯下腰想摸摸它的时候,乐器包从我肩上掉了下来,它飞快地逃走了。我回到自己的房间,把吉他靠在墙边,瘫倒在床上,一成不变地重复昨天之前的每一天。一场演出并没有改变任何事情,而我仍然不知道什么才能带来改变。

第8章　罗斯玛丽　小盒子

　　农用卡车被逐步淘汰,现在已经不能上高速公路了,罗斯玛丽只好租了一辆单舱小客车送她前往全息舞台现场。她以前从未坐过这种小客车。后面的车座看起来不错,就她一个人坐,如果她把手放在膝盖上,就不必担忧这里曾经坐过其他人,也不用去想那些接触过座位表面的人。除了自己的手机和车门把手,她不用碰其他任何东西,也不用跟司机进行尴尬的谈话,她在父母保存的旧影视作品中见过那种情况。

　　她很高兴没有开农场的卡车——否则她只能盯着前方的公路,听着故障发动机发出的声音,声音大到她甚至没办法听音乐。如果开了卡车,她会被堵在坑坑洼洼的县道上,因为那辆嘎吱作响的破车不被允许行驶在这条新建的、平坦的自动化高速公路上。乘小客车还能看看车窗外,看看她过去十几年错过的乔里的一切。虽然她在高速公路上看不到太多,但偶尔能够瞥见一些景象:购物中心变成了禁闭中心,又变成了超级沃利配销中心;几处谷仓,冬天光秃秃的橡树从坍塌的屋顶中伸出;一家废弃的游乐园,仿佛脊骨一般的过山车轨道;一家汽车旅馆恰到好处地出现在视野中;电影院,以前会有一大群完全陌生的人聚在一起看电影。到处都是昔日幻影,以她当时的年龄勉强留下了一些记忆,但不甚清晰。那是她父母的世界,不是她的。

她自己的世界覆盖了他们的世界。在安静行驶的小客车里,她可以一边赶路一边听虚度乐队的歌,完美的声道。她的新连帽衫显示着地图视图,虚拟的高速公路叠加在柏油路上,地标在边缘嗖嗖掠过。专利药品的最新歌曲和"夜灯牌"桦树啤酒的广告在云层中上下波动。迁徙的鸟群飞向北方,翅膀上带着"鸟谷歌"应用程序的标签。到处都是带围墙的住宅,里面住着逃离城市的人,他们比她家更有钱,比她家更穷的人则住在拖车活动房聚居区。

她并不怨恨他们为她建造的那个小小的安全空间。她也有朋友,虽然是网友。永远都有足够的事情做,让她不至于感到无聊,理所当然地,工作除外。如果她能借此机会看看连帽衫外面、她的房子外面、乔里外面是什么样子,那么她就可以说她做到了。做到了一些事情,即使这些事情最终又把她带回她的房间里。

单舱小客车驶出高速公路,经过一连串急转弯之后,停在一扇三米高的安全门前面,她的胃里翻江倒海。大门上有个标志写着

"**车辆未经授权禁止进入**",旁边是"**访客未经授权禁止进入**"。门口有个看起来百无聊赖的白人警卫通过透明视图的连帽衫检查她的身份证。"你的名字在授权名单上,"过了一会儿,他说,"但这辆车没有授权,我可以让他们派一辆车来接你,但如果你愿意步行,那更省事。"

"我可以步行。"没必要麻烦别人。她刚从后备厢中拿出行李放下,单舱小客车就慢慢驶远,去接下一名乘客。她无路可退了。

她想问问她应该去哪里,但又不想惹人烦。反正眼前只有一条路,一条绿树成荫的宽广大路。她跟妈妈借来的老旧旅行箱有个轮子裂了,在她走路时一直往右歪,不过现在就打退堂鼓还太早了,这里的树木开着她不认识的大团粉白色花朵。最近肯定下过雨,因为落花铺了一地,这使拉着行李箱步行变得更困难了,即使这仿佛是专为她准备的美丽迎宾毯。

步行十分钟后,一座巨大的建筑隐约进入视野。它比镇上那所废弃的高中还要大,比乔里和贝尔吉卡斯之间的超级沃利配销中心还要大。这里有一扇巨大的门和一扇人形大小的门,于是她选了后面那扇。

一个与她年龄相仿的男人在前台对她微笑,她惊讶地意识到自己无法辨别他的面部特征。她知道在网上可以通过符号标签了解一个虚拟形象的种族,或者如果不知道的话,可以在哪儿查。如果使用与你自身文化不符的虚拟形象,会被人视为一种文化挪用,除非你是质量控制部的人，但即使是他们，也只会使用一分钟。她完全不知道该怎么判断他的种族，她对这个人是男性的假设也可能是错的。她同样不知道这些事情为什么重要，或者是否重要。也许她关注这些事情是因为她喜欢有个故乡，即使要追溯到很久之前的家族史，即使她并不是来自什么特殊的地方。也许在她以前住的地方，她习惯了人们会以各种方式告诉她，他们想要被怎样看待。所有这些想法在她脑海中一掠而过时，他说："欢迎来到全息舞台大家庭，罗斯玛丽。"他有一种得州口音。

和超级沃利一样，全息舞台现场也有同样的"人才管理流程"。在这里他们称之为"人力资源运作"，也许是为了区别于舞台上那些真正的人才。他们先是让她把行李放进宿舍，然后让她迅速浏览所有关于工资和任职的纸质文件。她等着他们列出对于工作场所的规定，但他们似乎并不在意这方面。他们不需要鼓舞人心的海报，对她的工作空间也完全没有提出任何要求。也没有很多工作需要她在家里完成，虽然他们没有说这意味着什么。这些都是惊喜。

她的私人房间也是个惊喜，有自带的小浴室，在她居住期间可以把餐食送到门口——直到她漫步穿过宿舍区域，她才意识到自己有多害怕共享区域。她点的通心粉和奶酪里面加了她不习惯的调味料——洋葱和辣椒——但不必在自助餐厅吃饭还是令她松了一口气。她在父母的老电影里见过自助餐厅，在她看来，这些地方总是又脏又乱。

其实，他们把新员工带到大院的主要原因，除了那些纸质文件外，也是为了展示真正的演唱会是怎样录制的。很合理。一些新员工将在广播节目中担任舞台管理或技术人员。另一些人则作为艺术家的后援：化妆、服装、艺术家联络人。她所在的培训小组一共八个人，都和她年龄相仿或者更年轻，但罗斯玛丽是唯一一个要去外面做"田野调查"的新员工，无论那意味着什么。

第二天从参观开始。在一间小教室里，她培训小组中的所有人都在互相打量、彼此评估，尽己所能地拉开与其他人的空距。罗斯玛丽很纠结应该穿什么参加现场培训，最后选了一身跟超级沃利制服差不多的衣服。其他人则穿得更随意，牛仔裤或紧身裤，无品牌的长袖T恤。与她以前接触的虚拟形象相比，他们看起来都很邋遢。他们气色不佳，头发卷曲。几个人的脸颊或手臂上有瘟疫疤痕。她很幸运只在身体上留下了疤痕，可以藏在衣服下面。

"啊，你们都到了！欢迎！"一位女士进入房间，她有种军人气质，身板挺得笔直，一个扭曲的几何体盘在她的脑袋上，甚至比最反重力的虚拟发型还要夸张。她有着罗斯玛丽在兜帽空间之外见过的最黑的皮肤。"我叫珍妮。我会成为你们的鸭妈妈，你们都是我的小鸭。跟我来，小鸭们。"

他们跟在后面。珍妮指挥这群呆头呆脑的小鸭一路经过艺术家休息室、更衣室、练习室和剪辑室，速度快得让大家喘不过气来。

他们从正在工作中的那些人身边走过时,罗斯玛丽心想,这些人是怎么积累经验,最终进入这一行的? 她刚一表现出计算机方面的天赋,就被指明了方向,从未得到过存在其他职业道路的提示。高中时期,她和同学们被分配到八个不同的专业方向:医学/护理、农业、军事、建筑、教育、贸易、计算机,以及涉及超级沃利帝国的方向。从技术上讲,这个方向会渗透到其他七个专业方向中。这些人是自学录音和化妆的吗? 还是说可以在什么地方学到这些东西? 她一直没开口,生怕自己听起来很傻或者像个乡巴佬,直到科尔顿,那个负责服装的家伙问道:"说到底,一个人怎样才能成为音乐人?"没有人笑。

珍妮停了下来。后面的女人撞到她身上,然后罗斯玛丽径直撞上她俩。她对于身体接触有几分畏惧,后退一步踩到了别人的脚上。这种意想不到的接触使她慌乱不已,差点儿没听到珍妮给科尔顿的回应。

珍妮回答时不带一丝嘲笑,这说明了她为什么能担任向导;在这里工作的人很容易笑话这种问题,忘记当新人时的感觉。"有些人在疫前时代已经是音乐人了,那时候还有现场演出什么的。我知道你们中有些人很难想象,一个为现场观众现场表演现场音乐会的时代,但我们的很多音乐人,即使是比较年轻的那些,也从未停止过这种想象。他们找到我们,或者说我们找到了他们,因为我们是可以帮他们实现梦想的人。"

她又开始往前走，一群人竞相跟上她。"我知道我们答应让你们看现场录音，你们运气不错。我们今天有一场非常特别的演出。如果你们从未看过玛格丽特演奏，你们会大饱耳福。"

科尔顿倒吸了一口气，另外几个人听到这个消息也振奋起来。罗斯玛丽也假装兴奋。她知道，在音乐素养方面，她还有很多东西要补课。

狭窄的走廊尽头是一扇锁着的门。珍妮亮了下通行证，带他们进入了一个巨大的空间，像超级沃利配销中心一样大。从低矮的走廊进入这里，感觉变化极大，但录影棚本身和罗斯玛丽期待的没什么不同。她之前想象过一个音乐厅，就像专利药品演奏的地方，或者至少是绽放酒吧的规模。想象他们所有的动作都比现实生活中夸张得多。

她想到了这个规模，但没想到会这么安静。她想象过周围挤满了人，熙攘喧闹，回荡着音乐。事实与此相反，这个巨大的空间里塞满了模块化的小房间，就像拖车房屋。罗斯玛丽在寻找舞台。就算和绽放酒吧那个不一样，至少也该有些类似的东西。扬声器、音响、灯，诸如此类。

仿佛有人问了个问题，珍妮开口道："你们一分钟之内就会明白。注意倾听。稍后有个小测验。"

他们面面相觑。罗斯玛丽不知道是不是真的要测验，于是她试着记住这里的布置。墙上挂满了数字钟，显示全世界三十多个城市的时、分、秒。到处都是从拖车隔间引出的电线。

珍妮看了一眼手表,笑了,"他们马上就到。"

仿佛收到暗号一样,棚场另一端,更衣室和化妆间侧厅交叉的地方打开了一扇门。一位身着色泽淡雅柔和的丝绸连衣裙的高个子黑人女士走了进来。跟在她后面的男士看起来可能是她的某位亲戚——他们有着同样的颧骨,同样的身材——另一位白人女士追在他们后面挥舞着平板电脑。"你们确定要现在改节目吗?"她问道,"技术人员会不高兴的。你们十分钟后就要开场了。"

即使罗斯玛丽接过那么多供应商服务电话,她仍然无法分辨那位高个子女士的口音。也许是加勒比海地区?"我今晚没兴趣演奏《温暖的床》。我对那首歌没感觉。我想改成《用词不当》。"她没有大喊大叫,但她的声音响彻整个洞穴般的空间。

"玛格斯(玛格丽特)。"那位男士也有类似的口音,音量、音调和音色都与她相近。他穿着一套带条纹的黑西装,领带和那位女士衣服的颜色一样。"你得讲道理。他们没时间为我们重做演出提示。"

"要求从曲目列表上删掉一首歌不能算不讲道理。"

"你是要删掉这首歌,还是替换它? 删掉比替换容易。"

"如果我们把它删掉,演出就太短了。"他们走近罗斯玛丽这群人。从近处看,这两位表演者显得更高了,两张脸都化着浓妆。那位女士夸张地叹了口气,没注意到罗斯玛丽在听。"我们是艺术家,不是听话的狗。我不会按命令吠叫。"

那位男士看着第二位女士，挑起眉毛，然后耸了耸肩，"我姐姐说我们今晚不演奏《温暖的床》。如果你希望我们把它删掉，缩短时间，就告诉我们，或者换成《用词不当》，时长一样。"

第二位女士从侧门出去，把表演者们——艺术家们——留在了这里。

"我不是不讲道理。"那位女士又重复了一遍，他们说着走向两个隔间，分别进入一间。

"你们可以走近一点儿看。"珍妮做了个手势，让这群人跟上两位艺术家。

"他们是谁？"罗斯玛丽低声问科尔顿。她选择问他，部分原因在于他对表演者名字的反应很夸张，部分原因在于他有足够的勇气提出任何问题。更不用说，如果她的问题很愚蠢，她跟他再次交流的可能性最低。

"你认真的吗？"他低声回复道，"她是祖克嘻哈女王。这种音乐可以说是她和她弟弟创造出来的。她就像多米尼加的民族英雄。"

当他们走近时，罗斯玛丽意识到每个拖车房都是一个孤立的小隔间，每间都有一排摄像机、灯光和麦克风，环绕着一个微型舞台。隔间墙壁用泡沫填充，两侧都有窗口。她试着把这些新的信息和她对专利药品的记忆整合到一起。贝斯手当时肯定是在对窗外的人眨眼示意。

"我不明白。"她说。

珍妮听到了她的话。"第一次看到这些往往会令人感到震惊。就像有人递给你一块拼图,然后问你整幅图是什么样子。"

罗斯玛丽努力想弄明白。房间左边,那位男士正站在聚光灯旁边给吉他调音。右边,玛格丽特坐在凳子上,双臂交叠盯着摄像机。空调嗡嗡作响,比所有其他设备产生的噪声都多。

对讲机里突然传来一个低沉的声音,回荡在棚场中,"我们正在剪掉《温暖的床》,请从你们的提示单中删除《温暖的床》。演出时间会减少两分四十七秒。我需要每个部门在一分钟内确认。如果有问题,请联络控制中心,但最好别出现任何问题。"

罗斯玛丽没有听到任何确认,也没有听到任何问题,所以肯定有什么别的办法把这些信息从每个部门传递给神秘的内部联络员。吉他手在他的小房间里走到聚光灯下。一道灯光沿着轨迹移动了几厘米,然后第二道也一样。另一个隔间那位女士仍然没动。

空调关掉了,棚场的顶灯也关了,所有的机器一片寂静,不再有嗡嗡声。人群中有人咯咯地笑了起来。各个隔间里面,聚光灯照亮了表演者,与周围的黑暗形成鲜明对比。那位男士开始弹吉他。玛格斯肯定是在灯灭的那一刻走到她的位置上的。现在,她正随着她弟弟切分音的弹奏节拍摇摆着身体。

"为什么我们听不见?"有人问。罗斯玛丽很高兴这个问题是别人问的。

"嘘。"第二个人说。

"那些是独立隔间,"另一个声音轻轻说,"它们是隔音的。"

"双向的?"第二个人又问。

"小鸭们,"珍妮用正常的音量说,打断了这些关于隔音的讨论问答,"这边走。"

一群人跟着向导离开了这些隔间。罗斯玛丽跟了上去,但走的时候回头看了一眼。她还是不明白这些拼图碎片是怎么构成整体画面的。

他们又穿过另一扇门。这么多门。罗斯玛丽不知道他们是否已经走过这条走廊,或者之前见过这间控制室。如果是的话,那也只是一晃而过。现在到处都是技术人员和工程师,所有人都在自己靠墙的隔间里,从一百多个不同的角度看着监视器屏幕上的两名表演者。

她庆幸自己背后有一堵墙,还给自己找了个人群中离门最近的位置,尽管她的视线现在被挡住了。人实在是太多了。他们怎么能忍受全都待在同一个房间里? 他们散发的热量,他们呼出的空气,某人的古龙水,某人的汗水——假如那不是她自己的汗的话。即使在绽放酒吧爆满的演出中,她也没觉得这么挤,尽管那当然不是真实的。专注于技术方面,她告诉自己,找点儿事来转移你的注意力。

珍妮低声说:"那边隔开的舱室用于混音。"她指着一个戴耳机的男人,他面前的大屏幕上满是跳动的图表,从绿色波峰到黄色尖端,然后再次回落。

另一个完全相同的舱室由一个年轻女人控制。"他旁边是另一个混音室,用于入耳监听器,确保音乐人听到他们需要听到的内容。那一整片都是摄像机。"她指向覆盖了两面墙的大型监视器,"有些是摄像机实际拍摄的内容,有些是观众看到的内容,有些把所有东西结合到一起。全息摄影装备是自动的,但我们会在控制中心留个人,以防需要人工处理。他们在这次演出中会仔细观察,因为曲目列表发生了变动,某些摄像机可能不会按照新列表的更新路径拍摄。每当你在最后一刻做出改变,你就增加了事情出错的可能性。记住这一点,孩子们。"

一些监视器上显示着玛格丽特,另一些显示着她的弟弟,但绝大多数显示的是两人在一起的画面。房间中心一个凸起的平台上,头顶的投影仪像魔法一样变出两位表演者栩栩如生的等身无背景全息图,天衣无缝地融合成一幅画面。

罗斯玛丽张大了嘴巴,"这是怎么做到的?"

"做到什么?"

"把他们放在同一个房间里!实际上不在。"

她的眼睛明白是怎么回事。每个表演者都有自己的摄像机阵列,每个人身后的假舞台也保持一致。在演播室里合而为一。她想问的问题其实不是"怎么做",尽管这是她脱口而出的第一句话。也不是"为什么",因为答案很明显:为了让每个表演者看起来都是三维立体的,需要不被遮挡地从各个角度拍摄他们。

　　问题是另一个"怎么做"——应该说，那些表演者是怎么在彼此分隔的时候也能表现得仿佛正在互动的？专利药品表演时肯定也在这样的隔间里。那些让她感动的歌曲，那些伸出手对她说话的表演者，全部都是精心策划的假象。

　　隔间里的音乐人们开始唱另一首歌。吉他的效果器使隔间颤抖起来。玛格丽特用另一种语言唱出一句歌词，带着某种激烈的感情，末尾有个忧郁的转折。吉他与之共鸣，融入她自己的声音，颤抖着、咆哮着。她看着她的弟弟，目光紧锁。用另一句歌词与之交锋，而他用吉他反击。他们两人的面孔越来越近，相距只有几厘米。

　　罗斯玛丽把目光从全息合成图像上移开，再次看向单人监视器的图像。他们仍然与三维版本保持着同样的姿势，但现在她适应了这种分隔。

　　"他们能看见对方吗？"她问，希望这个问题不会太幼稚。

　　"有时候能。除了灯光之外他们看不到太多东西，但有标记指明他们希望对方在哪个位置，而且地板上也有可视监控器。如果他们偏离了几厘米，我们可以纠正。"

　　令人惊叹。如果他们中任何一个人搞错了标记，看起来就会变得很可笑。一个人对着另一个人的鼻子唱歌，或者对着空无一人的地方弹吉他。这是一场分成两半的表演，两个人之间的关联需要他们完全信任对方，相信另一个人会出现在安排好的位置。

　　这首歌结束了，吉他继续演奏下一首歌。画面闪烁、跳动，然后两名表演者的形象就像纸张一样打皱儿。房间中央的全息投影将它们旋转变成棱彩弧线，仿佛扁平化了毕加索笔下的形象：下巴拉长，四肢扭曲，手臂、身体和吉他变成长得不可思议的碎片，缠绕在一起。

"见鬼！"有人喊道，"没人说过他们会从《去你的》切换到《传染性》。那样子应该强行停止。"

"摄像机落后提示三秒。"

"往前跳。"

"我们会漏掉几秒钟。会有个空当。"

"总比我们现在的纸娃娃要强。"这些纸娃娃令人毛骨悚然，隔间里的人变成一种扭曲的版本。罗斯玛丽溜进人群，去看控制台上运行的代码。

"听我指示，跳到第三十二秒的《传染性》。五、四、三、二、一。"

实时监视器一直在监控表演者。全息图像进行了一次令人反胃的骤变来配对，他们又变回了三维状态。这是一种奇怪的解脱感，从恐怖谷中逃脱的解脱。

玛格丽特和她弟弟完全没有出现错拍。即使他们通过耳机了解到控制室里的紧张状态，他们也没表现出任何迹象。这位女士是个令人着迷的表演者。她不仅仅是让自己沉浸在歌曲中——她本身就是音乐的一部分，但她也会控制它、利用它。她面对镜头的方式好像在说："我要为你演奏。"不是温暖，不是联系，而是力量。即使在这种客观冷静的状况下,也传递出强大的力量。即使在下一首有趣的歌曲,或者再下一首安静的歌曲中,也蕴含着力量。

"我们下线了。"最后一首歌结束时,房间里有人宣布。

全息图像消失了,但监视器上隔间里的艺术家们并没有消失。

"那是怎么回事?"玛格丽特直视摄像机问道,仿佛要从里面跳出来,"不应该发生这种事。是谁没跟上提示?"

她弟弟将吉他背带绕过头顶,把吉他放回架子上。他脸上的汗水闪闪发亮,顺着脖子流进衣领。"玛格斯,是我们的错。我的错。我们让他们删掉了一首歌,没把空白部分串起来。"

她怒视着他。

"如果有人投诉,你自己退款。"

"好,好。"他对她挥挥手,"现在,我们能不能离开这些桑拿房,别在镜头前面吵架?"

"行。或者让摄像机和麦克风后面八卦偷听的家伙们把它们关掉,因为我们现在已经没有在对着它们讲话了。"

有人关掉了摄像机。

珍妮转向她的"旅游团","就是这样,从头到尾。你们离开后可以通过在线培训模块了解你们工作的具体内容。你们中的一些人会负责招募新人,把艺术家送到这里来;然后另一些人会给他们梳妆打扮,把他们弄得漂漂亮亮的;其余人给他们混音、拍摄,把他们送到粉丝面前。你们会做出全世界最好的现场演出。享受乐趣,好好了解你们的工作,就像你们今晚看到的,如果出了什么差错,千万别让那成为你的责任。"

　　她带着几分笑意说出最后一句话,但罗斯玛丽不知道她是不是认真的。

第9章 卢斯 愿灵魂安息

接下来一周内,我的三名室友都出现了阿普丽尔的症状,无论是什么病,总之很糟糕。他们和阿普丽尔一样,先是发冷,然后发烧。我自己待着,不与别人来往,害怕自己也患上,害怕我是病毒媒介,害怕感染第四个人——贾斯普里特,那位老师兼电影制作人。

我把这些事情告诉她时,她笑了起来,"我教三年级,卢斯。我的免疫系统就像……该说像什么一样好呢?不管怎么说,我教的孩子也有一半请假,有些孩子在你去纽约之前就病了。你不是零号病人。如果说是谁把那东西带进屋,那也是我。"

我稍微安心了一点儿,然而第二天,她从楼梯上摔了下去。我在自己的房间里听到一阵声响。

"我头晕目眩。"她说。

我伸手想把她扶起来,她开始尖叫,好像我弄痛她了。有那么一会儿,我以为她是摔下去时受了伤,但她拉起袖子:她的手臂上满是红肿的痕迹。

我开着她的车送她去急诊室,因为我自己没车。急诊室人满为患。每个座位上都坐着一个和贾斯普里特症状类似的人——脸红、出汗、颤抖、呻吟。有些人的疹子像她的一样裂开,他们发出好像被刺伤或烧伤一样的尖叫。

"我可以打电话叫个朋友来。"贾斯普里特一直说着,不过当我和她一起坐在候诊室的地板上时,她也并不反对。

"我会等到他们过来。"我和贾斯普里特算不上朋友,但我很后悔把阿普丽尔留给她那些该死的室友。我还没联系上她。如果我当初没能多帮帮阿普丽尔,至少我可以留在这里等贾斯普里特的朋友过来。

没人来。几个小时过去了。我看着手机上的新闻提要。总统呼吁人们为了健康和安全留在家里。学校再次停课。什么什么立法了什么什么。这一切都令我感到不安。

我看了看贾斯普里特的状况,她闭着眼睛,脑袋向后靠在墙上。"呃,你长了新的疹子。在你的脖子上。"

"我知道。真见鬼,这东西感觉就像在被烟头烫。"她想打开手机,但她的手直发抖。她用拇指解锁,然后把手机递给我,"帮我把这些记录下来。如果这值得拍成一部电影,我会给你制片人的头衔。"

我拿起她的手机,拍下她露出的疹子。他们带她到门厅去测量血压和体温,两个数字都高得吓人,我把这些都记录下来。

护士显然已经熬了一夜,但她还是对着镜头做了个鬼脸,"好消息是,你的数字让你直接跳到分诊线的最前面。你是我们这里整个晚上烧得最厉害的人。坏消息是,我们没有足够的床位。走廊里有一把椅子和一瓶友好的点滴在等你。"

"这是什么病?"贾斯普里特问,"我发誓我已经出过水痘了,也打过麻疹疫苗。还能是什么原因引起的疹子?"

护士摇了摇头,"我们还不确定,反正不管是什么,今晚我们这里挤满了这类患者。"

我和贾斯普里特又等了三个小时。她睡着了。我看着头顶上的电视机播放静音的游戏节目,尽可能不接触物体表面。不管这是什么病,我都不想患上。

为她看病的医生——只用了两分钟时间——似乎对症状的分类和缓解更感兴趣。医生开了退烧药、预防脱水的药液、止痛针、止痒用的药膏。

"然后我就可以回家了?"贾斯普里特问道。她管我们住的地方叫家,我心不在焉地注意到。

医生摇了摇头,"然后我们会收你住院。在你的体温脱离危险区之前,你哪儿也不能去。"

"你能对着我的摄像头再说一遍'危险区'吗?"她问,但医生已经走了。

她转向我，"你也回家吧。真的谢谢你整个晚上都出来陪着我，转移我的注意力。很高兴能更了解你一点儿。我想这是我们聊得最多的一次。"

这倒是真的。我把手机还给她，告诉她，如果她需要什么东西就打电话给我，然后回到那座房子里。回到另外两个生病的室友身边，听着他们的呻吟，回到他们觉得是家，但我不这么认为的地方。

我开车送贾斯普里特去医院时是下午三点左右，而现在已经快十一点。在嘈杂的医院里待了八个小时，我感到筋疲力尽，但我还有一件事要做，阿普丽尔的电话一直打不通，而我又不认识她的室友。我们也不曾通过任何社交媒体平台联系，我不知道还有哪个熟人认识她。

音箱背面的铭牌上写着"尼科电气"，很容易在网上搜到。我本想着能搜到一个电话号码，但最后只找到一个电子邮件地址。我匆匆写了条简短的信息："你好，有天晚上阿普丽尔·门宁借给我一台你的音箱——效果太棒了，我想找时间和你谈谈，买一台——不过我主要想问一下，你们最近几天有没有收到阿普丽尔的消息，或者有没有办法去看一下她的情况。我离开时她身体不太舒服。"我在最后写上我的名字和电话号码。

就这样。至少做了一些努力。

我一大早就被电话吵醒。我从床上跳了起来,脚被床单缠住,摔在地上,我爬起来,在第四声铃响之前把手机从牛仔裤口袋里掏了出来。是个我没见过的纽约电话号码。

"阿普丽尔?"我揉了揉受伤的膝盖。

"啊,真要命,我很抱歉。"

"抱歉?"我重复了一遍,"您是哪位?"

"我叫尼科。你给我发过邮件。我,呃,见鬼。这件事怎么说都不合适。阿普丽尔五天前死了。"

手机掉在了地上,我仿佛被它烫到。蛛网般的裂缝从屏幕一角展开。

"喂?"一个低沉的声音从地板上传来,"卢斯?喂?"

我一直盯着那道裂缝,直到屏幕亮起,告诉我通话断开了。我还是盯着那地方看。电话再次响起,但我没接。如果我假装没听到,如果我不接,那就不是真的。她在五天前死了。对我来说还活着,对于了解情况的人来说死了。五天。我已经回家一个星期了。我离开纽约两天后,她就去世了。

我坐在地板上。拿起手机,摸了摸表面的裂缝,点击重拨。他在铃响第三声时接了电话。

"对不起,"我说,"你吓我一跳……怎么回事?"

"到处都在发生这种事。她病得非常严重。"

"她有没有——她去医院了吗?"我想起我在她家地板上度过的

那个夜晚,她辗转反侧。我应该坚持让她去看医生的。

"她不会去的,她说她负担不起。星期二,她的一名室友在浴室里发现了她,他们报了警。她晕过去时撞到了脑袋。后来她在医院里还坚持了一天,但她的朋友们都不知道。反正她整个过程都昏迷不醒。"

"我应该让她去医院的。"

"你知道她不是那种可以强迫的人。不是你的错。怎么会有人死于流感? 我以为老人和小孩才会。"

"这种病是? 流感?"

"不,"他说,"或者说,我不知道。他们只说要洗手,如果你长了疹子或者发高烧就去急诊室。"

我点了点头,然后意识到他看不见我,"这里也是所有人都染上了。除我之外的所有人。"

"是啊,我目前还好,但感觉也只是时间问题。"

"会举办葬礼吗?"我不知道这样问合不合适。以前我从未经历过年龄相近的人去世。

"在内布拉斯加州或阿肯色州,总之是她的家乡。我想她父母认领了她的尸体。"听起来,他也是第一次遇到这种事情,"总之,我们本来想举办一次追悼仪式,但报纸上说现在要避免大型集会,所以我想我们会……等到这次流感结束的时候? 你希望我到时候通知你吗?"

　　我告诉他我会非常感激他的通知。我也确实想买个音箱，但现在不是时候。我感到内疚，这种时候我心里想的居然是音箱而不是阿普丽尔。我没办法一直想着这件事，所以我的大脑会想些别的。我坐在地板上，反复摸索着手机上的裂缝。还能用，但是裂了。情况如出一辙。这个时候还有什么东西不是支离破碎的？

　　我打电话给我姑妈，她说她很好，谢谢关心——她前一天刚给邻居叫了辆救护车。她没有听说我家人的情况，但他们跟她联系本来就像跟我联系一样少。我手机里从来没存过我父母的电话号码，但我心里还记得。电话铃响了十八声，我挂断了电话。我想象着哈佐拉的救护车在路上颠簸着飞驰，运送病人去医院，一群群发烧的母亲照顾着发烧的孩子。即使他们接了电话，我也不知道要说什么。

　　我忍住把手机扔到房间另一头的冲动。这东西对我来说有什么用？在这种时候，这是别人告诉我坏消息的一种工具，仅此而已。再也没有巡回演出，再也没有阿普丽尔。谁知道我的室友能不能活下来，这是我把自己锁在房间里、不去认识他们的另一个原因。

　　现在是上午十点，我昨晚十一点离开贾斯普里特。我在摔裂的手机里寻找她的电话号码，却发现我根本没存。我们还算不上朋友。我告诉她如果需要什么东西就打给我，但我不记得有没有把我的号码留给她。我打电话给医院，让他们帮我转接到她的病房。生怕听到她没有熬过那个晚上的消息。

"喂?"

我松了一口气,我没有意识到自己大气都不敢喘一下,"嗨,贾斯普里特,我是卢斯。我只是想确定一下你没事。你还好吧?"

"累得要命。他们每隔两小时就会叫醒我,要么这件事要么那件事。抽血,量体温。但还好,别的方面都没问题。烧退了,他们给我开了些治疗神经痛的药。就是疹子很痒。"

"我太高兴了。"她不可能从我的声音里理解我宽慰的感觉,我也不打算告诉她,"我是说,很高兴你退烧了,不是说疹子发痒。是这样,我记得昨晚说让你打电话给我,但没把手机号给你,所以我想还是告诉你一声。有什么事都可以打给我。"

"会的。我弟马上就会过来,但还是谢谢你。我真的很感激。谢谢你昨晚在没人帮忙的时候送我来医院。"

"不用客气。"

我拿着手机又等了几秒钟,然后说我要挂了。

我和阿普丽尔大多数时候是打电话或面对面交谈。我们仅有的几条短信是我最后几次试着联系她。我翻了翻手机里的巡演照片,也不太多。有几张是从汽车后座拍摄前座的,有几张从前座拍摄后座。还有一张是在餐馆里,她拿着一个巨大的香蕉船冰激凌摆着姿势。每一张照片上她手里都拿着鼓槌,甚至连冰激凌那张也不例外。

在我试听的鼓手中,她不是最好的。算是第二好的,但我更喜欢她,我觉得契合度比完美更重要。我们一起住了八个月,从没任何抱怨,而我仍然和她保持一定距离。为什么?

我把吉他插上电源,默默向其他生病的室友道歉。我加大增益和失真,直到房间里充满了电流的噪声。我凝视着琴颈,等待想要被演奏的音乐自己找上我。终于,我弹出一段E小调和弦,六根弦,一道音浪,一堵墙。我反复弹了一次又一次,声音一层叠一层,直到淹没我的大脑。在中间某个地方,强拍听起来开始变得像话语一般。没有人会来拯救你,和弦一遍又一遍告诉我。没有人会来拯救你。主歌与副歌。

我一直演奏到B弦断掉,割破了我的右手大拇指,血从吉他护板上流下来,我仍然继续演奏。直到我的左手疼得再也按不动弦,右手表皮擦破渗出血,才终于停下来。流血的感觉很好。作为唯一还站着的人,我应该受到惩罚。

等我无法再继续演奏的时候,我给当初为我审查厂牌合同的娱乐行业律师留了条信息,请他帮我解除余下的合同。

如果大俱乐部都关门了,我就再回小俱乐部演出。我会去街头表演。如果必要的话,我会自己开一家俱乐部。如果加入厂牌意味着无动于衷、袖手旁观,那我就不要厂牌。无论要付出怎样的代价。我是个差劲的朋友,也不知道如何安静下来。如果我唯一擅长的就是成为声音和希望的载体,那我就去当这个载体。如果没有人来拯救我,我就必须想办法拯救我自己。幸运的话,我也可以在这一路上拯救其他人。

　　首先,我要下楼为我生病的室友们煮一大罐鸡汤。也许我只能暂时把这里当成家。

第10章　罗斯玛丽　你可以信任谁

在线培训模块完全可以在家完成,但他们要求受训人员在工作园区完成。也许这样一来,就算你哪次不合格,你还会在这个地方等待他们召唤,要么为你提供另一份工作,要么让你打包走人。

罗斯玛丽完全不介意在分配给她的私人宿舍里工作。海报上不再是超级沃利那些鼓舞人心的口号,而是SHL的音乐人。床垫有点儿下陷,但不算太严重,桌椅挺舒服的。景色也不错。

他们甚至提供免费装饰!她以前从未试过室内装饰,因为她的旧连帽衫不支持这种技术。罗斯玛丽花了十分钟时间在房间的各个选项中切换(修道士房间、热带露台、凡尔赛卧室,还有十几种),最后选定了"1967切尔西旅馆"。现在,她穿着连帽衫在透明视图后面那项设置中观察这个房间——破旧的红地毯变成了磨损的硬木地板,胶合板的床头看起来像是锻铁制成的,天鹅绒窗帘挡住了阳光,所有的台面都铺着宝石色调的台布。如果有时间,也许她会找到更喜欢的,但在超级沃利工作的六年让她知道,即使公司提供选择,也不要浪费他们的时间。

罗斯玛丽专心致志地把培训模块做好。她知道自己接受这份工作的选择是正确的,现在她必须向他们证明这一点。幸好她对这些模块很感兴趣,或者至少其中一部分,那些关于怎样避免不恰当关系或者怎样记录开销的部分除外。她学会了怎样看地图,怎样乘坐州际巴士、城际巴士和火车,以及去哪里找日程安排和安全信息。着装方面能培训一下就好了,她还是不想开口问。

他们会提供一些技巧,怎样接近一支乐队,怎样识别一支乐队是否具有SHL潜力。这部分可以归结为"我们雇用你是为了让你一眼识人"。有几条建议是针对不适合当SHL艺术家的音乐人的。不要在酗酒者或吸毒者身上浪费时间——既然罗斯玛丽已经看到举办SHL音乐会必须精确无误,她就懂得这需要可靠的人才。不要太政治化。要有激情、个性、魅力、与观众建立连接的能力、主流吸引力,不管这是什么意思。也许是某种人口统计学代码?某个年龄段,某个经济阶层?要她猜的话,大概是那些不关心政治的人。他们想要刺激,但不想要任何边缘化的、有危险的、攻击性的东西。

接触乐队的规则类似于超级沃利的伦理和价值观准则,但比起伦理,这些规则更注重分寸。你不是去交朋友的。观察。与他们之间不要太陌生,但也不要太亲密。你往往会因为喜欢他们就忍不住想签下他们。签下他们是因为我们需要他们，因为这个世界需要他们，因为在垃圾场里演奏会浪费他们的天赋。不要从你招募的音乐人那里接受钱或礼物。不要承诺额外关照，以换取性利益或其他好处。她琢磨着，有多少规则是基于教训建立的。

罗斯玛丽等着他们告诉她怎样找到那些令人兴奋、风度翩翩、魅力四射的表演者。没有这类信息，她努力寻找这个缺失的模块，但她找到的唯一线索就是行为准则中的一句话"在垃圾场里演奏会浪费他们的天赋"。她应该到哪儿去找那个垃圾场？

"所以……首先要去哪里？"罗斯玛丽留了条信息问她在招募者管理部门的新上司。她不好意思使用实时界面。他们整天都在给她发鼓励信息，告诉她不要觉得问题太简单不好意思问，但这个问题很可能就属于太简单的。

"你想去哪儿都行！"这个回复没用。稍微有点儿用的是："有张地图，"——她的屏幕上出现一条链接——"显示了招募者目前都在哪些位置。没必要重复工作，但任何别的地方都可以。你可以告知后勤部门，他们会为你预订行程。看看你最喜欢的乐队来自哪里，可以从那里开始。或者从你的家乡开始。"

如今要说她不认识任何本地乐队有点儿不合时宜。她脱下连帽衫，看到房间的本来面目，不再是帷幕飘飘的室内装饰，一时间有点儿不辨东西。他们邀请新员工在需要休息时逛逛工作园区——听起来是个不错的主意。

一开始,她就对工作园区占地如此广阔感到惊讶。

"从法律上来说,我们需要这里的面积与人员数量达到法定比例,"珍妮解释道,"不过考虑到这么多人在这里生活和工作,工作园区也被视为一种福利。"

工作园区里不仅有棚场和工作区,办公室、宿舍和表演者生活区,还有一百六十公顷的松林和林间小径。她选了一条三千米长、带有红圈标记的环线。在三月清新的空气中步行三千米,正好能让大脑清醒一下。

小径宽阔整洁,她能感觉到脚下的地面微微回弹。经过第一个标记后又走了几米,她遇到一个健身站。这里有两种不同高度的金属单杠。几分钟后,她看到一根比地面高出几厘米的平衡木。她跳到上面走了过去,只是为了好玩。第三样器材在树林稍深处一点儿的位置,有着混合木材和金属的拜占庭风格。

"我在这里散步已经有一年了,但我也一直没搞明白这东西。"

罗斯玛丽转过身来,看到一个男人站在小径上。他穿着一身看起来很贵的运动服,歪嘴一笑。遮住眼睛的头发看起来凌乱不堪,但又似乎是刻意做出的效果。他也许是拉丁人,或者中东人?她更擅长识别虚拟形象的种族。那人看起来有点儿眼熟,但她对不上号。他不是招聘小组里的人,但她参观时可能在控制室或办公室里见过他。

"也许这东西不是用来健身的,"她猜,"搞不好是个艺术品。我可能在博物馆里见过。"

他接了话，"也许是引体向上的单杠和跷跷板在一次基因实验里被拼起来，变成个歪七扭八的可怕东西。"

"也许这是种刑具。"

"所有的健身器材不都是刑具吗？"

"那我不知道。我这是第一次——呃，如果算上今天另外几个的话，是第三次见到这些器材。它们看起来挺友好。"

"别被它们骗了。"

她笑了，"我会保持警惕的。下一个安全吗？"

"与这一个相比，别的都很安全。你介意我和你一起散步吗？"

她本来打算让头脑清醒一下，但如果说自己不想要人陪，感觉很不礼貌。

"不好意思，"他说，"我是阿兰。在自告奋勇和别人一起散步之前，我应该先做个自我介绍。我在这里从没遇到过什么人，所以都忘记讲礼貌了。是这样，我来这边是为了摆脱里面那些家伙，但很高兴能遇到一个想法一样的人。你也是这样，对吧？"

除了最后一个问题，罗斯玛丽不知道该回答什么，于是她点了下头。她也不了解与陌生人一起在树林里散步的礼仪。要聊天吗？还是在友好的沉默中步行？应该相距多远，由谁来掌握速度？她又开始往前走，至少让他来决定他们之间的距离吧。

"你还没告诉我你的名字。"他配合她的步调，并跟她保持一臂之遥。

"罗斯玛丽。"

"不错的名字。"

"谢谢。嗯,我父母起的。"她突然怀疑他是在和她调情,感到有点儿慌张。她不知道怎么当面告诉别人,她对男人不感兴趣。在兜帽空间里,你只需要贴个标签就行。"呃,我应该告诉你,我对男人没兴趣。"

他朝她歪了歪脑袋,"没关系。我一般对女孩也没兴趣,再说,如果我要搭讪,这里是最不合适的地方。我告诉过你,这里遇不到什么人。"

她走得更快了,尴尬到语塞。

"没关系,"他说,"我很欣赏意向明确的人。回到刚才聊的话题吧。我不认识你,所以我想你要么是新艺术家,要么是新员工?"

"新员工。"

"我猜下:不是服装师或化妆师,外表看起来不像;是音响师或其他幕后人员。上传、下载、界面。"

罗斯玛丽试着重新放松下来,假装自己是在兜帽空间里聊天,而不是和一个完全陌生的人一起穿过现实生活中的森林。他的猜测准得惊人。"我本来应该去做那些工作,但不知道什么缘故,他们给我的职位是艺术家招募者,现在我担心他们会发现我很没用。"

她意识到自己还没问过他的工作。想到这儿,她停住了脚步。

也许他是坐办公室的,或者后勤部门,或者人事管理,现在他已经知道她是打肿脸充胖子的了。"那么,嗯,你呢? 除了在树林里散步,你在这里还做些什么?"

他停下来等着,"我做音乐。"

"比如,你写歌? 还是演奏?"

他看着她,仿佛觉得她大脑短路。她过一分钟才想明白,"哦。你是说你为SHL演奏音乐? 你是**艺术家**?"她说的时候都不知道自己怎么会强调那个词,但听起来就是这样。

他看上去越来越眼熟,而她见过的音乐人寥寥无几。"等等。你是专利药品的主唱!"

他还没回答,她就知道自己说对了。"我喜欢《冲击》。我看过你在绽放酒吧的演奏。听起来比现场演出还棒。演出末尾搞出来的东西很酷。"

"谢谢!"他露出笑容,"我想那就是我们的目标。如果我们能让你觉得,你在SHL的感受与听唱片不一样,你来看演出的可能性就更大,对吗?"

"我会马上去看下一场。"这是最诚实的回答,不过她担心这听起来有点儿过于热切。

"我期待在那里见到你。"

他显然是在开玩笑,不过这引出了她的另一个问题:"在一个隔间里演奏,看不见观众,这种感觉会很奇怪吗?"

"要适应是得花点儿时间。这等于切断了表演者和观众之间的交流，一种古怪的感觉。就好像给别人留一条信息，然后他们实时阅读。更麻烦的是我们演出时还看不见彼此。我们有监视器，但要学会在这种情况下互动就很棘手，还得大量练习，才能让我们的演奏听起来令人耳目一新，像是即兴发挥。"

"所以演出末尾你们不是即兴发挥?"

"也可以是，但必须仔细安排时间。比如，如果你说你想和观众聊两分钟，那就必须说明具体的时间点，你会得到刚好两分钟时间，读秒。再比如，你说你在某个具体时间点的某几个小节要独奏。那就算别人状态正佳，他也没法继续发挥，不过我觉得，和我做的音乐相比，这些问题对于爵士乐来说更麻烦。呃，现在你也在员工名册上，可以听到所有商业机密了。希望这不会毁掉你那段经历。"

她想了想，"不会，跟知道你在那些小隔间里演奏差不多。"

他们又遇到了一个健身器材，两组脚踏板悬挂在铰链上，旁边有扶手。"这个怎么用就比较一目了然。"阿兰跳上其中一个，双脚开始晃荡。

罗斯玛丽爬上另一个。器材动起来比她想象的灵活，使她四肢伸展。"但干吗要在散步中途用步行机?"

"问得好。我也搞不懂。"

"嗨，阿兰，你介意我问你点儿别的事吗?"

"当然不介意，任何跟音乐或健身器材相关的都是我的专长。"

"我的新工作。我应该去某个地方找音乐人签约,但我不知道从哪儿开始。"

"我想大多数人是从家乡开始的。比如你喜欢的一位本地歌手？有些人一直很低调,没有被发现。"

这就是她担心的。"我住在穷乡僻壤的一个风力发电农场里。没歌手,没乐队。至少我不知道有。"

"没酒吧吗？有乐队在秘密空间里演奏那种？客厅音乐会呢？"

"就算有,也没人邀请过我。那里只有一个酒吧。我从来没进去过,但我想他们没有搭舞台的空间。"

她从健身器材上跳下来,又开始步行。听到身后的脚步声时,她问道:"那你们是怎么被发现的？客厅音乐会？"

他笑了,"我是自己找来的。不过不推荐我这种行为。大多数不请自来的要么被赶出去,要么被抓起来。他们有正常流程。"

"那你怎么没被赶出去,或被抓起来？"

"我真的、真的很棒。"

"还很谦虚。"

"我要是谦虚的话,如今大概还在巴尔的摩的地下室里演出。"

巴尔的摩。她在心里默默记下。

"嗯,罗斯玛丽,和你聊天很开心,但我们已经走到终点了。"

她意识到小径已经绕了回来。SHL的棚场在林地另一边隐约可见。

"感谢陪伴。"罗斯玛丽有点儿尴尬地挥了挥手。在兜帽空间里会更自然。"我得去完成培训了。"

"我呢,我最好回去接着做我那首歌。嘿,我不知道你能不能进入艺术家生活区,或者他们有没有给你安排晚上的活动,不过今晚七点我有几个朋友过来。欢迎你来。右边第六间小屋。"

只要确定他不是要调情,她就很喜欢跟他聊天。跟他交谈比跟培训小组里的其他人更轻松。也许是因为那些人和她一样紧张。"培训中说我们不应该和目标艺术家交朋友,但你已经在这里了,应该不一样吧?"

"没错,"他说,"但你也可以查下手册或者别的什么,确保没有违反规定。把这当成一次职业培训。反正你需要学习怎样和音乐人交谈。怎样'友好而不越界',对吧?"

"好主意。"第二次挥手告别变得更自然了一点儿。

第11章　罗斯玛丽　处境艰难

说到这儿,她不知道该穿什么去参加艺术家聚会,或者说,任何现实生活中的聚会。她没想起来,他说的不是"聚会",他说的是"有几个朋友过来"。虽然阿兰在树林里穿了一身休闲装,但她想象的他的朋友们,都是穿着演出服走来走去的。玛格丽特的色泽柔和的礼服和银色妆容,她弟弟那身无可挑剔的西装。还有,阿兰那位迷人的贝斯手也会来吗?她无论穿什么都能震慑住罗斯玛丽。

她从离开超级沃利之前买的SHL社交包里拿出一条牛仔裤和一件新的短袖衬衫——"保证在任何场合都很酷"。衬衫上有些金属亮片。试了试,又把它塞回包里,换了一件职场风格的马球衫,还有农场夹克。她不想那么显眼。与其显得太刻意,她宁可看起来没那么酷。金属亮片就太刻意。

艺术家生活区就在棚场对面,树林另一边,用它自己的安全门隔开。她对门卫出示证件,做好了被拒绝入内的准备,但他挥手示意她进去。围栏内,靠外的是很多小屋环绕成的大圆;里面一圈则是较大的模块化公寓,带有狭窄的门廊,屋前有三四扇门。一位年龄较大的白人女性身穿西装、头戴软呢帽,坐在第一个门廊里弹吉他。那位女士在罗斯玛丽路过时朝她挥了挥手,罗斯玛丽也回以挥手,满脸仰慕。她听说最红的表演者都住在自己的私人住宅里,只有演出和排练时才会来SHL,但也许有些人会在这里闲逛。

右边第六间小屋。前面几间都有涂鸦装饰,但是阿兰那间保持着原样。她敲了敲门。

"进。"他说。

她走进去,随即退了一步,因为所有人都转身看向她。在兜帽空间里,走进房间时没人会产生这种暴露于众目睽睽之下的感觉。你可以直接载入并发表意见,或者以隐身状态进入,等你准备好了再取消隐身。她不打算转身离开。她能做到。

阿兰坐在一张特大号的床上,背靠床头板,双腿向前伸直。罗斯玛丽以为来的朋友是指他的乐队成员,但这些人她都不认识。一个满头短脏辫的黑人女孩趴着横在床脚,脑袋搁在胳膊上,戴着兜帽;一个留着金色长发的白人坐在地板上,嘴里塞满了微波加热的比萨,比萨盒就是盘子。她庆幸自己换掉了那件带亮片的衬衫。他们都穿着T恤和牛仔裤,不过阿兰的T恤看起来和羔羊毛一样柔软,而且像虚拟形象的服装一样,非常合身。

"嘿，"阿兰说，"没想到你会来！各位，这是我的朋友罗西。她是新来的艺术家招募者。"

"罗斯玛丽。"她不想让别人给她起昵称。

他继续说下去，好像完全没觉得自己说错了话，"罗斯玛丽，这是贝莉。你可能知道她，她就是MC女猎手。那是维克托，他做流行音乐。"

那个女人摘掉兜帽。罗斯玛丽尽量不在意他们打量的目光，也不表现出她已经认出了维克托·詹森。高中时，她有一半同学都迷恋他。

"嗨。"她希望他们接着做刚才做的事情，让她在房间里找到自己的位置。她想戴上兜帽看看这间小屋有没有室内装饰，但不知道这么做是否有点儿不礼貌，因为别人都没戴。房间里有一张床，一片有水槽、微波炉和迷你冰箱的小厨房区域，一个书架，一根挂着衣服的金属杆，还有一张梳妆台。床左边有一扇门，她觉得那是洗手间。墙上挂着一把原声吉他，下面的架子上放了台音乐键盘，键盘凳上搁着纸质笔记本。她看到前门后面有一把空椅子，靠背上搭了件夹克，她觉得坐在那儿应该挺合适的。

"你没必要坐在衣橱里。"阿兰说。

罗斯玛丽跳了起来。她想另找个地方，但是键盘凳被笔记本占了，坐在床上有点儿尴尬，地毯上离维克托太近。于是她又坐了下来，"坐这儿挺好，谢谢。"

阿兰耸耸肩，"你想好第一次出差去哪儿了吗？罗斯玛丽得确定去哪儿找音乐人签约，但不知道从哪儿开始。"

贝莉歪着头，"那可以随便定！去哪儿都行。有没有哪个城市是你想去看、想去了解一下的音乐场所？"

"什么叫场所？"罗斯玛丽感觉自己的脸上再次浮起红晕。她越是思考自己的处境，越感觉力不从心。一大堆她听不懂的术语。

"除非你身处其中，不然很难明白音乐场所是什么，贝莉。我知道你在这里待久了容易忘记这一点。罗斯玛丽需要从零开始。"阿兰转向罗斯玛丽，"音乐场所就是一个地方的乐队、观众和场地融合在一起的一锅炖。音乐人们一起合作，为彼此带来灵感。有时那种地方会弥漫着一种类似的声音或感觉。"

"我想我的建议就是这样了。"贝莉说，"就是说，找个她想去看的城市。"

"看什么？"罗斯玛丽问，"好吧，我不该去看城市。我该去找当地音乐人，但一头雾水，我猜这份工作我干不长。"

她双臂交叠抱在胸前，打量着对面墙边书架上的书名。她决定掌握谈话的主导权，"阿兰说他就直接走进这里，让他们签下了他的乐队。那你们是怎么被找到的？"

维克托哼了一声，"阿兰胡说八道。他说什么都别信。有无数人把音乐上传到网上，我也是其中之一。但没有人听，因为如果你得不到SHL的合同，你就接触不到超级沃利的配销系统、听众群体或任何东西，只能得到最低限度的流媒体服务，即使这个也需要你破解自己的设备，关掉所有权相关设置。如果你不在SHL麾下，他们会确保没人能听到你的作品。我刚好跟一名招募者在枪战游戏里组队打游戏，聊了聊，她就邀请我发些作品给她。然后我进行了一次试音，只有一名观众，感觉怪怪的；然后又试了一次，为这位女猎手做开场表演，我让她的粉丝跳起舞来；然后就来这儿了。"

这个故事多少让罗斯玛丽吃了颗定心丸。如果他是在游戏中被发现的，那她可以从网上开始，从家里开始。慢慢来。

贝莉翻了个身，仰面躺着，把头枕在手上，"我呢，是在亚特兰大的地下俱乐部里演出，然后有个招募者跟我说他喜欢我的音乐。我以为他想骗我，但他一直来看演出，直到我开始信任他。"

罗斯玛丽在心里把这些信息归档。培训怎么说的来着？与他们之间不要太陌生，但也不要太亲密。贝莉的故事证实了这一点。

"地下俱乐部要怎么找呢？"她问。如果这个问题显得她很无知，那在三个人面前问总好过在大庭广众之下问，还能学到东西。要是问了什么过于尴尬的问题，她就确保再也不跟他们见面。"如果这是个很傻的问题，我很抱歉。我真的一无所知。去那里需要密码吗？阿兰刚才提到有些酒吧有秘密音乐室，我绝对猜不到这种情况。"

贝莉站起来，伸直了双腿。她比罗斯玛丽想象的矮一点儿，身材小巧，肌肉结实。"有时候确实需要密码，或者有人为你担保。有时候只要在正确的夜晚出现在正确的地方。因为什么都不知道的人根本不可能出现在那里，所以出现在那里的人都是必然会出现的。"

"我永远搞不懂这个逻辑。"维克托说，"只要做了足够的调查，任何人都可能出现在那里。警察、枪手。"

阿兰朝他扔了个枕头，他躲开了。"所以，要不是你运气好，再过一百万年都不会有人发现你。小宅男在自己的卧室里做没有人听的音乐。"

维克托更用力地把枕头扔了回去。阿兰的话似乎正中红心。"就算当个卧室宅男，也好过因为做音乐被抓，听的人也就那么点儿，冒那个险干吗？"

"这就是你要面对的情况，罗斯玛丽。有天赋的音乐人藏在他们的卧室里，有天赋的音乐人在全国各地的秘密房间里，为十几二十个人演奏。公司并不在乎你在哪里找到我们，只要能找到就行。把我们带到这里来！让我们跟你签约。"

阿兰把枕头扔向罗斯玛丽，她一把抓过，抱住。她现在觉得自己更轻松了，不再像只被猫追着到处跑的老鼠。不过，要是她再问个问题，就能避免他们问她问题。他们是表演者。他们不介意引人注目。

"那么，我还能跟那些，呃，新锐艺术家说些什么？他们到这里来可以得到什么？他们想让我推销我没见过的东西。我想应该有个艺术家常见问题解答板块,但也许你们可以告诉我,他们会问我些什么?"

"你可以告诉他们,只要他们想,他们就会拥有这里的一切。"阿兰朝着房间挥了下手,"他们也可以住家里,有演出时再出门旅行;但如果他们不是单人表演,最好还是在这里住一段时间,在隔间里排练一下。"

"食物免费,"维克托说,"好吧,看似免费。其实会从我们的工资里面扣,但价格合理,所以不会欠公司内部商店的钱,除非你口味特殊或者饭量特别大。"

"或者你是个酒鬼,"阿兰说,"如果他们太能喝,直接在场内餐厅买酒,他们很快就会变得穷困潦倒。如果他们能等个把小时,就可以选无人机送货上门。"

"这给你带来的感觉与真正的现场演出不同。"贝莉说。

维克托斜睨了她一眼,"超级沃利?场内餐厅?你是在说吃的吗?"

贝莉不理他,"这不同于为观众表演。某种意义上,更亲密,因为这更像是为一个人—— 一台摄像机——演奏,而不是为一大群人。但如果你是那种靠粉丝的尖叫充电的人,或者喜欢对着观众席上最可爱的人演奏,那你得不到满足。"

"他们确实也会为一些人请观众。"维克托站起来把比萨盒扔进垃圾桶,然后又坐回地板上。

"是的,但他们不喜欢这样做,除非是特殊场合,即使那种时候也只有十来二十个人。会降低利润率嘛。他们必须对所有人进行审查,还要操心工作园区的安全问题……"

"但很值。"阿兰眼中流露出一种梦幻般的神情。

贝莉拍了拍他的腿,"你这么说只是因为上周音乐节,你找了个可以约会的人。"

"曾经每场演出我都能收获一段缘。罗斯玛丽,这部分别告诉他们,否则他们就不来了。"

"这属于个人选择。"贝莉说,"名利,一个可以靠演奏音乐谋生的机会,但你必须放弃这份工作中最有趣的部分。我说的不是性,是演出后和粉丝们聊天,给他们签名,了解他们的反应……"

"……性……"阿兰说。

贝莉皱眉看着他,"住这儿又不会让你变和尚。新员工一直都有。这是个很大的工作园区。"

"进展不顺利的话,就嫌不够大了。"

"一点儿也不比你当年那些排外的音乐场所小。"

阿兰点点头,承认了这一点。

罗斯玛丽静静听着。她还是有点儿灰心丧气,觉得自己不适合这份工作。她凭什么去某个备选城市跟那些音乐人说,在 SHL 为数百万人演奏比他们现在所做的事情更有意义?她对于他们之前讨论的任何话题也都毫无经验,她所有的约会都是在安全的兜帽空间里进行的。

她无法给任何人提供音乐方面的建议。她的专长在其他领域——种胡萝卜、解决数据库错误、排除故障、这就是SHL在她身上看到的：良好的解决问题的能力，灵活应变，充满热情。他们雇用了她，那他们肯定相信她会始终保留这些特质。她努力记住每个人的话，以备不时之需。

第12章 卢斯 从未真正拥有

我们厨房的墙上有一大块可擦写白板。室友们在一边写下需要买的食品杂货和可供分享的食物,以及"祝你面试好运,贾斯普里特!"之类的内容。在另一边,我们列了一个名为"不要忘记正常生活"的流动清单。

不要忘记正常生活的清单上有:街头庆典、文艺集市、游乐园、超市、电影院、十二月的商场、在候车室里和陌生人聊天。我们也讨论过其中一些事情是否真的是我们所怀念的,但最终决定全部列入清单。因为需要改进并不意味着事情就要完全取消。那位公立学校的教师贾斯普里特很讨厌校长,却非常喜欢她的学生。她找了一家又一家新的虚拟小学申请职位,但教师数量远远超过岗位数量,有些孩子生病休学,有些孩子死去,导致就业市场紧缩。

白板上的内容是可以擦除的,不过有些变化显然不会再恢复了。而且这种情况太多了，就像滚雪球一样。我们把可擦除白板笔换成了永久性记号笔，清单从白板延伸到了厨房的墙上，从笼统到具体，有好有坏。骄傲游行、学校集会、户外电影、户外音乐会、棒球比赛、拥挤的地铁、轮滑比赛，以及风暴来临前，杂货店里挤满的人怎样将货架上的面包、牛奶、瓶装水和卫生纸抢购一空。清单又从厨房延伸到了餐厅的墙上，黑色、蓝色、绿色和红色的字迹与蛋壳色的墙壁形成鲜明对比。我们搬了架梯子进来。

地方更大了，于是内容扩展到铁事、片段、完整的故事。我们想的是，把这些全部写下来，那它们就仍然存在于某个地方。我发现分享在这里比大声说出来更安全。

我写的第一段内容是私人经历，但描述方式不带个人色彩。我们演奏的这个地方以前是一家脱衣舞俱乐部——破坏酒吧。场地到处都装了镜子，乐队在钢管周围演奏，舞台一直延伸到吧台，这种布置更适合脱衣舞俱乐部，而不是音乐场所，不过跟一些有趣的、不那么健康的演出也很相称。

我记得我见过帕蒂·史密斯弹着一把杂音明显的斯特拉特电吉他，她突然静止不动，然后一根接一根把琴弦扯下来，直到一根不剩、无法演奏。

帕蒂·史密斯的演出全方位摧毁了我，但我说不清。后来我又看了一次。我还记得年轻体育乐队在伞节上的节目。我之前也见过他们几次，他们的演出没什么记忆点，但出于某些原因，西雅图那次精彩绝伦：乐队状态极佳，原本坐在座位上的几千名听众跑到过道上跳起了舞。我们还会有音乐节吗？我怀念人群中弥漫的快乐。快乐会传染，好的传染。

我过去经常背着吉他跟在装卸设备的乐队后面偷偷溜进俱乐部，这样就不用买票或出示身份证。他们有些人很同情我，会跟我分享薯条和饮料。这些都属于私人经历。我永远不会忘记那么多的善意。

最后是最为私人的部分，但我还没准备好详细写下来：我曾经在那个最艰难的夜晚，在另一堵墙上，把它写了下来。不知道有没有人注意。

贾斯普里特把整个过程拍摄下来，创建了一个交互式线上展览。她鼓励其他人以评论或照片的方式补充更多内容，有成千上万的人参与进来。我们都感觉自己的世界渐行渐远，仿佛瀑布一泻千里，原本希望变化是暂时的，实际却越来越长久。我们没觉得安全多了吗？对我们来说，安全和健康难道不比大型婚礼和拥挤的学校重要吗？瘟疫不就是工作和上学的人传播的吗？他们本应留在家里。没人在意他们不肯留在家里是因为生活压力。电视上的发言者一致认同需求会推动创新。他们保证，好的事情很快就会发生。我不再看新闻了。

我的钱也花得一样快。虽然还有版权费入账，但数额越来越小。我的室友莱克萨，那名护士，建议我想办法取得护理资格，这主意再好不过。我开始参加网络课程。这有好几个方面的意义,不仅是为了保障收入。正如莱克萨指出的,无论发生什么,医疗专业人士总有立足之地。我没能救下阿普丽尔,但也许能帮到其他人。

我投身于护理工作。如果音乐再也无法成为我的事业,那我必须去做另一种工作。我的世界变得灰暗而安静。甚至室友们开派对的时候(不会把邻居吓到报警的小型派对),我也会留在楼上,或者安排值班,避开那个时间。最好把一切抛诸脑后。人群、派对、乐趣。当我为自己演奏音乐时,只有低沉的噪声、悲伤的和弦、刺耳的音调。每一个音符都无法令人满意。

我没怎么注意时间,所以当超级沃利电子杂志《音叉》的记者诺拉·鲍尔斯联系我时,我完全不知道她为什么要找我。她给出六个不同的谈话平台任我选择,还提供一件新型连帽衫,就是我的一些病人为了让自己远离现实穿的那种,我没法拒绝,只能同意在电话上谈。

"联系上你太难了,"她开门见山地说,"你以前的厂牌完全没有你的联系方式。"

我的电话号码和电子邮箱都没变。是之前我告诉过他们,不要把我的资料交给任何人。

她接着说:"最后从你以前的吉他手那里问到了你的手机号。他让我给你带个好。"

老休伊特是个好人。后来我没再和他说过话,但他一直是个不错的家伙,前提是没喝醉也没犯傻。

"你为什么会打这个电话?"我知道她想让我问出这个问题。

"嗯,你知道,马上就是体育场悲剧三周年纪念日了,我给编辑们投了个稿,寻找那些最后举办大型现场演出的音乐人,嗯,据我所知,你是那天晚上唯一一个真正演奏的人。"

我想那并不是真的。她说的是在超级沃利的标准下的足够大的音乐现场,而且可能是最低标准的那种。那天晚上,肯定还有其他人在客厅、小俱乐部里和我一样本能地对抗绝望。那时我还没意识到这毫无意义。我可以发出我想要的一切声音,但再也没有人会听到了。

"不错。"我说。

"你现在还在演奏吗?"

"为自己吧。有时候。"

"写新歌了吗?"

"写了。"我撒了个谎。

"有机会我想听听。我真的很喜欢《血与钻》。你应该找机会在全息舞台举办一次演出。"

我记得那个名字,但我没有及时了解那些新平台,于是我含糊其词地嘟哝了一声表示同意。我们又聊了一会儿,然后挂了电话。

一周后,我听到一名室友低低吹了声口哨,门吱的一声打开。

"卢斯!"莱克萨喊道,"你翻红啦!"

那篇文章引起强烈反响。《音叉》把它卖给了另一家新闻媒体。标题是《最后的强力和弦》,根据诺拉·鲍尔斯的研究,我们确实是那天晚上演出的唯一一支有点儿名气的乐队。文章附有链接,读者可以在超级沃利购买那首歌,那篇文章像病毒一般疯狂传播。我眼见着歌曲和专辑的排名不断攀升。几个电视节目付费给我来取得歌曲的使用权,还有一部电影也是。有一次我甚至在骑车上班的路上听到旁边的汽车里播放着这首歌。但我仍然没有意识到它的传播范围有多广,直到有一天,我正给一个病人洗澡,她伸手碰了碰我的名牌。"卢斯,"她说,"和那个歌手一样。"

"算是吧。"我说。

第13章　罗斯玛丽　家门口的冒险

　　罗斯玛丽离开高速公路，驶上县道，转进乔里主街，空荡荡的街头令她感到震惊。她以前从没注意，或者说她以为生意兴衰都很正常。所以，在她要找某种秘密场所的时候，根本毫无头绪。他们是藏在开门商店的密间里，还是用木板封住的商店里？高中的旧体育馆里有舞会吗？天黑后的操场上会有说唱比赛吗？她还是不知道怎么才能找到她的任务目标。

　　她妈妈在麦当劳的一个隔离式卡座里等她。她妈妈打开门，接过带轮行李包的把手，握住罗斯玛丽的手好一会儿不放，然后把包放在她旁边的座位上。罗斯玛丽在对面的长椅上坐下。两人没怎么看屏幕上的菜单，就都点了通心粉和奶酪，罗斯玛丽给自己和妈妈的两份食物付了款，对着摄像头露出一个微笑——在熟悉的地方感觉真好。

"来，给我讲讲，"她妈妈说，"你喜欢这份工作吗？从超级沃利辞职开心吗？要是不好说……"

"没什么不好说的，妈妈。从超级沃利辞职我很开心。现在这工作很有趣。某种意义上，我能帮到别人。"

"哇，令人兴奋。有缺点吗？"

吃的来了，看起来和闻起来全然是麦当劳风味，奶酪看起来和闻起来也在恰到好处的火候。SHL的食物也很好，但不一样。罗斯玛丽用她的叉子戳了戳边缘，"压力有点儿大，但我愿意试试。"

"好样的。你在家待多久？你爸以为你回来就不走了，但我觉得只是小住。"

"看情况吧，我觉得。我来这儿有任务，除非进展不顺。"

她妈妈歪了歪脑袋，"嗯，先吃饭吧，等吃完了，你想讲的我都想听听。"

她们下午三点左右回的农场。走出卡车时，她花了点儿时间欣赏她一直以来视为理所当然的一切：家，温馨又吵闹的鸡叫声，那些爱她而又不要求她创造奇迹的人。

她把包放回房，超级沃利的客户服务海报还占着半边墙，另一半则是乐队海报。有意思的是，她一贯觉得那些乐队生活在一个完全不同的世界里，从未把他们视为真人。他们作为主歌、副歌、音符与和弦存在，作为录影和录音存在，作为衣着和恋情会成为八卦话题的明星存在,但从来不是作为真人存在——在公众视野之外有自己的意见和个性的真人。她在成长过程中未曾看过他们精彩的SHL演出,可能这就是她对他们的印象单调扁平的原因。她躺在床上,想象自己在酒吧里和鸢尾枝乐队聊天的画面。

出房间时,爸爸正在厨房里做饭。

"有什么我能做的?"她问。

"没有。"他没转身,继续剥土豆皮。

她过了一会儿才意识到他在生气。他以前生过她的气吗?他从未表现出来。"招呼都不打吗?"

"嗨。"他还是不肯面对她。

"要不要解释一下你干吗不转身?这个欢迎方式真古怪。"

他把剥皮器"砰"的一声扔在橱柜上,转身看着她,"欢迎回家。我很高兴你回来了。我在生气。"

"生气?"

"要是你女儿告诉你,她要去某个受保护的基地培训,却秘密接了一份工作,得去她可能被杀的地方出差,你也一样会生气。"

啊。"好吧,首先,我该解释一下。对不起,我撒谎了,但不是那样的。我先选了这里,对吧?这份工作可以去任何地方,但我从家乡开始,是因为我知道,如果一直待在附近的城镇,你们会睡得更安心。这工作很好,能得到这份工作是我运气好。"

如果他没这样开始,她可能会跟他聊聊对于这份工作的担忧。

但现在她只能为之辩护。"其次,我在任何地方都可能丧命。风车叶片可能明天就会掉下来害我丧命。禽类病毒可能会变异,导致死的人比瘟疫还多。'安全'不是留在家里的充分理由。"

"从统计学上说……"

"从统计学上说,你明天就可能心脏病发作。你会躺在床上等死吗?"

他歪了歪脑袋,"我只是不明白你为什么要让自己处于危险之中。建这座农场就是为了保证你的安全。没有那些工作你也可以永远生活在这里,拿到本州的基本收入,还有风车相伴。"

"因为我二十四了,我半辈子的整个世界就这五间房和这座农场,而且我喜欢有工作可做。在你躲到这里之前,你在现实世界里生活过了。为什么我不能有同样的机会呢?"

"现在更危险了,亲爱的。你知道的。"

"但那是真的吗?你那些统计数据都是多久以前的了?最初几天我也很害怕,即使是在基地里,因为你让我害怕待在那里。也许我再也不想感到害怕了。"

"她说得对,丹。"罗斯玛丽没听到妈妈进厨房的声音。

"我不在乎她是不是对的,埃姆。我更希望她安全。"

他转过身去继续弄土豆。妈妈看着她耸了耸肩,"我应该提醒你的,他很生气。去喂动物吧。我来跟他谈谈。"

爸爸在吃饭时仍然闷闷不乐,但妈妈肯定说服了他,赌气也没什么用。

"给我讲讲你的工作吧。"听起来像是被迫说出的台词。

她介绍了一些基本情况,从最积极的角度来,没有提到城市。她希望能告诉他,她理解他的恐惧,她自己也会感到害怕,但她觉得最好勇敢迎接挑战。谈及这份工作——即使对她来说还只是概念性的东西——让她觉得自己更勇敢、更强大。她着重描述了她在录音室看到的乐队、认识的那些人,还有基地本身。

"责任重大。这些令我印象深刻,亲爱的。"至少听起来是真心诚意,也许他会回心转意,"那你回到这里是为了什么?"

"我打算试着找找本地音乐人。"

他歪了歪脑袋,"在乔里? 这里什么都没有。"

"我也是这么说的,但和我谈过的每个人都说,无论哪儿都有音乐,只是藏在看不见的地方。我想试试看。看看我能找到什么。"

"比如场所? 秘密车库里的乐队? 或者用电脑做专业音乐的人?"

"都可以。真的有车库乐队吗?"

他点点头,"以前有。我觉得如果这些'都可以',那你会找到的。不一定多好,但还是有。"

她很早就醒来喂鸡、打扫鸡舍,这是她能做的最接近于道歉的举动,为欺骗了她的父母而道歉——包括他们已经知道的欺骗,以及尚未发生的欺骗。她开着农用卡车沿着一条空旷的双车道公路驶向城里。高空中,一只鹰在万里无云的蓝天中盘旋,一架运送包裹的无人机则在较低的高度直线行驶。她只有一次见过一只鹰攻击无人机,那是好几年前的事了,但她总是屏住呼吸等着再看一次。

第二只小鸟在低空掠过马路,体型小巧,行动迅捷,羽毛是棕色的,翅膀和尾巴末梢带了点儿电光蓝。虽然开车时除了地图功能不应使用连帽衫做其他事,但她还是迅速查了下资料:靛蓝彩鹀,雄性,冬羽。一个"本季第一次!"的观鸟徽章在她余光中闪过,这不是一项值得庆祝的成就。彩鹀从来不会在夏天前抵达,而这一只在换繁殖期羽毛之前就已经出现在这里。

她开车经过城镇北端的车牌扫描设备,从县道进入主街,路过十二幢藏在安全围墙后面的豪宅,这些房子讲述着她完全不了解的乔里旧事,其中十幢现在已经划给多户家庭居住。然后到了市政停车场,她把卡车停在那里,步行往前。主街余下部分是一座空荡荡的长条形二层建筑,人们懒得挪走的标牌都还留在原位,有各种各样她从未见过的商店。昔日幽灵:洗衣店、吉利中餐馆、嘉莉理发店、奎格利古董市场。她不记得其中有哪一家开过门,不过有人曾在奎格利的墙上涂鸦,**"杀死瘟疫——拯救生命"**,她妈妈让她别朝那边看,就好像她还没看见似的,等他们下一次再来镇上时,那句涂鸦已经消失了。

这里还有一家饲料店、一家带邮局和诊所的杂货店、一间加油站、一家麦当劳和一个酒吧。这些地方中,她唯一没去过的就是酒吧。她在另外几个地方也不可能找到秘密场地。

从门口招牌来看,这家酒吧名叫斯威尼酒吧,前门的三叶草蓬勃繁茂。外面阳光明媚,里面却很黑,她的眼睛花了一分钟才适应。里面看起来就像她在兜帽空间里去过的那间爱尔兰酒吧的翻版,没搞反的话,这才是原版。

时间太早,只有两名顾客,都是老年白人,他们分别坐在木质吧台的两端,中间隔着八把椅子。房里有六张桌子,都用从地板到天花板的透明隔板分隔和封闭起来,就像麦当劳一样。酒保是个中年男子,也是白人,前臂上的毛发比头发还多。她选了两名顾客中间的位置,随即后知后觉地意识到,这样刚好坐在酒桶龙头把手后面。她不想再换,于是留在原位。她有足够的勇气不进入隔间,但也不想更靠近别的顾客。

"需要什么?"酒保问。

她是为工作而来,但她希望自己显得比较轻松自如,而且SHL说明过为了完成工作应该要做的事。她指了指苹果形状的龙头把手。酒保把酒倒进一只金色的高脚玻璃杯。她呷了一口,和她猜的一样,苹果酒。她把一只手肘支在狭窄的吧台上,努力无视手肘上现在粘的天知道什么玩意儿。要表现得自在,那是关键。

"那么,呃,今晚这里有什么趣事没?"

酒保瞥了她一眼，"这里，你指这间酒吧？还是城镇？"

"都行？"

"都没有。"他咧嘴一笑，好像刚说了句机灵话，"一个新来的女孩走进我的酒吧，这已经是可以上报纸的新闻了。"

"我们这儿有报纸？"虽然在这里已经住了十多年，但她们家仍然不属于这个城镇。她的父母会说这没什么大不了的，因为他们拥有彼此。

"不，这只是个比喻，宝贝。"

呃。她不知道现在这个笑容是不是挑逗性的。虚拟形象比真人面孔更好懂。

她倒也不是对这里发生的一切一无所知。就算对酒保来说她是个陌生人，她总归一直住在这里。她还记得他们搬到乔里之前的一些片段：水上公园，在挤满人的山坡上垫毯子看烟花。但这里呢？没有游行，没有球赛，没有舞蹈。完全没有她在屏幕上读到或看到的那些东西。在这个地方，人们完全遵守聚众法。这就是她父母搬到这里的原因。以为自己能在这里有所收获的想法实在很傻，即使SHL的每个人都说，所有的地方都有秘密。

即使是这个小镇也有秘密，但她以为有人能告诉她，这想法同样很傻。即使在这里，在她自己的家乡，也没有人认识她，除了距离农场最近的邻居和饲料店的工作人员。也许这就是关键。与其走进一间酒吧，指望有人对一个陌生人知无不言，可能她应该从认识的人开始。让他们把她介绍给其他人,然后再介绍给另一些人。她把饮品放在吧台上,伸手去按付款终端。

罗斯玛丽尝试了各种方法。她在加油站的便利店里闲逛,偷听其他顾客的谈话,但他们除了天气和钓鱼什么都不聊。杂货店里空荡荡的,只有一名无所事事的店员和一名守在玻璃后面的保安。如果所有人都跟她家一样,那大多数不能靠种植或饲养获取的东西,他们都会用无人机购买。店员看起来有八十多岁了,不像能提供什么线索的样子。

她打电话给爸爸,"有什么需要在饲料店买的吗?"

"愿意顺路带点儿东西的话,鸡用益生素不够了。"她能感觉到他的惊讶。多年来,每次去饲料店她都要抱怨。

西蒙斯饲料店闻起来有种谷物的甜味,但冬天严寒刺骨,夏天酷热难耐,都是因为仓库的门一直敞着。这是她以前经常光顾的唯一一家店,直到她开始找借口不去。

她一直很讨厌被硬拉着去给卡车装货。西蒙斯家的孩子们从来不会脱掉连帽衫,而罗斯玛丽的父母则坚持让她离开学校就不要再用连帽衫。直到十六岁时,她才说服他们,这种规定会导致她没有社交生活,即使那时她仍然被困在那件旧连帽衫里。"为什么非得过来? 你们不能网上订货吗?"她会问。

爸爸会摇头,"饲料、维生素、盐。用无人机太贵了,因为很重。"

至少他的坚持让这里成了她唯一熟悉的地方,至少现在是春天,店里的温度还可以忍受。坐在收银机后面的是蒂娜·西蒙斯,她不确定这算运气好还是运气差。直到最近几周为止,蒂娜是她认识的与她年龄最接近的人。她比罗斯玛丽大两岁,在罗斯玛丽十八岁时蒂娜带她去参加了这辈子唯一一次聚会。那聚会是乔里这种循规蹈矩的小镇也偶有人员聚集的证据,她甚至没想过问问蒂娜,她是怎么认识那些家伙的。

回忆那件事仍然会令她感到尴尬。十一个陌生人,半径八十公里范围内所有不曾死于瘟疫或者被父母关在家里的青少年。这与兜帽空间完全不同:啤酒喝多了醉醺醺的感觉;人们坐得太近,说话太吵,管一个朋友叫"疤脸",仿佛大多数人自己衣服底下没有疤痕似的;浑身汗味的男孩们一直想对她动手动脚;她摸黑走了八公里回家,因为她想赶在蒂娜之前离开。身体。旁边那些身体给她留下了极为深刻的印象,每一个动作产生的影响都比兜帽中大得多。

"嗨!"蒂娜说。显然,无论那次聚会给蒂娜留下了怎样的回忆,肯定不像罗斯玛丽那么尴尬。她一直很友好,即使她再也没有邀请罗斯玛丽出去玩。"我听说你辞职了。"

"辞职是因为我找到了一个更好的工作。"消息传得这么快,令人惊讶。她不在时她父母肯定来过这里。

"不是闹着玩吧?"

"不是。其实,我有个有趣的问题,与这个有关。你记得以前和你一起玩的那些人吧?"

"我的朋友?"

罗斯玛丽脸颊发烫,"是的。你的朋友。总之,我想知道他们有没有人玩音乐?"

蒂娜狐疑地看了她一眼。

"比如,乐队,"罗斯玛丽说,"或者那种电脑音乐。什么都行。我听说乔里有些乐队会在秘密房间、谷仓或车库里演奏。"

"抱歉。我完全不知道。迈克·鲍威尔会弹吉他,但他弹得不算好。哦!罗伯塔·帕克会为她的网上教堂弹音乐键盘。"罗伯塔·帕克就是杂货店那名老店员。

"总之谢谢你。可以用我们的账户赊个两三斤的华丽羽毛益生素吗?"

"没问题!下次聚会你想来吗? 我可以让迈克带上他的吉他。"

"当然。"罗斯玛丽把一桶鸡用维生素搬进卡车车厢,开回农场。迈克·鲍威尔不可能是她要找的人,连蒂娜都认为他弹得不好。教堂键盘手也不可能打动她的老板。她已经走进了死胡同。她高中的朋友们,不管他们在哪里,她都可以打电话问问有没有人玩音乐,但这意味着要与那些她懒得保持联系的人进行一系列冗长而尴尬的对话。

她回到自己的房间,穿上SHL连帽衫——他们本来想再给她发件新的,但她觉得用在绽放酒吧时收到的那件也没什么问题。阿兰之前给她留了号码，她邀请他进入一间空的聊天室。

他载入空荡荡的空间中，环顾四周，迅速一挥手变出一片森林风格的背景。"都是因为过去那些年！我在空房间里会紧张。"

他那个真实照片效果的虚拟形象很昂贵。他的乐队表现很好，所以他负担得起，也可能是 SHL 让艺术家使用高级外表以保持形象。不管怎样，相比之下她觉得自己的很廉价。

"怎么了？"他问。

"我不知道自己在做什么。我花了一整天时间在这个无聊的城镇里寻找音乐人，我敢说这里根本没有。我不知道该怎么做，难道要搜查县里的每一间谷仓和车库有没有音箱和架子鼓？"

他笑了，"挺不错的侦查工作，但听起来确实浪费时间。你在的城镇有多大？"

"不知道。很小。""不知道"其实是撒谎。城镇范围内一共四百九十三个人。她不想承认自己回到了家乡。

"好的，如果你在一座小镇里，那你有两个选择。如果你觉得那里能找到一些东西，那就多待一阵子。赢得信任，观察别人，注意倾听。可能需要个把星期。"

个把星期。他们会给她多长时间？"或者？"

"或者放弃那里，去别的地方。你说过你来自一座农场，对吧？你知道，有些土地就是什么都长不出来，无论你多努力。"

"直接放弃？他们不会因为我浪费钱而生气吗？"

"如果你离开那里是为了追踪线索,就不会。"

"我完全没有线索。"

"你有的,因为你的朋友阿兰给了你一个。"

背景消失了,然后画面变换成一座她不认识的城市。她知道迟早要面对这种情况。如果她想保住这份工作,如果她想摆脱这个城镇和这所房子,她只能抓住机会。某些人正在某个地方等着她,她要把他们靠音乐谋生的梦想与SHL实现梦想的能力连接到一起。她有一项任务要完成。

第14章　卢斯　皮夹克

　　我收到的下一张版税支票数额很大,我打电话给一位会计师寻求建议。他告诉我:留出三分之一交税,就当这部分不存在;三分之一投资;三分之一用于生活开支或消费,可以根据我自己的意愿来决定。

　　这样挺好的。我花自己挣到的钱不会觉得不舒服,但我对这笔意外之财的感觉有点儿复杂。人们又开始听我的音乐了？太棒了。人们只听那一首歌？这就令我感到沮丧。我希望他们也听听其他几首,但最重要的是,我现在仍然想要演奏。这不公平,那首老歌仍然余音萦绕,仿佛昔日一切发出的临终回响,而我却无法接触到听众,为他们介绍我的另外一些更好的歌曲,至少无法现场演奏。

　　我第一个想法是买辆二手面包车,然后再次上路。但要去哪儿呢？依然没有地方可以举办巡回演出。我怀念音乐,作为养料的音

166

乐,建立联系的音乐,广为流行的音乐,我不知道怎么才能让旧日重现。我和原来的厂牌已经彻底断了来往,没法指望他们帮忙。搜索目前开放的音乐场所,结果一片空白。现实的一切都处于雷达监视下,这意味着无法举办巡回演出,我再次声名远播却无法从中获益。音乐场所很快就会再次开放,我确信,等人们不再习以为常地安于畏惧时。

另一件事也开始令我感到困扰。我听过很多音乐人在取得成功后用自己的收入给父母买房买车的故事。我甚至不知道我的家人在瘟疫席卷全国后是否还活着。他们与社区之外的世界完全没有联系。有时我给家里打电话,只能听到父亲的语音信箱留言,从来都没人接电话。是因为来电显示,还是已经没有人能接? 只有一种方法可以确定。

我按照原来的习惯,一大早就去乘车,虽然这次我把吉他留在了家里。其实我不用担心这个,只有四个人排队。他们彼此之间隔着十万八千里,几乎看不出这是在排队。我无法忍受每个人眼中怀疑的目光,仿佛其他乘客想杀死他们或传染他们,或者二者兼有。

三月这一天本来应该异常暖和,但一大早还是很冷。考虑到我的目的地,我穿了一件毛衣,借了条长及脚踝的裙子。我全身唯一一件和我风格相符的东西就是那双军靴,我觉得没人会注意到。现在我瑟瑟发抖,希望自己穿了皮夹克。

"请你们喝咖啡。"我指着自动售货机对另外四个人说,"这样我就可以说我为全车人买了咖啡。"

没有人回答。我琢磨着,这是否就是如今的现实,我是否违反了某种新的旅行礼仪。我感到尴尬,心情不佳;部分是因为这次旅行令我紧张,部分是因为这身长裙和羊毛衫,当初如果没有离开布鲁克林,应该就像现在这样子。他们是不是都看着我,自以为对我有些了解?他们根本不了解。我用自动售货机给自己买了一杯苦咖啡。至少可以暖暖手。

二十分钟后,公共汽车到了。旁边的标志上写着**"感谢您的耐心等待,我们正在改进车队"**。车上已经坐了几个人,每个人都单独占了一排,只有一对夫妻和另一对看起来像是母子的人除外。其他人都恨不得坐得离别人越远越好。

这是我在95号州际公路上经历过的最安静的一次旅行。完全没有人说话,如果有人在听耳机里的声音,音量也控制在我听不到的程度。静默令我想尖叫,但我决定还是看向窗外,希望脑海中能浮现一首新歌。并没有。

我们在公共汽车站下车,那个街角平时很热闹,现在也仍然有人四处奔波,他们行动中仍然带着纽约特有的速度和信念,但我有一种挥之不去的感觉,这个地方也在衰退。我步行穿过两个街区前往地铁站,注意到一些消失和尚存的东西:更多的警察,消失的街头小贩,停业的商店,成群结队的送货自行车。我基本没有看到游客,不过这几个街区也不是游客经常出没的地方。直到靠近地铁入口,我才遇到一群人。

"怎么回事?"我问站在人群边上的一个人。

他耸耸肩,"老样子。"

"我已经好几年没进城了。'老样子'是什么意思?"

"他们现在会在车站进行安检,知道吧?那儿有行李扫描仪和人体扫描仪,他们每次只允许一定数量的人通过。"

"那永远也搞不完!"

他又耸了耸肩,"没那么糟,只要天气还不错,速度比你想象的要快。马上就是下一波了。"

我不明白这怎么可能,但两分钟后,我们开始朝前走。我的背包触发扫描设备报警,等我自己通过金属探测器后,不得不解释换弦用的剪弦器并不是惹麻烦的东西。我甚至不知道它为什么会在我的背包里而不是原本的乐器包里,它不知怎么搭了趟便车。这一切都没能说服那位警官,他还是没收了那东西。

这天晴朗而温暖,地铁站里还更暖和。我把袖子拉到了手肘上面。令人意外的是,通过安检之后站台上一点儿都不挤,地铁里面也一样。每个人都有座。我把背包放在膝盖上,但它本来也不会妨碍任何人。我还记得上次来到这里是在我离开阿普丽尔的住处之后,我抱着吉他、紧紧抓住咖啡杯站着,仍然觉得自己占据了太多地方。

即使发生了那一切,某种意义上我还是希望纽约一如往常、从容冷静。地铁曾经不堪重负，但它会变得这么空旷的唯一原因——可以进行安检而不会让整个城市陷入拥堵的唯一原因——就是乘客少了一大堆。因为瘟疫，人们改为居家办公。我曾以为在人口这么密集的城市里，任何所谓的改变都会被众人嘲笑，但就算在这里，恐惧也留下了痕迹。

当我们进入布鲁克林，我意识到自己牙关紧咬，甚至咬得发痛，我揉着关节让自己放松。我并不是一定要跑这一趟，但我想来。我需要来，我需要亲眼看看。我把毛衣袖子拉到手腕。

我的童年经历并不包括地铁，所以直到我再次走上街头，才突然浮现出一种怪诞感。距离地铁站一个街区、两个街区，然后我站在了记忆中的林荫大道上。一群十几岁的女孩向我走来。她们和我一样，在这个春光明媚的日子里也穿着长裙和毛衣。我端详着她们的面孔，想看看有没有熟人，然后才意识到，我离开时她们还只是小孩子。

她们路过时，其中有个人用犹太意第绪语说："看她的靴子！"她们都大笑起来。她们甚至懒得压低声音——我的靴子表明我是个外人。

我当年上过的女子学校的大门被铁链锁着。我原以为这里还开着，私立宗教学校应该会是个例外。街上挤满了推着双人婴儿车的母亲、并排行走的学步幼儿，以及一群群男孩和女孩，所有人都对我敬而远之。我想了一分钟就意识到这些孩子都是从住宅里面出来的。在这么小的社区里,这样的解决方案省时省力:围着餐桌上课。不过这只是我的猜测。我原以为至少这个地方不会变,但是我错了。

还有四个街区,三个街区,两个街区,一个街区。这条街道曾经是我们的街道。这些台阶曾经是我们的台阶。这扇门曾经是我们的门。

我敲了敲门,等了一会儿,又敲了一次。我想象我的一个姐妹把我迎进去。我们会不会在餐厅的桌边坐下喝茶?或者在客厅里?我在最高一级台阶上坐了下来,希望自己带了吉他,演奏可以让紧张的情绪消失,虽然时间地点都不太合适。我用指尖在手掌上描绘琶音指法。只有我能听到的音乐。

"需要帮助吗?"

我没有看见她走近,现在,我妈妈正站在人行道上,我坐在那里挡着门口,我浑身僵硬、动弹不得。她看起来更老了,这是必然的,她的个子也变矮了,但也许是因为我坐在最高的台阶上。我不认识躲在她身后的那两个孩子。

她又问了一次,"你是不是要找什么——查瓦·莉亚?"

我点点头,说不出话来。然后她拥抱了我,摸着我的脸,仿佛不太确定我是不是真人。放开我之后,她打开了门。她左右打量一下这个街区,做了个手势让我跟在两个男孩后面进入房子。我不知道他们是我的兄弟还是侄子,然后一阵悲伤淹没了我,我竟然不知道这个问题的答案,这种局面是我自己造成的。不,我提醒自己。你绝不会走上这样的人生道路。你不可能留在这里。

门开了,里面是个摆满鞋子的小门厅。左边紧挨着的是餐厅,看起来和我记忆中一模一样。餐厅的长桌上铺着破旧的白色桌布,周围是十几把不配套的椅子。角落里的书桌上放着满满当当的书和纸。墙边小桌上摆着我曾曾祖母的烛台。两个男孩径直走到桌边,其中一个站上椅子去拿一罐彩色蜡笔。

我跟着妈妈走进客厅。我自然而然朝着沙发上我那个位置走过去,但她示意我坐在客人用的椅子上,那张椅子不会嘎吱作响,也不会陷下去。她坐在旁边我父亲的阅读椅上,握住我的手。

"你要回家了吗?"她的声音里带着希望。

她的意思是,留下来。"我来看看你们怎么样。我不知道……有那么多人生病,你们一直不接电话……"

她的神情变得黯然。我没有给出她期待中的回答。如果我要回家,我第一句话就会告诉她。"你不应该来这里。犹太拉比不希望外人到这里来。他说如果完全不与外人接触,我们会更安全。"

"我不会待很久。"难怪所有人都一脸怀疑地看着我,"我只想了解下情况。拜托。"

她脸色变了,"两个小孩,拉奇最小的女儿和雅各布,他们病得很重,愿他们安息。你姐姐查娜严重感染,扩散到大脑,她现在还有后遗症,记忆问题。她的两个男孩现在跟我们一起住,这样伊莱就不用放下学习忙着照顾他们。"

她继续说下去,提到一个个朋友和家人。我大哥阿维的儿子雅各布出生时患有脊柱裂,还有发育障碍。他只比我小几岁,我们这些大点儿的孩子当初曾经轮流照看他。至少我知道他的名字,以后还能悼念他。令我难过的是,我失去了一个外甥女,而我甚至不知道她的名字,也不好意思问。"查娜在家吗?我能见见她吗?"

她摇了摇头,"这不是个好想法。她日子过得很艰难。"

我想直到那一刻我才明白过来。她不会把我介绍给那两个男孩,也不会让我上楼去见我姐姐。我们两人一起看向门口,看着对方,移开目光。她仍然握着我的手。

"我就是想告诉你们一声,"我说,"我过得挺好。你们需要什么吗?照顾查娜,医药费,任何事情?我想帮忙。"

她抬起下巴,"没什么需要的。如果你想帮忙可以帮帮别人。"

又是一个错误。我早该知道不能直接这样提出来。她一直都这么骄傲,不愿意接受任何帮助。衣服一个接一个传下去,直到穿得破破烂烂;玩具和家具也一样。至于其他事情,社区会出手帮忙。需要看医生?太穷办不起婚礼?一直有人提供这一切,体现出爱和支持,而且从不会让人感觉是出于怜悯。我刚就表现出了怜悯。我们一直都没钱,但我们从未缺少过任何东西。社区会提供。我爱这一切,即使在我知道我不会留下来的时候。

"对不起。我不该来的。"我说。

"是不应该，"她表示同意，"但见到你很好。也许你该走了。你父亲见到你会伤心的。"

如果他还在做同一份工作，几个小时内他都不会回家，所以不仅是因为这个。她不想让任何人看到我。不想让他们因为我惊慌失措，我是个心理不正常的家伙。会有人提到我吗？如果不会提到，会有人想到我吗？从她的表情来看，我的出现令她痛苦。

我轻轻把手从她的手中抽出来，"我试过了。我努力对这里产生归属感，但没有用。"

"我知道。"

她朝我靠过来，伸出手臂紧紧搂住我。等她放开手，我站起来向门口走去。我开门之前停了一下，从口袋里掏出一叠本来想给她的现金。

"我忘了一件事，"我说，"我想把查娜借我的钱还给她。请你一定交给她。"

她又一次抬起下巴，我能看出她想拒绝。我们小时候压根儿没有钱，要说查娜能借给我什么钱，那很可笑。

"一定。"她说。

我用袖子擦了擦眼睛，步行返回地铁站。这段路程稍微熟悉了一点儿，这就是我离开那天走过的路，那之前和之后都不曾再走。当时我感觉这里一成不变，而现在的感觉更加一成不变。我把这些街道、这些商店、这些面孔一一记在心里，我知道，这会是我最后一次到这里来。

上了列车之后,我发现即使已是傍晚,车上也没有坐满,这个时间本应挤满了放学的学生和下班的工人。我身上的衣服开始给我带来负担,穿着这些衣服,我都不是我了,现在我想不起来当初为什么要穿。尊重? 妥协? 我把这条不属于我的裙子提起来几厘米,打量着我从旧货店买来的靴子,鞋头已经磨损了,过长的鞋带绕过脚踝。上一次走这段路程时,我还没买这双靴子,也没买我的皮夹克,以及我的第一把吉他,我还不知道接下来会发生什么,无论是好是坏。我把毛衣袖子拉到手肘上方,再一次觉得当初该穿夹克。那是我的盔甲。

我答应过我姑妈,如果来曼哈顿北端,会在她家里住一晚,但做出约定时,我没想到我会重演自己离家出走的过程。到她家时,我整个人狼狈不堪。她对我关爱备至,为我做饭、沏茶,听我讲述这次拜访。

"哦,亲爱的。"我说完后她开口道,"我们无法控制自己出生在什么样的家庭,但我们可以选择从那段经历中汲取什么。他们爱你。他们只是不知道怎样让一个同性恋女儿融入他们的世界。那是他们的问题,不是你的。"

我们坐在她的沙发上,这就是我离家后住过的那张沙发。在她踏上同样的道路时,一个非营利组织帮助她开始全新的生活,并把这张沙发送给了她。对她来说,被她抛下的还有她的丈夫。

"你后悔过吗?"我以前从未问过她这个问题。

"没有。"有一瞬间我以为回答就此结束,但她啜了一口茶,接着说下去,"我怀念一些传统节日庆典,一些优美的旋律,不过新的犹太教社区也多少弥补了一些。我很想念家人,但我可以在怀念那些事情和那些人的同时,也明白我不属于那里。对吗?"

"对。"我说。我还住在那里时就知道这一点,离开时更清楚这一点。只是这段仿佛无根浮萍的时间使我有些思绪混乱。"我差点儿向她道歉。我差点儿就说那不是她的错。"

"那是的。"她说,"如果他们的世界无法包容他们自己的女儿,那需要改变的是他们,而不是你。总之,离开那里很可能是好事。结束是件好事。"

"你呢?"我问,"你为我做了那么多,你才是我应该帮助的人。"

她把杯里的茶喝完,微微一笑,"我挺好的。我保证,如果我有什么需要,我可不会不好意思说。谁知道呢,也许有一天你会搬回这里,或者我会搬到马里兰州离你更近的地方。另一方面,那笔钱是你赚的。你应该用它来帮助你自己走向人生新篇章。"

无论是怎样的新篇章。

第二天下午,我搭汽车返回巴尔的摩。回到家,发现前门廊停着五六辆自行车,车的主人都在屋里。桌子被推到了墙边,椅子按剧场布置摆放着。贾斯普里特用一张床单盖住我们餐厅墙上的涂

鸦,给朋友们看她正在做的项目:一部关于空置房屋的纪录片,中间
穿插着对收拾行李离开城市的富裕居民进行的采访。

"你为什么要离开?"贾斯普里特向每个被采访者提问。

"他们说人与人之间最好保持一定距离",或者"我再也无法感
到安全了",或者"人们看到我的疤痕会走到马路另一边。就算我已
经没有传染性了"。

我想象着他们伟大的朝圣之旅,庄严地开着卡车,无休止地寻
找恐惧不再如影随形的地方。纪录片中的房屋多种多样:校园关闭
后不再需要住在附近的教授们遗弃的大房子;贵族化和非贵族化的
联排住宅;在麻烦发生之前早已空置很久的联排住宅。贾斯普里特
给出了一些统计数据,无家可归的人数、空置房屋的数目之比,之前
四年中每一年离开的人数。

影片拍得很好,但我无法集中注意力。我脑海中一直同时浮现
我父母居住的社区,那里没有人去别的地方。我反复思考家庭和社
区的概念,是什么使一个地方成为家。掩住这些思绪的是周围这群
与我出现人生交点的人,桌上的便餐盘,我们写在墙上的东西,贾斯
普里特的作品得到的欢呼与赞美,他们对于影片的共同理解。这部
片子同时具备艺术价值与政治价值,描述了留下的代价和离开的代
价,以及在这方面没有选择余地意味着什么。

人们一直聊到深夜,这一次我破例留在楼下,喝酒,吃零食,了
解我室友的朋友们。最终所有人离开之后,我向贾斯普里特提出一

个我一直想问的问题:"镜头里有个社区花园的那条街,是在哪儿?"

贾斯普里特转身去看我说的是哪个,"离这儿不算远。那片空房子状态都很不错。"

我把地址抄下来,等我们收拾打扫完之后又看了看。然后我开始搜索房地产经纪人。对于《血与钻》赚来的钱该怎么花,我有了个超级棒的主意。

第二部

第15章　罗斯玛丽　巴尔的摩

罗斯玛丽乘坐汽车抵达巴尔的摩时，太阳已经开始落山了，晚霞把摩天大楼染成粉色、金色和紫色。她靠在车窗边心想，在这样的光线下，不知那些房间里面是什么样子的。她甚至不知道那些高楼是否还有人使用。那是住宅还是办公室，按聚众法怎么算？

"我们将在五分钟后抵达。"汽车安保的声音在每一个锁着的隔间中响起，音量大到差点儿把她吓得跳起来。他上次开口还是几小时之前。"请务必收好你们的所有物品。任何留下的东西都会被销毁。"

他们驶出高速公路出口，经过一台底座扫描设备，在一座破烂不堪的体育场旁边下了车。两道铁丝网在周围围了一圈，虽然里面看起来也没多少东西值得回收。这里不是举办全息体育比赛的体育场，她很确定。说到这个，他们是怎么拍摄的？运动员不可能像音乐人一样都位于单独的隔间里。罗斯玛丽在心里记下这个问题，准备以后再问。

她记得小时候有一次去看棒球赛，那时还是疫前时代。喧闹的声音，看台后面可怕的高度差，小贩在叫卖椒盐卷饼、冰激凌和饮料，小黑点儿一样的运动员散落在下方棒球场内野中。她不明白为什么会有人愿意为此付钱，在这种天气坐在室外看一丁点儿大的小人比赛，明明全息体育可以把他们带到你的客厅里，而且是真人大小的。

她猜想，体育场关闭时，全息体育还没有起步。也许还有一些她因为太年轻而没有意识到的其他因素，如社会学、仪式感方面的事情。她父母经常满怀深情地谈及当年的一些东西，即使如今的显然更好。是怀旧感在作祟。

汽车摇摇晃晃驶入市区，连续遇到七次红灯。这一路上，大部分时间都很顺利，但现在座位就像农用卡车一样哐当作响。也许他们离开高速公路后换了个人类司机，也许只是因为路况很糟糕。罗斯玛丽努力不要吐出来，把注意力集中在连帽衫展开的地图上，寻找下车后前往酒店的最佳路线。

罗斯玛丽怀疑他们随便找了个街角停车下客，不过她迫不及待想下车了。她把小包抱在身前，沿着隔间之间狭窄的过道朝出口走去。这样万一她前面的人突然停下，也能有个缓冲。她在最后一级台阶上停了一秒钟，抬头看看建筑物，低头看看人行道。我来了，她想，我做得到。

坐了这么长时间的汽车，她走出第一步时有点儿腿软，仿佛脚下的地面还在移动。她步行前往三个街区之外的酒店，趁这个机会舒展一下筋骨。

兜帽地图不会显示步行者，所以她原本以为街上空荡荡的。宽阔的人行道让她可以与其他步行者保持一定距离，但提醒自己一下总没错，即使做了万全的准备，现实也会有所不同。虚度乐队那首歌是怎么唱的来着？我做好心理准备走来，你还是令我大吃一惊。她甚至不知道应该为什么情况做好心理准备，所以她猜她会经常大吃一惊。

酒店大堂是她见过的最华丽的非虚拟空间——她不由自主地看了一眼自己是否忘记把连帽衫切换到透明视图。枝形吊灯像星座一般闪烁，在光滑的白色柜台上投下一片金色的光芒，对于疲惫的罗斯玛丽来说，这一切都意味着干净、温暖和舒适。这一天她遇到了太多第一次。

她走进一个服务隔间，用手机轻敲了下平板电脑。低电量指示灯在闪烁。她把手机在身上擦了擦，塞回口袋里。

预订确认。屏幕上显示着，**欢迎，全息舞台现场贵宾。请确认身份。**

这可不是个好兆头。她把身份证放在读卡器上，心沉了下去。

身份证与姓名不匹配。请在玻璃上按下指纹。

她把手指放在污迹斑斑的玻璃上，努力不去想所有接触过它的手指，但指纹也未通过，于是她按下按钮寻求帮助。屏幕切换出一个神采奕奕的虚拟形象，一个中年墨西哥人。"我能为您做些什么？¿Cómo puedo ayudarle？如果英语或西班牙语不是您的首选语言，请说明另外的语言。"

罗斯玛丽心想，如果英语不是首选语言，那要怎么看懂第三句话？"我来这里出差。是公司派我来的，但我猜有人出了差错，没用我的名字预订。"

"我很抱歉听到您的公司出现失误。我们酒店不会为贵公司的失误负责，特此告知。"

重复的话语使她意识到，这是个协助机器人，不是真人的虚拟形象。她琢磨着，如果机器人无法理解她面对的状况，是否还有第二个按钮呼叫真人协助。这种意外事件肯定不算罕见。

"我相信如果你联系SHL，他们可以确认我是预订人。"她说。

"就我理解，你想让我联系爱思诶赤艾欧确认你是预订的人。"

"没错！"

"这个名称不是与此账户关联的名称。请确认。"

"全息舞台现场。SHL，不是'爱思诶赤艾欧'"。她尽量不对一台机器不耐烦。如果机器人性能提升，公司会逐步淘汰他们这些客户服务专家，她就没有超级沃利那份工作作为退路了。也许她应该庆幸这东西效果不佳。

"请稍候,我正在联系全息舞台现场。"

没错。"谢谢你。"

她等了一分钟,两分钟。手机响了。一位没有留下姓名的后勤助理发来简短的信息:"抱歉。"

过了一会儿,机器人再次开口:"全息舞台现场已把预订名称改为'罗斯玛丽·劳斯'。这一身份与您的身份证、指纹和视觉ID点所确认的身份信息相符。"

"没错。谢谢你。"

"我们的记录显示,您以前不曾入住过我们的加盟连锁酒店。我们连锁酒店的规定是检查所有客人的身份信息,与恐怖分子、性犯罪者和暴力犯罪者的所有公开名单进行对照。请稍等。如果你的名字出现在性犯罪者或暴力犯罪者的名单上,并且你身上没有尚未执行的逮捕令,你将被安置在专用楼。如果你的名字出现在恐怖分子的名单上,你将不被允许留在我们的连锁酒店中。"

罗斯玛丽等着。她想知道,如果真的有人身上有尚未执行的逮捕令,或者出现在当前恐怖分子名单上,酒店是否会通知警察,那个暴力犯罪者的专用楼看起来又是什么样子,出于自卫动手的人算不算暴力犯罪者。如果刑满出狱后再也不能住进普通酒店里,那也太苛刻了。

"恭喜你,你的名字不在任何已知恐怖分子或犯罪者的名单上。对于让您耐心等待带来的不便,我们深表歉意。使用指纹可进入您的房间所在楼层和大堂所在楼层。您的房间号是2507。欢迎入住马顿家族酒店。"

"谢谢。呃,你说几楼来着?"

"25楼2507房间。电梯在服务台那边左转。祝您今晚愉快。"

罗斯玛丽把包甩到肩上,按照机器人的指示走向她觉得应该是电梯的一排门。虽然有点儿傻,但她不愿意跟一台机器承认自己不知道怎么操作电梯。

"一共几位?"两扇门之间的一块视听屏幕问道。

"一位。"

门打开了,通往一个小隔间,她走了进去。门在她背后关上,比她想象的要快。她把手指按在身份识别板上,数字"25"亮起。在显示的楼层中,二十五楼是顶层,但从外面数至少有三十层。也许这里像SHL基地一样有额外的楼层,用于增大容积率。

她稳稳站着,感觉自己对地板微微产生压力。这种感觉很不错。一块与眼睛同高的屏幕上显示:

我们的酒店每一层都有单独的加固和防爆措施。

我们的电梯每次只运送一位顾客。

马顿酒店遵循所有关于聚众和居住的法律。

每个房间的所有表面在两次入住之间会进行消毒。

请节约用水。

我们最关心的是您的安全、健康和舒适。

到了二十五楼,门再次打开。她跟着墙上的数字标牌找到自己的房间,把手指按在识别锁上,默默祈祷它能顺利识别,免得她还得再回到楼下去。成功了。门一开,灯就亮了起来。

她把门闩和防盗链都锁上。电灯开关旁边有个"请勿打扰"的按钮。她不知道为什么会有人选择可以打扰,反正如果有办法拒绝打扰,她肯定会拒绝。她把包放在床上,匆匆跑进浴室,把公共汽车、陌生人和指纹识别板留在她手上的东西洗掉。水断了两次,每次都要等一分钟让计时器复位——显然,即使高档酒店也不可能不受自然资源保护法的影响。马桶水箱上有个金色小标牌,告诉她这里用的是农场那种废水再利用系统。

房间里最显眼的是一张雪白的大床。一间多功能健身房占据了一大块室内面积。她瞥了一眼连帽衫,这个房间有七百种室内装饰可供选择,费用都高得离谱。她不认为公司会允许她花钱把房间变成水族馆。

她在窗前折腾了半天,想搞明白怎么操纵窗帘,最后放弃,自己钻到了窗帘后面。

窗外就是这座城市。从二十五楼看到的景象让她能够从一个新的视角欣赏这个世界。她曾经在公共汽车上看着那些高层建筑的窗户,现在她就身处其中一扇窗户后面,映照在窗口的夕阳折射出变幻的光芒。建筑物如棋盘一般在她眼前展开,大部分比她所在的这座楼要矮。有些建筑具有装饰性特征:尖顶、滴水兽,以及一些她不知道名字的东西。另一些建筑规规整整、没什么特色,但高耸入云的姿态同样美丽。一座建筑的塔楼上用"溴塞耳泽药品"几个字代替了钟盘的一圈数字。钟已经停了,她也从来不会用钟表看时间。这些乱糟糟的建筑结合在一起却构成了美观的整体。之前她距离这里只有几个街区,但一路走来,她能感受到一种嘈杂,一种能量,那是这么多人聚集在一个地方产生的效果。不过也可能只是一群群呼啸而来的运输无人机和侦察无人机的动静,也可能完全出自她的想象。

她拉起兜帽再次看向窗外,上面覆盖了一层地图。目的地位于3.7公里之外,正北方。地图覆盖层标记出直达路线,并以风险地图和当日时间作为交叉参考,给出一些可选的交通方式。看起来步行很安全,至少在下午五点肯定没问题,她有足够的时间去散个步,在天黑之前抵达那里,感受一下这座城市。那是她母亲的说法。她向她母亲保证了一百万次,她会很安全,然后她母亲才说:"好吧,如果你一定要去,我很高兴你能在那里待足够长的时间,感受一下那座城市。"

"那是什么意思?"罗斯玛丽问。

"城市——以前的城市,现在显然不知道变成什么样了——城市各有各的,嗯,也不是个性,我想可以说是风格?有些城市给人感觉历史悠久,有些感觉很现代,有些古色古香,有些像是观光胜地或者时尚之都,或者繁忙无比,或者优哉游哉。"

"你去过那么多城市？"

"在那个时候没什么了不起的。你知道的。我在波士顿长大，在芝加哥上学，在亚特兰大找了份工作，然后又来到匹兹堡工作。你六岁以前都是个城里孩子。如果当初我能说服你父亲留在那里，你会一直是个真正的城里孩子，但是他想要土地……"

这些罗斯玛丽以前都听过。她无法想象在一座城市里长大。她在网上上了初中和高中，在网上工作，在网上和朋友们闲逛，在网上约会。她记得疫前时代的教室，对于美国独立日游行和一场棒球赛有着模模糊糊的记忆。如今她在脑海中描绘那些场景时，那里只有她一个人。

"我以为你很高兴我们能搬走，这样你们就可以让我在一个安全的地方长大。"

"我从未那么高兴过。听着，如果你把这些告诉你父亲，我会否认的，但我很乐意你稍微冒一点儿险。安全的、可控的，每晚给妈妈发短信，说你还活着的冒险。"

罗斯玛丽保证自己会小心，会报平安。她说自己很累，这是真的，可能很早就会上床睡觉，这也不是谎话，因为包含了"可能"这个词。虽然筋疲力尽，但抵不住她急于弥补乔里败绩的心情。她还是出了门。

这会儿，罗斯玛丽正在爬一段陡坡，她在思考，这座城市还保留了多少过去的风格。酒店附近的街道几乎空无一人，但花朵盛开的豆梨树为这里增添了一点儿喜庆气氛和辛辣香气。她不确定是否还有人在高耸入云的办公楼里工作。街道看起来保养得很好——柏油路闪闪发光——傍晚的商店看起来是已经打烊了，而不是彻底关门倒闭。

她路过一座博物馆，一座货真价实的博物馆，周围有一圈厚厚的安全围墙。如果不靠地图说明，她甚至不知道那是什么地方。她想象里面有几名警卫和一大群摄像无人机，为坐在家里的观众展示展品。她不记得自己在兜帽空间里有没有来过这座博物馆。她也从未思考过博物馆的建筑本身会是什么样子。他们的班级旅行都是直接载入内部，无人机有自己的路线，飞过长长的走廊，让艺术品放大、缩小，从各个角度展示。这座建筑外观庄严肃穆，即使在铁丝网后面也显得高贵典雅。她打量了一会儿，然后继续往前走，欣赏这座城市展现出的模样。

她按照阿兰·兰德尔的介绍走过最后几个街区。以前这条街上有一排空荡荡的店面。他曾说过，值得注意的是其中一家服装店，他们会在锁门前把所有假人模特搬到前面去。他没提到的是，这是一家童装店，模特就像儿童僵尸，在橱窗里面摆出姿势，仿佛想要逃出来。这边伸出一只手，那边有个脑门贴在玻璃上。另有一些废弃商店的窗玻璃被人打破了，但这一家可能太恐怖了，没人敢乱来。

穿过马路，对面会有一片用木板封住的联排住宅。前门台阶都

新日之歌

被偷走了——因为是大理石的，别问我为什么会有人偷那么大的大理石板，但谁都没注意或者说什么，早在我们去那里之前就已经被偷了。那几扇门看起来很古怪，比人行道高出一米多，里面空荡荡的。有人在遮挡门窗的胶合板上喷涂了信息。"想购买这座房子吗？"一行字问，下面是另一段比较小的手写体："绝对不要——里面没有地板。"还有一行："如果你听到有动物困在这里，联系城市工作人员。"

2020的一楼窗户也用木板封住了，还做了隔音，这样外面就不太看得到或听得到。你一看就知道是哪座房子，因为它的前门台阶还在，楼上的窗户还有玻璃。晚上如果有乐队来，他们会打开外面的灯。星期三和星期六。罗斯玛丽相信了阿兰的介绍，她从几百公里之外坐车到这里来找他们。不过，现在一切看起来都和他描述的一样，这一点还是令她松了一口气。人体模型，空房子的前门仿佛飘在半空，路灯就像灯塔一样。她不知道阿兰有什么理由对她撒谎，但看到这个地方前，她不会排除这种可能性。维克托说阿兰什么来着？"他说什么都别信。"她一直没有深究这句评语。

走过去时外面没人，但路灯多少令她感到安心，前面那两辆破旧的燃油汽车也一样。没人会没头没脑地把车停在这片街区。对吗？当然，这是她第一次到这里来，她脑海中浮现的任何想法都是她自己的大脑创造出来的。她总能发明一些规则让自己安心，不过有些确实行之有效。逻辑不是重点。那两辆汽车可能是在进行毒

191

品交易,阿兰让她来这里可能是为了把她送给卖淫团伙。那种事对他来说似乎太麻烦了。

她从门口走过,显然时间还太早,她意识到有些细节他没提,她也没想到问。例如,他们什么时候开始。她从未看过现场演出,不过全息舞台现场的演出时间总是安排在目标受众所在时区的晚上七点,所以她猜想这里的音乐会也是七点开始。

但现在已经快七点了,仍然没有人进出。高速公路的标牌上写了这座城市有午夜宵禁,所以她想演出肯定会早点儿结束。那大概就是从七点到午夜。她不想错过这次演出,但她也不想显得太心急,也不想做错事。

她又往前走了一点儿。她没有看到什么标志分隔相邻两个区域,但她肯定越过了某种无形的界线。过了两个街区,几栋联排住宅被等待春耕的花园取代。又过了一个街区,房子看起来更像有人住的样子。有些房子在窗口花坛里种了鲜花,或者在卷帘上画了风景画。不同于她之前经过的地方,这些房子的台阶都还在,不过是砖头或木质的,不是什么大理石。到处都有人坐在门口台阶上或塑料椅上和邻居聊天。一名小贩牵着一辆装满苹果和橘子的小马车,一边摇铃一边喊:"水果,水果,快来买新鲜水果!"栗色小马和马具都闪闪发亮,显然得到了精心照料。

骑自行车的孩子们在人行道和马路上你追我赶,在这个暖和的晚上玩得很开心。罗斯玛丽以为他们这样会吓到拉水果车的小马,但它连眼睛都没眨。有一栋房子门窗都开着,把一场全息体育的棒球赛投射在前厅:五六个十几岁的孩子靠在窗台和门框上一起看。

和邻居们住得这么近是什么感觉?在这五个街区里转悠的人,比她平时整整一个月遇到的都多。毗邻而居,呼吸着同样的空气。严格来说,他们不算聚众,他们都有不同的房产,但他们之间的交流互动一点儿都不淡漠。

在下一个拐角处有一家小餐馆。罗斯玛丽不认识这个品牌,但这里看起来很安全,灯火通明,正适合消磨时间、吃点儿东西。一个靠窗的卡座里坐了几个人,她猜这可能就是她稍后会见到的乐队。他们看起来和她想象中的乐队一样,比起朋友或同事,更像格格不入的一家人,正演绎一场爱恨情仇的家庭伦理剧。

餐馆的门看起来很重,但她稍微一推,门一下子开得很大,砰地撞到后面的卡座。所有人都伸长脖子看是谁进门闹出这么大动静,罗斯玛丽尴尬得脸都红了,她恨不得自己能隐身。隐身失败。一个满头白发的小个子黑人老太太从餐馆柜台后面扫了她一眼。罗斯玛丽等着那个女人对她评头品足。

"随便坐吧。"那个女人又回去往盐瓶里装盐了。

罗斯玛丽从乐队旁边走过,进入他们对面的卡座,在这里可以偷听。她坐到长椅上,努力不去在意这里没有隔板的问题。她轻轻敲了下桌子,但没有菜单出现。她把连帽衫拉到头上寻找覆盖图,但还是没有。手机也没显示任何链接。

又花了一分钟时间,她才注意到餐巾纸盒后面塞了一小张叠起来的菜单。她伸出两根手指把这东西扯出来,捏着边上尽可能小的角落,避免碰到细菌。有三种辣酱(素食、鸡肉、辣掉脸皮)可选,还可以选择把辣酱盖在米饭、薯条、热狗(素食、鸡肉)或意大利面上。她把菜单翻过来,但另一面一片空白。她注意到商标——这个地方叫热浪餐馆。底部有备注:"没有超级沃利? 没问题。只收现金。"罗斯玛丽带了现金,但她还没见过不提供第二种选择的地方。

柜台后面的女人走过来,"要点儿什么,亲爱的?"

罗斯玛丽指了指咖啡和鸡肉辣酱加薯条。

"奶酪? 素食奶酪? 酸奶油?"那个女人问道。

"嗯,奶酪。谢谢你。"

她掏出手机,给家里发了条短信说她已到了。没必要跟SHL的人提及她尚未抵达目的地,让他们担心。反正已经够近了。

服务员把一只马克杯和一小罐奶油放在桌上。罗斯玛丽尝了一口,咖啡味道很好,又香又浓不苦涩。旁边卡座里那群人正讨论当天晚上要演奏的内容,这意味着罗斯玛丽猜得没错,他们是一支乐队。

"……卢斯,我们已经好几个月没演奏那首歌了。我觉得这个新来的孩子以前肯定没听过。"

"听过,但没弹过。"有人表示同意,肯定是那个新来的孩子。

"看吧。"第一个声音又说。

"……但我相信我跟得上。记得那首歌不算复杂,除了那段古怪的间奏。"

"看吧。"一个新的声音说,一个女人低沉而温暖的声音,重复第一个人说的话,听着更像是逗乐而非嘲笑,随即响起一阵笑声。"那首歌听起来会很新鲜,会很精彩的。"

"已经八年了。"

又是那个女人开口:"已经过了八年,仍然如此有意义。我倒希望它不要再这么有意义。"

"我们会搞得乱七八糟。"

"没人在乎。我喜欢一次美妙的乱七八糟。"

女服务员把一个带缺口的白碗递给罗斯玛丽,"又辣又烫哦。"

罗斯玛丽把奶酪搅拌到辣酱里,戳了戳下面,看看他们炸的是哪种薯条。一般来说,她知道正宗加盟餐馆会订购哪个牌子的土豆,没准甚至还能背出她工作第一年核查订单时记住的超级沃利产品代码,但这些看起来不怎么整齐,像是自家产的。

虽然有人警告过她,碗倒没她想象的烫。她吃了一大口。第一个想法是辣酱也没有那么辣,第二个想法被胡椒淹没了。眼泪沿着她的脸颊往下流。她伸手去拿奶油罐,咕嘟咕嘟地吞。

"跟你说了很辣。"女服务员说。

罗斯玛丽用袖子擦了擦眼睛,"但我没点'辣掉脸皮'啊。"

"那不是'辣掉脸皮'。谁要第一次尝试那个,我都会让他签一份免责声明。来,试试加点儿酸奶油。"

罗斯玛丽把酸奶油拌进去,试探着又吃了一口。女服务员说得没错。香味伴随着炸薯条在口中绽放:辣椒、红椒、孜然。她从未吃过味道这么丰富刺激的食物。她又尝了一勺,对女服务员点头表示赞赏。又一口,她这才意识到自己有多饿。她为了坐公共汽车准备了三明治,但好几个小时前就吃完了。

乐队的人站起来准备离开,罗斯玛丽第一次仔细打量他们。那个蓝头发的家伙穿着一件撕掉了袖子的T恤,正好露出文身。文身多得连皮肤都摆不下。另一个人看起来比她还年轻,穿着背心裙和牛仔夹克,外表中性化。他们离开时把碗放在柜台上。罗斯玛丽琢磨着这是不是标准流程,因为她以前从未去过由顾客负责收拾餐具的餐馆。

那个女人最后离开。她大概三十多岁,绑着长长的马尾辫,外表不像她的同伴那么夸张,但散发着一种罗斯玛丽难以言喻的感觉。她穿上皮夹克,一边整理衣领一边朝罗斯玛丽眨了眨眼。她把手伸进口袋里掏出一沓现金,数都没数就扔在桌面上,"拜拜,玛丽。谢谢!"

"演出顺利,卢斯!"女服务员挥手跟他们告别。

罗斯玛丽可不想跟丢这支乐队。她匆匆吞下余下的辣酱,数出现金付了饭钱和小费,然后按其他人的做法,把盘子拿到柜台那里。女服务员露出笑容。如果不是标准流程,至少会得到感谢。

"嗯,你知道那是哪支乐队吗?"她有点儿不好意思问,万一他们很有名怎么办? 但最好还是了解下。

"这周用的是'哈丽特',不过你很快就得再问一次,因为他们会换名字。"

"黑日?"罗斯玛丽问,思考哪个词听起来像是乐队的名字。

"不。哈丽特。就像个女孩的名字。他们以前有过更好听的名字,也有过更糟糕的。你应该去看看他们。我想他们今晚会演出。"

"是的,我正打算去。谢谢!"

罗斯玛丽沿原路返回。她从哈丽特的成员们身边走过,他们正停在街角继续讨论。

现在街上多了几辆轿车和面包车。罗斯玛丽看了一眼兜帽显示的时间:八点十五分。也许合理一点儿了?

她从夹克口袋里翻出一块古老的薄荷口香糖。在她一生中最重要的夜晚,她吃了世界上最辣的辣椒。

第16章　罗斯玛丽　2020

　　阿兰说这里叫2020,她希望他不是跟她开玩笑——这不算是一个朗朗上口的名字,比如绽放酒吧那种。也许这里还有个昵称,也许2020就是昵称,她想着这些杂七杂八的事情来分散注意力,让自己别那么紧张。也许餐馆里那个女人本来可以告诉她的,但她忘了问。

　　她从侧面走近,仿佛想要偷偷溜进那个地方。她希望别的什么人先进去,好让她学习一下方式,然后意识到自己又表现得过于小心翼翼。她一路坐车来到这里。她在一个陌生城市里散步,在一家陌生餐馆里吃饭,敲个门肯定没什么大不了的。还是应该直接开门? 选项太多了。

　　这是个音乐场所,她自忖,虽然看起来像一座木板封起来的空房子。她决定不敲门,直接推门,然后发现自己站在一个没几样家

198

具的客厅里,一小块破破烂烂的地毯上正在播放一场预先录制的基础全息舞台演出,她不认识那支乐队。米白色的墙壁光秃秃的,重新粉刷过的壁炉也是同样的颜色。墙上凸起的钉子以前肯定挂过画,下面还有更白一点儿的长方形印子。

一个身材高大魁梧的女人,肩膀像橄榄球员一样宽,她坐在一张脏兮兮的、海绵塌陷的沙发上,双臂展开搭着靠背,"有什么事吗,警官?"

罗斯玛丽后退了一步,差点儿从门口的台阶上掉下去。她回头看了看那个女人在跟谁说话,然后才意识到那是在问她,"我不是警察。嗯,我朋友告诉我,有乐队在这里演出。"

女人没动,"法律上来说,你知道如果是警察,现在有义务表明身份吧。"

"我发誓我不是。这里是2020吗?那个2020?如果我搞错了,我不是故意打扰你们的。"他们脚下的某个地方传来一阵刺耳的声音反馈。

罗斯玛丽低头看了看,"就是这里,我敢肯定。"

"快把门关上。"

罗斯玛丽关上门,很高兴自己进来了,但女人脸上的表情并没变友好。

"你不是警察,但我也不知道你在说什么。我不认识你。"

"你认识来俱乐部的每一个人?"在她身后,前门嘎吱一声再次打开，但罗斯玛丽把注意力集中在眼前的问题上。

"俱乐部？这是我的房子。我爱人在地下室弹吉他。"

形势越发不利。"你看，我知道这个地址，是专利药品的阿兰·兰德尔告诉我的。我为了来到这里，坐了八个小时的车。"

"专利药品？你想靠提到一支全息舞台的乐队，让我放你进我的地下室？"

"全息舞台有什么问题吗？一些很棒的乐队都在那里演奏。你现在正看着其中一个……"罗斯玛丽指了指那个女人咖啡桌上的基础款家庭盒。

"专利药品。你打哪儿来回哪儿去。"

一只手搭在罗斯玛丽肩上，她跳到一边。

"爱丽丝，"一个女人在她身后说道，"你拦住了我们新来的吉他技师？"

罗斯玛丽转过身来。是哈丽特乐队的那个女人。

"你认识她，卢斯？"

"是的。她今晚要为我们的吉他调音。她很酷。"

爱丽丝皱了皱眉，然后叹了口气挥挥手，"我不知道她为什么不说。提你比提专利药品有用多了。"

这个名字令卢斯挑起眉毛。罗斯玛丽在心里记了一笔，搞明白这些人的反应之前，不要再提阿兰的乐队。

卢斯从罗斯玛丽旁边挤过去。她的乐队成员也跟着她进来，罗斯玛丽走在最后。他们穿过客厅进入狭窄的厨房,然后转了个一百八十度的弯,从厨房门口旁边的楼梯间走向地下室。

地下室至少和上面的房子一样大,但与SHL场馆相比就很小了。天花板很矮,地板上到处是土,还有一股淡淡的猫尿味。舞台区域位于房间一端,没有高出地面,而是用几束LED灯和两个笨重的舞台返送音箱划出范围。SHL把那些东西用在音乐棚里制造舞台效果,只是装模作样,表演者们都有入耳系统。大舞台边上的监视器看起来效果很棒,而且能起到屏障作用——是这里和绽放酒吧之间唯一的相似之处。

舞台后面放着一套拆碎的破损架子鼓,还有台贴了上百个乐队贴纸的贝斯音箱,搁在那台散架的鼓旁边。舞台旁边靠墙放着一排吉他音箱,角落里堆着八九个吉他包。不同高度的话筒架像石笋一样立在舞台周围,电线像藤蔓一样缠绕在上面。她竭力克制失望,这里如此狭窄,简直是微缩版的体验。虽然阿兰称之为"一个小小的地下空间",但她没想到他是说真的。

"这是什么地方?"她低声问。

"这地方既是个摇滚圣地,也是一种革故鼎新的尝试。有时候这个,有时候那个。你要来帮忙吗?还是怎样?"卢斯蹲在几米之外,在一个吉他包的口袋里东翻西找。

"我——我以为你是在开玩笑。"

"开玩笑干吗?这里没有赠票。要么你是我们的吉他技师,要么你应该给爱丽丝八块钱。"

"她不肯让我进来。"

"没错。也许你根本不用把钱给爱丽丝。她让你滚的时候你就可以回去。"

话虽没错,但她的眼睛和嘴角表明她在捉弄罗斯玛丽。整个情况不大对劲。太快,太过火,太可笑。她甚至没有机会提自己在SHL工作。也许目前还不该提,培训手册给了她几种不同的选项。

"好吧,"她说,"你想让我做什么?"

卢斯举起一个小盒子,"你会给吉他调音吗?"

"不会。"

"换弦呢?"

"也不会。"罗斯玛丽脸红了,双臂交叠抱在胸前,"我不是个笨蛋。只不过我不是音乐人。无论你需要我做什么,教我就行。我学得很快。"

"这样更好。顺便问下你的名字是?"

"罗斯玛丽,罗斯玛丽·劳斯。"

"好名字。介意我以后用它给乐队起名吗?"

"不,嗯,什么? 也许?"

"你可以稍后再回答我。好的,罗斯玛丽,罗斯玛丽·劳斯。幸运的是,调音技术已经非常先进,你不需要懂音乐,你只要能看懂字母表和上下箭头就行。你识字吧?"

"嗯。"也许等今晚结束时,她会知道怎么才能不要感觉自己受到了冒犯。

又有几个人陆陆续续下楼。一个人开始组装架子鼓,另一个人把麦克风从袋子里拿出来,与话筒架的电线连接起来。卢斯从琴盒里取出一把黑色的电吉他,插到效果器上。她调了两根弦,然后把吉他交给罗斯玛丽,她在卢斯的鼓励下,靠着效果器不自然地转动琴弦旋钮。带箭头的红灯会告诉她朝哪个方向转,到正确位置时,中间的绿灯会亮起来。她调好其余四根弦,把吉他还给卢斯。

"很好。如果我在演出期间把吉他递给你,你也能做到这个的话,过几次你就能被雇用。今晚我不教你换弦——意思是我肯定会弄断一根,看着吧——但你也可以帮我们销售周边商品。证明你的价值。"

罗斯玛丽点点头。她唯一要做的就是闭上嘴观察,如果她喜欢这支乐队,她会再次自我介绍,解释一下她为什么会来到这里。她在公共汽车上把那段话在脑子里练习了上百次。有趣的是,现在她真正到了这里,却根本说不出几个字。

乐队调试完毕。罗斯玛丽找了个不引人注目的地方,靠着墙。

"不好意思,我能过去吗?"一个戴着鼻环、满头脏辫的高个子黑人指了指她身后,她意识到自己挡住了音板。

"对不起。"她咕哝了一句,从音板前面挪开,希望自己没有妨碍别人。

"来吧,罗斯玛丽·劳斯。"卢斯在她身边说,"我来告诉你周边商品是怎么布置的。"

她带罗斯玛丽来到楼梯旁边。下面有个凹室,前面放了张折叠桌。卢斯提起一个手提箱放到桌面上打开。里面是哈丽特的徽章、贴纸和下载卡片,不过也有卢斯·坎农的、零号病人的、去年四月的和固定反派的。

她拿出几件T恤套上衣架,挂在楼梯扶手上。衣服上用印刷体印着"别再去想"。乐队名称在罗丝玛丽眼前萦绕不去。

"很简单,"卢斯告诉她,"手提箱里有价格表。只收现金。如果有什么问题,来找我或者随便找谁。"

"嗯,好的。我什么时候应该坐在这里,而不是在那边帮你调吉他呢?"

"整个晚上,除了我们演奏的时候。好问题。还有吗?"

"卢斯·坎农?真的是你吗?就是唱《血与钻》的卢斯·坎农?"罗斯玛丽说出这个歌名,想起那时她正发烧,这首歌飘进病房成了她身体的一部分。

"上辈子的事了。那首歌是很久以前的。"

"没错!这首歌在我十二岁时发布,等我上高中时又流行起来。这是多年以来我最喜欢的一首歌。"

卢斯皱了皱眉,"只有听到别人这么说的时候,我才意识到自己已经老了。"

"对不起。我不是说你年纪大。这首歌发布时你很年轻,对吧?所以你现在也不老。我只是很爱这首歌,不敢相信真的是你。但——你很出名。你在这儿做什么?"

卢斯歪了歪脑袋。罗斯玛丽感觉自己说错话了。于是她换了个话题:"嗯,别的乐队也卖东西吗?"

"嗯,但那不归你管。你要注意别让人不给钱就顺走我的周边商品。"

她们身后的楼梯上传来一阵脚步声。另一支乐队到了,更多的吉他装备堆在了舞台旁边。罗斯玛丽直到这时候才明白,他们共用一套架子鼓,还有贝斯音箱和麦克风立架。卢斯转身去帮他们,罗斯玛丽猜测,她是为了躲开这次谈话。她可能搞砸了,提到《血与钻》问世时她才十二岁,还一直抓着这个话题不放。但那是卢斯·坎农!如果罗斯玛丽能把她带到SHL,那该多了不起。所有人都知道那首歌。

过了一会儿,卢斯又回到桌子旁边,所以罗斯玛丽担心过头了,卢斯肯定没太觉得被冒犯或难堪。

"他们都要调音吗?所有的乐队?"她问卢斯,急于表现出她不会对那首歌念念不忘。她也决定不再假装自己什么都知道。

"不。我们这样做是为了设定整体音量,其他人只是稍微检查一下。每个人都做一遍,装备就得挪两次,没必要花那个时间。反正房间里有观众之后,声音听起来会完全不同,不过这是我的惯例。会让我稍微放松一点儿。"

"你看起来并不紧张。"

她笑了,"我没有舞台恐惧症。也许有些'什么事情都可能发生'的低级焦虑症,但我们开始演奏之后,这种焦虑就会消失。"

罗斯玛丽不知道这有什么区别,但她没再多问。

房间里的人开始变多。罗斯玛丽很高兴能待在周边商品的桌子后面。她穿着她以为人们看演出时会穿的衣服,但其他人好像都不是这么穿的,她越来越觉得自己穿得太隆重了。他们来到楼下,在房间里找好位置,仿佛他们都收到了她错过的备忘录。有些人独立一旁,戴着兜帽,看着手机,靠在墙上,一副坦然自若的样子。

观众的人口统计学特征比她想象的更加多种多样:黑人、白人、棕色人种,青少年、老年人,以及中间所有年龄段的人。在专利药品的演出上,大部分虚拟形象都是年轻白人,符合五种基本的虚拟形象体型,毕竟定制的身体要贵得多。真实人类如此千差万别,这个事实又一次令她感到震惊。

她原以为人们会喝酒,确实有些人拿着或扁或圆的酒瓶,但她没有看到吧台。每次有人停下来细看她桌子上的东西,她都努力装出一副怡然自得的模样,对他们露出微笑,看看他们是否也会报以微笑。

"你是来看哪个乐队的?"她问一个随意看着周边商品的人,想跟对方聊聊。

"所有乐队。"那位女士说,罗斯玛丽不确定这是一句责备还是无恶意的回答。也许所有人都是来听所有的乐队,没有特别喜欢的。也许她让那位女士感到不自在了,因为她坐在某个特定乐队的桌子后面。也许她传达出了那位女士不完全算粉丝的意思。那之后,她紧紧闭着嘴,生怕自己又说出什么蠢话。卢斯·坎农管这叫什么来着?"什么事情都可能发生"的低级焦虑症。

这个房间现在容纳的人比罗斯玛丽在任何地方见过的都多。每一次她这么想,情况都进一步打破现状,但这肯定就是最多了。五十?六十?她不知道这个小空间怎么能挤这么多人。她开始出汗。如果不是桌子和凹室给她留出了一些空间,她会手足无措。

他们是怎么忍受的?肩并肩,前后都是完全陌生的人,他们的体温,他们的气息。不知是否有人携带了某种新型超级细菌,一个喷嚏就可能危及整个房间的生命。也不知是否有人带了刀枪或者要复仇。只要有一个人陷入恐慌状态,整个房间的人都会试图挤到那小小的楼梯,可能发生踩踏事件。法律明令禁止,禁止像这样聚众。她可以掏出手机举报。这一点为她带来安慰,这种可能性使她不必真的那样做。她还有楼梯下面这块空间,这张桌子可以保护她的安全。

第17章 罗斯玛丽 墙上的影子

第一支乐队开始演奏了,罗斯玛丽把注意力转向舞台区域。她不得不把桌子往前推了几厘米才能站起来,否则她现在只能看见悬挂在音乐人头顶上方的"库尔泽"手绘横幅。站在她前面的人因为桌子的移动纷纷投来不满的眼神,但她无视了他们。这是她第一次看现场演出!

当然,专利药品的演出也有一定意义——如果不是那次经历令她印象深刻,现在就不会来这里。还有看音乐人为SHL录节目,每个人都有自己的个人摄像机阵列和录音隔间,全部组合到一起,让他们看起来仿佛同台。那也令她内心激动。现在肯定更棒,肩并肩的乐队成员可以相互交流,还面对着真正的观众。

这支乐队是个三人组,鼓和吉他,还有个声音像是键盘的,奏出一般由贝斯负责的低音,但她没看到舞台上有键盘。主唱一直紧紧闭着眼睛,一只手抓住另一边手臂。他看起来似乎马上就要落泪,但当他开口时,声音紧张而克制,使他听起来像个复兴传教士。第一首歌有一种《圣经》般的热诚,但并不出自她读过的任何一本《圣经》。"这些曲子源自我关于大上传①的笔记。"她跟上了第二段副歌。很有意思的声音,但她想知道,要是主唱从来不与任何人进行眼神交流,是否会令观众意识到,他们其实并没与乐队身处同一个房间里。他的声音和他的脸也不太搭。声音浑厚响亮,适合一个更有个人魅力的人,她想象了一下,如果不是一个正在谈及上传的有实体的真人,而是某个虚无缥缈的声音,歌词效果会更好。

说实话,这并不比全息舞台强多少。在SHL不需要担心炎热和拥挤。她可以调整音量,听够了也可以关掉。她把兜帽拉到头上看看有没有新消息,但这里没信号,也许是因为这个凹室。意识到无法在需要时呼叫帮助,一阵新的恐慌席卷了她的全身。为了转移注意力,她努力降低自己的存在感,不去引人注意,专注于呼吸又湿又热的空气,再次专注于乐队。

键盘在哪儿?有两台音箱。一台连着吉他;另一台连着一个盒子。舞台上没有别的东西。

主唱猛地抽动了一下,她突然发现:他右前臂内侧刺了个单八度键盘,左手手指在上面按来按去。她想找人问问,但每个人都在

---

① 指小说设定的一场变革。"大上传"使人们互动和体验世界的方式彻底改变,尤其是在音乐和现场表演方面。

关注乐队。她又把兜帽拉到头上，录下一段短片。太神奇了，这一点点区别改变了整个表演的性质——她真希望可以倒带，从头再看一遍。

即使在这支乐队演奏结束后，人们也没有散去，没有四下走动。她又坐了下来，那个刺青可以演奏的主唱朝凹室走来，带着一小盒他自己的黑胶唱片和CD。唱片和CD！罗斯玛丽的父母有一台机器能播放这两种东西，就是时不时会跳音和卡顿。她以为没有人会理会他，但几个人停下来用现金购买了他的音乐，所以说，如今还拥有那些设备的人肯定比她想象的多。那名主唱发现她正在看他，朝她咧嘴一笑。总之，他有眼睛。她琢磨着他演出时闭眼是因为害羞还是因为怯场，又或者是一种特意制造的效果。

"你对手臂做了什么？"她问道，希望这不是什么众所周知的潮流，否则这个问题又会显得她很无知。

他伸出手臂让她看。扁平的植入物藏在刺青下面，每个按键各带一个。"触发器和发射器。它们把信号发送给连接音箱的盒子，音响合成器。你愿意的话可以摸摸。"

罗斯玛丽心生退缩，但她努力不表露出来，把关注点集中在技术上，"挺好的。是你设计的吗？"

"触发系统是，嗯，一位朋友的想法，但合成器是我设计的。下一步我打算做吉他指板，但放哪儿还定不下来，也许这里吧。"他把左手放在胸口，演奏了一段无声的音乐，"然后把陀螺仪植入我右手腕里捕捉弹拨动作。"

"搞得这么麻烦,干吗不直接弹吉他?"罗斯玛丽问。

那位主唱对她露出一个古怪的表情,"这不是麻烦。"

他走开了,把她留在原地琢磨。她见过蒂娜·西蒙斯的生物识别文身,但从未考虑过这种改变。想让自己成为自己的乐器有什么不对?她把这个问题留待以后琢磨。

"要快速检查一下吗?"音响师通过整个房间都能听到的调音对讲系统问。

"不用,"正在走上舞台的那支乐队中有人说,"我们开始吧,你可以在我们演奏时调整。大家好,嗯,我们是咖啡蛋糕情态。"

罗斯玛丽还没来得及想这个乐队的名字多么古怪,声反馈已经充满了整个房间。她用手指堵住耳朵,直觉告诉她下一个声音会令人无法忍受。但事实上,乐队控制声反馈就像专业冲浪者对待海浪一样。驾驭它,但又不会驯化它。声反馈就是歌曲。这是精心设计的。她跳了起来,脑袋撞到凹室的斜面上。

"见鬼,"站她旁边的那个主唱说,"你还好吧?肯定很疼。"

罗斯玛丽挥手让他走开,"我没事。我没事。"

她揉了揉,那里已经鼓起一个大包。她倒不觉得疼,噪声掩盖了疼痛。

舞台上这支乐队有架子鼓、贝斯、吉他和大提琴。大提琴通过一台失真音箱奏出长而低的和弦,琴弓带着他们先是登上顶峰,继而坠入深渊。大提琴手一头浓密的长发就像超级英雄的一样黑,挑染了几绺蓝色,演奏时散落在她的脸上。

半小时之前,罗斯玛丽还以为闭上眼睛意味着与观众之间缺少连结。现在她意识到,这样可以进一步吸引听众,让他们与这首歌的联系更加密切。就算大提琴手戴上面具或套个纸袋,人们还是会看向她。她自信的双手、她的姿势、她塑造和传达的声音,都会吸引人们的注意力。

大约过了一分钟,吉他加入进来,和大提琴有点儿像,但也有自己独特的音色。很快架子鼓和贝斯也响了起来,与大提琴互相呼应。鼓手、贝斯手和吉他手都是女性。

大提琴手开始唱歌。直到那时,罗斯玛丽才注意到大提琴手还有个麦克风,她的注意力一直集中在那双手上、琴弓上、厚重而神秘的发型上。她的声音低沉而古怪,似咆哮,似呻吟,一点一滴都像她的乐器发出的声音一样痛苦。大提琴声与人声一起穿透颤抖的地板,穿透罗斯玛丽的骨头。这是一种身体上的感受,她的身体和乐器以及这个房间之间产生一种共鸣。无论她们演奏了多长时间,感觉都还不够长。

那支乐队离开舞台时,罗斯玛丽努力平息自己本能的即时反应,想象他们在绽放酒吧会是什么样子。那把穿透骨髓的大提琴能转换成SHL吗?也许他们有某种效果器来尽可能还原。歌手遮脸在这是不是某种趋势?她研究过的所有SHL乐队都有完美外表。

但话又说回来,也许这就是她来这里的原因,寻找一些未经打磨的乐队,把他们交给公司。如果她能说服SHL看一看,他们很可能会让咖啡蛋糕情态改个名字。而那把大提琴……

卢斯出现在她旁边,"来吧,罗斯玛丽·劳斯,到我们了。"

罗斯玛丽一直专心听音乐,反而忘了要给卢斯的乐队帮忙。也许她是刻意不去想这件事的。她看了一眼人群。如果没搞错的话,更多人挤进了这片空间。"你确定你们需要我?"

"没有你我们也能应付过去,但你能让我们的演出更顺利,你说过你会帮忙的。"

卢斯走开几步,然后又转过身等着她。罗斯玛丽估算了一下凹室和舞台之间的距离。二十步就可以穿过整个房间。

这么多的人。几十个人,也许几百个人。不,不可能。她看到一些空隙。但现在很热,所有人站得都很近。你怎么才能在这么挤的人群中从一个地方走到另一个地方?如果他们不让开,如果他们坚持站在原地,想挤过去的人会怎样?更糟的是,如果她被困在人海中间进退两难时,有人陷入恐慌会怎样?她会被困住、窒息、被压扁、被践踏。她一口气哽住,无法呼吸。

"你还好吧?"

"恐慌症发作。"另一个人说。声音朝她飘来,但她无法转头去看是谁在说话。

"给她点儿空间。"卢斯抓住她的手肘,把她领回凹室里的椅子上，"对不起，我没发现。这样，如果你跟我走，舞台那边空间更大。你也可以自己待着。你不用帮我们。我们可以自己搞定吉他。"

罗斯玛丽摇摇头，努力找回自己的声音，"如果可以的话，我想留在这里。我想帮忙的。对不起。"

"不用担心。演出结束后我再来看你。我得上场了。"

罗斯玛丽点点头，坐回椅子上，闭上了眼睛。她不知道为什么她脑子里从未出现过挤入人群这种可能性。她申请这个职位时有那么多顾虑，却从未考虑过这方面。地下俱乐部？当然，她很愿意去。她想象过乐队为她演奏，但在她的想象中完全不存在拥挤的人群。完全不存在真正的人。

刚才有人说了什么，恐慌症发作？也许她是个在人群中会恐慌症发作的人。她以前从未遇到过这种情况，所以她不可能知道这一点。如果她不能亲自欣赏乐队演出，她的SHL招募者生涯恐怕会很短暂。另一方面，前两支乐队演奏时她没遇到什么麻烦。如果不是卢斯想让她穿过房间，她本来没问题的。不，这么说也不公平。她能独享这个凹室也是因为卢斯。如果没有这个空间，她的恐慌症只会更早发作。

"你需要呼吸新鲜空气吗？看起来你最好出去一下。"大提琴手站在桌子旁边。她的头发仍然垂在脸上，她的声音低沉而温暖，"我不是在跟你搭讪。说真的，这里以前就有人因为太热而晕倒。到楼上去吧。"

"我不能去。"罗斯玛丽回头看了看凹室,"我告诉过卢斯,我会看着她的东西。"

"没人需要看着那些老掉牙的东西,想要的人早就都买了。那更像是这里的一种荣誉制度。"

罗斯玛丽双颊发烫。也许她脑门上就印着"我是菜鸟"这几个大字。

"到楼上去吧,"大提琴手重复了一遍,"不会有事的。我保证。"

"我真的,嗯——"在凹室里,她有自己独享的空间。如果她走开,这个空间就会消失。如果她留在原地,只需等到所有人都离开,然后走出这里,再也不回来。

大提琴手把头发拢到耳朵后面。她满脸都写着关心。她的前额和脸颊上有着星星点点的瘟疫疤痕。她靠近一些看着罗斯玛丽,"哦。人群。你不想面对人群。来吧,亲爱的。我来帮你。"

"我想听他们演奏。"罗斯玛丽说,但她还是听凭大提琴手把桌子挪开,给她腾出通道。她任由那个女人抓着她的手肘,忍住挣脱的冲动。大提琴手站在外侧,形成一个缓冲区,在她和桌子之间、她和楼梯之间给罗斯玛丽留出空间。然后她们沿着楼梯往楼上走,楼梯上只有另外一个人正在下楼,最后她们进入一楼狭窄的厨房里,关上门,把地下室的人群隔在外面。

大提琴手打开一个橱柜,拿出两个有划痕但很干净的玻璃杯,灌满自来水。她把其中一杯递给罗斯玛丽,然后打开冰箱,从一个大桶里拿出两个小小的黄苹果，也给罗斯玛丽递了一个。罗斯玛丽拿着水果跟她走向后门，她们走下一级台阶，来到一个不太牢固的门廊上。另一头有两个人正在低声谈话，在一片黑暗中轮流抽着一根大麻烟。大提琴手示意罗斯玛丽坐在一张单人躺椅上。

另一个女人蜷起双腿坐在门口台阶上，把一对紫色耳塞从耳朵里拔出来，塞进后裤兜里。罗斯玛丽不明白为什么在一场摇滚演出中还要把声音挡住，但她决定把这个问题留到下次再问。夜晚的空气很凉爽，尤其是与地下室相比。远处传来一声警笛，一只狗也跟着叫起来。地下室传来闷闷的"一、二、三、四"的声音，说明卢斯的节目开始了。

"我想听他们演奏。"罗斯玛丽又一次说。

"你想的话，就回到下面去吧。"大提琴手对着门挥了挥长长的手指。

罗斯玛丽一动不动。又沉默了一分钟之后，她意识到自己刚才很没礼貌，"对不起。我应该谢谢你的。也应该自我介绍一下。我是罗斯玛丽。"

"很高兴见到你，罗斯玛丽。我是乔尼。"她伸出一只手。罗斯玛丽鼓起勇气与她肌肤相触。乔尼的手很大，可以裹住她的手，温暖有力。"所以，你是从哪儿来的?"

"你指的是什么?"

"我以前从没见过你。你显然很讨厌人群，而且你的衣服有点儿过犹不及,就好像你专门读了一些文章,了解去看摇滚演出应该穿什么。无意冒犯。"

很难觉得没被冒犯,但她的评价也算中肯。"你说得对。我不是这儿的人。我是为了音乐来的。"

"你不知道观众也是演出的一部分?"

"我不……我知道……但不知道这会困扰我。"

"也就是说,你以前从来没看过现场演出。你来自一个小镇?"乔尼咬了一口苹果。

"很小的镇子,我很确定那里没有乐队演出。"

"是吗?想不到哪个在车库里演奏的人?没人被别人委婉评价为'哦,他是个惹是生非的家伙'?"

"我认识的人中没有。只有几个高中孩子住在我附近。不管怎样,就算那里有乐队在车库里演奏音乐,他们也是完全与外界隔绝的。不像你们这里,令人惊叹。"

乔尼点点头,"确实令人惊叹。我可真不希望你是个便衣,来这里是为了让我们关门。"

罗斯玛丽皱了皱眉,"什么,等等?你也觉得我是个警察?为什么你们都这么想?"

"没有人认识你,你也没提过你是怎么找到我们的。"

"你看,如果有什么秘密口令的话,也没有人跟我说过。我告诉过那个女人,爱丽丝,我不是警察。专利药品的阿兰·兰德尔给了我这个地址。他说如果我到这里来,我会看到真实的乐队为真实的观众演奏,就像疫前时代一样。"

庭院后面黑乎乎的巷子里传来一阵吵闹声,像是有动物打翻了垃圾桶。罗斯玛丽不知道城里有什么动物。浣熊?负鼠?郊狼?猫?她有那么一会儿走了神。

"阿兰·兰德尔?真的吗?"

罗斯玛丽叹了口气,"这就是另一个问题。为什么我提到他的名字时,所有人都会翻白眼?"

"因为他是个逃兵,他是个只索取不回报的人。他跟人借钱,去宾夕法尼亚西部闯荡,敲开了全息舞台的大门,然后把他的乐队抛在一旁。"

"不会啊!他是和他的乐队一起演奏的。专利药品。"

"亲爱的,那是一群雇来的人,代替了他原本的乐队。全息舞台告诉他,他们不够上镜,除了伟大的阿兰·兰德尔,所有人都被淘汰回家了。"

罗斯玛丽开始抗议。然后她想起专利药品的模样,他们无懈可击的美貌和精心安排的动作。那名贝斯手。在她的认知里,乐队就应该是那样,但那与她今晚看到的乐队完全不同。

另一个女人耸耸肩,"他有权那样做,但仍然令人作呕。他足够优秀,他本可以为他们争取一下。"

"也许他试过。"罗斯玛丽决定要忠诚于朋友。没人理会她的时候,阿兰愿意和她交谈。"也许他努力了,但他们不同意,他觉得自己红起来、过得更好之后,才能帮他在这里的朋友。"

连她自己也不确定能否相信这种说法,而乔尼肯定不信。"'帮他在这里的朋友'? 关于我们这儿,他跟你说了什么?"

"我跟你说了。他说能看到真实的乐队演奏。"

"就好像我们是某种活生生的全息历史? 现在他们在学校教的东西也包括我们吗?"

"没有! 至今为止,在我的整个一生中,我甚至不知道这种存在。"

"说起来,你是在哪里认识阿兰的? 我以为他躲在某个地方为其他假乐队写流行歌曲,在假舞台上演出呢。"

这次谈话的发展方向与罗斯玛丽期待的不同。她想象中的版本远远没这么敌对,她以为阿兰的名字是对她的一种祝福,是来自远方的朋友的问候,而不是另一个引人怀疑的原因。他知道他的名字在这里会引起怎样的反应吗? 据她感觉,他认为人们会深情地怀念他。她换了个角度问:"全息舞台有什么问题? 他们付钱给音乐人做音乐,为他们提供足够的生活费。我以为你们都会喜欢,但今晚到目前为止,每一个人听我提到那里都充满敌意。"

"不是每一个人。如果全息舞台的人来敲门,我敢肯定,在我前面演奏的那几个男孩会答应的;但我在这里很开心,为真实的人演奏,我自己说了算,不用考虑观众特征或市场份额。他们会让我把头发拨到后面去。他们会把我的脸弄得很光滑。他们会买下我的歌,但雇用别人来表演。"

"我不认为别人能演奏你的歌曲,"罗斯玛丽说,"你的歌跟阿兰的歌不同。"

这是真的,但乔尼所说的一切也都是真的。罗斯玛丽意识到自己太着急了。她才刚刚来到这里,就开始思考要签下哪些乐队。一心只想着工作,而乔尼说得没错——关于谁适合加入全息舞台现场,还有许多方面需要考虑。她只看过三支——不,两支乐队。她还有时间。最好确定她能做出合适的选择。首先,音乐人要愿意接受SHL的理念。她之前没意识到有些人对此并不支持。

"我明白你的意思,"罗斯玛丽说,"不管怎样,我向你发誓,我不是警察。我不知道人群会令我如此焦虑。我根本没想到会发生这种事,因为以前从来没有这么多人围在我身边。"

"既然你已经知道你不喜欢人群了,你还会回来吗?"

罗斯玛丽做了个鬼脸,想了想楼下的房间,"我会的。也许我会慢慢习惯。"

"希望如此。你住在哪里?"

提到那家豪华酒店只会引出更多追根究底的问题,而她不想回答那些问题。"我住在朋友那里。"她刚说完就开始后悔自己撒了谎,但已经来不及了。

"挺好的。附近的汽车旅馆会因为跳蚤和臭虫给你打折。你说你不是警察,我开始相信你了,但我还没做好准备邀请你睡在我的沙发上。"

"我没盼你邀请我,但是,嗯,谢谢。谢谢你相信我吧。"

"不客气。"乔尼站起来伸了个懒腰,"嘿,如果你不打算继续吃的话,我就把它放回冰箱里。"

她左手拿着的苹果能吃的地方都吃掉了,只剩下最后一点儿果核。"我要去收拾东西了。很高兴认识你,罗斯玛丽。"

她抓起两只玻璃杯和罗斯玛丽没动过的苹果,走回屋里。厨房里挤满了人,有些人拿着汽水或清水,有些人在朝前门走。

罗斯玛丽想下楼去跟卢斯道个歉,也许帮她搬搬东西,弥补一下;但往外走的观众一直不见少,她不知道怎么才能穿过厨房,更不用说在离开地下室的人流中挤出一条路。

露台俯瞰着下面的一个小花园,一条小道铺在中间。后面有个停车场,铁丝网围栏的门没有锁。这是她来到一座陌生城市的第一个晚上,在小巷里闲逛不是个好主意,但在室外要比地下室里更容易保持头脑清醒。

小巷里很黑,但家里其实更黑。这里的各种轮廓被阴影切割扭曲,比农场里吞噬一切的黑暗更加不祥。拐角的路灯投下光束。一只老鼠就在她面前蹿过,但她以前见过更大的负鼠。她走到十字路口,然后又回到大街上,还有人零零散散地从2020走出来。

从她的连帽衫上看,回酒店要步行三公里,但中间有些社区晚上安全性很差——却也不会比她刚刚走过的小巷更糟,她往那边看了一眼。她走过几栋楼,来到南行主干道上等公共汽车。

她的眼睛刚一离开付款平板,立即感到惊慌失措,她意识到这与她进城时坐的那种州际公共汽车完全不同。没有单人隔间。人们肩并肩坐着,有几个人像睡着了一样东倒西歪,几乎马上就要靠在旁边的人身上。有些人站着,紧紧抓住扶杆或把手,似乎并不在乎其他陌生人以前用手摸过同样的位置。另一些人正在看手机或穿着连帽衫,眼神戒备。她跟他们一样。

她走向一个空位,尽可能靠边坐,避免自己的臀部碰到旁边的女人。她摘掉兜帽,握住手机,以便在抵达距离酒店最近的车站时能感觉到手机的振动。她在心里不断重复"别碰我,别碰我",希望旁边的女人不要靠得更近。这一晚上她已经受够了接近人类。

经历了俱乐部和公共汽车之后,她感觉酒店房间就像一片绿洲。空调嗡嗡作响,但除此之外都是幸福美好的寂静。她累得要命,但她知道如果现在闭上眼睛,她会在脑海中一遍又一遍地重温这个夜晚。

她钻进厚厚的窗帘后面,又一次看向窗外。窗外的景色与几个小时之前不同——才刚过了几个小时吗?还是一样的建筑,但现在呈现出不同的模样。黑暗的背景让她能看清整座城市,没有映出的影子,仿佛她和天空之间没有隔着一层玻璃。

她看着又长又直的马路,沿着交错变化的交通信号灯,沿着汽车前灯和刹车灯留下的轨迹,红色、白色和黄色构成的光河与深黑色的背景形成对比。她的视野范围之内尽是灯光。街对面另一个酒店房间里,有人身穿浴袍背光站着,一边用毛巾擦头发一边看向窗外。她们有没有目光交错? 对方转过身,关上了百叶窗。下方的街道上,一些小小的人影走在人行道上,宵禁之前最后几个行人。从这个高度看下去,这座城市展现出浪漫的一面,诉说着一种值得领会的城市的语言。

她很累,但她保证过每天都会汇报,而现在已经是第二天了。她把兜帽拉到头上,总结当晚的情况交给管理人员,没提她的恐惧,没提她没能坚持到第三支乐队。今晚有三支很有意思的乐队演奏,她最后写道。至少其中一支存在一定可能性。我打算在具体讨论之前多了解一下他们,以免效果不好,浪费 SHL 的时间。已入住酒店房间。之前遇到的酒店问题已解决。晚安!

她觉得明天早上之前不会有人看到这条信息,但至少她发了。也许她能给某个人留下深刻印象,她来到这里的第一天晚上就出去发掘人才。她瘫倒在床上,连牙都懒得刷。她的脑袋挨上了枕头,她的身体埋进和家里卧室一样大的床上,她意识到这是她睡过的最舒服的床垫,也许,她也许会习惯这种生活。然后,她睡着了。

第18章　罗斯玛丽　无菌青春期

据阿兰说,2020在周六和周三晚上举办演出。所以罗斯玛丽还有两天两夜的时间,看看有没有其他不那么拥挤的地方可以去听现场音乐,或者想个办法来勇敢面对人群。她不希望白白浪费公司资源。即使只是在酒店附近散步,也是一种脱敏和探索的锻炼,在这上面花些时间和精力是值得的。街上的人不算多,但已经让她胃不舒服了。

事实证明,这样不可能找到音乐。她试过询问酒店的电子服务员,对方提醒她超过三十人的聚会是非法的,而且不利于健康。真人服务员的说法也一样,但她觉得如果她在这里多住一阵子,他可能会给出不一样的回答。2020不可能是唯一一个音乐场所。肯定还有别的地方,爵士乐或古典音乐的爱好者也会冒着被捕的风险去听他们喜欢的现场演出,还有贝莉描述的地下舞蹈或说唱俱乐部。

也可能这就是目前尚存的全部。但全息舞台也有爵士音乐家，这就意味着肯定有人在某个地方演奏爵士乐，否则他们无法磨炼演奏技巧。除非他们全都在网上演奏？但如果这样做，岂不是广而告之，他们怎么才能确保不会被那些叫停演出的人发现？她独自一人在房间里自言自语，思考这些事情。就好像这很重要似的。她负责的是摇滚乐队，她对爵士乐的了解比摇滚乐还少。

她在距离酒店几条街之外找到了一家正宗加盟餐馆。她坐进麦当劳的红色塑料卡座里，关上隔离门，直到这时，她才意识到自己多么怀念这种熟悉的感觉。比起在热浪餐馆里叫服务员来身边点单，在卡座里点单感觉舒适多了。那名服务员说，如果罗斯玛丽点了"辣掉脸皮"辣酱，她会发出警告，但麦当劳也可以在菜单上列出警告，不用靠女服务员一时的兴致或幽默感。不过她在麦当劳并不需要警告，对于菜单上的每一样东西，她都了如指掌。慰藉人心的食物，涂上厚厚的慰藉，盛在碗里。

在她回酒店的路上，对向的一个男人与她擦肩而过时打了个喷嚏。她觉得自己没有沾上那个喷嚏，但她走在路上还是起了一身鸡皮疙瘩，她得用每天定额供给的水洗澡和洗衣服。

然后她打电话给妈妈。她把那件旧的学校连帽衫留在家里给妈妈用了，这样即使她在外地，她们也能坐在一起聊天。她妈妈拿着连帽衫好像那是什么死物——不，还不如死物，他们养的鸡都能得到更多尊重——但她同意试着用。

"你们怎么应对这种事?"她问。她们两人正一起坐在她离开前商量好的空间里,一间静态厨房,里面有几把带软垫的木椅和一扇落地窗,窗外是一片种着冬小麦的麦田。这是最接近她家舒适厨房的兜帽空间模板。如果这份工作能赚到足够的钱,也许她就能按照自家的布置设置自定义环境。

"应对什么? 发生什么了?"那件旧连帽衫无法用真实照片合成虚拟形象,所以对面的虚拟形象看起来不太像她妈妈。发型一样,但体形不同,身高不对,脸也不对。两条腿。廉价的通用虚拟形象,只有她那真实的声音能为罗斯玛丽带来安慰。她那忧心忡忡的声音:"一切都还好吧?"

罗斯玛丽举起手安抚对方,"妈妈。如果我需要帮助,我会直接打电话给你,而不是邀请你坐下聊天。我保证。有人在我旁边打了个喷嚏,我脑子里全都是流感、瘟疫和疾病媒介。你怎么才能忍受一直与别人靠得那么近? 他们那么……他们身上热热的。"

她妈妈做了个动画一般的耸肩动作,"我们根本不会想那种事。我们去电影院,几百人坐在同一个房间里,还有体育场,成千上万的人紧挨着坐在一起。我们外出时乘坐飞机、火车和公共汽车,在开放式的车厢里,旁边坐的都是陌生人。"

"城市里的公共汽车就是那样! 坐着和站着的人紧挨在一起。"

"我以为你到了那里会坐单舱的公共汽车。"

"是的——我是这样打算的——但那天晚上没有这种汽车,所以我想我可以试试。"

虚拟形象皱眉的样子看起来和她妈妈全然不同,嘴巴扭曲成奇怪的形状,"你去那里干什么? 你没说你还会搭公车。"

"妈妈,我们已经谈过这个了。这是出公差。SHL派我来这里参加会议。"

"我还是不明白他们为什么必须面对面开会。没人搞得明白。"

"这正是这家公司能够独占鳌头的一部分原因,妈。当面接触。"她在来这里之前就决定不要提及俱乐部和乐队。她最想问的是关于拥挤人群的问题,如果含糊其词反而会使她妈妈更加担忧。"但你们是怎么做到的,身处那么多人中间却不会出现恐慌症? 公共汽车啊,以前啊?"

"很难解释。到处都是人。当然,有些人病了。也许我们常洗手,我也不知道。我有个朋友,那时就不喜欢与人接触。她会想象一个气泡围绕在她周围,这个气泡时而膨胀,时而收缩,但始终存在。即使有人拥抱她,或者在街上撞到她,他们之间仍然存在一层薄薄的气泡膜。"

"呃,但实际上没有?"

"没有,当然没有。这是一种心理学技巧。这样无法为她提供任何保护,但可以让她保持正常。"

"唔。"她在心里记下这个诀窍。

"罗斯玛丽?"她妈妈过了一会儿说,"我还是不明白我们为什么要通过卡通人物交谈,干吗不直接打电话。"

"电话做不到这个。"罗斯玛丽切换到透明视图,分享了她自己在这次美妙旅程中的视角:角落里的健身房、指纹锁,以及窗外壮观的景色。

她妈妈叹了口气,"我真怀念!"

"怀念什么?"

"我不知道。所有。一切。"

周六晚上近在眼前。这件事就像一块悬在心头的石头,令罗斯玛丽半是兴奋半是恐惧。她想回去。她想听音乐,但每次想到房间里那些人,即使她正独自一人坐在酒店里,也需要努力控制恐慌。这两种感觉怎么会如此密切相关,兴奋和恐惧。

不过,她必须去。如果她把这视作一项任务、一件不可避免的事情,那这就变成了一个待办事项,而不是一件要回避的事。如果她不去,她就没法和乐队交流。如果她不和乐队交流,她就没法签下乐队。如果她签不下乐队,她就没法保住这份工作。公司会认为她是靠欺骗手段得到这份工作的,让她自己为这个豪华酒店的房间付账,她可没钱付账,所以她必须去。没有其他选项。

她没有去。晚上七点已经过去了。她是个骗子、作弊者、逃避者、胆小鬼、撒谎者、小偷。晚上八点,下雨了。不想在雨中外出情有可原。等到星期三吧,如果星期三不下雨的话。

她妈妈告诉她把自己放进一个心理学气泡里,但如果她妈妈知道她要靠这个建议前往2020,肯定会被吓到。她父亲会告诉她按照直觉行事,安全地待在酒店里,然后回家。在她生命中没有别人还会费心为她权衡利弊了。也许还有阿兰,如果他不笑话她的话,但该问他的都已经问过了。她必须自己说服自己。

九点钟,她把所有的衣服扔到床上。闭上眼睛,试着想象2020的观众会穿些什么。这是她重来一遍的机会,融入的机会。如果她这么晚才进去,她会是最后一个而非第一个下楼的人。如果一直待在最后,就可以避开拥挤的人群。

她穿上连帽衫,意识到自己忘记充电了,只好再脱掉。她只能不穿连帽衫出门了。她把钱包和电话塞进一个小包,然后发现还得带把伞,于是又把东西重新装进背包里。这就是SHL和兜帽空间相对于现实生活中短途旅行的另一项优势:你所需的一切都可以装进一个物品包里。

在城市里,雨水会从地面上溅起来,而不是像农场里那样渗入地下。建筑物和人行道在雨中变得灰蒙蒙的。她奢侈了一次,叫了辆单舱汽车,以免被淋湿,同时也尽可能拖延和别人打交道的时间。等她告诉她妈妈自己怎样移动时,也不用撒谎。汽车后座的味道比她去公司培训时坐的那辆更糟糕,闻起来就像炸鸡和假花的混合气味。

在这段短短的路途中,她一直在给自己打气。她作为一个女人独自来到这座城市，这多酷！她此生可曾想到自己会来这样的地方，做这样的事情？我属于这里，她重复了一遍。我来这里是为了帮助别人。把音乐带给大众，推出值得欣赏的音乐人。我会进入那座建筑，我和所有人一样有权进入那里。

罗斯玛丽推开门时，爱丽丝正躺在沙发上用客厅装置看另一支乐队预先录制的演出。"又是你？"

"你认识这里的每一个人？"罗斯玛丽回答。

"是的，你不是这里的人。"

"我不是警察。我告诉过你。"

"好吧。你不是警察，但你有问题。我敢肯定。"

"我无法想象你会这样为难每一个新来的人。今晚我只想听听音乐。拜托？"

"你今晚不打算为卢斯调音吗？"爱丽丝皮笑肉不笑，罗丝玛丽脸上发红。她还没来得及为自己辩解，那个女人就指向前门，"如果有其他人为你担保，你就可以进来。阿兰·兰德尔不行，卢斯也不行。她太轻信别人了。"

"乔尼在这里吗？乔尼会——"

"乔尼不在这儿。"

"如果你一直这样对待别人，我不知道谁会来你这里。"

"这样才能避免我们被迫关门。"

"听着，我已经知道你们在这里。如果我是警察，我早就逮捕你们了,不是吗?"

"我不知道,但如果没人为你担保,这里就不欢迎你。"

罗斯玛丽知道自己已经一败涂地,怎么进来就得怎么出去。她现在该怎么办?回到酒店,承认自己彻底失败。在网上搜索上传的作品,希望能在兜帽空间里的某个地方找到下一个维克托·詹森。

她瞥见一丝动静。马路对面有个男人,在路灯的光线下举着一支步枪。她惊慌失措地缩回门里,尽量把自己藏起来。她又看了一眼,才发现那不是枪——那个男人正在把伞收起来。他身边还带着个五六岁的小女孩。现在雨已经停了。

有什么东西叮当作响,她低头看到自己的手颤抖着碰到了包,包上的皮带扣又撞到她自己的雨伞。在特定的时间、特定的角度,一把伞看起来就像一支枪,但那不是武器。这里没有人想伤害任何人。那只是个带着孩子回家的人。她没理由用自己毫无根据的恐惧改写他的生活。

如果她没有把那把伞看成枪的话,她可能会就此放弃,回到酒店去。她心里为自己的疑神疑鬼感到惭愧,反而激起了一种新的决心。她来这里是有目标的。她想做好自己的工作,做好这份工作意味着要找到音乐人,而穿着连帽衫坐在卧室里是不可能找到的。她得到了一个机会,去做一些全新的、完全不同于她原本生活的事情。她绝不允许自己——或爱丽丝——把这个机会浪费掉。

无论如何,爱丽丝怎么能一直把她挡在外面呢?罗斯玛丽明明不是她说的那样。即使她的怀疑是正确的,她也没理由对不认识的人随随便便下定论。她一边回忆几天前的那个晚上,一边往回走,转了个弯拐进一条黑乎乎的小巷。她搞不清哪个是2020的后院,但她认出了那道铁丝网围栏、那个花园,还有后门的台阶。这次门上挂着锁。

爬过围栏时,有个断开的链环钩住她的裤脚,刮伤了她的腿。她原本打算轻轻跳进去,结果却头朝下摔到后院的沥青地上,裤子还钩在围栏上,仿佛一条被钓起来的鱼。她保持那个姿势大概有十秒钟,或者十分钟,闭着眼睛,头晕目眩,然后她把一条腿放下来,单脚跳着想把另一条腿也弄下来。她挣脱时失去平衡,又向后倒了下去,这一次她摔进了花园松软的泥土中。

她看了一眼挂着锁的门,再回忆这整个过程感觉就好多了。看着自己一副又脏又破、乱七八糟的样子,她尽可能用湿透的衣袖把泥土擦掉。脑子里有种轻微的警报声。

后门没锁。两个人站在厨房里,一边喝水一边低声争论。他们奇怪地看了她一眼,但没问她为什么会出现在这里。看门狗爱丽丝还坐在前面的房间里,守着入口,装作躺在家里,大声播放预先录制的全息舞台演出。没有人挡在罗斯玛丽和地下室楼梯之间,她唯一要做的就是说服自己下到那里去。考虑到她这一路上遇到的麻烦,她没有回头。

打开地下室的门,嘈杂声刚好停下来,掌声和欢呼声响起。她溜进来的时机正好——一首新歌即将开唱。

罗斯玛丽原本希望人们在下雨天不会来,但事实是,地下室比上次还拥挤。又多了一种发霉的气味,混合着她已经有了心理准备的汗水和猫尿的气味。可能有淋湿的狗?还有湿衣服、湿泥土、湿的一切。

她一直在楼梯口附近徘徊。没有人进出,她很高兴能留在这个位置,这里很方便随时逃跑。她不知道乐队已经演奏了多久。卢斯站在舞台上,正在调音,她的头发被汗水粘在前额上。罗斯玛丽转身看向上一次演出时她所在的凹室:没有人坐在周边商品的桌子后面。正如乔尼所说,其实他们根本不需要她。

"一、二、三、四!"卢斯喊道,房间里又一次出现变化。罗斯玛丽把注意力转向舞台。她本以为是《血与钻》,但这首歌听起来不是那首。即使熟悉的人声穿插其中,整体风格也截然不同。她不敢相信这是同一个人,无法把这个精神意象与她认识的那个相貌平平的女人重叠在一起。卢斯唱歌时,她的马尾辫随着歌词的节奏甩来甩去。一条狂热的马尾辫。一个梳着马尾辫的气氛歌手。

罗斯玛丽伸长脖子,认出了餐馆里那群人。现在他们看起来完全不一样了。那几个悠闲地开着玩笑的家伙变成了刀刃般锋利的状态。她不知道音乐能有什么危险,可这种感觉一出现在她心里,就变得不可动摇了。

　　她从小到大都热爱音乐,即使她无法选择自己的生活方式。她以为自己了解很多类型的音乐:她父母介绍给她听的东西,她自己找到的歌曲,改变人生的专利药品演出,那是她第一次感觉自己融入了一首歌,那首歌本身具有生命。玛格丽特在SHL隔间里的表演,即使单看也十分引人注目。另一天晚上的某些乐队,每一支都有自己的独特之处。

　　这一次完全是另外一回事。比如,声音很大。吉他吞噬了房间里的每一寸空间,填满了空气,取代了她肺里的氧气。她用手指堵住耳朵,但吉他的声音还是不断传来。鼓声穿透她的骨骼;贝斯融入了她的脉搏,或者说是她的脉搏融入了贝斯。

　　人们在她周围跳舞。他们在人群中彼此相距几厘米,但每个人都在自己的空间中摇晃身体,有些人踮着脚尖跳起来,有些人扭动上身和臀部。她也开始摇动,那首歌要求她这样做。那首歌把其他一切隔绝在外。

　　歌曲结束了,但鼓声还在继续向前推进,随即变换成一种新的节奏,带着新的紧迫感。观众也跟上新的节奏。罗斯玛丽发现自己跟着人群往前移动,走向舞台,跳舞,在真实的生活中与真实的人一起跳舞。她周围形成了她妈妈让她想象的那种气泡,她置身人群之中,却不可接触。她有自己的空间。

　　只是,想到这个气泡也会使她想起自己需要气泡的原因,恐惧又一次切切实实袭来。她一直没发现,在她听音乐时,她的恐慌已经消退了,但现在她注意到那东西回来了。一股浪潮被大海带到海岸几公里之外,如今卷土重来,变成了一堵坚不可摧的墙壁。

她站在地下室中央,被人群包围。如果她摔倒了,她会被踩扁。如果有人喊"着火了!"他们冲向楼梯时会互相推挤。靠着音乐,她还能站得住,但已经没办法继续跳舞。出口太远了。她膝盖一弯,音乐停下,或者说,音乐停下,她膝盖一弯。

"怎么回事?"有人说,压过了人群的喧闹声。

有人伸手抓住她的前臂和上臂,托住她腋下,帮她站起来。她不知道这些人都是谁,挥手想要赶走这些接触她的陌生人,但他们拉着她朝舞台区域走去。歌曲突然停了下来,音乐人们走到旁边,让开地方。她发现自己坐在嗡嗡作响的音箱上。

贝斯手站在她旁边,"嘿,是那天晚上的女人。"

"厨房里有急救箱,在水槽下面,"卢斯说道,"有人能帮我拿一下吗?"

"没事,"罗斯玛丽说,"我没事。"

"你不可能没事。你至少有两处地方在流血,一处在脑袋上。你被打了吗?"她问别人,"有没有人看见她发生了什么事?"

"不,我没有流血,我——"她把沾了泥污的手掌放在脑袋上,血淋淋的。

卢斯看了她一眼,然后对着麦克风说:"今晚就到这里吧,朋友们。很抱歉,我们下次见。谢谢你们在这样的雨夜前来。"

她转向罗斯玛丽，"你能走吗？"

罗斯玛丽点点头，虽然她并不确定。

人群让开一条通道，卢斯和另一个人帮她爬上地下室的楼梯。到了上面，有人把一个塑料盒塞进卢斯手里，然后她们拐过墙角，爬上另一段楼梯。爱丽丝在后面说："见鬼。我告诉那孩子今晚不能进来，大概三四十分钟以前，但我跟她说话时她没有流血，我发誓。我不知道她怎么到楼下去的。"

卢斯摸索着寻找顶层的门锁，碰了下装在门框上的一个小盒子，她把手指放在唇边，示意保持安静，然后她们进入二楼。

如果说一楼陈设简陋，那么这个房间正好相反。同样基本类型的家具，完全不同的效果。硬木地板上一张矮桌下面铺着一小块长绒地毯。书架上摆满了实体印刷书籍。沙发是深紫色的。灯罩上垂下装饰丝巾。她想用连帽衫查看一下这是不是SHL总部的1967切尔西旅馆室内装饰，然后想起来她把连帽衫留在酒店里了。短暂的恐慌：她的包还在吗？令人惊讶的是，还在。

墙壁是温暖的紫红色，带有白色装饰。墙上有一排排照片，起码几十张，乐队表演过程中的抓拍，满脸是汗的特写镜头，血迹斑斑的吉他。那张吉他的照片让罗斯玛丽又一次按住自己的脑袋。

"首先，让我们先把你弄干净，免得你的血流到我的家具上。除非你觉得你需要去医院？你没有生物识别文身吧？有个小伤口就会呼叫医生那种？"

罗斯玛丽看着她的手,又是血又是泥。她意识到对方正等着她回答。自从瘟疫之后,她就没再进过医院。她的病情相对较轻,比起神经痛,发烧更严重;但她记得其他孩子的样子,抓挠自己的脸和胳膊,发出尖叫,因为高烧胡言乱语。在那之前,急诊室里挤满了成年人,他们的呻吟远比孩子的哭闹更使她感到不安。她颤抖了一下,"不要去医院。我会没事的。没有文身。"

卢斯细看了她一眼,然后点点头,带她经过短短一段走廊进入一间小浴室,略微用力地按了下罗斯玛丽的肩膀,示意她坐在马桶盖上。

"我来把这里清理一下,看看伤口有多深。如果需要缝针的话,或者如果我弄完你还是头晕,我们再考虑要不要去医院。我敢肯定你有脑震荡,咬你腿的不管是什么,那东西肯定有牙齿。我需要担心狂犬病吗? 狼人? 僵尸?"

卢斯说着打开急救箱,把它放在洗手池边上。她戴上手套,打开一包消毒湿巾,"现在正好告诉我怎么回事。"

"我,呃,我爬上一道围栏,但我的腿卡在了上面,下来时脑袋着地,但我没——哎哟! ——我没意识到,所以我猜,我着地时摔得比想象的更重,然后——哎哟! ——我想我脑子不太清楚,就走进来了,音乐听起来真的很棒——哎哟! 你能不能别再戳我的头了?"

"差不多了。"卢斯把湿巾扔进垃圾桶,"不是很深,但我又弄流血了。头部伤口总是流血很严重。如果你愿意,我可以给你缝针。"

"这个——这个需要缝针吗？你是医生？"

卢斯笑了，"我以前有护理资格，我曾经想安顿下来，真正去上了一年护理学校，但更重要的是，我可以帮我们这些音乐人清理伤口。脑袋撞到床头，手卡到顶棚，被鼓槌砸中。总之，我见过更糟糕的情况。我觉得你不缝针也行。反正不管怎么处理都可能留疤，但伤口在你的发际线上，所以不会太明显。你还有个令人瞩目的肿块，你叫痛是因为我戳到了这里，不是伤口。"

"不要缝针。"

"也行。这样的话，你能帮我按着这块纱布吗？我把胶带贴上。"

卢斯引导罗斯玛丽把手按在脑袋上。

"现在让我们来看看你的腿。你的裤子可能没救了。"她把裤腿翻上去，拉到罗斯玛丽小腿上面，然后又拿了些湿巾，"还有，让我们再谈谈你翻过围栏的事。我想你说的是我的后院围栏，你闯入了我的俱乐部，之前那天晚上你抛弃了我，再之前我在爱丽丝面前为你担保，然后现在我正在帮你治伤？"

总结得挺好，所以罗斯玛丽哑口无言。

"你最近打过破伤风针吗？"

罗斯玛丽点点头，低头看了看她那条血淋淋的腿，然后移开视线，"我父母有个农场，我们一直都会接种破伤风疫苗。"

"好，很好。你这里被刺破了，我要冲一下，但这个伤口我也不打算缝。你还有脑震荡的问题。有人能来接你，让你今晚保持清醒吗？"

"没有,我在这里没有认识的人。"

"好极了。我想我们今晚会成为最好的朋友。"

罗斯玛丽张开嘴想要抗议,想说她需要回酒店去,但卢斯一句话让她闭了嘴:"还是你更愿意和爱丽丝一起待着?"

"不,我留在这里。"罗斯玛丽说,"爱丽丝对我有什么意见?"

"现在,还是以前?因为现在她会再加上一条理由,躲过她偷偷溜进来。以前,我猜她不信任你。现在,我想她是真的不信任你。等等——让我给你找些衣服。"

卢斯洗了手,把罗斯玛丽留在浴室里。罗斯玛丽听着她的脚步声穿过走廊,然后听到洗手池下面的管子传来空洞的响声。

卢斯带着一小堆衣服回来,"短裤还是运动裤?我别的衣服都不适合你。"

"运动裤,谢谢。"

卢斯把第二个选项交给她,让她一个人留在浴室里,罗斯玛丽把破裤子脱掉,运动裤松松套在腿上包绷带的地方。她洗了把脸,用厕纸擦干,免得把毛巾弄上血,然后走出浴室来到客厅;那位音乐人已经在沙发上躺下了。桌上有两个水杯。罗斯玛丽觉得比较满的那杯是给她的,于是一口喝光。她选了一张破旧的天鹅绒躺椅,陷进里面。

"别躺得太舒服了,今晚我们得保持清醒。"卢斯的声音从沙发深处传来。

第19章 卢斯 我的大脑在哪里

那孩子花了那么长时间换衣服,然后才从浴室里出来,我差点儿又进去找她。这让我有足够的时间思考自己都做了什么。我应该坚持带她去医院的,这样做才算负责。我回忆自己曾经犯下的错误,不止一次错误,最早是因为在人们需要去医院时没有带他们去。不过,她非常坚持。惊慌失措的。于是我坐在沙发上等着,最后她终于走出浴室,喝光一杯水,然后坐了下来。我告诉她,我们得保持清醒。

"这是一项医学建议吗? 人们都这样做?"

"有些人会去医院做CT扫描,但现在的情况是有人'不要去医院'。所以这就是我的解决方案。"

"难道就没有什么脑震荡应用程序可以用?"她伸手去摸一件没穿的连帽衫,脸上闪过一丝惊慌。显然她的脑袋不太正常。

"那类东西需要了解你的基本身体状况,亲爱的。我猜你没在哪儿留过那种记录。"

罗斯玛丽摇了摇头,然后停下来,看起来好像后悔自己刚才做了这个动作。

"如果你觉得想吐,我去给你拿个桶。总之,二十年来一直有人反对保持清醒这种做法,但我认为关键在于,通过跟你交流确保你的大脑没有肿胀或流血。如果你说话开始变得含糊或者思路跟不上,我会带你去找真正的专业人士。"

"你确定如今没有网上CT之类的东西吗?"

"不存在所谓的网上CT。不管怎样,如果你消失在那种可笑的兜帽里,我就不知道你的情况怎么样了。所以,罗斯玛丽,给我讲讲关于你的事情。你来到我们这座美丽的城市要做什么?"

罗斯玛丽把砾石从手掌上摘下来,掌心留下一些微小的凹痕,"我来这里是为了音乐。"

"为什么是这里,不是纽约?在那儿你一晚上可以看到十几支乐队。"

罗斯玛丽颤抖了一下。

"啊。人太多了?所以你那天晚上才离开?"

"我以为我能忍受。我需要听听乐队演奏。我没想到……"

"乔尼就是这么说的。"

"乔尼提到过我?"

那孩子看上去很开心,她不是那种面无表情的扑克脸。

我不打算告诉她乔尼说她很可爱,"她说她不知道你要怎么解决面对人群的问题,但她觉得你人不错,只要不是警察就行。"

"你们这些人真是难以说服。这种怀疑都让我有点儿烦了。告诉我……"罗斯玛丽打量着墙上,很明显想换个话题,"……你怎么会到这里来?"

我转了个身,换成坐姿,在心里盘算要说些什么,只要有人提出任何稍微涉及隐私的问题,我往往都会这样。即使到了现在,已经过了这么长时间,我还是会感觉被戳到痛处。"在那之后……在我们不能再去巡演之后,我有一段时间处于低谷,我想找个办法做些有用的事情。后来我突然拿到一大笔版税,足够买下这个地方,于是我找到了办法,加上一点儿我的风格来做些有用的事情。"

"这个地方是你的?整栋楼?"

"是的。"我说,带着不止一点儿骄傲,"这里比表面上看起来强。建筑骨架不错。为了迷惑外人,我让这里保持有点儿破旧的状态,我也买下了两边的空房子,这样就没有邻居会抱怨噪声。总之,如果你不去全息舞台的话,音乐压根儿赚不到钱。所以我想我应该试试当护士,但我不是很擅长那个。我能搞定病人那部分,但搞不定化学和数学。"罗斯玛丽明显变得警惕起来,我补充道,"至于实践操作,我很擅长实践那部分。"

"那你做了什么?如果你不介意我问的话。"

"一会儿这个，一会儿那个。我每周工作几天，照顾两个有发育障碍的成年人，一对兄弟。没有什么工作比护士更稳定了，但我还在这里，我还拥有这个地方，所以我想我做得还不错。"

"你做得'还不错'？你这里简直是太棒了！"

我露出微笑，"谢谢。这让我觉得我能发挥一些作用。"

"发挥一些作用？"

"为音乐，为这座城市，为那些一周两次来寻找连接的人。"

"这就是他们来这里的原因吗？连接？"

"你说呢？你从随便哪儿来到这里，寻找你以前从未听过的音乐。也许是为了歌曲，但如果你关注的只有这个，你可以从网上找到歌曲。你来这是为了寻找更多东西，就像我们所有人一样。寻找机会创造一些东西。"

当我说出这些话的时候，我认为这是真的。我发现自己非常好奇。就像有一段时间我对一切都很好奇。她很明显走出了自己的舒适区，她没有被爱丽丝劝退，这对她来说已经很了不起了。她身上有些东西让我产生一种亲切感。我很确定，她比我离家出走时的年龄大得多，但她全身都散发出一种与世隔绝的氛围。你也有那种感觉吗？是否有一首歌呼唤着你，向你提出它的请求？那之后我见过很多音乐人，但他们没有人说过这样的话。

"你想从中得到什么？"罗斯玛丽问道。

她的眼睛闭着，否则她会看到我脸上的失望——她问错了问题。"我以为我说过了。人、连接、音乐。"

"对不起，可能有点儿奇怪。我想我这么问是因为我自己不是个音乐人——你演奏是为了让他们快乐，还是说，你演奏是因为这会使你自己快乐？"

"我想……这……算是两方面都有。我喜欢演奏。我喜欢在舞台上与其他音乐人建立连接。我喜欢被观众督促写出新的作品，因为一周又一周都是同样的观众，他们相信我不会让他们感到厌烦，但我确实期待新观众。我期待能征服那些从未听过我唱歌的人。所以我想，我演奏是为了让这些人开心，有时候，如果运气好的话，这种感觉会慢慢退去。"

"今晚你在舞台上演出时，看起来就应该一直待在舞台上。仿佛你是电子游戏中的一个角色，吸收了你得到的每一点能量，能量满格，就在你皮肤下面随时准备释放。今晚我看着你，心想，我这辈子从未感觉如此完整。我不知道我应该待在哪里。"她跟我推心置腹。我敢说，如果我现在在嘲笑她的话，她会就此离开，永远不再回来。

"完整。我喜欢这个词。"我接过话，罗斯玛丽吐出一口气。"我想那是真的……这些话不要对外说，好吗？我想我从未跟这里的任何人谈过这些。我在一个大家庭中长大，有一大堆兄弟姐妹。我和三个姐妹合住一间房，两个姐姐，一个小一岁的妹妹。我比任何人都爱她们，但我内心深知自己无法与她们分享心事。我不清楚我为什么知道这一点。我知道有些事情是不被允许的,这一切都在我脑海中乱成一团。

"我第一次心动是因为一段旋律——你肯定不知道那首歌。犹太音乐,弗里吉亚调式,这首犹太教歌曲至今仍然鼓舞着我。一开始,我以为令我心动的是那个单簧管演奏者,这种事人们可以理解。然后我意识到,令我心动的是他的单簧管发出的声音,再混合了乐队其余部分的声音。我想成为音乐本身的一部分,但那是不被允许的,我肯定有问题。后来我看到一个女人弹电吉他,我感觉更困惑了。直到某一天我终于搞明白我自己是谁,如果我留在那里,我不可能成为那样的人;直到某一天我终于可以和一支乐队一起弹吉他,那些力量和声音,人们在同一时间发出同样的声音,一起创造出一些东西……就好像我在一个所有人都和我说着不同语言的国家里度过一生,然后突然回到了故乡。我从未把这些事情说出口,就像你刚才那样,但……我希望你能在某个地方找到你想找的东西,无论它究竟是什么。"

我停下来,低头看着我的手,这双手正在自己奏出和弦,"以前有个音乐家叫尼尔·杨,你听过他吗?"

罗斯玛丽摇了摇头。

"我开始关注音乐的时候,他已经是个风烛残年的老人了,但他以前和一支乱七八糟的车库乐队一起举办巡回演出,疯马乐队。他会演奏这些可笑的独奏曲。他说吉他独奏的时候,你只需抓住吉他的琴颈,找个调开始吼叫。如果听起来和别人演奏的曲调配合得不错,你就在这个调上坚持一段时间。如果不行,就换个位置按弦。等你厌倦了这个调子,就换成另一个调子,再开始同样的过程。我猜我把自己生命中的这个时期视为一段超长的尼尔·杨独奏。目前这个调子对我来说还不错,因为它与周围的和弦配合极佳。"长时间以来,这是我跟别人围绕所有事情谈得最多的一次。

"我不太确定我是不是真的理解了。"

"对不起,你是被我抓来的听众。真是的,我应该让你说话,而不是反过来,不过听起来你没什么大脑损伤的问题。我会把'不理解'归咎于我的错误比喻,而不是大脑损伤。"

罗斯玛丽强忍着哈欠,"我还是有点儿怀疑这个脑震荡理论。"

"不要打哈欠! 夜还长着呢。"我站起来,伸了个懒腰,走出房间去拿些点心和茶。

我回来时,她也站了起来,正端详着墙上的照片。大部分是乐队在楼下演出的照片。她站在唯一一张我的照片前面:我的身体正对着相机,脸朝向侧面,大汗淋漓,头发粘在脸和手臂上,看着镜头之外的某个人,露出笑容。我不知道我是在对谁笑,也想不起那天晚上有没有发生任何与其他夜晚不一样的事情,但我喜欢这张照片。它看起来就像是一首歌处于高潮时,我脑海中的画面。

"你为什么要把那个藏起来?"她看到我回来时问道。她指了指书架后面露出一角的白金唱片边框。

我放下手中的托盘,上面堆满了饼干、奶酪和苹果片,还有两杯茶。我再次爬进舒舒服服的沙发,"因为那东西无关紧要。我的意思是,如果不是《血与钻》,我不可能拥有这个地方,但这个奖项,获奖背景有点儿奇怪。黄金唱片①——你站的那个位置看不到——是在巡演期间达成的,我获得一系列奖项的提名,但后来颁奖典礼全取消了,因为那一年晚些时候就开始死人了。这首歌过了好多年之后才变成白金唱片,只因为它怀旧的标签。有个记者发现,疫前时代的最后一次演出是我们举办的,写了篇爆火的文章,后来的事情你也知道,这首歌再次登上热门歌曲排行榜,比第一次的名次还高。如果我的哪一首新歌也能得到一半的关注度,比如《选择》,我想我才可以真正发挥一些作用。"

"怎么发挥?"

"这是我写得最好的一首歌。我想它传达了一些当前正在发生的事情。那种感觉就像是,你想要创造一些东西,但你没有工具,你已经失去了语言。"

"今晚我打断你们的节目之前,你演奏的就是这首歌吗?"

我点点头。

"如果是那首歌的话,真是太棒了。我没法只是站在那里静止不动地听。"

———

①黄金唱片和后文的白金唱片都是指唱片销量达到特定标准后获得的认证。通常销量达到一百万张的唱片才算黄金唱片,达到两百万张以上才算白金唱片。

"这就是重点！我们现在都静止不动，我们不应该这样。"

"那你打算怎么发布？怎么让人们听到它？"罗斯玛丽拿起一只杯子，看了一眼里面。

"薄荷茶。来自你掉进去的那个花园。我也不知道别的。反正最好的方式就是到现场来听，人与人之间口口相传。"

罗斯玛丽用杯子暖着手，啜了一口，"就像病毒一样。"

"恐惧是一种病毒，而音乐是另一种病毒、一种疫苗、一种治疗方法。"

"只有现场音乐才行吗？"

"不，但这种共同经历很特别。和其他人一起待在一个房间里，这期间发生的事情永远不会以同样的方式再次出现。"

"全息舞台呢？也一样吗？"罗斯玛丽把脸藏在杯子后面，呼吸着水蒸气。

我耸耸肩，"我不知道。我只见过爱丽丝的客厅装置。我听说连帽衫能带来沉浸式的现场体验，但我不知道那怎么可能代替我们在这里所做的事情。我想那东西已经到处都是了，但这岂不是传达了相反的信息？人们应该保持隔离？"

"我的第一次现场音乐体验就来自SHL，非常棒。我感觉身临其境。"

"现在你已经看过真正的演出，相比之下觉得SHL怎么样？一首歌令你心醉神迷时，你和旁边的人会不会相视一笑，因为你们知道刚才共享了怎样的体验?"

"不会,"罗斯玛丽承认,"鼓声也不会像这里的一样穿透我的骨髓。但SHL比我至今听过的所有其他东西都要强,很多人住在完全没有音乐的地方,这能为他们带来音乐。"

"对!但如果不是人们习惯了一直留在家里,他们本来就拥有音乐!如果不是这种事情违法的话。这是一个死循环。大部分惹麻烦的人十年前就被抓起来了,如今却还要遵循聚众法,太荒谬了。人类是社会性动物。"

"人们喜欢安全。"

"这两点并不矛盾。"

罗斯玛丽小口饮着茶。我又一次不确定自己有没有看错她。

送罗斯玛丽离开时,阳光已从拉起来的窗帘缝隙中透进来。我们站在前门,突然觉得有点儿尴尬,虽然前一天晚上我们聊得那么尽兴。

"答应我,如果你的脑袋情况不大对劲,就去检查一下。视力模糊、眩晕、思维改变、头痛,有类似情况都要去。"

"会的。谢谢你照顾我。"

"这是我的荣幸。情况可能会恶化。你可能马上就要完蛋,我却整夜缠着你说话。"

罗斯玛丽眯起眼睛笑了,"谢谢,我想,嗯,可能听起来有点儿傻,但我还能再到这里来吗? 我是说,在我这次强行闯入之后? 今晚的八块钱我会付的。"

"我会告诉爱丽丝从黑名单上删掉你。你唯一需要应对的就是人群恐惧症。"

"谢谢你!"

我伸出手臂。罗斯玛丽盯着看了一会儿才明白。"呃,"她说,"我以前从来没有拥抱过家人以外的人,在真实空间里从来没有过,甚至我父母也不会经常拥抱。"

我收回手臂,垂在身侧,"对不起。不需要拥抱。不是所有人都喜欢这样。"

"不,拥抱没问题。我只是不知道该怎么做。"她模仿我刚刚的姿势,我们来了个古怪而短暂的拥抱,仿佛是半个拥抱,肩膀互相碰了碰,然后她逃也似的闪出门外。

第20章　罗斯玛丽　来看真实的我

罗斯玛丽回到酒店房间,小心翼翼地让自己躺在床上。她不记得上一次熬通宵是什么时候的事情。她全身痛得不行,眼睛已经睁不开了。她想洗个澡,哪怕要浪费掉好几天的用水额度,但她不记得卢斯有没有告诉她不要把伤口弄湿。缝针了吗?打没打石膏?当你这么累的时候,你怎么确信自己的思维能不受影响呢?

她仰面躺了一会儿,然后呻吟一声,伸手去拿她的连帽衫。

你没有汇报,第一条信息就是指责,请汇报。

她很怀念当初和工作联系人互相认识的时候。SHL和她对接的是各个集体。如果她需要什么实际物品,她会联系后勤部门。如果她需要上司的意见,她会联系招募者管理部门。如果她碰到的人不愿意签署标准合同,她会联系法务部门来谈判。遇到疑问或难题时,没有一个具体的名字、一个具体的人可以信任或不信任。也许那就是关键。至少她不必在早上这个时候和管理人员的虚拟形象面对面谈话。

*很抱歉。演出结束后和一位歌手聊了一整夜。*他们没必要知道那次围栏事故，也不必知道她跟人通宵聊天的原因。

*进展不错？*立即收到回复。

罗斯玛丽又呻吟了一声。她应该先睡一觉再回复的。*也许。*

随时通知我们。越快越好。我们很想看看你的能力。

怎么回答才合适？*我会的。*

她也很想知道自己能力如何，哪怕为了她自己。卢斯曾经说，她离家出走是因为她知道，如果留在那里就不可能做自己。也许，即使罗斯玛丽还在寻找她想找的东西，她也可以先了解一下，自己冒险接受这份工作的选择是否正确。

罗斯玛丽又一次尝试进入2020，她不敢相信自己完全没遇到麻烦就进了门。爱丽丝在沙发上对她皱了皱眉，打了个招呼，这说明她同意得很勉强。不过罗斯玛丽觉得这就够了，她不需要和所有人成为朋友，甚至公司也并不鼓励这样做。*你不是去交朋友的。观察。与他们之间不要太陌生，但也不要太亲密。*

这一点肯定没那么重要。人们对她已经很好了，除了爱丽丝。她也对别人友好一点儿又有什么坏处？这里每个人都互相认识。也许他们不一定喜欢对方，但在某种程度上，他们互相信任，否则他们就不会来这里了。他们相信大家都是来听音乐的，没有人会把这件事告诉不合适的人。爱丽丝也只是尽忠职守而已，夜复一夜站好岗，免得有不合适的人偷偷溜进来。

那么多的信任和关心。如果很多人把他们的安全——他们的自由，他们的生命——托付到对方手上，她有什么资格怀疑他们？没有人计划引发踩踏事件或火灾。他们是机械师、教师、技术人员、护士、音乐人。他们来这里是因为他们喜欢音乐，喜欢这些乐队，感觉音乐中的某些片段属于他们。

她第三次走下通往地下室的楼梯，她觉得害怕也没什么问题，但不能让恐惧阻止她听音乐。害怕蜜蜂很正常，但奔跑反而会引得蜜蜂来蜇你。害怕人群也很正常，她接受的教育就是这样。人群会传播疾病，人群中隐藏着袭击者，人群会吸引坏人的注意力。她可以一边担忧这一切，一边走下楼梯完成她的工作。

她仍然打算待在楼梯下面那个保护区里，用她母亲所说的无形气泡把自己武装起来，无论这样能起到多大作用。她不会幻想自己在一片拥挤中还能保持冷静，但也许面对恐慌可以使自己突破极限，坚持完整看完一场演出。

她站在她的安全区里。之前她的注意力完全集中在这个房间上——舞台、音乐人、最近的出口——以前她从未仔细看过人群。她突然想到，对观众的评估也是这项工作的一部分。不仅仅是她对乐队的评价，她对音乐的反应。是谁让观众给出回应？是谁让他们跳起舞来,靠近舞台? 仿佛一块拼图放在了正确的位置。她想起第一个晚上那支乐队,试着回忆当时人群的反应。

今晚,观众的年龄分布更广,或者应该说,比她记忆中的广。在她脑海中,第二个晚上的人群有种恐怖的氛围,仿佛阴云笼罩了一切。她印象里他们很年轻,人高马大、肩膀宽阔、脚步沉重。今晚,有几个人靠在墙上,一起聊天。银发老人比她记忆中更多。没人想伤害她。至少不会故意为之。

乔尼转过拐角,在她身边停了下来,"罗斯玛丽! 回来接受更多的惩罚?"

"为了脱敏。你今晚会演出吗?"

"不。我不希望人们对我们感到厌倦。"

"怎么可能? 你特别棒。我盼着能再看你。"

"谢谢。我受宠若惊。"

有人碰了碰罗斯玛丽的胳膊。她缩了一下,转过身来。

"希望这次你是从前门进来的。"卢斯说道,"脑袋怎么样了?"

罗斯玛丽伸手摸了摸发际的绷带,"好多了,谢谢。"

"所以你觉得你能挺过整场演出吗?"

"我打算试试。"

"很好。能为新来的人演奏真棒。希望你能站得住,免得我又要把你从地板上扶起来。站稳点儿,会有人撞到你身上。"

卢斯融入人群。

"为什么这个地方每次开门她都能演出,而你不行?因为她拥有这个地方?"

"不,她能演出是因为她的乐队很棒,而且她把所有时间都用来写新歌,进行音乐方面的尝试,她没有哪两次演出是完全一样的。我们没有足够的作品可以支持每个月超过一场演出。我们的乐队才刚刚组建一年。"

"我完全没想到是这样。"

"那是因为你只听过一场我们的演出。如果一个月之内再来,你会听到完全一样的歌曲。幸运的话,也许能有一首新歌。我们没时间准备更多歌曲。这里大多数乐队都是一个月轮换一次,只有卢斯除外。她自称是'常驻值班医生'。"

罗斯玛丽不知道那是什么意思,但她点了点头。这样的话,如果她几周内都不会再次见到某几支乐队,那她就得学着更快做出决定,决定哪些乐队适合全息舞台现场。

她还有一个问题:"每天晚上的观众基本都是同一群人吗?还是说,有人是来看具体某些乐队的?我第一次来这里时,我问一个人她是来看谁的,她说'所有乐队'。"

乔尼耸耸肩,"都有。我觉得卢斯很聪明,让这个地方每周只开两次。这里有每次开门都会来的常客,也有像我这样每月跟着乐队演奏一次的音乐人,不过我们在其他晚上也会过来。如果有别人需要大提琴,我就和他们一起上场。这里也有一些朋友、家人和狂热粉丝,只为自己喜欢的乐队而来。卢斯试着不断变换组合,粉丝们为自己认识的乐队而来,同时也会听到不同乐队的演出,没准他们也会喜欢上其他乐队。'异花授粉',她是这么说的。"

第一场演出开始了,他们都把注意力转向舞台。一位年长的黑人女性独自站在那里,弹着一把漂亮的酒红色电贝斯,贝斯的长度是她身高的两倍。她穿着牛仔靴、牛仔裤、红黑相间的流苏衬衫。她有多大年纪?七十多岁,也许甚至八十多岁,她的满头银发像云朵一般围绕着布满皱纹的脸庞。她看起来有点儿眼熟。

从她的服装来看,罗斯玛丽以为会听到乡村音乐,但第一个音符响起,她就意识到自己的印象是错误的。那个女人带了某种效果器。她从一段婉转而时髦的贝斯循环开始。放下贝斯,循环继续,她拿起一把电吉他。她弹吉他的方式和贝斯一样,与贝斯循环的旋律相呼应,在更高的音域加以润色。

当她开口唱歌时,她的声音和贝斯一样音色丰富。音符在她口中成型,从更深的地方涌出,抽出元音,然后剪掉。她的人声也会分层和循环,与她自己融为一体,她发出的声音是歌词也不只是歌词。每一次当罗斯玛丽以为这首歌已经非常充实丰富的时候,又会有另一个部分加入。她的耳朵追着那些层次,寻找特定的声音,在它们出现时她欣喜不已;在某段音乐结束时,她感到一种奇怪而令人激动的圆满。

和声与吉他筑起一堵坚实的墙壁,音乐人踩下脚踏板。一切都

新日之歌

停止了。

"这是我们对自己所说的话。"她用气声唱道。她的吉他呼应旋律,然后仿佛挑战一般加重歌词:"我们无所作为/我们塑造了它/我们接受了它/我们给了它一个家和一个名字。"她又一次踩下脚踏板,循环的音墙再次涌来、打破沉默。她摘下吉他,弦朝下放在音箱上,音乐中开始形成一种咆哮般的反馈。她让这种声音也开始循环,一层叠一层。她又踩了下脚踏板,然后走开,让这些层次反复循环、最终停止。房间里安静了一会儿,然后爆发出一阵欢呼。

"那——是——谁?"罗斯玛丽问乔尼,眼睛仍然看着空荡荡的舞台。

"玛丽·黑斯廷斯。她在巴尔的摩演出已经有几十年了,但她不参加轮换。她什么时候想演出了就过来。有时间隔六个月,有时两个星期。我们都会给她腾出位置。棒极了,不是吗?"

"完全不可思议。"罗斯玛丽想搞明白为什么那个女人看起来有点儿眼熟,"等等——她是不是在街上那家餐馆工作?"

"是的,她和她的兄弟姐妹共同拥有那家餐馆。我们演出的晚上她会给我们所有人打折。"

"她每次都是演奏一首很长的歌吗?"

"她想演奏什么就演奏什么。一首歌或者三首歌,十分钟或者一小时。我从未听过她把一首歌用同样的唱法唱两次。我以前也从未听她唱过一首没有主歌副歌的歌,但真是太厉害了。"

257

某个人——不是玛丽·黑斯廷斯——开始把她的吉他放进琴盒里。表演者本人站在角落里聊天。罗斯玛丽走向周边商品的桌子，但没有什么东西标着"玛丽·黑斯廷斯"。

她试着想象这个女人在SHL舞台上会是什么样子。她可以掌控一个房间，这一点毋庸置疑。罗斯玛丽身上的鸡皮疙瘩还没退去。她有魅力、有态度、有音乐天赋，但是罗斯玛丽不太确定她的主流吸引力如何，这一点是需要考虑的。不要过于政治化，他们说过。即使这首歌只有五句低声细语的歌词，她也已经能感觉到其中的政治色彩。

她最担心的一点是，乔尼说玛丽·黑斯廷斯从来不会以同样的方式演奏同一首歌两次。她还记得玛格丽特脱离剧本时发生的事。SHL希望音乐人带来一些特殊的东西，但也许他们作为一个品牌对于"特殊"的定义是不一样的。不管怎样，现在她可以为他们介绍四支迥然不同的乐队。

也许还会有第五支？下一支乐队比她在这里见过的任何一支乐队都传统。架子鼓、贝斯、两把吉他。主唱长得很帅，一头金发，个子很高，不用伸直胳膊就能碰到天花板。贝斯手每一块可见的皮肤上都有严重的瘟疫疤痕。鼓手看上去比其他人更老，五十岁左右，秃顶。第二吉他手探过身去对他耳语，他笑出声来。

他们试了试乐器，然后开始演奏。来到这里之后，这是她听到的最接近专利药品的音乐，她意识到自己一直在想，这个舞台上怎么会出现一支如此传统的乐队。第一首是情歌,三分钟即可朗朗上口、简单易懂的流行歌曲。罗斯玛丽等着他们通过一些巧妙隐晦的暗示来评判政治、税收或艺术,但下一首歌也没什么更深层次的意义——纯甜糖果。

乔尼靠近罗斯玛丽,"贝斯手和鼓手就是被你的朋友阿兰甩掉的节奏乐器组。"

罗斯玛丽得知这就是最初的专利药品之后,再次评估了一下他们。SHL的版本明显外表更优秀,动作也更优美,但本质上二者有着类似的底图。

与阿兰相比,其实她更喜欢这个主唱的声音,有着蓝调音乐的丰富音色,还带着一种疲惫感。从他们的声音来看,她会推荐这支乐队,但她不确定这样做是否明智,也许当阿兰冲进全息舞台的大门时,他们就已经拒绝了试音。

"他们比专利药品更好,"罗斯玛丽在乔尼耳边低声说,"这家伙比阿兰更强。"

乔尼沉默了一会儿,然后又转向她,脸上带着一种狡猾的表情,"也许我不该说这话破坏你的兴致,不过我欣赏这些乐队时会玩个游戏。这是一个朋友很久以前告诉我的理论,音乐人做爱的模样可以参照他们演奏乐器的模样。当我看到某个人演奏时,我会不由自主——"她指了指被主唱挡住一部分的鼓手。罗斯玛丽之前没有好好观察过他,但他的动作看起来有种古怪的松散和疯狂,仿佛他也在用一些看不见的肢体演奏。

"他就像一只章鱼。我并不打算想象……"

"没错。"她们两人都笑了起来。罗斯玛丽透过同样的滤镜看着乐队里的其他人,然后回忆了一下她迄今为止见过的其他乐队。疯狂的乐手,热情的乐手。乔尼和她的大提琴,她温暖而坚定的双手。她移开目光,免得乔尼从她脸上读出她的想法。

她前面的人开始跳舞。罗斯玛丽很想加入他们,但她记起另一天晚上的情况,知道自己最好还是慢慢来。先在房间边上坚持一整晚,再冒险进入人群中间。她用脚尖轻叩地面,待在原地没动。这支乐队——他们自我介绍叫漂亮蚊子——表演了十首歌,清新明快、生气勃勃。十首完美的流行歌曲,全部散发着主流吸引力。

罗斯玛丽想象着绽放酒吧的人群在他们演出结束后跑来买下所有的周边商品。他们的T恤看起来是手工丝网印刷的,下载卡的设计充其量只能算业余水平,幼稚的专辑名称加上幼稚的双关语。完全配不上他们美妙的歌曲。希望专辑的制作质量可以像他们的演出一样好,不行的话,SHL的制作人可以帮忙,他们有专业绘图人员,可以为周边商品设计更好的商标。如果……如果她推荐了他们,如果SHL愿意忽略那些比较粗糙的方面。

卢斯的乐队走上舞台。他们的第一首歌是上一场演出中没有演奏过的。歌曲直接响起:没有倒计时的声音,没有乐器前奏。架子鼓、贝斯、吉他,直接进入副歌,毫无预警地就从零到六十,音速与玛丽·黑斯廷斯那种慢悠悠的节奏完全相反,但同样迷人动听;也不像一般的流行歌曲那样吵闹、松散、漏洞百出。

要把几天前那个晚上和她轻松聊天的女人与现在舞台上这个人融为一体,感觉很奇怪,卢斯俯视着她的观众,仿佛不在乎别人怎么看待她,仿佛她有信心他们不会抵触她所唱的内容,有信心他们不会移开目光。也确实没人移开目光。

"那是新歌吗?"这首歌停下时,罗斯玛丽附近有人问。

"我以前没听过。"另一个人说,"真想不到。"

第二首歌在上一场演出中出现过,就是她失去知觉之前的那首歌。很难相信他们能迅速从第一首歌切换过来,但这确实是几天前令她失控的那首歌。现在它威胁着要再次做出同样的事情。节拍与心跳接近,但并不完全一致,这让她的身体逐渐适应这首歌,而不再排斥。

罗斯玛丽还记得她那天晚上的恐慌症发作,但是现在感觉那是件很久远的事情,仿佛她决定变成一个不同的人。罗斯玛丽变成了一个在人群中如鱼得水的人,一个不是在偏远地带穿着失效的连帽衫长大的人。城市的罗斯玛丽,鼓点作为心跳,贝斯作为脉搏。那种仿佛要压倒一切的音量并没有压扁她,而是从她的皮肤下面涌出来,使她更强大,把坏的东西挤走。她需要重复播放这首歌,直到这变成她自己的盔甲。卢斯说叫什么来着?《选择》。她把连帽衫拉到头上录音。

　　这首歌结束了,就像一颗缺失的牙齿,令罗斯玛丽难以释怀。第三首歌比较安静,带来一段喘息的时间。第四首歌中间有一段伴随节奏的念白,是预先设计好的,但也比较意识流。卢斯表现得既坚强又脆弱,引人入胜。人群中没有人说话,虽然这支乐队他们都听过几十遍了。

　　罗斯玛丽希望自己能演奏一种乐器,也许是贝斯。那首歌的根基,是贝斯手和鼓手之间的密切沟通。她要在这里待多久,才会有某个乐队接受她,让她与他们一起演奏? 也许她可以买把贝斯回家练习,几个月或一年后再回来。她有工作要做,但这两件事不矛盾。

　　最后一首歌以悠长的尾音结束。鼓手和第二吉他手奏出一段没有歌词的啦啦啦,与卢斯的旋律相呼应。卢斯在舞台上走来走去。她爬到音箱上面,一只脚踏在低音鼓上。她站在那里,在音箱和架子鼓之间保持平衡,脑袋距离天花板只有几厘米,弹得越来越用力。有根弦断了,她把它扯开。弦垂在吉他上晃荡。第二根弦也断了,然后又是一根,三根弦都从吉他琴头上垂下来,随着她的动作抽在她身上,反射光线时闪闪发亮。

　　吉他变得越来越不协调,但这并不重要。感觉几乎不像演出,罗斯玛丽提出了一些没有得到回答的问题,为什么她不会摔倒,为什么低音鼓不会裂开让她掉下来,为什么她能用那么危险的姿势用力演奏,看起来除了吉他发出的声音之外不在意任何事情,还不会失去平衡。卢斯仿佛变成了一个渠道,传输某种比她更重要的东西,至于她想要什么、她在哪里、她是怎样到那里的,这些都不重要。

最后一刻,这首歌不可避免地即将结束,她把架子鼓推开,让它撞到鼓手身上,他从鼓凳上向后一跳,但还是挥舞鼓槌在镲片上敲下最后一声。整支乐队爆发出一阵大笑。他们都显得又惊又喜,如释重负,这首歌圆满结束。

罗斯玛丽把自己拉回正轨,开始分析。她应该关注整体,而不仅仅是自己的反应,她和老板谈话时最好能解释明白她要推销的是什么——她愿意购买的是什么。她觉得她知道该怎么宣传推广。当然,他们有点儿政治色彩,但也许这是可以接受的,只要愿意弹《血与钻》? 他们的歌曲感染人心,他们能吸引观众来看,满足了她的一切希求。

“太棒了。”演出结束后她对卢斯说,“你那天晚上说的——你想让人们意识到他们自己想做什么。我想我明白了。”

卢斯看上去筋疲力尽,虽然一分钟以前还火力全开,“谢谢。很高兴你坚持了一晚上。要去消遣一下吗?”

“呃,这是我第一次待到最后,所以我不知道还有这个环节。大家现在会去消遣一下?”

“有些人会。在热浪餐馆。欢迎你跟我们一起。”她停顿了一下,歪歪脑袋,“我希望你能来。”

罗斯玛丽点点头,在音乐人们收拾乐器的时候退到地下室后部。一开始她还想帮帮忙,但他们的动作如此一丝不苟,她知道自己只会碍事。再说,观众退场时她更喜欢躲在边上。最后,卢斯把周边商品收起来,合上箱子,放进了桌子后面的凹室里。

"这就是在自己家里演出的好处。"卢斯笑了笑,"我们出去吧。"

一群结束了演出的人零零散散走在街头。卢斯的乐队走在一起,低声讲话;另一支乐队和两个陌生人聊天。罗斯玛丽落了单。就算她离开这群人回酒店去,也没有人会注意到。

"罗斯玛丽,快点儿。我想让你认识下这些人。"

还是不要了吧。她加快速度,让卢斯把她介绍给旁边的人。那个有刺青的鼓手叫多尔。十几岁的贝斯手,穿着黄色背心裙和牛仔夹克,有着超模的颧骨和瀑布一般的栗色头发,她叫安迪。

"你们在舞台上都充满激情。"罗斯玛丽说。

"那是因为我们必须集中注意力,不要被我们的主唱杀死。"多尔脸上摆出一种漫画式的全神贯注的表情。

"你看起来像便秘一样,"卢斯说,"希望台上你在我背后时不是那副模样。"

"不,他更像是这样。"安迪摆出一张更糟糕的脸。

这些人互相嘲笑时如此可爱,完全不会再让人觉得他们可怕。罗斯玛丽微笑着保持安静,很高兴能融入他们。

热浪餐馆的窗帘是拉上的。罗斯玛丽等着有人说已经打烊了,但打开门后,她发现这里几乎客满,虽然城市宵禁时间马上就到了。里面少说有十五到二十个人,有些人她虽然叫不出名字,但很面熟。

玛丽·黑斯廷斯和另外三个女人坐在左边第一个卡座里。两个人站在柜台后面处理订单，看起来都是这位音乐人的兄弟姐妹。人群散布在餐桌和吧台之间，每个人都在到处聊天。她寻找熟悉的面孔——也许乔尼，或者那个有键盘文身的主唱，但除了坐在酒吧高脚凳上的爱丽丝，她完全没看到认识的人。她不想去和爱丽丝聊天，于是她留在了卢斯身边。

卢斯先是停在玛丽·黑斯廷斯的卡座前面。这个女人比罗斯玛丽印象中娇小。她站起来拥抱卢斯时刚到对方下巴，卢斯本人也不算高。

"你真是太棒了。"卢斯听起来像个狂热粉丝，"你每一次踏上舞台，我都得掐着自己保持清醒。谢谢你。"

"卢斯，你知道我很高兴你还没有把我这个老女人从你的舞台上踢下去。我应该感谢你才对。"

"只要我还有舞台能让你上场，你就有地方演出。"

她们再次拥抱，然后黑斯廷斯坐了下来，卢斯继续往前走。到处都有人向她挥手或竖起大拇指，但是她没怎么耽搁就来到最后一个卡座。罗斯玛丽纠结了一下，不确定这里是不是为这支乐队预留的座位，但他们都停在别处聊天。

"坐进来，罗斯玛丽。这里没有预留座位。"

罗斯玛丽走向对面的长凳，但第二支乐队的贝斯手在她之前坐了下去。如果还有第三个人想坐在那边，她就会被两个不认识的男人挤在中间，她不想冒那个险，于是她坐到卢斯旁边，尽量在她和对方之间留出适当的距离。

"我闻起来有味道吗？呃，不管了。我多半有。"

"对不起，"罗斯玛丽说，"我只是想给你留下足够的空间。"

哈丽特的鼓手——她已经忘了他的名字——哦对了，多尔，跟着她坐下来，把她困在中间。她往卢斯那边挪了一点点，尽量不要感到恐慌。只要她想出去，他们就会让开的，她也可以随时滑到桌子底下或者爬到桌子上面，然后冲出门外。如果她那样做的话，就再也不可能回到这里了，但这个选项令她感到安心。

卡座对面的贝斯手从夹克口袋里掏出一个扁酒瓶，"又一场精彩的演出，干杯。"他喝了一大口，然后传给别人。罗斯玛丽是第五个。四个人的嘴唇——她刚刚目睹——四张嘴里的细菌。瘟疫没有传到这个地方吗？不，她已经看到了它来过的证据。也许他们都已经忘光了，或者比她年轻。但卢斯并不比她年轻，她觉得这几个人也都不像。无论他们喝的是什么，大概酒精含量足以消毒……或者值得冒这个风险。

今晚，只此一次，她不会像平时的自己那样焦虑不安。她举起酒瓶，尽量不要碰到嘴唇。她扎扎实实喝了一大口，洒了一点儿，但不是很多。这东西尝起来就像汽油一样，然而回味中留有一种温暖的感觉。她用袖子擦了擦脸，把酒瓶传给下一个人。

玛丽·黑斯廷斯的兄弟过来让他们点菜，从卢斯开始。轮到罗斯玛丽时，她说："鸡肉辣酱加酸奶油。"她想起上次那碗，又加了一句，"再要一杯牛奶。"

环顾四周，不知道会不会有人嘲笑她喝牛奶，但没有人在意。他们自己也都点了苏打水或清水——这里不是酒吧。酒瓶第二次传回来时，她慢慢喝了一大口，让嘴唇碰了下瓶口。那种火辣辣的感觉蔓延开来，令人愉悦。

她转向卢斯，"你的乐队真是太棒了。我很高兴我去了现场。我希望所有人都能看到你的演出。"

"哈，你我都希望，朋友。"

"不过，房间里会变得非常拥挤，"卡座另一边的吉他手开玩笑说，"可怜的爱丽丝会忙得不可开交。"

"首先，我们克隆爱丽丝，然后，我们邀请全世界。"

"同意。"

他们又把酒瓶传了一圈。罗斯玛丽没有感觉到变化，但她内心深处仿佛有什么东西不再绷得那么紧。紧挨着她坐在两边的人变得更容易忍受了。

她打了个招呼去洗手间，从过道那群人中间挤过去，她可不是每天都有这种自信。也许她能做得到。如果这样的自己就在她心里，为什么只有靠一杯酒和一次美妙的演出才能被释放出来呢？显然，她就在那里，就在表面之下。

乔尼站在洗手间门口排队。罗斯玛丽长大以后再没见过这种多个隔间的洗手间。

"嗨，"罗斯玛丽说，"演出结束后我没看见你。"

乔尼耸耸肩，"我不喜欢无所事事地站在那里。"她把头发拢到耳后。罗斯玛丽之前没发现她有酒窝。

两人沉默了一会儿。洗手池上方角落里有个小型扬声器正在播放一首歌，罗斯玛丽能听出那是鸢尾枝乐队的《来看真实的我》。她高中时一直在听的歌。

一股自信再次涌上她的心头。拥挤的餐馆不再令人感到压抑。身处这个角落是一种保护。她背靠烘手器，让自己站稳。"那么，嗯，你之前说的，人们演奏乐器的模样就像……我，嗯，我喜欢你演奏的模样。"

"是吗？"

"是的。你……从容不迫。小心谨慎，但成竹在胸。"

乔尼歪歪脑袋，走近一点儿，"是吗？"

她现在更大胆了，"从容不迫的感觉很好。这是一种沉静的自信。那些过于咄咄逼人的自信让我感到紧张。"

"咄咄逼人的自信？"

"让我因为他们的不紧张而感到紧张，而不是因为好事即将发生而紧张。"

"像现在这样？"

"像现在这样。"

两人向前倾身。罗斯玛丽心跳加速，她闭上眼睛。仿佛电击一般。真实的嘴唇，真实的人，一次她不想结束的接触。

"你喝了米奇·李的酒。"乔尼说。

"对不起。"

"我没说这是坏事。"乔尼又吻了她一次，"但你喝醉了吗？我不希望你因为喝醉做出什么以后会感到后悔的事情。"

"我只喝了一点儿。我吻你是因为你拉大提琴的模样。"

"与人接触呢？我注意到你会退缩。"

"我只是不喜欢在没有心理准备的时候接触。"

一扇隔间门打开，有人出来，乔尼前面的人走了进去。乔尼和罗斯玛丽分开，让出来的女人洗手。乔尼眼中闪现出沉思的火花，仿佛在评估罗斯玛丽。远处另一个隔间打开，乔尼抓住她的手把她拉进去，又一次吻了她。

"这里可以吗？"她低声说，"有点儿不便，但我有室友，你也说你和朋友住在一起，而且我现在就有点儿需要你。"

罗斯玛丽点点头。她可以说她在一间俯瞰整个城市的房间里有一张床，但如果她想把这一刻换到另一个时间、另一个地点，也许会毁掉这一切。她们去酒店的路上可能突然出现一个错误的词语、一个尴尬的瞬间。她的大脑可能会清醒过来和身体算账，提醒她不应该这样和艺术家接触，她心中的壁垒可能再次出现。她在心里唱歌,就现在,就现在,就现在,伴随着鸢尾枝乐队的《来看真实的我》。她把乔尼拉近。

洗手间的门又一次打开,更多人聊着天走了进来。

"见鬼,"其中一个人说,"开个房吧。"

旁边隔间的马桶在冲水,罗斯玛丽咻咻笑了起来,两人笑成一团,乔尼把嘴唇贴在罗斯玛丽的肩膀上,罗斯玛丽咬着自己的嘴唇,努力保持安静。水流,烘手器,门,两人的咯咯笑,那一刻结束了。

"我很高兴你来到了这里,罗斯玛丽·劳斯。"乔尼低声说。

"我也是。"罗斯玛丽也低声说。

乔尼又吻了她一下,然后溜出了隔间,罗斯玛丽感到一阵眩晕,靠在了墙上。

"你的辣酱都凉了。"卢斯在她回来时说。桌上其他人都已经吃完了。

"洗手间有人排队。"

"啊。"

罗斯玛丽把酸奶油拌在冷掉的辣酱里。咽下第一口,她才意识到自己有多饿。她努力跟上话题,"接下来干吗?"

蚊子乐队的贝斯手用一只手在喉咙处划了下,"现在是周三晚上,我们大多数人明天要上班,所以接下来是睡觉。"

"哦。"

"如果你等会儿还想出去消遣,我可以把你介绍给某个小群体。我相信有些人还会去参加派对。或者,我想你认识乔尼吧？问问她。"

罗斯玛丽扭头看了一眼,想知道卢斯这么说是不是在开玩笑,但她似乎没有别的意思。

"我不是想去参加派对。今晚是一个非常美好的夜晚。我不想让它结束。"

"即使美好的夜晚也会结束,也正是因此才显得美好。否则就会与下一个讨厌的白天合为一体,没有任何区别。"

卡座对面的贝斯手做了个鬼脸,"你也可以实现无穷无尽的美妙夜晚,不过需要大量嗑药来维持。"

"现在还有人那样做吗?"他的章鱼鼓手问道。

他们交换了一个眼神。罗斯玛丽琢磨着他们是否想到了阿兰。她想说他也不像那种人,但她转念一想没有开口。

贝斯手再次举起酒瓶,"干杯,为了和好友共度美妙的夜晚干杯,为了美妙夜晚就此结束干杯,为了下一次美妙的夜晚干杯。"他把酒瓶传下去,大家都依次敬酒。

他们都开始从卡座往外走。乔尼走在罗斯玛丽后面,她正把夹克穿上,"那么,嗯,你想不想什么时候出去转转?"

罗斯玛丽明白藏在这个问题背后的问题,"我很想再次见到你。我能在网上找到你吗,还是说你希望现在定个约会？不是约

271

会,但,你明白我的意思。"

"现在定吧。我是个不可联络者。嗯,半不可联络。"

"'半不可联络'?"

"很多人是完全不可联络的。没有连帽衫,没有手机。我留了个手机以备不时之需,所以我不能说我是绝对不可联络,但我完全没有虚拟形象,或者诸如此类的东西。"

"明白了。"罗斯玛丽说。她从未听过这种事。她认识一些不怎么与外界联系的人——首先就是她的父母——但她从未想过他们这种固执属于一项社会运动。

"你有没有逛过巴尔的摩?明天和周五我都得上班,但如果你愿意,周六我可以当你的导游。"

"我很乐意。"

"早上十点在这里等我?"

她们两人待在她酒店房间里的画面在罗斯玛丽脑海中一闪而过,她颤抖了一下。还没到时候。她点点头。

乔尼咧嘴一笑,然后俯下身迅速吻了她一下,持续时间足以证明不只是出于友谊,"太好了。"

第21章 罗斯玛丽 选择

　　宵禁时间早就过了。罗斯玛丽惊讶地发现公共汽车还在运营，但她猜想是因为即使到了这个时间也有人需要回家。她坐车回酒店，仍然感觉自己为恐惧打了预防针。当然，有人在外面为非作歹，但他们不会选凌晨两点的城市公共汽车。她不需要气泡，她有常识。她还是选了个能看到其他乘客、同时不必与任何人接触的座位，但她决定不要担忧没有屏障和隔间的问题。每个人都想回家。

　　回到酒店，她向窗外望去，城市在下方展开。汽车前灯、旅馆窗户和街灯捕捉到小小的人影，然后再把他们交回给黑暗。即使在这么晚的时候，外面还有不少动静。也许她再也不会回去了。在这里，她是另一个不同的人，她喜欢这个人。她一生中没有哪天晚上像今晚一样。她就像一个音符，从来不知道自己可以融入一段和弦。音乐，诱惑，乔尼。一想到这个，她就不由自主地微微颤抖，余音缭绕,她嘴唇上仿佛落下另一片嘴唇的影子。

　　她是被电话铃声吵醒的。

　　现在方便汇报吗?

　　时钟指向早上十点。她伸手去拿连帽衫,罩在头上。幸好她的虚拟形象看起来正适合工作场合,不用她这边再做什么,幸好这不是超级沃利供应商服务部,每天得拍照,穿着有科技感的服装,还要坚持社交礼仪。

　　全息舞台的虚拟会议空间令人想起他们美丽的基地。一片绿草如茵的草坪和一条长凳。她在一个体形苗条的中年白人虚拟形象旁边坐下。他完美的栗色头发中夹着几丝灰白,胡须修剪得整整齐齐。从头发就能看出这是个高端虚拟形象,代码风吹得草丛沙沙作响,他的头发也随风飘拂。他穿着牛仔裤和T恤,外搭一件敞开的正装衬衫。他没有自我介绍。她查看了他的信息,但上面只写着"招募者管理——男性通用(1/5)"。又是团队管理。

　　"那么,你给我们带来了什么? 你的报告一直令人很感兴趣。"

　　"我甚至不知道从哪儿讲起。"

　　"给我们讲讲你看过的表演。"

　　"所有的,还是我认为值得考虑的那些?"

　　"你定。"

　　她考虑了一下。最简单的就是按时间顺序,这样不会漏掉任何人。最好也不要告诉他们这就是全部。她不知道他们希望她用八天时间去见多少音乐人。"有一支乐队,带有一种热情的传教士氛围,有点儿那个感觉,但不是宗教性的,主唱在手臂上用文身植入控制器,用来演奏。他正在把其他乐器也装在身上。"

"所以这是一种表演艺术? 他的身体就是他的乐器?"

"不! 嗯,是的,但歌曲本身也不错。很有激情。"她脑海中突然浮现出乔尼那句话,人们做爱的模样就像他们演奏乐器的模样,随后浮现出的画面是这名主唱带着传教士一般的热情用自己的手臂演奏。她暗自发笑。

"好。他们叫什么?"

"库尔泽。"

一个白色方块出现在虚拟天空中,上面写着"库尔泽",后面标了个问号。

"下一个?"

"咖啡蛋糕情态。我知道,这是个可怕的名字,"——她在管理人员开口之前自己先说了——"但他们的声音太棒了。主唱演奏大提琴,她看起来非常迷人。"

"咖啡蛋糕情态"出现在"库尔泽"上方。"这个优先顺序对吗?"管理人员问道。

罗斯玛丽考虑了一下。两支乐队的音乐都很有意思,两位主唱出于不同原因引人注目。她不确定自己的判断是否受到了影响,不确定这是不是正确的顺序。在乔尼吻她之前,她更喜欢哪支乐队的音乐? 乔尼的,她想。库尔泽的主要卖点在于主唱独特的植入物,而不是他们的歌曲。她无法想象这两支乐队没有主唱会是什么样子,对于这两支乐队来说,比起歌曲,更重要的他们创造出的声音以及人们给出的反应。她不知道哪支乐队更适合全息舞台现场。

"他们都有潜力,"她谨慎地说,"你是否介意我把其他几支也列出来,最后再排序?"

"很公平。下一个?"

第二个晚上就是她从围栏上摔下去那天。她暂时跳过这件事。

"玛丽·黑斯廷斯。一位身材矮小、声音洪亮的老妇人。她是个人乐队,大量使用效果器。绝对能惊艳众人。"

"但是?"

"但我之前看到玛格丽特不按脚本演出会引起很多麻烦,她表现得不像是个愿意按计划行事的人。他们说玛丽·黑斯廷斯想演奏多久就演奏多久,想什么时候演奏就什么时候演奏。如果你们想找些与众不同的东西,她值得一看。"

"我会把这转交给特色表演部门,也许那儿有适合她的位置。"

"玛丽·黑斯廷斯"的名字出现在白色方框上,上面画了一根线,旁边加了一个箭头。

"下一个?"

"漂亮蚊子。"

"这些乐队都比他们的名字听起来强点儿?"

"我保证,这些人真的很有才华。流行音乐,嗯,充满热情。主唱是个帅哥,嗓音很棒,魅力十足,而且这支乐队非常严谨。"她没有提到他们曾经是阿兰的乐队,以前的专利药品。他们非常优秀,他们应该得到另一次机会。

"不错。在你提到的表演中,他们有没有表现出什么习惯,看起来会妨碍他们履行职责?"

"我没看到任何需要敲响警钟的事。这支乐队很准时。舞台只围绕着音乐,没有任何副产物,我想。"她在重复别人说过的话,但听起来不错。

他微微一笑,"啊,能找到这些乐队很不错嘛。这就是最后一支了吗?"

"还有一支。"她停顿了一下,"你还记得《血与钻》吗?"

"当然。这首歌酷毙了。"

"是的,所以,我找到了卢斯·坎农。她在这里演奏,乐队用的是另一个名字。她真是太棒了。"

"把最好的留到最后,嗯?哇哦,干得好,罗斯玛丽!"管理人员的虚拟形象微微闪烁,仿佛在兴奋地颤抖,"那首歌棒极了。我们可以围绕她构建出一种神秘感,就好像'无论发生了什么……'?然后重新发现这个特殊人物,强调她已经多年没有演出或发布歌曲。"

"但她有的。事实上,一周两次,几乎每周都演出。她在一些古怪的平台上放出了一大堆音乐。"

他压根儿没在听她说话,"关键在于跟我们合作还是跟别的什么。我们怎么联系她?以及你找到的其他乐队?"

她犹豫了一下。如果不先提醒一下那些音乐人,就这样直接联系他们,感觉不太合适,她还没收集到他们任何人的联系方式。撒个小小的谎也没什么害处。

"呃,他们大多数都是不可联络者。你知道那是什么意思吧?"

他叹了口气,"真让人讨厌。为什么他们非要当不可联络者?好吧。公司授权你为其他任何乐队提供试音机会,只要你能让我们联系到卢斯·坎农。她可以直接定下。告诉其他人,如果他们感兴趣的话,必须在足够长的时间中进入可联络状态,以便和我们谈谈。一旦你签下他们,他们必须借个手机、借件连帽衫,不管什么,总之得让他们联系上后勤部门。你有视频吗?"

"有几个。"她发送过去。

"谢谢。我们会审查一下,但我们相信这些视频会证实你所说的内容。一定要让他们知道,我们可能要讨论一下换个乐队名称,比如,哦,很可能所有乐队都得换。咖啡蛋糕情态改成圣徒保护区什么的。"

她不知道该说什么,于是保持沉默。

"干得好,罗斯玛丽。我们希望能在接下来的几天内拿到联系方式。"

"多久？"一种新的恐慌笼罩了她。她以为自己还有几周时间想办法跟他们接触。

"到这周末为止。"他停顿了一下，一动不动，也许正在和别人商量，"没错。告诉他们，他们必须在这周末之前做出决定并告诉我们。给他们更长时间也没什么意义。"

"但我不应该再多看几次吗？每支乐队？"

"你认为你还需要更多时间吗？你的描述听起来像是你已经心里有数了。"

他那尖刻的声音使她觉得花费更多时间并不可取，"不，这周末没问题。谢谢你们的信任。"

"当你选择巴尔的摩时，我们很惊讶。大多数人第一次出差都会选择家乡附近。结果你的收获比想象的好。"

连接终止，视野中的草坪逐渐消失，只给她留下那些她不愿面对的问题。她怎样才能在这周末之前接触所有人？她在自己的"家乡"错过了什么样的音乐？更不用说她不明白如果可以选择去任何地方，为什么会有人留在所谓的家乡。

阿兰·兰德尔最初那支专利药品乐队、如今漂亮蚊子乐队的贝斯手，在餐馆里说过他们周四都要上班，主唱身上的T恤写着"布莱克纳木材打捞"，除非你是那里的雇员，不然这广告也太古怪了。在摇滚演出上这么穿实在很古怪，除非他们认为只要你本人够酷，无论你穿什么都默认很酷。也许这根本不奇怪，只是她还不够了解一些约定俗成的事，这也很有可能。罗斯玛丽查了一下那地方的位置，在这家酒店西边一千六百米左右。她站在空中的制高点往下看，白天的城市很有吸引力，她决定步行。

在散步的过程中，她希望自己能更加了解巴尔的摩。她选择这里是基于阿兰的建议，并没有进行过深入研究。她知道这座城市在历史上某些时期属于重要城市，但她从高中至今都没搞明白原因。她在宽阔的人行道上散步，向坐在门廊上的陌生人挥手致意，她希望自己能记住这些细节。她脑海中的画面与这个友好的地方相去甚远。她的父母和老师把那幅画面灌输给她，却与现实截然不同。

她没有记下主唱的名字，于是她只能问，是不是有个又高又帅的金发男人在这里工作，收银员给了她一个心知肚明的眼神，"如果你想听听我的建议，忘了他吧。他是个花花公子。你不是第一个找到这里来的人，但你不是他平时喜欢的类型。"

罗斯玛丽脸色变得通红，"不！不是……我只是想和他谈谈。"

收银员的表情说明她压根儿不信，但她还是按下登记簿下面的对讲机按钮，呼叫乔希·迪苏扎。罗斯玛丽尴尬地站在旁边，希望这位女士别再跟她说什么了。如果叫来的那个人不是他，那可多尴尬？对不起，我不是故意打扰你的，但我听说你很受女士们欢迎。

一个高个儿金发男人从后面走出来，她松了一口气，就是那个高个儿金发男人没错。他穿着同一件T恤，或者是另一件一模一样的,乱蓬蓬的头发上沾着木屑。

他瞪了一眼收银员,然后打量了一下罗斯玛丽,"我认识你吗?"

她说话的声音很小,以防他的乐队是个秘密,"我叫罗斯玛丽·劳斯。我昨晚看了你的演出,然后我在热浪餐馆认识了你乐队里的其他人,但我想你当时已经走了。"

他抓住她的手肘,很有力,但不算粗鲁。这并没有给她留下什么好印象,因为她还没允许他碰她。他带她来到户外一片有围栏的地方。她从没进过贮木场,但她喜欢松树的香味、脚下的木屑。这让她想起自己家里的谷仓。

"不好意思,"他说,"我在这里一般不谈音乐。有什么我能为你做的吗?"

"我有个建议给你。我是说,给你的乐队。我不知道怎么找到其他人。"

他坐在一摞草垫上,示意她也这样做,"一个建议?"

"是的。我……你熟悉全息舞台现场吗?"

"当然。"

"我是个……他们把我们称为艺术家招募者。我在全国各地寻找乐队加入SHL大家庭。"她在脑子里练习过很多次,这段话很容易说出来,至少很容易对这个人说出来。也许是因为她以前没跟他谈过,所以她不曾以另一副模样面对他。这样也更容易假装他不是她尝试招募的第一个人。"我想你们已经是个完成品了,我的上司授权我给你们提供一个试音的机会。"

"你在开玩笑吧。"他盯着她，"真的吗？"

"真的。"

"我能不能，呃，另外两个人也在这里工作。我就是这样认识他们的。我能不能让他们也参与这次谈话？你是想招募我们所有人，而不仅仅是我吧？"他已经从信心十足变成了忐忑不安。

"你们所有人。我知道专利药品乐队以前发生过什么。"

他看上去如释重负，"我马上回来。"

她在原地等着。罗斯玛丽想象自己像吸尘器一样把他所有的自信吸走，变成她自己的自信。她正处于一种权力优势地位。

他在片刻之后返回，带来了贝斯手——前一天晚上带着酒瓶的那个人，以及章鱼鼓手。肯尼和马库斯，如果她记得没错。肯尼看起来和在餐馆里时完全不同，他的肢体语言明确表达出拒绝，布满瘟疫疤痕的手臂交叠抱在胸前。鼓手看起来心理创伤没那么深，但同样警惕。

"是你？"肯尼问，"我和你一起分享我的酒瓶。卢斯说你很酷。"

"放松点儿，肯尼。"马库斯说，"她没有说谎。我们没问过她为什么来这里，或者她靠什么谋生。"

"她应该主动告诉我们。否则我们认识的就是个假面具。我以为她是个粉丝。"

"听着。"罗斯玛丽想要重新掌控谈话的主动权，"如果我以任何方式误导了你们,我道歉。那不是我的本意,但我真的很想和你们所有人谈谈SHL的事。"

肯尼仍然没有放松下来,"我们所有人?你想让我们开车去你们总部试音,然后告诉我们,你们只想要主唱?"

"你们所有人。专利药品当年究竟发生了什么?我听到的故事不是这样的。"

马库斯摇了摇头,"行了,肯尼。你知道情况不是那样的。骗我们的是阿兰,不是SHL。你真的认为他为我们争取过吗?他开车去那里完全是为了他自己。"

"他告诉过我他要去那里,"肯尼说,"他说他带了整个乐队的视频过去。"

"也许他带了,也许他没有。也许如果我们当时和他一起去,SHL会对我们所有人留下深刻的印象,而不仅仅是阿兰,但我们没去。现在,这个小姐就在我们面前。也许我们可以和她谈谈,而不是让她觉得我们都不正常。"

乔希举起双手,表示安抚,"我保证,我没想过要甩掉你们。她要招募我们所有人。"

罗斯玛丽感激地看了他一眼,"你们所有人,就像我说的。你们的歌曲非常动听。"

"条件是什么?"肯尼没有放下手臂。

"在SHL进行第二次试音,费用已付。你们已经通过了第一次试音,因为我喜欢你们的作品。你们必须证明你们的音乐面对摄像机的效果就像面对现场观众一样好。就是这样。如果他们像我一样喜欢你们,你们就会得到一份合同。"

"足够以此为生?"

"据我所知,合同条款由法务部门跟你们商议,但他们会希望音乐人心情愉悦,专注于创作音乐。"

"我们一定要搬到那里吗?住在那么小的艺术家生活区里,和阿兰当邻居?"肯尼的敌意尚未退去。

"我觉得,如果你们不想住就不用住。你们可以通勤。"

"我们有多长时间做决定?"马库斯问。

"最晚这周日。"

"见鬼!你怎么能指望我们这么快就做出决定?"

她耸耸肩,"我知道时间很短,但你们需要做多少决定呢?这只是一次试音,不是什么承诺,稍后才是合同。如果你们到了那里又改变了主意,你们完全可以离开。"

他们低声交谈时,她转过身去,抬头看天。

"一次试音,"马库斯最后说,"我们要做些什么?"

罗斯玛丽露出一个微笑,"首先,你们谁有手机或连帽衫?"

乔希也报以微笑,"你以为我们都属于不可联络者?这是个可联络的乐队,朋友。我们会上网,随时可以宣传推广。"

她把后勤部门的联系方式交给他们,附上她自己的员工ID以供参考。一切都很顺利,或者说和预期的一样顺利,毕竟要考虑阿兰带来的复杂情况。如果她当初多想一想,她会先去找库尔泽,再和他们谈。也许她首先解决了最困难的部分。她没提可能需要改名的事,因为她打算把这个问题留给更有经验的人。

她曾经以为这些乐队都不会上网,但漂亮蚊子让她意识到自己以偏概全了。为了找到库尔泽,她用了老式的方法:进入兜帽空间。她浏览各个身体改造网站,终于找到一个与音乐有交集的网站。他就在那里,给出了联系方式和一切资料。能有多少人手臂上有台钢琴,还希望把自己整具身体变成一个触发系统?"库尔泽OMB。"这是他的网名。OMB,One-Man Band,指一人乐队。

邀请他进入一个私人房间讨论他的音乐并不难。他的虚拟形象比真人做了更多的身体改造,不过显得有点儿卡通。只要支付足够的定制费用,任何人都可以用手臂当钢琴键盘,或者用身体当吉他。他走路时,脚步会触发敲击的鼓点。也许这相当于一张计划图,展现出他还想对自己真实的身体做些什么。在他旁边,她觉得自己太过普通了。

房间是他选的,镶有彩色方块,会随着他的动作亮起来。不同的颜色对应不同的音符。不和谐的音调使罗斯玛丽有点儿头痛,但让他选择空间可以使他感觉更舒适。

"嗨,"她说,"我上周在2020见过你。我喜欢你的乐队,这个身体改造真是太棒了。"

"谢谢。你看起来和你的虚拟形象像吗?"他说话时轻拍自己的手臂,产生一点点颤音。

"很接近。"

"没有做音乐改造?"

"不好意思,没有。希望我跟你联系时没有让你产生误解。"

"没什么。我本来希望有。我喜欢看看别人的创意。"

"不好意思,"她重复了一遍,"但我来这里是想为你提供一个去全息舞台现场试音的机会。"

他的敲击颤音消失了,"你在开玩笑吧。"

"非常认真。我是个艺术家招募者。"她向他发送了自己的职业认证。

"哇哦。是真的。"

"是真的。我们邀请你和你的乐队参加试音。如果你们感兴趣,后勤部门会联系你们安排旅行事宜。"

他又把手放在胳膊上,"他们会觉得我的触发系统有问题吗?"

"这是吸引观众的一部分,所以我想他们会想办法让它发挥作用的。"

"有即兴发挥的空间吗? 新的身体改造和新的作品呢?"

"比较难。我想你得和技术方面的人谈谈,但我认为只要你让他们参与进来,一切都能实现。"她重复了阿兰之前告诉她的一些话,"精心构造的创造力,好像是那么说的。反正,他们是那样跟我解释的。毕竟我不是个音乐人。"

"这只是一次试音?如果我不喜欢那个环境,我还可以离开?"

"当然。"

他深吸一口气,"好吧。告诉我该找谁谈。"

"稍后告诉你。"罗斯玛丽说,"不过,嗯,你叫什么名字?我知道乐队的名字和你的化名,但我想我应该告诉老板你的真名。"

"库尔特·泽尔。"

库尔特·泽尔,库尔泽。她谢过他,让他给她展示一下他目前正在做的东西,一个吉他指板映射在他虚拟形象的躯干上,就像他之前在俱乐部里提到的那样。在兜帽空间里,这代表着她完全无法想象的变化层次。他用自己的身体演奏,用他的大脑演奏,用他的虚拟形象身体演奏,把这一切变成一种怪诞而令人不安的音乐。整个过程中他甚至没有张嘴。她意识到自己甚至没有跟管理人员提过他的声音。让他们大吃一惊吧。

第22章　罗斯玛丽　只有来这里才能知道

公司没有让她继续接触玛丽·黑斯廷斯，所以她名单上的最后两支乐队分别是乔尼和卢斯的乐队。出于某些原因，这两次谈话都令她感到不安。不是因为担心她给她们的条件不够好，而是因为漂亮蚊子的反应。假面具，他们是这么说的，或者其中一个人是这么说的，其他人反驳了他。但她的面具不是假的，她真心诚意欣赏他们的音乐，她能为他们带来实实在在的好处。虽说她是为了公事进入那个房间，但她也是作为乐迷进入那个房间的。她没有假装什么，她告诉自己。

乔尼。她不知道周三和乔尼做的事是不是一个可怕的错误。当时感觉很好。她喜欢她，真的很喜欢，她觉得她有不可思议的才华，性感又善良。单纯的善良从未得到足够的重视。但到了周五，"假面具"这个词使她脸红，使她开始害怕第二天和乔尼见面。如果她不是招募者却谎称自己是,这才是假面具。她想象一个完美的管理人员虚拟形象走进2020,为人们提供试音机会以换取金钱、换取性关系。她没有谎称自己是什么。她一直都只是她自己。

她稍微考虑了下要不要邀请乔尼来她的房间,而不是游览这座城市。要说她主动说过什么谎,那就是这件事——和朋友住在一起。她应该说她住在公司安排的酒店里,然后她就可以炫耀这个房间、这片风景、这张床。

但乔尼可能问到她的工作,她会说实话吗?所有人都问过她是不是警察。如果他们问对了问题,她会实话实说的,她敢肯定。所以这是乔尼和卢斯的错,她们没有明确问过她。她们问过她来自哪里,但没有问过她本人的情况。她本来会告诉她们的。也许吧。

不管怎样,今天是坦白交代的日子。她乘公共汽车去热浪餐馆见乔尼。她把连帽衫拉到头上,又看了一遍她给2020的几支乐队拍摄的视频。她的记录很好地捕捉了这些乐队的特点。他们听起来都很棒。如果管理人员认为她招募的乐队有问题,现在应该已经告诉她了。公司肯定对她的表现很满意。

她的连帽衫嗡嗡响起来,提醒她下车,她摘掉兜帽,按铃让公共汽车停车。乔尼斜倚着餐馆外墙,看着一本平装书。当她看到罗斯玛丽时,抬起头露出一个笑容,把书塞进包里。

"我希望你没等太久。"罗斯玛丽说。

乔尼摇了摇头,"没有。我走得比想象的快,但今天天气不错,我完全不介意看会儿书。你看，嗯，我想直截了当地说，我喜欢你，但我想那天晚上我犯了个错。"

罗斯玛丽的心脏仿佛被一道闪电击中。乔尼接着说："我想，也许我们可以散个步，吃顿午餐，今晚去看看演出，但也许再慢一点儿？你没提过你会在这里待多久，我恨不得全身心投入进来。"

罗斯玛丽咬了咬嘴唇。她不想说她不知道自己还会在这座城市待多久。不知道当初她是不是被酒精、精彩的演出，或者别的什么也许不会再次出现的东西激起了胆量。她点了点头，乔尼松了一口气。

"好的，很好。那就这么定了，我很高兴。总之，我一直在思考我想给你看些什么。你想看看爵士音乐家演奏的地方吗？这个地区以前情况很糟，但目前正在恢复。当然，爵士乐俱乐部还没有恢复，或者说，除了藏起来的那些之外。"她朝一个方向比了个手势，然后又是另一个方向，"我也可以带你去皮博迪图书馆，那里非常漂亮。虽然目前不对公众开放，但我有个朋友在那里做安保工作，可以让你偷偷看一眼……"

"说真的，你想带我去看什么都行。"我也有些事情想问你，她没有说出口。

"好。我们可以边走边想。"

乔尼开始往前走。罗斯玛丽落后一步，小跑了几步跟上她的步伐。至少她已经熟悉了热浪餐馆和2020之间的这几个街区。她在想,不知深入了解一座城市或社区是什么感觉。

"很明显,这里仍然有一大堆问题,但在某些方面,这里的情况比我们小时候好多了。我们在那里长大。"她指着西南方向,"疫前时代很艰难,但我上高中的时候,有了更好的网上学校,社会阶级分化程度降低,某些方面的不平等现象趋于平衡。我妈妈要上班,所以我在一个朋友家上学。我知道,在某些圈子里,如果你说疫后时代的一切都更好会讨人嫌,有些新东西糟糕透顶,有些老问题还是和以前一样,但也有些事情确实有所改善。我不赞同只因为一些有趣的副作用就关掉所有地方,我不是很讨厌那些副作用。我敢肯定,如果他们放宽法律,允许我们再次开放俱乐部和博物馆之类的地方,我们也可以解决一些其他问题。"

"我爸妈总说,现行聚众法会使人们更安全。你觉得人们变了吗?"她在学校里了解到,疫前时代的日子令人恐惧不安,到处都是枪击、爆炸和人群传播的疾病。

"确实变了。看看周围。不管孩子们住在哪里,他们都有机会进入好学校。大家能接触到更多的工作机会和住房资源。我们正在研究联邦基本收入。某种意义上,不再那么绝望。"

"我的连帽衫仍然告诉我要避开某几条街。"

"我并不是说一切都很完美。如果你见过疫前时代,就会知道疫后时代已经好多了,至少在这里是这样。监狱系统或许出了些问题。所有有钱人都搬走了,租金降回合理水平。城市资源分配更加公平。"

乔尼带她穿过下一个街区的社区花园,谈到怎样清理城市土壤。罗斯玛丽对于园艺也有自己的观点,但她一直在琢磨,什么时候才有机会提出关于全息舞台现场的建议。她试着让谈话回到音乐上。

"你的乐队是我在这里看到的唯一一支完全由女性组成的乐队,是特意选的吗?"

"是的。全部都是女性一起演奏有一种……一种不同的内在力量。像卢斯那种全酷儿乐队也会改变这种内在。卢斯在那个地方安排演出的方式,让我们置身于主流群体中,这很好。她说这是管理那地方带来的额外好处之一。有些人认为这也是一种政治声明,但没有真正体现出来。"

"呃,我甚至不知道你说的'政治声明'是什么意思,更别说其余内容了。"

乔尼笑了,当她意识到罗斯玛丽并不是在开玩笑时停了下来,"我不知道应该觉得你天真可爱,还是应该为此感到更难过,或者应该为你不知道这些事的重要性感到开心。"

"教教我?"

"也许稍后吧。不过,你知道为什么2020如此特别吗?在卢斯那个地方,某天晚上是谁演出并不重要。关键不在于谁卖出的票最多,或者你演奏的是什么,只要你能全身心投入其中就好。这样的地方不是哪儿都有的。"

罗斯玛丽还是不太明白。她觉得这可能是在讽刺全息舞台,或者遥远的过去发生的一些事情,但她不打算刨根究底,没准会听到关于她老板的牢骚。她把话题拉回了都市农业。

她们在一家埃塞俄比亚小餐馆吃了午餐。罗斯玛丽从未吃过埃塞俄比亚菜,她让乔尼来点菜,模仿她的吃法。味道独特而爽口,又酸又辣。她们两人甚至把面包撕成小块后沾进同一堆豌豆和牛肉,她努力不要因此感到压力。她们都没提周三晚上。

乔尼滔滔不绝地聊着这座城市。她的日常工作涉及无家可归者,她把这次游览与种族史、酷儿史、社会史、政治,甚至音乐史的背景联系到一起,令罗斯玛丽应接不暇、惊叹不已。

"我不知道,"罗斯玛丽承认,"我以为城市只是一个更多人挤在一起的地方。"

"在这里再待一段时间,孩子。"乔尼说,"你还有希望。"

她们吃饭时,有个埃塞俄比亚少年站在角落里说唱,制作预录音轨。罗斯玛丽肯定一直盯着他看,因为过了一会儿,乔尼探身对她说:"音乐不是违法的,你知道。只有聚集在一起听音乐才违法。他那样做完全合法。"

这一点很容易忘记。乔尼去洗手间时,罗斯玛丽趁这个机会戴上了兜帽,看看网上有没有那个男孩的资料。她跳过使用世界无人机预订超级沃利食品的广告,但她根据那名艺术家正在演奏的歌曲查找他的名字时出现错误提示:他不在全息舞台或超级沃利的数据库里。

等乔尼回到座位上,她提到了这一点。坦承自己一无所知令她感到轻松。她可以提出很多很多问题,不必费劲假装老练。

"你知道其他平台仍在传播音乐吗?"

"我以为所有的东西都存在于那两个数据库中,不算还没上传的。我是说,我知道现场直播是选择性的,但我不明白为什么不通过超级沃利或基本款全息舞台提供音频副本?"

乔尼仍然没有嘲笑她,但她好奇地看了她一眼,"不是所有人都喜欢这个系统。"

"嗯,是吧,我父母就不喜欢,但我以为那只是站在消费者角度来说。像你这样的不可联络者。"

"不可联络是一种哲学。这不是反消费主义。我们仍然会买东西,但我们不希望我们的购物行为被追踪,我们也不认为我们需要始终保持联络,让自己处于可追踪状态。你是说,我离开餐桌时,你想找他的歌?"

罗斯玛丽点点头。

"所以现在超级沃利和全息舞台都知道你正在关注埃塞俄比亚嘻哈音乐,他们也知道你在这家餐馆里。即使你付费使用无广告服务,他们也会了解到更多关于你的个人资料,等找到机会就以某种方式把这卖给你,或者把你卖给别人。"

"这有什么不好？我宁可看到我感兴趣的广告，而不是我不喜欢的东西。"

"当然，但如果你不希望搜索导致你的信息被商品化呢？如果一家公司会为糟糕的政治候选人捐款，而你不想把钱放进他们口袋里呢？"

罗斯玛丽有点儿跟不上思路，"他们做了什么？"

"他们给希望维持现状的两党候选人送钱，那些候选人希望保留聚众法、宵禁，以及任何能让人们留在家里，并能使用他们产品的东西。"

"你是怎么知道的？"

"免费网络上就能找到，这属于公开内容，只要你知道去哪儿看。听着，你显然很喜欢他们的产品。我并不想摧毁你喜欢的东西，但你应该知道，让你一直处于恐惧状态符合他们的既得利益。你和我一起来到这里，在一个新的地方吃着新的食物，这一事实给了我希望。你没必要放弃你的连帽衫，只需睁开眼睛看看事实，你在那里购买任何东西的时候，你自己也随之被买卖。至于我，我想努力让这个世界在人们回来时变成一个更好的地方。"

"那你在哪儿购买音乐？"

"你是说除了在演出上直接跟音乐人购买？我就是那么买的，不过也有一些相关网站。如果你能破解一件连帽衫或一部手机，关掉所有权相关设置，你可以在很多非常酷的地方买东西。"乔尼把最后一块渗透肉汁的埃塞俄比亚面包撕成两半,一块递给罗斯玛丽,另一块揉成一团塞进自己嘴里。

她们下午一路步行,消化这顿吃得太饱的午餐。罗斯玛丽也试着消化乔尼说的那些话。聚众法真的那么糟糕?那些法律颁布之后,再也没有出现过炸弹或重大疫情。她在一个让人感觉很安全的环境中长大。但现在,她仍然来到了这里,所以,也许安全并不是唯一的重要事项。不管怎样,如果你没有什么想隐瞒的,为什么要介意广告追踪你的兴趣? 显然,有些问题她仍然无法理解。与此同时,乔尼带她来参观一座美术馆,在这里可以亲眼欣赏艺术作品,而不是通过机器人摄像头观看;还看了一间书店,书架底下装着轮子。

"他们这里会有演讲和讨论组,每个月几次。"乔尼假装把书架推开。

"关于什么内容?"

"经济、未来、书籍、政治、艺术……你能想到的一切。"

"我猜,你们要当面听别人讲话而不是在网上看,原因在于这些谈话无法在兜帽空间里进行? 演讲者要么是不可联络者,要么出于某种原因不上网?"

乔尼咧嘴一笑,"你开始明白了! 来吧,还有一个地方我想让你看看。"

他们走向东北方向。罗斯玛丽仍然时不时转头欣赏风景:小小的民族杂货店、咖啡店、餐馆、发廊,每一家的规模都小到足以避开聚众法。

他们拐进一条居民街。走过几栋房子,乔尼打开一扇金属门的门闩,让罗斯玛丽进入一个院子,这里长满了青草,还有更多的番红花。角落里站着一个人——不,其实是个涂成金色的人体模特,在一棵死掉的小树下面向她招手,那棵树从树根到树冠都镶满了蓝色玻璃。另一具人体模型坐在一个带脚浴缸里,土壤一直埋到它的脖子,罗斯玛丽猜测再过一两个月那里会开满鲜花。到时候她会在哪儿呢?

"我有个室友是位艺术家。"乔尼说。

她们走进一个小门厅,墙上有一圈人体模特的手,用作衣服挂钩。罗斯玛丽把连帽衫的兜帽拉到头上,想看看主人希望这个地方呈现出怎样的外观。

"这里没有室内装饰,罗斯玛丽。这里所有的艺术都是真实存在的。"

她成年后一直希望自己能有件合适的连帽衫,可以跟上这个世界的潮流,现在她终于有了一件,然而和她在一起的人持有另一种完全不同的理念。

她们穿过一间餐厅,墙上贴满了褪色的小便签,用多种颜色的记号笔写下各种文字——这也是艺术,罗斯玛丽猜想——她们走进一间小厨房。

"嘿,哈维,再加一个人还够吗?"乔尼问。

厨房里那个男人大概就是哈维,他正在一个大锅里搅拌,"没问题! 多着呢,只要她喜欢炖扁豆。"

"太好了。罗斯玛丽,这是哈维。今晚轮到他做饭,你很幸运。他是我们这里最擅长做饭的。"

"很高兴见到你。"罗斯玛丽心里琢磨着她以前有没有吃过陌生人做的菜。当然,不包括餐馆,那不一样。所有的东西看起来都很干净。

哈维搅拌调味品,乔尼把碗从橱柜里拿出来,她站在一边免得碍手碍脚。冰箱上的布告牌列着家务分配表和膳食表。

哈维宣布炖菜做好了,另外两个人恰在此时露面,乔尼把罗斯玛丽介绍给莱克莎和克洛希尔德。克洛希尔德就是那位艺术家,莱克莎是这座房子的房主。罗斯玛丽像他们一样直接从炖锅里盛了一碗菜。她午餐吃得很饱,但这个闻起来很香。她不打算细想自己是第四个碰勺子的人。

他们一起坐在餐厅的饭桌旁吃饭,聊着这一天过得怎么样。克洛希尔德取笑哈维说现在不是做炖菜的季节,哈维则反驳没有哪个季节不适合炖菜。莱克莎是一位比较年长的跨性别女性,在一家诊所担任管理人员,正在庆祝她工作的地方拿到一笔新的拨款。乔尼历数出她带罗斯玛丽去的所有地方,他们讨论了一下她的选择,又补充了更多可以去观光的地方。

"我喜欢在哈维做饭的时候负责洗碗,"乔尼说,她在饭后把碗摞起来,"他做饭都是煮一锅,而且会一边做饭一边弄干净。不像这里的某些人。"

克洛希尔德笑了,"你在说你自己? 每次轮到你做饭,厨房看起来就像被龙卷风袭击过一样。"

"我能帮忙吗?"罗斯玛丽拿着自己的碗。

乔尼从她手里抢了过来,"不用。有机器。"

罗斯玛丽还是跟着她走进厨房,她虽然受到热烈欢迎,但仍然有几分不自在。"这就是你带我来这里的原因吗? 让我看看你和这样一群人住在一起,对待彼此就像家人一样?"

"不是,不过这样听起来很甜蜜,你会对这些事感到惊讶,我觉得很遗憾。如果你想帮忙,你可以拿个干净的碗再盛出来一份。"

罗斯玛丽按她说的做了,同时乔尼把碗碟放进洗碗机里,然后把剩菜倒进一个大玻璃罐里。

"跟我来,"乔尼说,"我等会儿再洗碗。"

她跟在后面,穿过一股炖菜味的餐厅,走上一股炖菜味的楼梯。楼上的走廊很窄,天花板低矮。乔尼敲了敲右边第二扇门。

她们走进里面,关上门。这一次,罗斯玛丽克制住了寻找室内装饰的冲动,接受这里的真实外观。房间很小,但很舒适,亮着一盏台灯。里面比外面要热,也许是因为那些电子设备:所有的平面都放满了看起来像是科学实验设备的东西。带有刻度盘的盒子用电线连接到另一些盒子上,几台音箱,一副小键盘。风扇在其他机器发出的噪声中嗡嗡作响。

一个穿着背心短裤的女人坐在写字椅上,盘着腿,埋头看着一块电路板。她把椅子转过来跟她们打招呼。

"罗斯玛丽,这是卡佳。卡佳,这是罗斯玛丽。"乔尼把那碗炖菜放在电子设备旁边的桌子上。

卡佳挥了挥手打招呼,然后向乔尼挑起一边眉毛。

"罗斯玛丽,我想把你介绍给卡佳,让你看看这里制作出的很棒的音乐,但它们无法很好地转换成通用的格式。卡佳,你介意我用你当例子吗?"

卡佳耸耸肩,"我不介意有个演奏的机会。贝斯在柜子里。"

乔尼从一个大衣柜里翻出一把电贝斯,插在音箱上,然后在床上坐下,"什么调?"

"我觉得是D小调。"卡佳把她的连帽衫拉到头上——乔尼曾经说过,并非她所有的朋友都是不可联络者——卡佳花了一分钟时间摆弄那些电线和盒子。另一台音箱发出一段计算机处理过的节拍。罗斯玛丽坐在床上与乔尼相对的另一边,唯一一处没放东西的地方。

乔尼开始弹奏一段简单的贝斯重复段,完全不同于她用大提琴发出的激烈声音,但仍然带着罗斯玛丽感觉非常迷人的那种强烈的意识。然后另一种乐器开始演奏,一种她不认识的乐器,像是弓弦乐器与铜管乐器的结合体。罗斯玛丽转过身,想起来她这次是要听卡佳的演奏,而不是乔尼。她本以为会看到卡佳演奏一种乐器,但她手里空空如也。声音来自桌子上的一台小型音箱。

音高变了,罗斯玛丽更仔细地观察,想搞明白自己看漏了什么。卡佳按压自己的手腕和……是那个吗?没错。她用一只手在另一条胳臂上来回移动,引出音符,改变音高和速度。这一切与乔尼的贝斯融为一体。她拍打自己的肩膀、前臂、大腿。她用整个身体制造音乐。她碰到的每个地方都会发出声音。罗斯玛丽在寻找有没有什么东西类似于库尔特·泽尔的键盘文身。

卡佳伸出右臂,罗斯玛丽意识到这是个邀请。想到要如此亲密地触碰一个陌生人,她一时有些抗拒,但乔尼小声说:"去吧,没事的。"同时没有漏弹一个音符。于是罗斯玛丽暂时忘掉自己的恐惧,伸出手。

她用一只手指抚摸卡佳的前臂。卡佳颤抖了一下,音箱发出一波音符,声音微乎其微,但全都在调上。"请使劲点儿,这样很痒。"

三个手指,向下按。一个和弦,音色鲜明,在她抬起手的那一瞬消失。卡佳笑了笑,在椅子上向后滑回去,表示她不再需要罗斯玛丽的触碰。她又演奏了几分钟,然后向乔尼点点头,她又把重复段演奏了两遍,然后停下来。节拍继续,但两个女人都满怀期待地看向罗斯玛丽。

"哇,"她说,"你是怎么做到的?"

"我在皮肤下面植入了触发器。处理器把触发效果转换成音调，然后输出到音箱。"卡佳俯身按了一个按钮，切断节拍。

"就像库尔泽那家伙？"

"不是'就像库尔泽那家伙'。那个混蛋偷了我的创意。"

乔尼拨了下贝斯的弦，发出粗拙的声音，"但如果不是他偷了你的创意，你就不会想出一个更好的创意。"

"这比他那个小键盘酷多了。"罗斯玛丽说，希望弥补一下她提到那个人带来的伤害。

"当然。"卡佳又把手放在前臂上移动，但没再发出声音，"不然他也不会被踢出这座房子，你也不会搬进来，所以我觉得这是个共赢的结果。"

"现在给她看看视频。"乔尼说。

卡佳把她的连帽衫拉到头上，罗斯玛丽领会了这个暗示，自己也戴上了。卡佳发来一段视频。

"你在看吗？"乔尼问道。

"给她点儿时间。"

视频时长一分钟。它是在 2020 由第三方连帽衫拍摄的，她隔了几米距离看着卡佳。罗斯玛丽看到戴着兜帽的卡佳进入人群中，让他们像罗斯玛丽那样用她演奏。他们彬彬有礼，但不像她刚才那样害羞。看视频的感觉也很亲密，眼前的场景就像在现实生活中一样，但是看着别人在视频中接触，感觉也有点儿窥人隐私。她关掉了视频。

"太棒了,我明白你们为什么要给我看这个了。有些东西视频无法捕捉,但SHL……"

"SHL会对它进行编程,让一些虚拟形象碰触我的虚拟形象,这样完全没有意义。"

罗斯玛丽闭上眼,想象了一下代码,然后试着想象卡佳在绽放酒吧的样子。她想象一个虚拟形象对另一个虚拟形象伸出手,幻象破灭。她们是对的:并不是一切都可以转换为SHL体验。她早就明白这一点,她专为兜帽空间选择的那几支乐队其实有点儿敷衍,但那些决定都不基于这样的表演。你必须亲自来到房间里,才能体验到这种触觉联系。她明白了:有时候表演就是音乐,反之亦然,二者无法分割。

第23章 罗斯玛丽 等一下,等一下

她们默默走回2020。罗斯玛丽有太多话想说,但没开口。

来到门口时,她鼓起勇气说:"我今天过得很开心。谢谢你带我四处游览。"

乔尼笑了,"如果你愿意改天再来一次,我可以带你去看更多地方。"

"那太好了。"

那天晚上第一支乐队由六个十几岁的青少年组成,性别各不相同,用玩具乐器演奏嘻哈音乐:塑料架子鼓、塑料尤克里里、很小的木琴,等等。他们用这些开玩笑一样的乐器演奏出动人的音乐,尤克里里演奏者是个天才说唱歌手。他们都穿着超级沃利的仓库制服——有点儿讽刺,罗斯玛丽心想,如果制服中的科技功能仍处于激活状态,他们会被解雇的——第一首歌是对超级沃利客户服务做

的滑稽解析。如果其中有个人是质量控制部的杰里米会怎样？这个念头令罗斯玛丽笑出了声。她不认为SHL能容忍对超级沃利的嘲笑，但她还是在心里记下来，准备搜索一下他们的名字，作为观察对象之一。反正她已经摸清SHL的工作方式了，发现新的乐队，再提交会很简单。

几首歌之后，她看到乔尼在和一个她不认识的人聊天，一个剃着光头的矮胖黑人，她走了过去。

"罗斯玛丽，这是马克·格拉伊尔。卢斯为这里带来音乐之后，他一直是这里的常客。卢斯墙上的大部分照片都是他拍的。马克，这是罗斯玛丽。她是从外地来的。我正说到有段时间没见过马克了。"乔尼说。

"我正说到这里的舞台有点儿看腻了。我在同样的房间里看过太多次同样的乐队了。"

"所以你去别的地方了？"罗斯玛丽问。

"在爵士乐酒吧里消遣了一阵子，还找到一个不错的每月家庭音乐会。"

"那怎么又回来了？"

"因为他想我。"乔尼开玩笑说。

马克挥手把她赶开，"下一支乐队里有我朋友，德克斯。这是他们第一次来这里演出。"

"我一直想问，"罗斯玛丽说，"你们怎么知道某天晚上是谁演出？我一直在努力想搞清楚。"

"楼上，冰箱上有本日历。"

"日历？"

"纸质的。像主街一样古老，但很有用。"

"好的，但如果马克不到这里来看冰箱，他怎么知道朋友的乐队会演出？"

马克笑了，"我想大概是这样，'嗨，马克，我的乐队第一场演出在星期六晚上。请来看看。'"

"不知道什么时候我才不会再问些蠢问题。"

"不蠢，"乔尼说，"有点儿傻乎乎的，但算不上蠢。因为没有连帽衫并不意味着我们不交流。"

"不是我们所有人都不可联络。"马克对他的连帽衫做了个手势，"只是当我冒险进入现实世界时，我会选择把它放下。我想就跟你一样。"

一阵警报声响起，罗斯玛丽看了一眼舞台，想知道那支青少年乐队正在演奏什么。另外几个人也朝那个方向看去。他们还在演奏那些玩具乐器。

"肯定是外面路过的。"乔尼说。

又是一阵警报声。然后再一阵。舞台后面用来遮住窗户的纸上有一条裂缝，透进来一小段红光和蓝光。

"我去外面看看。马克，安全起见，不如你去开后门？"乔尼走上楼梯。

"这里有后门?"罗斯玛丽问道。

"在门廊底下,用于乐队装卸,也让一些没法爬楼梯的人使用。"马克指了指他正走过去的方向,"也是安全起见。卢斯在这里待了很久,肯定会考虑那方面。以防火灾时被困在里面。"

罗斯玛丽跟着他走了几步,然后停下来,不确定自己接下来要做什么。

乔尼回来了。罗斯玛丽朝她走了一步,但乔尼从她旁边走过去,完全无视了她。她走上舞台,打断演奏到一半的乐队,"嗨,各位,蓝色警报。没有危险,但我希望你们所有人从厨房门或后门安静离开。蓝色警报。"

她伸手在脖子上划了一道,音响师切断麦克风。一时间,所有人一动不动。随后,一个中年白人从舞台上挤过去,冲上楼梯。人群紧随其后,如潮水一般向两扇门涌去,从罗斯玛丽周围绕过去,推搡着她。她的胃直往下坠,她发现自己仿佛被钉在原地动弹不得。不是火灾。这里有火警警报器,但没有响。如果是因为有人受伤,他们不会撤离,他们会让所有人留在原地。如果火警和救护车都可以排除,那就只剩下警察了。无论是哪种情况,如果乔尼说要离开,她就应该离开。如果她的脚还能动的话。

一阵响亮但低沉的声音从天花板上传来。

"回去!"楼梯上有人说,"他们从前门进来了。"潮水倒转。罗斯玛丽被挤得靠在周边商品桌上。

"别推了。"有人说，但没人理他。她挤进第一天晚上待过的那间凹室，希望能在自己和其他人之间隔出一点儿空间。人群向门口挤去。她反而向后靠去，藏进凹室更深处。无论让所有人争相逃离的究竟是什么，总不可能比被践踏或压扁更糟糕。她等待着，倾听楼上的叫喊声。

最后一批听众陆续离开。她头顶的楼梯响起更多脚步声。一小块石膏脱落。

"下面有人吗?"有人问。

"情况如何?"她听到有人通过对讲机说。

"他们都从后门出去了。地下室空了。你们抓住人了吗?"

"抓住了几个。"

"够数吗?"

"也许吧。找到什么东西了吗?"

"找到一些音响设备。这里肯定是个俱乐部。我拍几张照片就上去。"

罗斯玛丽留在原地一动不动。她希望乔尼逃出去了，还有卢斯，她之前肯定在房子里某个地方。她甚至为爱丽丝感到担心。她想象着那一幕:爱丽丝坐在客厅里，告诉警察她一个人在家。爱丽丝单枪匹马应对一整队警察。罗斯玛丽心想，是不是有个警察扮成了观众的模样，爱丽丝有没有在他们进门之前嗅出警察的味道?

她不知道时间过去了多久。十分钟,一小时。永恒。红色和蓝色的光带映在舞台墙壁上,后来终于消失。远处的声音透过令人不安的静默飘到楼下,最终也都归于沉寂。她从未想过,她会有怀念人群的一天。

在某个时间,在永恒的第一百万分钟,门铰链的声音吱吱响起,然后是门锁转动的声音。过了一会儿,卢斯出现在房间里,拔掉标记舞台那几盏灯的插头。

"他们走了吗?"罗斯玛丽问。

卢斯扔下电线,猛地转身,"我的天,罗斯玛丽!你差点儿吓得我心脏病发作。所有人都走了。"

"我担心你会被捕。"罗斯玛丽从凹室里走出来,左右转动脑袋,让她的脖子放松一下。

"没有被捕,但是被传讯了。这里关门大吉。"

"永久性关闭?"

"很可能。我在自己的房子里这么做真是太蠢了。要是租个地方或者偷偷占个地方就好了,这样当他们传唤你时,你就可以搬到另一个地方去。而我,这是我拥有的全部。现在,如果他们认定我参与其中,就可以查封这里,当然,我确实参与了;如果他们觉得这是阻止我再这么做的最佳方法,这也确实是最佳方法。"

罗斯玛丽找不到词语来描述这种可能性有多糟,而且她来这里的时间还不长。完蛋的不是一家店面,而是一个群体。她无论说什么都不太合适,"混蛋。"

"混蛋。"卢斯表示同意,"你想喝一杯吗?我需要喝一杯。"

"当然,但我们不该做点儿什么吗?打电话给律师?确保大家都没事?"

"你真好。据我所知,他们只逮捕了两个蠢货,因为他们带了硬毒品挣扎逃跑。还有几个人因为聚众被传唤,但那只是轻罪,我应该有足够的钱替他们支付罚款。你有没有看到是谁让大家及时离开的?"

"乔尼。是她让那个叫马克的人打开后门的。她不会有麻烦的,对吗?"

"我想不会。我没看到她的影子。来吧。"

罗斯玛丽跟着卢斯来到二楼公寓。

"我给你拿点儿什么?我要给自己拿威士忌。"

她以前从没喝过那个,"威士忌就好。"

卢斯打开客厅里一个陈列柜,把酒倒进两个琥珀酒杯,直接干了一杯,又倒满。她把另一杯递给罗斯玛丽,自己的放在咖啡桌上,脸朝下扑倒在沙发上。罗斯玛丽选了上次坐的那把椅子。她抿了一口酒,瑟缩了一下。那种火辣辣的感觉令人眼泪上涌,但余韵却让她不可思议地冷静下来。

"我不明白,"过了一会儿,卢斯说,她的眼睛仍然闭着,"我不明白的是,为什么他们专门选了今天晚上突击搜查。那支乐队几乎是这段时间最安静的,不可能有人投诉。"

这不是一个问题,所以罗斯玛丽啜了一口酒,保持沉默。

"还没到月底,没到他们到处抓人的时间,所以我觉得也不是为了完成指标。如果是有人想要钱,也没要挟我们。"

"你以前有没有贿赂过什么人?"

"没有。我费了很大的劲,确保我们不会打扰到任何人。隔音;演出不会拖到太晚的时间;两边的空房子也都是我的,只有在这里演奏的乐队成员会睡在里面。不该知道的人都不知道我们的存在。据我所知,没有人打架,即使有,他们也只会把怒气发泄在对方身上,不会影响演出场地。这纯粹是往大家饭碗里拉屎。不好意思——我说了什么不合适的吗?"

"不——我,呃,这个晚上乱七八糟的。"罗斯玛丽胃里翻江倒海,她不想把她那可怕的想法用语言表达出来,"介意我用一下你的洗手间吗?"

卢斯朝走廊挥了下酒杯。

在洗手间里,罗斯玛丽把连帽衫拉到头上,呼叫了招募者管理部门。

"嗨,罗斯玛丽,怎么了?"同一个通用虚拟形象载入,虽然她不知道是不是同一个人在控制它。"蚊子那些家伙联系过我们了,库尔特·泽尔也是。干得好。"

"我招募艺术家的演出场地今晚被警方突击搜查。事情发生的时候我就在里面。这件事和我们没关系,对吧?"

他那完美面孔上的眉毛一皱,"让我查一下。"

有那么一会儿,他的虚拟形象呆呆站在那里,眼睛一眨不眨,身体一动不动,只有假的微风吹过他假的头发。"我想这是个误会,"他回来时说道,"那本来应该发生在下周六。"

"你说'本来应该发生'是什么意思? 应该发生什么?"

"本来应该明天告诉你是否签下我们讨论过的四个表演者。本来应该在建立合同关系后再突击搜查他们——有人输错了日期。"

"我不懂。"

"我们应该向你道歉。你没有被捕吧? 需要我帮你转接法务部门吗?"

她产生了一种难以承受的挫败感,"不,我没有被捕,但我认识的一些人可能被捕了,整个地方很可能会永久性关闭。你能给我解释一下发生了什么吗? 一字一句地?"

卢斯在走廊另一头喊道:"你没事吧?"

"我很好!"罗斯玛丽没有拉下兜帽就喊着回答,音量令管理人员缩了一下。然后她又对着虚拟形象说:"解释一下。拜托。"

"标准流程。招募者进入,发现新的演艺人才,招募人才。一旦所有人都加入——"

"你们就把这地方关掉,这样他们就无法和你们竞争了,观众只能被迫到SHL上去看他们最喜欢的乐队,而不能亲自到场欣赏音乐,因为你们已经删掉了这个选项。"

"是'我们',罗斯玛丽。你为我们这边工作。"

"我们。"哦,天啊,"那现在处于我这个位置的人该怎么做呢?满心厌恶地辞职? 这就是为什么会有职位空缺,你们的招募者属于消耗品?"

"有些人会辞职。有些人会意识到他们的愤怒是暂时性的,但辞职是永久性的,他们会继续全力以赴地工作。你没有做错什么。你发现了一些伟大的表演者——"

"乐队,"罗斯玛丽说,"不是表演。"

管理人员继续说下去,仿佛她没有打断他的话,"你把他们介绍给我们。他们在这里要强得多。想想看。他们能接触到所有的粉丝。他们之前一直在同一座城市里为同一群人演奏,那等于原地踏步。请告诉我们,在警察来之前,你有没有和卢斯·坎农谈过?"

"事实上,我没有。我本来打算今晚和她谈。"

"见鬼。她被捕了吗? 你还能再找到她吗? 我也可以为她争取法律援助,如果你认为那样做有用的话。"

你自己去找她吧,她本想这样说,但出口的却是:"我知道她在哪儿。"

他看起来如释重负。她觉得这是她第一次从他那里感受到真情实感。"谢谢。我们知道你第一次听到这种事会感到不安,但这套方法很不错,我们保证。"

"真的吗？这种'不错的方法'有没有考虑到你们关闭的场地是卢斯名下的财产？这能帮我说服她和我们打交道？"

"啊。呃。"他看起来有点儿狼狈。他的虚拟形象又一次暂时进入发呆状态，回来时神色有些懊悔，"你给我们的信息中包含了这些内容吗？"

"没有，因为我不知道这也属于相关信息。你们把我派到这里来，也没给我完整信息。"

"第一次出差这样做的效果最好。否则招募者会紧张，然后不由自主地露馅。"

"真是一团糟。如果人们蜂拥而出时有人受伤怎么办？如果我受了伤怎么办？"

他耸耸肩，"这样做效果挺好。据我们所知，目前为止还没有人受伤。不管怎样，也许现在她不会被束缚在自己的场地上。告诉她，我们希望她能加入。跟她说说好的方面。"

罗斯玛丽双手抱头，"我不觉得她会像你想的那样感兴趣，但我会试试的。"

"谢谢你的团队合作精神。"

她没再开口，摘掉了兜帽。

浴室里的罗斯玛丽感觉天旋地转。她希望自己刚才能告诉他，她要洗手不干，她不想再参与这种事。至少不想再把人们置于危险之中，不想再让演出场地关闭。她权衡了一下漂亮的酒店房间，几周的膳食费用。如果她一项工作任务都没完成就离开,这些账单会使她一辈子负债累累。她不能直接走掉。不管怎样,帮音乐人与SHL建立联系还算是件好事。也许吧。让他们拥有大量观众。让他们能够靠音乐谋生。这些都是好的方面。

她镇定下来,回到客厅,卢斯仍然躺在沙发上,脑袋上盖了个枕头。她又坐了下来,把杯里的酒一口喝光。没别的办法了。

"卢斯,我有些事要告诉你。"

枕头掉到一边,卢斯抬起头来。她看起来筋疲力尽,而且不是演出后那种心满意足的筋疲力尽。她语气轻松,但声音很疲惫,"你其实是个警察,你一直在这里卧底,现在你要逮捕我了。"

"不是的。"

"很好。我觉得我承受不了那个。"

这事并不容易。"还不到深夜。我能问你一个严肃的问题吗?"

卢斯支起身体,回到坐姿,"来吧。"

"在这一切发生之前,我本来想问你的。"

"行……"

"有一天晚上,你说如果《选择》能得到《血与钻》的一半关注,你觉得自己可以真正发挥一些作用。你是认真的吗?"

"是的,当然。那是我写过的最好的一首歌。"

"你想让新的观众欣赏你的音乐吗? 一大群观众?"

"当然。为什么这么问?"

罗斯玛丽深吸一口气，"如果我帮你实现呢？"

"你是什么，一只精灵？一个隐藏摄像头节目的主持人？"

"不是精灵，我不知道第二个是什么。如果我，嗯，我能帮你联系全息舞台现场，怎么样？我想告诉你，他们对你和你的新作品很感兴趣。"

卢斯站起来，又给自己倒了一杯酒，但没有再给罗斯玛丽倒。"这两点都是他们说的吗？我和我的新作品？"

"他们很高兴得知你最近发布的东西尚未广泛传播，这样他们可以加入现场直播内容重新发布，还有，啊，'一个重新发现特别节目'。"

"'重新发现特别节目'。你知道那是什么意思吗？"

"他们想把你介绍给新一代听众？"

"他们想把我包装成一种怀旧表演。他们想让我演奏和当年一样的音乐。你听过我的音乐，听起来一样吗？"

"不一样，"罗斯玛丽承认，"甚至不是同一种风格。"

"我以前写过一首不错的民谣歌曲，接下来的事情就是我跑遍全国各地的剧院演出，然而只有当我永远留在他们的小盒子里，那家公司才知道怎样推销我。现在全息舞台现场想要我，但前提是我得再回到那个小盒子里？"

"他们没这么说。他们得知你还在演出，感到非常兴奋。我相信你可以提出条件。"

"提出什么条件?"

"你想要什么都行,金钱、艺术自由。你可以辞掉日常工作,再次成为全职音乐人。有很多人想听你的音乐。"

"在他们小小的兜帽世界里,还有他们的客厅里。"

罗斯玛丽咬了咬嘴唇,"你日复一日、夜复一夜为同一群人演奏。你一直在为你眼中已经死去的音乐守夜。"

"你真的认为这就是我们所做的事情吗?"在卢斯的声音中,疲倦消失了,取而代之的是一些尖锐的东西。怀疑、失望、坚定。"我不觉得你会那么想,我也不认为我们是那样的。与巡回演出相比,每周为同一群人演奏是另一种不同的挑战。我必须让这里的每一个晚上都能吸引听众。这会督促我一直继续写歌。"

"你的歌曲应该拥有更多听众。如果我没有来到这里,我对你的印象仍然是《血与钻》,而不是你这些很棒的新作品。如果我没有来到这里,我不会再听到你的作品。"

"那你为什么来? 你说你来这里是为了了解音乐。你的意思是为全息舞台,而不是为你自己。"这不是一个问题。

"两方面都有。如果不是为了这份工作,我永远不可能离开家乡。我想去别的地方。我想听以前没听过的音乐,我想看以前没见过的东西。"

"哈。他们派你巡回搜索。"她的笑声中没有幽默的意味,"他们知道我一直在这里吗? 你是怎么找到我这个地方的?"

"阿兰·兰德尔告诉我到这里来。"

"那家伙。"

"他说这里会出现最棒的音乐。他是对的。"

"你觉得你能说服我离开我在这里拥有的一切？还是说，今晚的突击搜查也是你安排的，为了迫使我做出决定？"

"我对这次突击搜查一无所知，"罗斯玛丽说，希望自己听起来诚实可信，"我发誓。阿兰没有提到你，只提到了2020。由我来决定推荐哪些乐队。"

"等等——如果我同意签字，但前提是'哈丽特'不搞怀旧那一套，你提出的条件还算数吗？"

"'我的'算数，"罗斯玛丽说，"我跟他们谈到你是因为你做的音乐很棒，不是因为你的名字。"

"但你第一天晚上就认出了我。这一点会影响你的看法吗？"

"能听你演出令我激动不已，但如果你令人失望，我不会跟他们提到你。"

"令人安慰。你对这里其他乐队也提出了同样的条件，还是只有我？"

"你，漂亮蚊子，还有库尔泽。他们都安排了现场试音。我本来也想推荐乔尼的乐队，但一直没机会。"

"所以即使我们今晚没有被警方搜查，你也会带走我的乐队。"

"你的一部分乐队，前提是他们愿意。我有种感觉，乔尼对这个不感兴趣。"

"我想你是对的。好,下一步是什么?"

"下一步?"

"由你来告诉他们我有兴趣,还是由我来戴上你那个兜帽的玩意儿,或者他们会派律师来我家门口?"

"你有兴趣? 真的吗? 如果你愿意,我现在就可以联系他们。"

"今晚不行。上帝啊,我得先睡一会儿,明天再回来,我们研究一下。现在你该回家了。"

罗斯玛丽让卢斯陪她走出公寓,来到前门外。"明天见,"她说,"很遗憾这个地方要关门了。"

"我也是,罗斯玛丽·劳斯。我也是。"

第24章　罗斯玛丽　离开

醉醺醺地走回酒店并不明智，但罗斯玛丽发现公共汽车的末班车时间已经过了，她又不想等单舱出租车。她一边在楼下等电梯，一边纠结是现在就发送信息汇报卢斯的情况，还是让管理人员再对他们所做的事情后悔一阵子，就在这时，有人伸手碰了下她的背。她跳了起来。

"不错的地方。"乔尼说。她双手叉腰，夸张地打量着前厅，"这就是你朋友住的地方？"

"你吓到我了。"

"很好。"

"你为什么生气？"

"因为警察离开后，我打电话给我认识的一个警察，她说今晚的突击搜查是因为有人从外地打电话告密。你是最近唯一一个外地人。我回去看看卢斯的情况,刚好看到你走出来,我也就跟着你走过几个街区,但你一直不停往前,所以我也一直尾随,果然,我们来到了这家酒店,这就是你朋友住的地方?"

"我能解释一下吗?"

"请吧。"

"你愿意到楼上去吗? 这样就不会有人因为你提高嗓门叫来安保人员。"

乔尼耸耸肩,没有开口。罗斯玛丽趁此机会取消了她叫的单人电梯,再次叫来双人电梯,又按了一下拇指确认。

前一天她终于搞明白怎么操纵窗帘,于是一直让窗帘开着。进入房间后,乔尼径直走向窗户,"我从小到大都没从这个角度看过这座城市。很漂亮。"

"是的。我每晚都盯着外面看。"

有一分钟时间,两人都没有说话,然后乔尼打破了沉默,"那么,解释一下?"

"不是我叫警察突击搜查的。我发誓我完全不知道他们会那样做。我从未告诉过他们2020在哪儿——甚至没告诉过他们这个名字!"她绞尽脑汁思考自己有没有说过任何可能暴露卢斯和这家俱乐部的话,"我为SHL工作,但我的工作是招募新的演艺人才。"

"你做得怎么样?"

"我不知道。这是我第一项任务。"

"你成功了吗？你有没有带回几个战利品挂在你的奖杯墙上？"

撒谎没有意义。"库尔泽、漂亮蚊子、卢斯。我本来也想问问你的，但我一直问不出口。"

"是吗？"

"你的乐队棒极了。SHL没有任何人能做出你所做的东西。"

"好吧，谢谢。卢斯真的答应了吗？"

"她说她会和他们谈谈。"

"她是在突击搜查之前还是之后说的？"

"之后说的。乔尼，我真的不知道，完全不知道他们会让那个地方关停。"

"嗯。所以你把我们所有的事情都告诉了他们，但你没有提过俱乐部？"

"我没有。他们知道我在这里找到了一个地方，但我发送给他们的只有乐队名称和视频——"哦，"视频。我把库尔泽的视频片段发送给他们，但我没有把地点擦掉。我忘了这个元数据。"她在床上坐下，双手捂脸，"真不敢相信我做了这种事。但我想他们不管怎样都能找到办法的。无论我有没有做出蠢事。他们会跟踪我的连帽衫或者询问乐队，诸如此类。我在今晚之前对此一无所知，但我想他们在所有地方都是这样做的。"罗斯玛丽没眨眼。她不想看乔尼，"那么，你有兴趣吗？成为我奖杯墙上的战利品？"

"成为一个全息舞台音乐人？不了，谢谢。不敢相信你还问得出这个问题。"

"你完全不打算考虑一下吗？全职做音乐,拿到报酬,让数百万人听到你的歌曲?"

"我们认识那天晚上我就告诉过你,他们不会要我的,他们想把我变成我不感兴趣的模样。"

"不试试怎么知道。"

"不,我知道。我宁愿在我的客厅里为六个人演奏,也不想成为这种公司的摇钱树。这些公司会故意关闭我们的演出场地,或者告诉我们,要努力提高我们的性吸引力。他们不理解,音乐不仅仅是我们演奏的音符,也包含场地、乐队和人群。我对伪造这些东西不感兴趣。"

"但那个场地已经消失了。"那是罗斯玛丽的错,即使警察不是她叫的。"也许我可以说服他们,让他们告诉警察搞错了。他们去了错误的地点突击搜查。我可以帮卢斯摆脱麻烦。"

"你没法补救,罗斯玛丽。你毁掉了这里,而你无法弥补。你已经造成了足够的伤害。那个场地消失了,但还有其他地方。或者说以后会有其他地方。也许我会开办一个地方,不过即使我做到了,我也不会邀请你了。"乔尼眼中含泪,但她眨着眼睛把泪水憋了回去,"现在你打算做什么?你已经招到乐队了。接下来呢?"

"我还没想过接下来会发生什么。我想他们会给我的表现打分,然后把我派到别的地方去。"

"挖走更多的乐队,毁掉更多的演出场地? 迫使他们在地下藏得更深,直到根本没人能找到他们,所有人都只能付钱给全息舞台现场?"

"我不想再回到超级沃利去。我还能做些什么? 我以为我很擅长选择乐队——没错,我理解你们并不是所有人都希望被选中——但我没想过搞垮这个地方。这根本不是我预想的发展方向。"她停顿了一下,"很抱歉,乔尼。我对一切都很抱歉。"

"你确实应该感到抱歉。现在你无论做什么都无法弥补。记住这一点。"

两人沉默了一会儿,最后乔尼摇摇头,一言不发地走了。如果罗斯玛丽知道怎么说能让情况变好一点儿,她肯定会开口的。她走到窗前。窗口背对着日出的方向,但街对面那栋建筑把阳光斜斜反射回来,玻璃变成金橙色。地面上的乔尼只有蚂蚁大小。一个愤怒的、蚂蚁大小的女人。罗斯玛丽看着她一路走过街头,直到从视野中消失。

第三部

第25章 卢斯 你准备好了吗?

任何音符可以融入任何和弦,任何和弦可以纳入任何音符。这是我在一本关于爵士乐的书上读到的内容。这不太符合尼尔·杨的独奏理论。在他的理论中存在所谓错误的音符,如果你奏出这样的音符就会让人感到不协调、不和谐。它是歌曲中的一块小石头、一根刺、卡在牙缝里的什么东西。没错,现场演唱的歌曲也有牙齿,牙齿是一些混乱的东西,撕裂、拉扯,对着这个世界尽情抒发。现场演唱的歌曲中会有错位的音符,以它们的错误吸引人们的注意力。乱套的和弦,进入太快的副歌,忘掉的歌词。我喜欢那些时刻。

也有些时候,一切都很顺利。你在哪儿,或者房间里有多少人都不重要。群星闪耀,乐队就位,观众能理解你想传达的东西,你已经把肉体和那些糟糕的日子置之度外了。这首歌就是你,你超越了自己。

如果我只能用歌曲（或者描述歌曲的文字）来表达自己，请把这些音符视为悼词，缅怀我失去或抛弃的那些人和地方：我的家人，我长大成人的整个社区，那个地方会照料所有人，却没有我的容身之处；阿普丽尔，她的朋友们从未举办追悼仪式；巴尔的摩的地下室，我在那里重建自我，重新定义了一个群体，让我能真正感觉自己融入其中。现在它们全都消失了。它们在我的表面之下文火慢炖、逐渐沸腾，变成流血的手指在破旧的吉他上弹出的和弦。

罗斯玛丽在警方突击搜查的第二天回来找我，我没开门。

我在二楼窗帘后面看着她，等着她使劲砸门，试图引起注意，然后再一次绕到后门去。但她没有这样做。她敲了敲门，等了一会儿，然后更用力地又敲了三下。有一次她抬起头来，我能看懂她脸上的表情，即使我以前没有在她脸上见过这种表情。她看上去满怀希望。

有那么一会儿，就一会儿，我恨她。是什么给了她抱有希望的权利？她如此漫不经心、如此毫不费力地毁掉了我创造的一切。她不是故意的，我知道——她以为她是在帮我们。那是我的错，我以为我在她身上看到了自己：希望能对周围环境施加某种影响，不会被别人出于好心为她制订的人生计划束缚，找到她自己选择的群体。我不太确定其中有多少是她的，有多少是我套在她身上的。

我这辈子恨的人不多，即使在逃离家乡时，驱使我的也不是恨意，而是恐惧——如果留在那里，我害怕我永远无法做自己。那之后他们拒绝跟我交流是他们的问题。痛苦,而不是憎恨。

憎恨要留给头版新闻上那些邪恶的东西。摘要:瘟疫、炸弹客、炸弹、持枪歹徒、枪支、他们引起的混乱、以自由和安全的名义对人们施加限制的政客,或者那些没有阻止他们的人,或者那些确信这一切只是暂时的人。我会憎恨全息舞台和其他公司,以方便的名义把限制卖给人们。我一直怀疑他们对社区产生的影响,但现在我已经知道他们是怎么运作的,也可以省去一些厌恶。

罗斯玛丽最后一次敲门时,她脸上的表情变了。她看起来不再满怀希望,而是迷茫、不知所措。我想:也许她抱有希望是对的。我们之间曾经存在连接。她真心诚意、慷慨大方地向我提出那些条件。她能认识到自己都做了什么,仍然希望做出一些弥补。我藏起来,不想给她那个机会。即使看着这一切,我仍然无法斥责她。我知道她想弥补,但我不准备原谅。

她抬起手臂想再敲一次门,然后低头看了看自己的拳头,松开手,离开了。那之后几年中,我经常会想到这幅画面:有意识地放弃。几周后,我把这幅画面写成了一首歌《离开小镇》。我没意识到,这会把我和她永远联系在一起,但每次我唱起那首歌,她都会再次浮现,松开手,放弃。放弃了我。就在那一刻,我意识到我不能留在原地了。

我还喜欢现场音乐的哪些地方呢？我喜欢乐队从一首歌不间

断地转到另一首歌,使二者融合在一起,在分开之前突出它们的类似之处。我喜欢乐队在自己的乐曲中加入一小段翻唱,显露出他们的一部分音乐特征,表明他们知道那些和弦——Ⅰ和弦、Ⅳ和弦、Ⅴ和弦,几乎每一首摇滚歌曲之间难以切断的血统。那是在说,我谅你也不敢说我是模仿,我比任何人都清楚,它们都属于同一首歌。挑个音符,随便哪个音符,反复使用,再次演奏。

我本可以做出另一种不同的选择。为罗斯玛丽打开门,把我自己交给全息舞台,以此为代价保住我的地方。开办新的场地,改进安保措施,再多加几层爱丽丝。这些选择会比离开更有意义,但看着周六晚上空荡荡的地下室令我无法忍受,想到自己赤裸裸的失败也令我无法忍受;而且,我无法想象与这样一家公司合作,他们把一个满腔热情的孩子在不知情的情况下变成武器。

如果有机会重来,我会拯救2020吗?这个地方的永久性关闭使我回到现实世界中,我将离开我的舒适区。我曾经满足于此。我一直隐藏在我的信念后面,认为维系2020是一种公共服务。我喜欢那个房间,以及在那里演奏的所有人。我很高兴能有机会把这份礼物送给我所在的群体——以及我自己——在它存在的这段时间中。

我也在思考,罗斯玛丽来这里寻找音乐是因为她在家乡没有找到音乐。我把自己视为一种声量传播媒介,然后我决定成为一座城市的声量传播媒介，为了那些寻找我的人，为了那些我们足够信任、可以进入房间的人。这种传递信息的方式很慢，但还有像罗斯玛丽那样的孩子等着接收信息。

产生这种想法之后，我意识到这条道路更有意义。是时候松开手，放弃我一直积蓄的舒适感了。如果唯一不变的是改变，那为何要逆势而为？接受改变，超越改变，成为改变，改变阵容，改变锁，改变钥匙，改变除了旋律和信息之外的一切。

这辆名叫黛西①的柴油面包车是爱丽丝在城里的扣押品拍卖会上发现的。它车龄十年，行驶里程只有不到五千公里，没有一点凹痕、缺口或锈迹。我猜没有人愿意按原来的价格买下这辆柴油车。不管怎么说，如今谁会需要一辆载客量十五人的面包车呢？我当场买下了它。来看演出的孩子中，有个在汽车修理厂工作，他把车改装成了使用生物柴油的。另一些人帮忙把中间的座位拆下来，放进一张床，又在后面装了个筐子放我的音乐装备。

爱丽丝搬进了2022演出场地两侧的、归我所有的空房子之一。我找了一位律师朋友——他的乐队名叫性感章鱼臂——努力阻止2020被扣押，但他说我不必亲自到场，我也不觉得我可以忍受那一切。

离开巴尔的摩时，我带了两把吉他，一把原声吉他和一把电吉

---

①出自《托马斯和朋友》，黛西是一辆绿色的柴油车。

他;我用旧的马歇尔牌音箱;一周的衣服,加上皮夹克和两件毛衣;舞台靴、雪地靴、运动鞋;四本平装书;很酷的旅行箱;每把吉他备用的一盒新弦;一个硬盘,录入了我可能想听的每一首歌;我的纸质笔记本;我的自行车;兰德麦奈利公司出版的带注释的古董美国地图集,那是我在疫前时代最后一次巡回演出中买的。我卖掉或送出了余下的乐器和音乐装备,把我所有的私人物品打包放在朋友的车库里。这不是我第一次把自己的生活削减到可以随身带走的程度。

如果一切都藏在地下,你怎么才能在一个新的城市里找到可以演奏的地方?罗斯玛丽用不着思考这个问题。我们直接把自己放在一个银托盘上端给她。如果她当初知道去哪儿找,她也能找到其他音乐人。第一步:考察所有的咖啡馆、所有的廉价酒吧,还有自行车合作社。你一看到就会明白,那些孩子有着共同的秘密。想得到他们的信任很难,需要时间,可你一旦加入他们,你就是自己人了。

我选择的第一个目的地是粗犷而美丽的匹兹堡,巴尔的摩的姐妹城市。虽然费城或华盛顿更近,但我感觉自己需要去个无法在当天晚上掉头返回的地方。我已经很久没有去过任何地方。我开车穿过巴尔的摩,驶向70号州际公路,在心里告别:再见,2020;再见,热浪餐馆;再见,第二故乡。我以前有过多少次离开的经历?我可以再一次离开。把它重新定义为我要去的地方,而不是我正在离开的地方。匹兹堡的乐队和俱乐部一直有种含蓄的快乐。还有那些河流！我记得最后一次巡演时驾车穿过匹兹堡，我们在一座桥上看着演出场地，这条路通往相反的方向，我们不知道怎么绕回去。阿普丽尔在我座位靠背上敲鼓，休伊特嘴里重复着电话里告诉我们的方向，但一直带着我们兜圈子。这一次我肯定不会迷路，因为除了城市本身，我没有明确的目的地。

我在70号州际公路上刚刚行驶了八公里，就从后视镜里看到了后面闪烁的警灯。我叹了口气停在路边，不知道自己做错了什么。我把双手放在方向盘上，在心里分别回忆钱包、手机、汽车登记证的位置。

巡警确定了我的面包车属于我，并且我就是我本人之后，又回到我的车窗旁边。

"你知道我为什么把你拦下来吗？"他问道。

我不想列出所有可能的原因，"不知道，警官。"

"你有没有注意到周围其他车辆的情况？"

"没有，警官。路上几乎没车。"

"这条高速公路禁止人工驾驶的汽车。"

"我不知道。"我说，这是大实话。

"八年前就禁止了。"

哦。"警官，我已经十年没去任何地方了。你也能看到我的汽车登记证有多新。"

他叹了口气，"其实我相信你的话，但我还是得给你开罚单。"

他花了几分钟写罚单,时间有点儿长,让我担心他可能看到什么和音乐场所有关的东西,还要找我麻烦,最后他终于回到车窗前。我把罚单塞进仪表板上的杂物箱。最近我不打算再回马里兰州。

巡警体贴地为我提供私人护送服务,来到下一个出口。我开心地跟他挥手告别,把车开到第一个停车场停下,查看那本古董地图集。我在70号州际公路上画了几个记号。最新的在线地图可以帮我研究怎么更改路线,但我是个顽固的老古董。也许道路变了,但从A到B的基本原理还是一样的。

与高速公路平行的那条古老的乡间公路还在,也许我最好从小路走。这样我就不会绕过那些小镇,可以看看像罗斯玛丽那样的人是怎样生活的。事实证明,农场仍然是农场,田地仍然是田地。直到我来到弗雷德里克附近,一座巨大的建筑拔地而起。这是我见过的最大的建筑。飞机库?服务中心?不,那是超级沃利配销中心。我开到更近的地方,发现那些我原以为是椋鸟或麻雀的东西其实都是无人机,它们成群结队地升到空中,前往未知的目的地。自动驾驶的卡车,送货的无人机。没有人类可以做的工作,除了消费——这本身就是一份全职工作。

我们创造了一个多么古怪的世界。我驾车驶过弗雷德里克空无一人的市中心,前往下一条小路时,这一切存在的合理性令我感到震惊。这是我们做出的交易。当然,放弃同伴,换取安全,这是有道理的。放弃制造者的工作,换取消费者的工作,沉湎于家里带来的舒适。我们是自食其果。

我抗拒这套体系，仍然在寻找我自己的位置，也许这很愚蠢。我在这方面很固执，就像我固执地使用地图，或者买了一辆需要真人驾驶的面包车。落伍。现在别无他法，只能继续前进，然后再落伍于新的东西。

匹兹堡用一个写着"微笑面对摄像头"的标志牌迎接我。我停在一座废弃的教堂后面，睡在面包车里，接下来几天都在街头晃悠。在地图集的小插页上写下一点儿记录：这个酒吧内部看起来比外部小，也许有间密室——在我给自行车换链条的地方后面，有座凸起的平台，看不出用途。

一家咖啡馆在扬声器中播放耻辱乐队的音乐，我去那里喝早安咖啡的第三周对音乐表示了赞赏。然后我得到了奖励："等今晚我们打烊后再来。"那天晚上，我回到那里，看到了遮光窗帘、没锁的侧门，以及一群单独表演的音乐人。这里每周演出一次。

我待在观众席上的第二周，有人问我能不能演奏。那天晚上结束时我收到了邀请，下周参加演出。我紧张得要命，我已经好几年没有单独表演了，在纽约和阿普丽尔一起的那天晚上之后就没有过。我一直都更喜欢同伴带来的安全感，不仅是有人和我一起上路更能保证人身安全。和乐队在一起，即使没有观众，我们也能开心地演奏。我们可以美其名曰这是一次练习。我们还有彼此。如果有人出错了,也可以靠别人掩饰一下。我忘记了的是:独自一个人的时候,没人需要知道你出错了。没别的和弦导致你的乐曲不和谐。没人在你忘记主歌直接进入副歌时侧目而视。

我告诉自己,匹兹堡的人渴望听到新的音乐,就像我刚开办2020时一样,就像我在同样的空间和同样的乐队里一周又一周反复循环演奏时一样。我爱我所有的乐队,不要误会。我喜欢他们激励自己的方式——我们激励自我,我们互相激励——为每场演出带来新鲜感,以确保观众愿意前来听音乐。不过,来听一支你认识并喜欢的乐队演奏新作品,并不像爱上一支你从未听过的乐队那样激动人心。那是一种更温和的快乐。

我从观众的角度思考。事实是,每次我站在2020的观众面前,我面对的挑战是更深入地挖掘我自己,找到我在之前几周、几个月、几年里不曾说出口的话。这不同于当前的挑战,面对全新的观众,我知道自己只能用一首歌,最多两首歌的时间,使他们相信听我的音乐不是浪费时间。他们还不认识我。当我第一次站在匹兹堡的舞台上时,要一个和弦一个和弦地自我介绍。

紧张使我的心怦怦直跳,双腿发抖。我演奏了我们在巴尔的摩以完整乐队形式演奏的那些歌曲,比较简单的版本,在一定程度上使我冷静下来,还有《别再去想》,疫前时代的歌曲中我唯一还能忍受的一首。没有人喝倒彩。

那天晚上我卖出了十五份专辑代码和五件T恤衫。有三个孩子想要唱片，但我没带。我把之前几周买咖啡花的钱赚了回来。

"下周你还会演奏吗?"咖啡师问道。

我摇了摇头，"我想看看其他城市的情况。"

"欢迎随时回来。我有个朋友在克利夫兰举办地下室音乐会，如果你想去的话，我可以告诉他们。"

我还没决定去哪儿。

"太好了。"我说。

第26章 罗斯玛丽 桥梁

标志牌上写着"故障",仿佛那座桥是一台电梯或自动取款机。更合适的标语是"请勿擅闯",或者"仅限授权进入",甚至简单的"危险"或"禁入"也好。"故障"完全没有威慑性。下面有一行潦草的字"Ce n'est pas un pont"(这不是一座桥)。

罗斯玛丽爬上铁丝网围栏,小心寻找下脚的位置,她想起自己上次爬围栏的经历。这次她顺利翻过去了,头在上面脚在下面。另一边,石质台阶四分五裂,石板移位后,中间的砂浆散落在脚下。很容易理解他们为什么不希望别人擅自进入SHL基地的这一部分。故障,过时。桥下面甚至没有水。这座桥的时间远早于SHL,早于聚众法,早于疫前时代变成疫后时代。

她知道这么做不太明智,徒步进入未知场所,而且没有告诉任何人她去了哪里,但她其实不知道自己的目的地是哪儿,大概是某个可以假装失联的地方。现在她认识的一些人一辈子都处于不可联络或半不可联络状态，也许她再也没机会和这些人说话了。卢斯、乔尼。她们在她生命中只出现了几周时间，但她们的离开仍然令人心痛，她自己在其中扮演的角色也一样。

她在汇报中忽略了这方面。忽略了她在2020敲门时发现楼上的窗户有动静，忽略了有一刻她瞥见卢斯就在窗帘后面，她以为自己也许并没有毁掉一切。她确实毁掉了。她现在已经知道，那全是因为她。

他们把她带回工作园区，住进一个和上次一模一样的房间，但这次在基地另一头，一座名为"隐居中心"的小楼。她是这里唯一的住户，食物用无人机从另一边送来。这里不是监狱，但很符合她的心情：她什么都不是，最好离开那些地方，她不想玷污自己接触到的一切。

管理人员在兜帽空间里和她见面，这里是工作园区对面建筑中一间办公室的虚拟复制品，窗外的草地和树林一应俱全。他们的虚拟形象坐在皮革办公椅上，一张巨大的橡木办公桌隔在他们和罗斯玛丽之间。这些家具和虚拟形象都比实际尺寸大一点儿，变化程度轻微到几乎难以觉察，显然是想让她感觉自己很渺小。

"你们为什么要这么做？"她问通用管理人员——男性(1/5)，"我们为什么要在兜帽空间里见面，明明我的实体就在这里，你的实体也在这里？而且外面天气不错。"

"我在另一座基地。华盛顿州的。"

哦。"那为什么还要把我带回这里？我们可以在任何地方进行这次谈话。"

从假窗户吹进来的假风把他的假头发吹得沙沙作响。"最佳实践方案的规定，在招募者第一次成功招揽人才后，把他们带回这里减压。如果你愿意，我们也可以送你回家，但那样往往很难解决情绪问题。"

"在我们与良心斗争的时候放个小假？以前有百分之多少的人回来？"

"60%。"

足以证明他们荒谬的方案是合理的。足够高的人员流动率，所以他们不必在培训上浪费太多时间。完美的体系。"此时此刻，我在想，为什么会有人继续做这份工作。"

"大多数人其实不会在第一次任务中看到演出场地关闭——这本应在你离开之后才发生。如果你是远隔千里听说这件事，你的反应就不会那么强烈。总之，干得好，你懂的。钱、旅行、开销、刺激、音乐。我们希望你留下来。你没有令人失望。"

"我怎么会令人失望呢？"罗斯玛丽的手指深深戳进手掌，她的虚拟形象也做出一样的动作，但这一款太便宜了，不会流血。"你们雇用我只是因为我喜欢音乐，我看起来足够天真，会直接把你们带到演出场地，让你们关闭那个地方。"

"我们雇用你是因为你能胜任之前的工作——这往往意味着也能胜任这份工作。结果也确实如此。你为我们带来两位很有前途的新艺术家,如果不是我们自己搞砸了,本来还会有更多。"

至少他们承认搞砸了,虽然他们的道歉是针对时间安排,而不是那种行为本身。她让漂亮蚊子和库尔泽与SHL联系,他们都希望建立这种联系。"他们都通过了试音?"

"是的。我们会签下库尔泽和乔希·迪苏扎。他们都表现出成为明星的巨大潜力。"

她的指甲刺破了皮肤,"乔希·迪苏扎——而不是漂亮蚊子?"

"他很完美,外表、声音、存在感。对摄像机来说他有点儿太高,但我们可以调整一下。"

"但写歌的是乐队。那支乐队非常棒。"

"如果他不能写歌,我们会找人替他写。这支乐队风格鲜明,但他们的公众影响不好。"管理人员的拇指和食指捏成一条缝,他眯眼而视,"他才是有价值的。"

"他为他们争取了吗?"

"稍微争取了一下,但我们告诉他,没有他们,他会走得更远,而他也明白原因。他兴奋得不得了,真的。"

"我需要稍后再完成这次汇报。"她努力控制自己的声音。

他不在意地挥了挥手,"我一整天都在这里。等你准备好了呼叫我就行。"

罗斯玛丽研究了一下地图,没有走那条修剪整齐的步行小径,而是换了个方向穿过树林,进入一片没有地图的区域,她就是这样发现那条没有标记的古老的小路,以及那座封锁桥梁的。

她站在桥上往下看。这座桥的宽度和高度说明它过去曾跨过一片相当大的水域,但现在河里除了干涸的泥巴什么也没有。也许下雨后还能恢复。也许它就像她遇到的很多事物一样,已经彻底消失了。

至少这不是她的错。她想象漂亮蚊子听说他们的主唱又一次自己签了约,没带上他们,他们脸上会出现怎样的表情。他们会责怪她吗?他们会回到巴尔的摩继续演出吗?他们现在已经没地方演出了。她踢了一脚桥,然后更使劲地又踢了一脚,直到她的脚趾发出抗议。

手机响了起来,她吃了一惊,因为刚才看到这里没有信号。她以为是管理人员打来的,也许是告诉她偏离路线太远,也许是让她做决定:要么留下来,接受自己需要做的工作;要么回家,试着忘掉她造成的一切破坏。打来的是她妈妈。

她还没准备好和妈妈谈话,不知道怎么用语言描述自己作为共谋者所做的事情,于是她没有接。她用手肘支撑身体,手机拿在手里。她想象把手机扔到桥下,看着它摔在石头上,再跑进森林里,以薯类和浆果为食。SHL森林幽灵。

这是个合理的选择,至少这样她不会再引起任何麻烦。SHL会雇用其他人代替她的职位。她会在夜里出现在这些人窗前,悄悄警告他们,让他们知道自己要面对什么,从而让他们在接受第一项任务时就能心里有数,或者干脆在出发之前就辞职。

或者,更现实一点儿,她可以回家。她的父母会满怀同情地听她诉说,告诉她辞职是正确的,如果她没什么骨气,也许还能做回以前的工作。她的父亲试图掩饰欣慰,因为她回来继续"快乐地生活在兜帽空间里",就像以前的广告说的。她会假装自己在旅行中没有发现什么更好的东西。她会快乐地生活在兜帽空间里,只要她不去思考那些向她敞开心扉的人因为她惹上了多大的麻烦。

回到原来的状况会令人非常安心。没有人群,没有看起来像枪支的雨伞,没有警笛,没有陌生人朝她打喷嚏。如果她想到音乐还是心痒难耐,她可以存钱参加一些SHL演出,如果她知道了这一切却还能支持这家公司的话。

然而,想象又回到过去那种生活,她仿佛正看着自己的虚拟形象穿上工作连帽衫,等待质量控制部的电话,和她父母一起吃饭。一切都令人感觉琐碎而沉闷。她现在已经知道自己错过了多少东西——别人以安全和控制的名义从她这里夺走了多少东西。认识到这一点意味着她甚至失去了自己的家。

如果她离开公司,他们会雇用别人代替她的职位。一个天真的新人,就像几周前的她自己。某个人在某个地方摧毁了某个东西,然后面对同样的抉择。无论是她留在这个岗位上还是换成别人,这项工作仍然需要有人来做,继续循环,周而复始。也许她最好还是留下来,这样还能拯救别人免于心痛和内疚。也许那60%留下的人都在想:"如果我不做,也会有别人做。"也许她注定要变成这样的人——为了巨无霸公司的利益伤害她接触到的一切。

她在地图上研究艺术家招募者最近去过的地方。有些人把自己藏在一座大城市里,大概是觉得大隐隐于市,这样就没人会把他们和场地关闭联系起来。有些人不断往来于全国各地,充分利用旅行的机会。地图上列出他们的彩色标记,但她找不到任何关于他们的进一步信息。她不应该知道。

她在接受培训时就注意到,小组里其他人都是化妆师和音响师之类的,她是唯一的招募者。当时她以为他们是按照雇用时间分批培训,但现在她怀疑公司是有意把她和其他招募者隔离开来,就像现在这样。因而她就没机会和其他员工谈话、交换意见。如果辞职,她猜自己在被赶出去之前不会有机会跟任何人交谈,也许她头顶上还悬着一把保密协议的利剑,以此换取债务的免除。即使现在她同意留下来,他们也不会让她有机会把她所做的事情告诉任何人。也许他们认为等她完成第二次或第三次任务之后,作为共谋者,她就无法与别人分享这些事了。难怪他们这个体系运转良好。

那么,她的毁灭之旅接下来要去哪里?第一个选项,闭上眼睛随机挑个目的地。第二个选项,打电话给阿兰,但她会忍不住问,为什么不说提他的名字只会导致大门紧闭而非打开,或者他是否知道他们会让她面对什么。第三个选项,搜索SHL乐队访谈,看看他们都来自哪里,某个地方如果出过一支乐队,那么也许还存在其他乐队,如果还没被挑拣干净的话。也许诀窍在于找到一个以前出过好音乐、但有段时间没人去过的地方。

她在考虑去一座新的城市再试一次,或者带个比较好的解决方案过去? 她把这个难题先放在一边。破解一件严格来说仍然属于公司的连帽衫感觉不太好,于是她破解了自己的手机,非法行为会带来小小的刺激。乔尼曾经提过的那些地下音乐网站,现在都已经解锁可浏览了。咖啡蛋糕情态有个网页,就像超级沃利的任何一支乐队一样,只不过这里不是超级沃利。他们有三首歌在售,还有一张不怎么样的乐队照片。记录中没有现场演出的内容。她给乔尼写了条道歉的信息,随后又删除了。乔尼不会想听到她的消息。

漂亮蚊子也有个网页,但乔希·迪苏扎的名字已经从乐队阵容中消失了。她也想跟他们道歉,但她觉得他们会比乔尼更不想听到她的消息。卢斯的乐队哈丽特也在网上,罗斯玛丽买了一张下载专辑,微薄的忏悔。她可以把自己赚到的每一分钱都花给卢斯的乐队,但这仍然无法弥补她所做的一切。"不知道并不是借口。"她开始给卢斯留言,但她不知道是谁在监控这个网页。如果卢斯回复了,她真的能解释明白自己为什么在SHL做出这一切之后仍然留下吗? 她删除了那条信息,没有发送,和之前其他信息一样。她所有的道歉都是毫无价值的,无论已发送还是未发送。还不如直接接受他们对她的一切评价。

也许能想个方法弥补他们,她自忖,再次浏览地图,选择了一座新城市。无论怎么选,她都会对自己感到失望,她已经听天由命。

第27章　卢斯　十六场个人演出

　　克利夫兰的地下室演出收费入场。每人十美元现金,共五十三个人,三组表演者一起分这五百三十美元。房主一分钱也没留,两支本地乐队很好心,想把他们应得的那份也给我,我谢绝了。如果不是匹兹堡那位咖啡师,我永远不可能找到这个地方。房主给了我一张便条,如果我前往哥伦布市,可以用这个当敲门砖。拿着便条、密码和姓名才有进门的机会——在2020的事情发生之后,我能理解这种做法。

　　与我以前上路的时候相比,公路变化很大。大多数高速公路都有人工驾驶汽车的专用车道。在某些地方,就像我之前看到的,整条高速公路都不对柴油车戴西开放,部分原因在于我买的车太便宜了。警察护送我穿过一些不太欢迎陌生人的城镇,虽然我更想谢

347

绝。找不到本地餐馆的时候,我坐在连锁餐馆的隔离卡座里吃饭,没有汽车旅馆的时候,我把车停在停车场,睡在面包车里。只有最小的汽车旅馆才能避免因违反聚众法而关门,还有一些大的连锁旅馆进行了必要的改装。我把疫前时代巡回演出中买的那本古董地图放在身边,再次开始做笔记:哪些城镇可以安全通过;哪儿能吃上一顿像样的饭;画圈标记出演出场地,希望在我下次经过这里之前,它们不要因为SHL被划掉。

再次进入我很久以前举办过巡回演出的城市,看到它们的变化如此之大,有一种古怪的似曾相识感。有时,我记忆中的那些地方留下了遗迹,褪色的招牌掉了一半,停车场里杂草丛生。我从不介意看到超级沃利或其他仓储式大型商场重新变回大自然的地盘,但一些小的地方令我感到有些伤心。我告诉自己,如果我对这些城市像巴尔的摩一样熟悉,也许我就能看到隐藏在衰败表面之下的秘密生活。

演出间隔时间较长时,我会做些零工,比如在餐馆洗盘子、在酒吧当服务员,赚点儿零花钱,免得我的积蓄消耗太快。生物柴油帮我削减了一大笔开支。别的方面就没什么办法,比如食物。有时我不得不睡在面包车里,或者睡在沙发上,就像我刚刚起步时那样。缓慢而稳定,一路上到处交朋友,尽我所能争取人们的邀请。

我在圣路易斯演奏之后又在那里待了两周,睡在面包车里,在酒吧当服务员,然后前往孟菲斯参加由一位朋友的朋友安排的演出,一间小型舞蹈工作室在晚上举办的音乐演出。我在旁边等舞蹈教练到休息时间,但等她终于关掉摄像机转向我时,只带给我坏消息:"对不起。几天前的晚上警察来过,我们必须暂时保持低调。"

她没有说是全息舞台推动了这次突击搜查,也许她不知道,但我知道。

时间刚到中午,我无事可做,于是驾车前往猫王故居格雷斯兰庄园,开车驶过空荡荡的公路,把车停在空荡荡的路肩上。围栏上装了铁丝网,我透过关闭的大门看到无人机在庄园周围飞来飞去,让猫王通过某个全息舞台子公司的魔法进入人们的内心和连帽衫。与疫前时代亲自来到这里朝圣的人相比,他们可以欣赏到更好的演出——他们在观光游览的最后会看到栩栩如生的猫王全息演出,十年精选曲。看到人们怎样把新的东西和旧的东西整合到一起很有意思。

猫王在我出生之前就去世了,我和猫王没有过节。我愤怒地离开巴尔的摩,愤怒地开车,愤怒地演奏,但我甚至不确定这一切要归咎于什么。因为全息舞台其实是一种毁灭的力量而感到愤怒,因为他们带人在这座古老的神殿中四处穿梭时抹杀了一些重要的东西而感到愤怒,对罗斯玛丽这个中间渠道感到愤怒。对我自己感到愤怒,因为我没找到办法保护我拥有的那些东西。对我自己感到愤怒,因为我抱着这种心情从一个城市驾车前往另一个城市,而我本可以好好利用这种愤怒，把它灌输到歌曲中。

我从面包车里拿出吉他，再次站到大门前。我演奏了《怀疑的心》的前两句，我知道的唯一一首猫王的歌，因为创作者写得很好，歌词围绕着我们无法逃脱的陷阱：用爱来代替恐惧。

几架无人机朝着声音转过来。我向他们竖起中指，虽然这不太公平，毕竟令我生气的并不是猫王的粉丝。又有几架无人机聚集过来。

"我们还在这里，"我对他们说，"我们还在现实生活中演奏音乐。来找我们。音乐要听现场。去他妈的全息舞台。"

感觉好多了。"去他妈的全息舞台。别把钱给他们。去学一种乐器。去看真正的乐队演出。重新开放这个地方，亲自来这里走一走。所有人都会害怕，关键在于当你害怕的时候你做了什么。这个世界还没有完蛋。""所有人都会害怕"听起来似乎可以写成一首歌。不，它已经是一首歌了，那是我很久以前写出的片段，藏在旅馆梳妆台后面。写歌就是这样：也许需要好几年时间才能水到渠成，但如果歌词或节奏被我搁置了足够长的时间，它会自己告诉我它想变成什么样子。就在此刻，我又回到当初这首歌，为一群猫王无人机写就。

"这个世界还没有完蛋。我们不需要保留所有的旧东西，但我们需要一些新的。借把吉他，学学怎么弹。如果那不是你要寻找的东西，就去搞明白你要什么。找到你自己的风格。在某样东西上刻下你的名字。给它们打上烙印、描绘它们、拍摄它们、调整它们、彻底改变它们,用新的媒介塑造你自己。乐器和工具是同义词,我们仍然可以建立归属感。我们的歌曲还在创作中。"

猫王的粉丝其实不是我想传达这些内容的对象,但这样可以帮助我集中精神大声表达。我抓住吉他的琴颈开始演奏,寻找此时此刻能让我感觉浑然一体的和弦与旋律。

远处传来警笛声。我抬头看到无人机已经多了几倍。一大群无人机,都在等着我的下一步行动。肯定有人报了警,要么是其中一架无人机,要么是静态监控摄像头。我没有非法侵入,但他们可能会给我冠上扰乱治安或非法停车之类的罪名。

"晚安,孟菲斯!"我向空中那群人挥手告别,收好吉他,在他们找到理由逮捕我之前离开。我不太确定我是朝哪个方向走的,最后我来到密西西比河畔的一个公园。

我看见一小群人靠在栏杆上。从远处看不出来他们在做什么,但我走近时听到一阵熟悉的低语,看到有人往水里扔东西。我不知道今年犹太新年的确切日期,但确实在现在这个季节。他们来这里是为了塔什利赫仪式,把他们的罪孽抛入河水中。我从背包里翻出一条谷物能量棒,吃掉大半,然后学着他们的样子,在河边倒空剩下的食物碎屑。张开我的手,放手。

我不记得是不是应该念几句祷词。虽然我小时候在纽约东河边做过同样的事情,但那段记忆充其量只能说是模模糊糊。不过我能理解这种仪式。站在河边,很难再怨天怨地。这条河仿佛在说前进、前进,继续前进。淹没你的堤岸,改变你的边界。我扔掉了对于罗斯玛丽的愤怒,以及对于我自己的愤怒,但我仍然保留了对于全息舞台的愤恨。在我看来,那是一场正义的战斗。

我在那儿坐了整整一个下午,看着夕阳西下,天边从蓝色和金色变成粉色和紫色。我坐在密西西比河畔写下《离开小镇》,想着罗斯玛丽松开的拳头,松开我的手,放手。然后是《展现独立》的开头,把我在格雷斯兰庄园大门外吼出来的那些东西整合到一起。

到了早晨,我前往纳什维尔。

第28章　罗斯玛丽　更多的摇滚,更多的谈话

　　就算兜帽背景有"一望无际的远山"这个选项,罗斯玛丽以前也从未想到要寻找它。山路颠簸,曲里拐弯,夏季的树林郁郁葱葱,远处的景色不断变换。她不时切换到透明视图,欣赏原生态的风景,地图覆盖图上显示出山脉和山谷的名称:幻想峡谷、丹氏草地、洛基球、仙子石、羊毛。她喜欢这些名字,也喜欢远处的山峰从绿色变成蓝色又变成紫色的层次感。有些急转弯使她感到反胃,让她紧紧贴在汽车隔间的墙上,但她决定把这视为一场游戏。伴随着令人印象深刻的景色,乘坐一趟特别特别长的过山车,前往北卡罗来纳州一个小城市,阿什维尔,这里已经两年没有招募者来过了。有那么几分钟时间,乘车环山而行,让她找回了第一次出差时那种兴奋的期待感。如果说他们已经打破了她认为这份工作可以做好事的幻觉,那至少她还可以欣赏这个地方的风景。

　　她发现后勤部门会让新来的招募者入住最高档的酒店,让他们从一开始就感觉自己亏欠公司。这一次,她要求提供与她档次相符的住处,后勤部门说,"如果你真的希望这样……"他们给她找了一间便利店楼上的小公寓,在现实中人们刚搬到城里时能负担得起的那种地方。这里有不少可以通过室内装饰改善的空间——地毯污渍斑斑,平底锅底部焦黑,一台简易电炉,微波炉因为别人灾难般的烹调技术结了一层硬壳,迷你冰箱发出酸味,窗户上装着换气扇。也许他们想让她觉得自己矫枉过正,但她觉得不错。做出那一切之后,她不配得到更好的待遇。

　　她在楼下商店里买了一份麦当劳的微波炉奶酪马克罗尼意面,几乎和真品一样好吃,然后在松弛下陷的床上躺下来。公共汽车颠簸的感觉仍然留在她身上。等她终于进入梦乡,她梦见卢斯坐在同一辆公共汽车的上层进入阿什维尔,她对着大山弹吉他,对着下层的罗斯玛丽喊着,再也没有人需要躲起来。

　　醒来时,阳光明媚,没有窗帘的窗户外面传来音乐声。原来那个积极过头的罗斯玛丽会直接冲出去寻找音乐的来源,但现在的她从容不迫地穿好衣服。隔着两扇门的地方,一个梳着长脏辫的高个儿黑人正在演奏小提琴,打开的琴盒放在他面前,仿佛街头演出是合法的。路过的人会在琴盒里扔点儿零钱,或者对盖子上贴的 V 现金代码点点头,就像兜帽空间里那样。

　　她靠在墙上听音乐,但小提琴手瞪着她,在两个小节之间用琴弓朝她做了个手势。其他人都没有在这里停留超过一秒钟的时间。当地法规肯定允许演奏音乐,前提是没有人聚集。她在紧凑的市中心区域转悠,时不时转回她那个街区,希望能抓住小提琴手休息的时间和他聊聊。大多数商店还没开门,但她大概辨认了一下。也许以后还会回来。有一家商店卖纸质书,另一家卖乐器,还有一家是性玩具。一些她认不出的小餐馆提供各种美食,从泰国菜到墨西哥菜。当她第四次转过拐角时,那位小提琴手已经离开了,但至少现在她知道附近肯定有音乐人。直到那天晚上睡觉时,她才意识到自己在那个街区转了那么多圈,可能就是她把他吓跑了。不能靠跟踪街头音乐人来接近他们。那该怎么做? 她毫无头绪。

她养成了一种习惯,每天早上去书店喝咖啡,她会戴上连帽衫假装工作,同时偷偷观察另外六名顾客,思考做什么工作的人会到咖啡店里来工作,而不是在家。不可能是超级沃利客户服务,虽然有些人植入了用于默读交流的下颌骨植入物,但超级沃利还要求雇员穿着制服,使用专用空间。作家、学生、技术人员。她想知道为什么会有人选择去公司里跟一到十九个陌生人一起工作,而不是在舒适的家里工作。

随着时间的推移,她逐渐明白了。她很高兴柜台后面那位女士莎迪在一周后开始亲切地叫她的名字。她的咖啡拉花从一个问号变成了一根模糊的树枝,罗斯玛丽觉得这可能是她名字代表的那种植物,迷迭香。对于没有隔离包间、坐在桌子旁边、距离其他顾客只有几厘米,她还在慢慢习惯;但她喜欢结识房间里的其他人,仿佛和他们一样度过了一个辛苦的工作日,虽然她是装的。

她开始利用这段时间探查连帽衫的密码。她一边研究一边用自己破解的手机听音乐,把记录本地乐队情况的笔记发送给自己,在笔记中谨慎地改变了他们的名字,以防SHL的人窥探她写的东西。她找了个办法,可以冻结跟踪应用程序,而不必关掉,这样即使她已经回家了,看起来也还坐在法式咖啡书吧里。也许有天能派上用场。连帽衫自动收集的信息曾被用于对付2020,她仍然感到内疚。

她观察别人,仔细研究,了解越多越是辗转反侧。她小时候曾经信了别人骗她的话:没有人在任何地方一起做任何事情。一切都可以在舒适安全的家里完成:工作、约会、玩游戏、逛街、听乐队、看比赛、看电视或电影、做爱("超级沃利性刺激工具,各种价格均有——无论你喜欢什么!")。也许你最终会去拜访你的伴侣,看看你们亲身接触时是否像在兜帽空间里一样和谐。如果一切都可以用你的指尖控制,谁还需要现实世界呢?

她全信了。如果父母说城市是危险的,是暴力和疾病的温床,她又有什么理由不信呢?如果他们说生活中除了种地、养家和超级沃利给她的随便什么工作,没有更重要的东西,她应该心怀感恩,她又能与谁争辩?

打电话回家时,她发现自己脾气暴躁。她对他们编造出来的故事感到生气——她父亲因为她不满足于这个故事感到生气。她知道这不公平,整个兜帽空间都是为了完善这个故事而存在的,让他们都感到恐惧,都感到满足,成为温顺的消费者。也许她生气就是因为他们对此信以为真,还想让她也买账。

下午到晚上,她在市中心的街区散步、听音乐。这些街头音乐人使她的汇报工作变得容易。她花了两周时间才发现自己可以给他们带点儿咖啡,而不是跟踪他们。她知道了他们的名字,向管理人员汇报时把他们归类为"否决"和"可能",这样SHL能知道她有在干活。她第一天在城里遇到的小提琴手是诺兰·詹姆斯,他在兜帽空间里教本地孩子们音乐。还有安妮卡,她能用键盘弹出任何人点的任何一首歌,但坚持要求点歌人和她一起唱;一位名叫劳瑞安的老妇人,她用班卓琴演奏阿巴拉契亚①的谋杀民谣②,一只大狗在她脚下睡觉;梅屈里·雷特格拉德,他喝着双份意式浓缩咖啡坦率讨论自己的心理健康诊断结果,穿着他虚构的一位超级英雄的服装演奏尤克里里。至少街头音乐人是合法的——如果找到一位她喜欢的音乐人,签合同时也不会破坏演出场地。

到后来,她希望跳出街头音乐人的范围,欣赏百叶窗后面举办的活动,或是打烊的商店里飘出的音乐。她走出市区,跨过河流,穿过仓库和公园,不断扩大活动范围,徒劳地寻找不可捉摸的人群,聆听地下室传来的贝斯的低音。

---

① 美国东部的一个文化区。
② 传统民谣的子类别,涉及犯罪和死亡,歌词通常为谋杀事件的记叙。

第29章　卢斯　冷静下来

匹兹堡、克利夫兰、哥伦布、托莱多、底特律、安娜堡、芝加哥、密尔沃基、麦迪逊、明尼阿波利斯、得梅因、堪萨斯城、劳伦斯、哥伦比亚、圣路易斯、纳什维尔。十六场个人演出，五个月。一趟慢悠悠的旅行。在2020死去之后的几个月里，我需要那十六场个人演出，这是一种必要的亲密关系。所有那些沙发，所有那些新朋友，一路上所有那些愿意帮我建立连接的人。如果我跟一支乐队一起上路，情况肯定不一样。到了第十六场演出，如果我说不希望有人为我伴奏，那是在撒谎。

就在那时，我又找到了席尔瓦，那场命运一般的演出中，桃子剧场的音响师。或者说是他找到了我，我猜。纳什维尔的那个晚上大雨倾盆，我在一家古董店里演奏，一边是古董衣服的衣架，另一边是身上湿漉漉的、坐在皇帝椅上的人，演出后把音乐装备搬出古董店时,我很高兴能有个像样的运输箱。我就是在那里见到他的,一张熟悉的面孔,但我一时没想起来。

"我能帮忙吗?"

"当然。"我朝着音箱点了点头,"提醒我一下,我是在哪儿认识你的?"

刚问出口就想了起来,"当我没说。提醒我一下你的名字就好。我永远不会忘记那场演出。"

"席尔瓦。"他一边把我的马歇尔牌音箱装进带轮运输箱里,一边说,"最近怎么样?鲍曼夫妇说你来他们这里了,我特别激动。要说谁敢再次开始巡回演出,我就知道会是你。"

我请他进面包车里面避雨。我们盘腿坐在床上,他从衬衫口袋里掏出一根烟,我们轮流抽起来。

"纳什维尔在新世界的秩序中怎么样?"我问,"找个地方演出比我想象的还难。我想在所有的地方中,这里……"

"全息舞台的音乐创作者系统,已经在这座城市缓慢铺开。我已经帮他们做了几场演出了。"

他肯定看到了我脸上一闪而过的厌恶,因为他补充了一句:"是他们让音乐继续发展。"

"去他妈的全息舞台。"

"不,说真的,他们是有问题,但他们能确保职业音乐人还有路可走,所以我不能说他们都是坏人……但我怀念现场演出。事实上,我来见你是因为我希望你也许正想,呃,找个贝斯手。"

"嗯,只有贝斯没有架子鼓?"

他咧嘴一笑,"我就知道你会这么说。我认识的一位鼓手也想出门逛一阵子。"

"我喜欢三人乐队……"歌曲已经开始在我脑海深处自行分解重构。

古董店演出两天后,我开车前往席尔瓦的朋友玛西娅·贾努里住的小屋。她穿着短裤和背心来开门,"提前说声抱歉,里面很热。空调坏了,我本想着不用再开它的。秋天不应该这么潮湿。"

跟她握手时,我仿佛瞥见了未来的一丝曙光:新的音乐合作带来明快迫切的热情,新的爱情也带来明快迫切的热情,交错融合令人难以分辨。一段时间内会发生碰撞,直至消失。为全新的未知地点绘出地图。把这两方面搅在一起是个糟糕的主意,愿意参加巡回演出的鼓手屈指可数,如果我们散伙,也许乐队也会散伙,但说真的,这本身不是什么糟糕的想法,所以我们不妨全身心投入,尤其是一次握手就传达出这么多东西的时候。我能看出她对我的想法也一样,一见钟情难得。我有段时间不曾有过这种感觉了。

席尔瓦在一分钟后出现,我们把音乐装备围成圈,架子鼓已经占据了房间里很大一块地方。玛西娅说得没错,房间里闷热难耐。

"我们能开窗吗?"席尔瓦问。

　　她摇了摇头，"等我们开始演奏就得关上。虽然我找了个离邻居最远的位置，但他们还是会抱怨。只有关窗隔音效果才好。关窗行不行？我有电风扇。"

　　"不比我俱乐部夏天时的情况糟。我能撑住。"有点儿热，但我对她的感情足以让我答应任何事。

　　我们翻唱了几首歌，演奏了我的一首歌。席尔瓦在几年前就是个不错的贝斯手，现在他弹得更好了，歌曲中第二吉他手空缺的地方都由他来负责。玛西娅的鼓声紧凑而克制，配合完美、令人着迷。进入第三首歌，我觉得还可以；进入第四首歌，我知道完全没问题了。

　　演奏结束之后，我们打开所有的窗户，点了比萨，大口喝着加冰波旁威士忌，反复讨论乐队的名字，安排了宽松的排练计划，列出我们对于彼此和乐队的期望。席尔瓦出去了，我发现他走向门口时朝玛西娅眨了眨眼。

　　玛西娅回到沙发这里，给我们两人带来第二杯酒。玻璃杯在冒汗。

　　"那么，"她说，"我没会错意，对吧？"

　　我一直很欣赏直接的女人。

　　我的面包车在玛西娅家里停了五天，我们用这五天时间做爱、玩音乐、进一步了解彼此，排名不分先后。等我们终于走出那座小屋,她带我去看了纳什维尔的变化。席尔瓦说了很多,但我必须亲眼看看:围墙包围的庄园,巨大的全息舞台基地,莱曼礼堂和奥普里大剧院变成了大批无人机出没的圣殿,所有的俱乐部都像别处的俱乐部一样消失了。我不应该认为这里会有什么不同。词曲创作群体没必要改变太多,与疫前时代相比,他们只是为另一种发行公司工作。

从这个角度思考也有道理,但我仍然感到生气。那天晚上,排练到一半又停电了,我就说正好趁这时候讨论一下何时出发、要去哪里。

"我们需要一个名字。"席尔瓦说。

我想象着所有人一块儿瞎扯,又要浪费一个小时,"我不在乎我们叫什么名字。"

"卢斯·坎农?以前效果挺好。"

"不要用卢斯·坎农。不要用我以前乐队的名字。这是一支全新的乐队,应该独立存在。"

玛西娅在架子鼓后面站起来伸了一个懒腰,"冰激凌,有人要吗?如果跟上次一样,我冰箱里所有的东西都会坏掉,不如现在就吃掉吧。"

我和席尔瓦放下吉他,关掉音箱,以免电力恢复时发生电涌。我们就着洒下的月光靠着厨房的吧台。我接过她递来的勺子,席尔瓦没要冰激凌,而是给自己倒了一杯波旁威士忌。

"甜点勺,"我说,"厨房台面。"

"你所有乐队的名字都是这样想出来的吗? 随便挑个眼前的东西?"即使光线这么暗,我也能看出玛西娅不赞成。

"在人们注意到你之前,这些名字没有任何意义。当然,有些名字很棒,但也有些只是因为你喜欢他们的音乐才显得很酷。"

"反过来说也没错。"席尔瓦在离他最近的冰激凌里蘸了点儿尝尝,"有些很棒的乐队,名字却令人受不了。"

我拿着开心果冰激凌在房间里转悠,念出各种东西的名字:"快乐猫头鹰、词典、地毯清洁剂——嗯。"

玛西娅笑了,"这些名字太可怕了。我们还不如随机把词语组合到一起。午餐口袋、电力吸入、黑加仑火焰。"

我撞上了她的吊镲,赶紧扶住,免得引起一串连锁反应。我稳住身体后问道:"最后一个是什么?"

"黑加仑火焰。黑加仑和火焰。你没吃到的两种口味,因为你拿走了开心果。"

"黑加仑是什么?"席尔瓦问。

"一种浆果。'火焰'是指智利肉桂巧克力。你们两人忽略的两种口味。"

我轻声念了几次,"两个词,而不是一个。黑加仑火焰。听着像'停火'①。不算差。"

---

① "黑加仑火焰"英文为 cassis fire,"停火"英文为 cease fire,发音相近。

"比别的要好。"席尔瓦表示同意。

"行吧,"玛西娅说,"现在我能吃儿点开心果口味的吗?"

一直没来电,结果那天晚上我们吃光了一升半的冰激凌,提出一个试水的小型巡回演出计划。他们两人都很感兴趣,基本已经准备好了,但积极促成这件事的人是我。想到那个全息舞台基地就在同一个城市里,我迫不及待想要再次逃走,仿佛我们在附近待的时间太长就会被他们传染。十六场个人表演已经足以告诉我,我怀念巡回演出和乐队,不是其中哪一个,而是全部。二者结合,再加上新的连接、恢复的连接、观众、善良的陌生人、分散多年渐渐变得不再相识的人们:正是这些东西填补了我心里名为"家"的那块空洞。别的东西都无法修复我的心灵。

第30章　罗斯玛丽　徽章

　　罗斯玛丽正打算直接找个街头音乐人打听,咖啡师莎迪刚好就邀请她去看她的乐队演出。她在摸索之后,轻松得到了邀请。跟别人告诉她的完全一样,参与其中,认识大家,你就会知道周围正在发生什么。莎迪也可能是在和她调情——罗斯玛丽仍然觉得,不能在现实中使用兜帽空间标签实在令人苦恼。反正,这次她不打算陷入爱情。

　　她想到巴尔的摩发生的那一切错误,甚至开始考虑干脆不去。偶然发现一个演出场地然后告诉她的老板是一回事;明明知道自己是只特洛伊木马还受邀前往,那完全是另一回事。最后她决定先做好新的预防措施再去参加。那天晚上她穿上连帽衫时,改变设置让GPS追踪器显示她床头柜上手机的位置。她把钱包也留在那里,只带上现金和驾照,这样她的消费就无法追踪了。对公司来说,她那晚请了个假。

地址是河边一个仓库。她走在一片黑暗中时，脑海中突然浮现一个念头，也许莎迪是个连环杀手，想把她引诱到一个荒凉的地方。然后她想起自己第一次接近2020时，对阿兰也产生了同样的想法。她想起卢斯是怎么欢迎她的，心里一痛。她不知道自己还有没有不为这些事羞愧的那天。

"你看见就知道是哪儿，因为那座巨大的建筑被漆成了有史以来最丑的棕黄色。"当时莎迪靠在柜台上，把一枚塑料币塞进罗斯玛丽手中，"跟我重复一遍方向，让我确定你明白了。我们尽量不让太多人搜索到那个地址。"

太阳落山后很难分辨颜色，停车场的安全灯还投下钠黄色的灯光，但她确信自己找到了正确的地方。另一些人骑车或步行从各个方向来到这里，大多数三五成群。停车场杂草丛生，铁丝网围栏上每一寸地方都被锁着的自行车占满。她从一个安全摄像头下面走过，注意到它对着的是天空而不是入口，如果开着的话。

她跟着其他人一起来到建筑另一边的门口，进入一间天花板低矮的办公室。她把请柬递给"守门人爱丽丝"，在这里，扮演这个角色的是个体形健实、有着瘟疫疤痕的男孩，二十岁左右。他好奇地看了她一眼。

"是莎迪邀请的我。"她等着他说"打哪来回哪去"或者"我不认识那个人，警官。"

"欢迎来到我的破仓库。"他说。

"你的?"

"是的。嗨,别这么吃惊。棕色人种可以拥有仓库。"

"不好意思！是因为你看起来很年轻,不是因为你的肤色……"她开始解释,但他已经走向下一个等着进门的人。她本来应该和守门人好好交个朋友,然而现在她得罪守门人的记录是(2/2)。

穿过下一扇门,办公室变成了仓库。这个空间被隔成两部分,里面远没有建筑的占地面积那么大,但除了SHL棚场之外,仍然比她去过的任何地方都要大。她看到入口对面的墙上有两个橙色的出口标志,很高兴知道还有别的路能出去。里面的人可能比挤进2020的人要少,分散在一片更大的区域中。她并没有什么强烈理由去靠近内墙那边的低矮舞台,觉得还是站在边上更舒服。

这里让她想起专利药品演出的那个兜帽空间俱乐部,绽放酒吧。旁边甚至有个吧台,其实是条旧传送带,上面点缀着十几个野餐用的冷饮箱。人们把手伸进冰里拿饮料,然后把现金扔进散布在冰箱之间的鱼缸里。规则全靠人们自觉遵守。她看了眼鱼缸里的钞票,拿出五块钱扔进最近一个鱼缸,从啤酒和软饮料中选了一杯冰镇苹果酒。

她看见莎迪的同时,对方也看见了她。"你来了！可以拥抱吗?"

罗斯玛丽点点头,她还在不断突破自己的极限。莎迪是个大块头女人,没有咖啡柜台隔在她们中间时,感觉她更强壮了。这个拥抱坚定而用力,但时间不会长到令她感觉不适。她用没拿饮料的那只手跟对方握了个手。

"找到这里不难吧?"

"你形容的颜色没错。"

"哈!"莎迪有着漂亮的酒窝,但罗斯玛丽并没有陷进去。"当然了,但这地方找起来还是不容易。"

"你给我指的路很明白,谢谢。嗯,演出顺序是怎样的?"

"我们第一个演奏,然后是一个来自夏洛特市的双人组合,再然后是西姆拉茨乐队。你会喜欢他们的。"

"哦!我听过他们的一首歌!我迫不及待要听你们所有人演奏了。"罗斯玛丽是真心诚意的。她对即将开始的节目很好奇。她在一个地下网站上找到乔尼乐队的网页,也是在那里发现了西姆拉茨乐队。他们的音乐有一种迷幻感,制作水准比她听过的很多东西都高。他们已经被她放在"可能"列表上,只差找到他们演奏的地方,看他们现场演出表现如何,而现在她终于找到了。

她又有了一个想法,"其他城市的乐队会经常来这里演奏吗?"

"不算经常。卢西恩搬到夏洛特市之前住在这里,他搬走是为了爱情——"她说到最后一个词时拉长了声音,双手放在下巴底下摆出一副为爱痴迷的模样,"所以当他想回来看看时,我们就举办一次演出。"

莎迪跟她打了个招呼去候场,罗斯玛丽又变成独自一人。人们在她周围聊天。她还是会羡慕他们可以轻松自如地在这里逛游。还有别人像她一样不自在吗？她扫视房间边缘，想看看有没有别人紧紧贴墙，然后吃惊地发现了好几个。她还看到角落里放着一大堆废弃的办公椅。三个人骑着椅子朝房间另一边跑，像骑士一样俯在椅背上，他们的朋友在喊加油。

莎迪的乐队开始演奏。参加椅子赛跑的那些人继续比赛，另外几个人在吧台附近接着聊天。罗斯玛丽的位置与舞台和紧急出口构成三角形。

她没有问过莎迪乐队的名字或风格，现在听过之后她感觉无法分类。莎迪弹贝斯，诺兰·詹姆斯拉小提琴，一个陌生男人弹吉他，她认识的一个在咖啡店里穿着连帽衫工作的女人敲鼓。虽然他们使用的是原声乐器，有循环、有节奏、有和声，但她觉得这更像是R&B，而不是摇滚、民谣或流行音乐。他们的音乐很吸引人，而且舞台互动很棒，大多数观众都站起来跳舞。虽然她告诉过自己要理智分析，抑制自己对这些乐队产生的感情，但现在她还是不由自主地随着音乐摇摆起来。忘掉分析吧，他们很有趣。

第二组是一对已婚伴侣，两个来自夏洛特市的帅气牛仔，都是跨性别者。两个人都演奏原声吉他，他们的歌曲旋律优美，令人耳目一新。她在心里把他们归类为"可能"。她有时觉得自己太容易感到满足了，但她明白，喜欢一支乐队和认为他们适合SHL是有区别的。完全是两回事，尤其是在给出一个明确的"通过"时，她会反复权衡。

最后一支乐队准备的时间比前面的稍微长一点儿。拥有这里的那个男的站在门口看着，罗斯玛丽走过去和他聊天。如果她打算练习跟陌生人聊天，最好先找个她有问题想问的人。"那个，呃，我并不是怀疑这地方是你的。我只是没想到房东也会参与这种事。我以为会是雇员守门，或者这里是一栋废弃建筑。"

他笑了笑，"不是废弃建筑。我妈妈有一大堆空房子，但这是唯一一个还有电的地方。她一直想让超级沃利买下这里，作为配销中心，但他们说这里不够大，而且如果要改建到符合标准的程度，成本就太高了。到现在已经纠缠好几年了。她说这段时间我可以在这里玩滑板，所以我就来了，'玩滑板'。你是莎迪的朋友？"

"是的。"最好不要说是新朋友，"罗斯玛丽。很高兴见到你。你经常办演出吗？"

"托马斯。一个月两次。"

"还有别的地方也会举办吗？"

"音乐场所，有的，比如人们的客厅，但据我所知，这是唯一一处足够大的地方，可供乐队使用。我既然有地方，干吗不用？"

"你们不担心突击搜查吗？"

"伙计，我害怕突击搜查，但如果我们所有人都按照他们希望的那样生活，所有人都恐惧且孤独，那就没人能看到像西姆拉茨这样的乐队了。"他朝台上点点头，咧嘴一笑，时间恰好。

"朋友们,城里的伙计们,乡村的兄弟们,"主唱轻声说道,"请听我唱。"

他们奏响第一个和弦,灯光同时熄灭。乐队的服装在黑光①中闪闪发亮。他们的乐器也被涂上发亮的东西,脸上画了闪亮的条纹。这让罗斯玛丽想到水族馆视频中闪着磷光的水下栖息地。这支乐队至少有十名成员,在那一大堆发光的肢体和乐器中,很难确定到底有多少人。架子鼓、两把吉他、采样机、管弦乐器。他们的音乐声传遍房间的每一个角落。主唱的嗓音与罗斯玛丽听过的任何人相比都不逊色,圆润而有力,能够压住乐器的声音并与之融为一体,完全不会淹没在其中。

她凭直觉把兜帽拉到头上。不出所料,这里有免费的室内装饰可用。启用后,这个空间变得更加狂野。现在,一些古怪的发光动物在她头顶的空气中飘浮,俯冲下降、互相追逐。她又摘掉了兜帽,他们的音乐让她不想分散注意力。

这不可能是她在路上听过的那支乐队。这种绝妙的现场音乐与录音完全不同,录音最多只能说是有点儿意思。他们应该拥有更多观众,而不仅仅是房间里跳舞的这群人。她纠结要不要拍摄一些片段,但她可能无法成功抹去元数据,她不打算冒这个险。她打算在描述中尽可能堆叠她能想到的一切赞美之词。

---

① 黑光是一种肉眼不可见的紫外线,但可以令被照射物放射出特种色感的可见光线。

他们的第三首歌听起来很熟悉。她花了一分钟时间才分辨出那是卢斯·坎农的《血与钻》，它变得更加丰富、韵律感更强了，管弦乐部分加上了一些她完全想不到能加的东西。她忘记了自己作为专业人士的矜持，和房间里其他人一起吼出歌词：歌曲的一部分，乐队的一部分，此时此刻的一部分。也是另一些时刻的一部分：她第一次听到《血与钻》时，正坐在妈妈的汽车里去买冰激凌，那是情况彻底变糟的一个月之前；医院里护士站的电台每小时都在播放的《血与钻》告诉她，她比自己想象的更坚强，很快就能走出去。这不是卢斯的原作也没有关系——这个新的版本正适合新的罗斯玛丽。这两个版本都会在她的生活中占据一席之地。

也许这就是人们会冒着被捕的危险来看演出的原因。你也可以在SHL演出中欣赏同样的作品，如果你从未进入过这个房间，你甚至不会知道有何区别，但这种区别确实存在。

演出结束后，她步行走回出租公寓，试着分析自己为何如此兴奋。她来这里是为了工作，但工作带来的附加好处仍然可以使她得到一些自私的快乐，其中一项好处就是在晚上欣赏一些很棒的乐队演出。她不仅非常热爱音乐，也真的很喜欢为努力的音乐人创造机会，尽管没有最终目标。他们演奏音乐时其实并没有期待像她这样的人走进门来。这也不是钱的问题。他们必须演奏，因为他们热爱演奏，或者歌曲中有他们的信念，诸如此类，就是说她的到来会改变他们的世界——不过当她邀请他们签约时，他们倒也不是一定要接受。这一次,她会想办法找到合适的做法。她无法弥补她对卢斯所做的一切,但肯定有办法吸引这些乐队的注意力,而不致摧毁他们拥有的一切,肯定有某种解决办法,只要她能想得出来。

前方的黑暗中有人叫她:"嗨!"那里的路灯被打碎了,碎玻璃撒在下面的沥青路上。她抬起头,以为那是莎迪的声音。就在她发现那是个陌生人的一瞬间,另一个人从背后打了她一下。

其实打得不是很重,但完全出乎意料,她摔倒在地。她想伸手撑住身体,左手小指狠狠戳在水泥上,痛得她眼前发黑。她捂着自己的手,挣扎着想站起来,但有人推了一下她的脑袋,于是她坐在了地上。

"待着。"她看不见第二个人的脸。他的右手放在一件旧夹克的口袋里,白色皮袖的牛仔服,也可能是黄色。路灯被打碎了,颜色在黑暗中很难分辨。他心口位置有个标志,她认不出那一堆乱七八糟的字母。她的大脑开始解读这些字母,因为更不愿意去想他有没有枪这个问题。

"现金、连帽衫、手机。"他说,就好像是在下订单。

"我不想惹麻烦。"她说,这些人仿佛是从她父母那些老电影里跑出来的。

她从口袋里掏出为付演出门票准备的现金,把钱递给对方。他用左手接过,右手仍然放在口袋里。从他的手能看出他是白人,他的指甲又短又脏。她把连帽衫脱下来，也递了过去，"我把手机忘在家里了。对不起。"

对不起。谁会对抢劫犯说"对不起"？她自己也觉得自己听起来很可笑，努力抑制住为那句道歉而道歉的冲动。

她一度担心他不相信她，但随后他又把她推倒在人行道上，朝着她之前走的方向跑掉了。她坐在那儿看着他消失在视野中，然后又等了一会儿。她也不知道过了多久。她完全没看到第一个人的踪影，那个说"嗨"的人。

被人抢劫后你该怎么办？附近没有其他人，这意味着没有别人选择这条路。四处转悠了那么久之后，这一次出门她没有提前查看犯罪地图。她变得自大、粗心、过于自信。也很幸运，她想。他没有向她开枪，甚至没有拿走她的钥匙和钱包。不，他不可能拿走钱包。她把它放在公寓里了。他只要了可以清理干净然后使用或出售的东西。如果有别人穿上她的连帽衫，它会变回初始设置，所以她不用担心他会追踪到她。这是最好的抢劫案。

她不想再走他们走的那条路，即使能通往她的住处，于是她在下一个路口右转，然后左转，走上一条和之前那条路平行的路线。她真希望自己带了夹克。她的牙齿在没来由地格格打战。

临时不可联络者。就在此时此刻，一步又一步，大体上朝着正确的方向，回到她自己的住处，她在这个世界上是独自一人，没办法打电话给任何人。现在就算她想查看安全地图也不可能，叫车或者报警都不可能。乔尼的做法更合适,带支紧急手机,但如果她有紧急手机,他们也一样会抢走的。

一家灯火通明的餐馆坐落在下一个十字路口,虽然现在时间很晚了,但里面仍然有十到十二个人。她推开门,用目光搜索抢劫者的面孔,或者他的夹克,她没有看到那个人,于是迅速走进最近一个开着的隔离式卡座,锁上门。

菜单是嵌入桌面的。她以为菜品会跟热浪餐馆的类似,但基本和麦当劳一样。她点了烤奶酪三明治、番茄汤和热巧克力,然后按下紧急按钮。

很快有人回应:"有紧急情况吗,四号桌?"

这算是紧急情况吗?"我想我被抢了。我是说,我被抢劫了。"

"在你的隔离式卡座里?"

"不,对不起。"再次道歉,"在旁边那个街区,在我进来之前。他们拿走了我的连帽衫。"

"你的第一反应是点三明治和汤?"

当时感觉这么做比较合适。她没有开口。

那个声音消失了,过了一会儿再次回来,"我已经帮你报警了,警察五分钟后就到。你还需要什么吗?除了汤、三明治和热巧克力以外。"

"我想不到什么了,谢谢你。"

她抱紧身子取暖,打量着菜单。没有手机或连帽衫来打发时间,感觉有点儿奇怪。不可联络者是怎么做的?乔尼曾经带了本书。也许她应该开始带书。

热巧克力端了上来,打成泡沫状的奶油加得太多,端给她的时候上面已经塌掉了。服务员逗留的时间比平时更长,直愣愣地看着她这个因为停下来关注周围环境而被抢劫的蠢女人。

警察与食物同时抵达——胸牌和代词徽章①分别写着"塞尔索警官"和"他们"②——这时候情况有点儿尴尬,"他们"挤进卡座,在她对面坐下,然后转身从呆看着她的侍者手中接过食物,放在她面前的桌子上。这位警官中等个子、中等体重、栗色皮肤、剃着光头,和蔼的眼睛和皮肤的颜色相同。

"你报案被抢劫?"警官穿着一件连帽衫,但没有戴上兜帽,而是在桌上放了个老式的平板电脑做笔记。她猜想是为了减少一些威胁感。"他们"操着一口流利的南方话。

"是的。"

"是他们干的吗?"警官指了指她的左手。

她的小指看起来像一根肿胀的香肠,皮肤紧绷发紫。因为"他们"提到,她又开始觉得痛。她点了点头。

警官敲了敲隔离式卡座的墙壁,"能给我们拿一袋冰和一条毛

---

① 一种标注着代词的徽章,用来表达个人在性别认同方面的选择,如"他们""她们""他""她"等。这种徽章旨在尊重和显示个人的性别认同和身份认同。

②佩戴"他们"标志的人可能认同非二元性别、性别流动性,或有其他更复杂的性别认同。

巾吗?"

一直在桌子旁边转悠的服务员朝厨房的方向走去,很快返回。罗斯玛丽从传送口接过冰袋和毛巾,压在手指上。

塞尔索警官从基本问题开始。罗斯玛丽报出她在本地的地址,希望能避开她为什么来这个镇子的问题。

"唔,现在能说说发生什么事了吗?"

她讲述了当时的情况。这会儿,那些细节感觉毫无用处——一个年轻白人,她几乎什么都没看清楚,她只能描述袭击者的衣服和左手。

"他逃跑的时候呢? 你有没有注意到他的身高? 还有他的头发?"

她摇了摇头,"棒球帽,也许是红色的。短发,我猜的,因为我其实没看到。那件夹克比较宽松,所以我看不出他的体型。很难说他有多高,因为他站在那里俯视我。一米七出头?"

"另一个人呢? 还有别的细节吗?"

"我几乎没看到他。我甚至不知道他是想帮我,还是另一个人的同伙。"

"是一伙的,"塞尔索警官说,"过去几周我们听到几个人有类似遭遇。你这么晚在外面做什么? 马上就宵禁了。"

"马上宵禁不等于已经宵禁。我有权出门。"

"当然。我只是好奇你在那条街上做什么。"

罗斯玛丽没有理由对警察隐瞒任何信息，但这个问题让她想起上次面对警察时，他们把所有人赶出了2020。"我正在散步。我喜欢在晚上散步。"

塞尔索警官张开嘴，又闭上了，"他们"暂停了一会儿，仿佛正在思考接下来要问什么。"要不要带你去医院看看手指？"

"不用了，谢谢。我会冰敷一下的。"她很乐意换个话题。

"听着，也许只是戳到了，也许是断了。早治总比晚治好。""他们"举起"他们"的左手。中指以一个古怪的角度向后弯曲，与其他手指干净利落的动作相比慢了半拍。

"不用去医院。情况没那么糟。如果明天它还肿着，我会去诊所的。"

"他们"耸耸肩，"你说了算。要不我开车送你回公寓？"

罗斯玛丽考虑了一下餐馆和她的住处之间的距离，"好的，谢谢。还有，嗯，我点菜时忘了我的钱被抢了。我该怎么办？"

"我跟经理谈谈。等你回家以后再把钱给他们，我相信他们能接受。"

警官离开了卡座，一分钟后带了个外卖盒回来，"店家请客。经理说等你情况好一点儿的时候回来买个三明治就好。"

还在餐馆里的几个人目送罗斯玛丽离开。她跟着塞尔索警官走向巡逻车，"他们"打开了后门。"对不起，标准规程，我不能让你坐在前座。"

她其实并不介意。她看向窗外，观察着人们的影子。

她住的那条街黑洞洞的，一片寂静。她摸索着寻找门把手，然后意识到这个位置没有把手，她坐的是嫌疑犯的座位。她等着塞尔索警官放她出去。

"你没事吧？需要打电话叫什么人来陪你吗？"

"不用了，警官。谢谢你的帮助。"

抢劫犯没有拿走她的钥匙。说真的，他们作为抢劫犯给她带来的麻烦已经降到了最低限度。她不必申请新的身份证，也不必联系房东说钥匙丢了。她不必担心他们会跟踪她回家或者知道她住在哪里。

她给自己倒了一杯水，喝光后又倒了一杯，然后扑通倒在床上。她筋疲力尽，只有手指痛得直抽抽。她伸手去拿手机，想把连帽衫被抢走的情况报告给SHL，随即意识到，如果管理人员查看它的位置，只会显示她整晚都在房间。见鬼。

现在她只想睡觉，但是不行。她从包里翻出一支笔和一张纸，从手机中查到SHL紧急联络、后勤部门和管理人员的电话号码写下来。她看了眼时间——晚上12:40。还有二十分钟就到阿什维尔的宵禁时间，比巴尔的摩晚一个小时。她灌了一壶水，抓起纸巾，又一次下楼去。她左右看看，街上空无一人。带着一壶水，手指肿得像香肠，她一定构成了街头奇观。最好再有人帮她个忙，把现在这个手机也偷走，但不会有人。她出奇冷静，心如止水。

　　她走过三个街区,来到一家餐馆,她两天前在这里吃过墨西哥玉米卷,她鬼鬼祟祟绕到后面,找到垃圾箱。她先把数据芯片拆下来放进水壶里,然后再拿出来掰成两半。她用纸巾擦掉自己在手机上留下的指纹。

　　手机砸在地上,屏幕上出现蛛网一般的裂纹。她在人行道上用脚后跟碾轧手机,把它毁坏得更严重,这让她产生了一种古怪的满足感。她隔着纸巾把它捡起来,再把所有碎片扔进垃圾箱,她知道自己彻底搞定了。

　　现在她是切切实实的不可联络者了,至少今天晚上是这样。她在宵禁前一分钟回到住处。冰敷了一下手指,吞下两片消炎药,然后睡了过去。

第31章　罗斯玛丽　职业自杀

平时都是小提琴与阳光一起把罗斯玛丽唤醒。她把枕头拉到脑袋上，这个动作立即使她清晰地回忆起前一天晚上发生的事情，她的手指在"尖叫"。她把手举到眼前：还肿着，但也许好一点儿了？也许吧。

她一边冰敷手指，一边在厨房抽屉里翻找着，最后终于找到一卷胶带，黏性还够，她把小指和无名指绑在了一起。这样就可以了。

咖啡店开门时她已经等在门口。

"谢谢你昨晚能来！你看起来糟透了，"莎迪说，"你一般不会这么早就过来。发生了什么？"

罗斯玛丽把抢劫的事告诉她，"我能用一下你的手机吗？打电话给公司和我的父母，告诉他们不要担心？"

"当然。我的天，我很难过，你在看完演出回家的路上发生这种事。我不该让你一个人离开的。"

"你是一个人离开的吗?"

"是的。"

"你看,这种事也可能发生在你身上。反常的事情。"她在错误的时间走过错误的街道。她担心的只是带枪的陌生人和携带病菌的陌生人,她甚至从未注意过其他人在某种情况下是怎样增强安全性的。当然,如果她没有离开乔里,就不会发生这种事,但她完全无法想象当初不曾离开。

她打电话回家告诉妈妈,她把手机砸了(这倒是真的!),问妈妈能不能给她买个手机,用无人机送到法式咖啡馆。罗斯玛丽回到住处之后就把钱还给妈妈。是的,她很好,只要她能再拿到一个手机,就可以多聊一会儿,很抱歉这么久没联系。管理人员听到的是另一个故事:她晚上出去看一场演出时被抢劫了。她已经报了警。她有根手指伤到了,但没什么事,好的,如果有必要,她会去诊所的。他们希望她立即发送一份事故报告,但她提醒他们说她手头没有设备。他们承诺马上送一件新的连帽衫过来。

这是她第一次两种设备都不带就来到某个地方,现在她手头什么都没有,而这种状态至少要持续一个小时。她点了杯拿铁,看着其他人陆陆续续走进咖啡馆。她的感觉包括警惕、存在于当下、断开连接、疲倦——一种古怪的混乱感。但并不无聊。她的大脑正在思考她从巴尔的摩开始就一直在想的问题,现在又加上了抢劫,还有她被打之前让她分心的那句"嗨"和GPS跟踪。

一小时后,超级沃利把她的两个包裹一块送来。我们的目标是速度和效率。她忙于恢复兜帽空间的信息,按自己的首选设置把两个设备设置好,然后迅速给她妈妈发了一条简信致谢,给管理人员发送了一个"恢复工作"。

在法式咖啡馆工作的大多数人都让连帽衫保持一定比例的透明视图,以便同时关注周围环境。她觉得这里足够安全,可以不透明工作几分钟。她翻阅全息舞台现场的存档,寻找她几个月之前参加的那场专利药品音乐会。

在拍摄记录的版本中,访客一开始就位于前面中间的位置,视野完美,但不是她记忆中那个位置。这次,她在乐队之后载入,她才是这里的幻影,他们不是。演出同样从《冲击》开始:三个人声和两把很大的吉他,在鼓声响起之前,一个音调持续了十秒钟。这首歌仍然像波浪一样击中了她,但当她看向旁边,想知道房间里的其他人是否也产生了这种感受时,她发现自己置身于机器人的海洋中。他们随着音乐摇头晃脑,但没人转过身来和她交换眼神。

歌曲结束后,阿兰·兰德尔的幽灵说:"很高兴见到大家。很高兴来到这里。"

他们删掉了"绽放酒吧"这几个字。她现在知道,他肯定录了所有SHL场馆的名字。他的头发又一次落下来遮住眼睛,他又一次把它拨开,"我们将继续为你们演奏几首歌,好吗?"

迷人的贝斯手又一次睁开眼睛，但这次眨眼不是对着罗斯玛丽。那从来都不是对着她的。第二首歌从贝斯开始，罗斯玛丽退出了音乐会。

她找到自己录制的卢斯乐队的演出，在2020那个特殊的夜晚。平面视频，不是专利药品那种沉浸式版本，但仅仅看着它就能让她身临其境。热情、直观、兴奋、房间里的热度，她全部都能回想起来。

她搜索了另一支乐队，另一首歌曲。鸢尾枝乐队的《来看真实的我》。只有音频，和她在餐馆洗手间里听到的一样。她并不在意鸢尾枝乐队看起来是什么样子。她翻回透明视图，闭上眼。这首歌以前会让她想起高中，但现在听起来，她仿佛身处热浪餐馆的洗手间，仿佛她心跳加快，仿佛乔尼的嘴唇贴上了她的嘴唇。

她几乎想出了一个计划。她闭上眼睛就能看到自己想要的结果，就像她过去在看到出错的版本之前就能想象出完美的代码。她报答卢斯心意的方式是毁掉了她的演出场地，乔尼曾说她在巴尔的摩所做的事情是无法挽回的，但也许她能想办法做出改变。这一次，她会告诉莎迪，因为这不是一项只靠她自己就能实施的计划，这不是一件她会未经允许擅自去做的事情。再说，她需要诱饵。

罗斯玛丽在一周后与管理人员见面。这是非常忙碌的一周，她对后勤部门产生了新的敬意。活动策划是一项艰苦的工作。

　　这位管理人员选择了另一种背景。这里不再是微风吹拂的草地,不再用办公室的仿制品来威吓她,让她感受自己的渺小。她们两人身处一个空旷但舒适的房间里,围着一张小桌坐在两把一模一样的椅子上,窗户很大,窗外美好的蓝天映入眼帘。大概她已经越过了他们认为需要用恐吓来使她屈服的阶段。从周围环境可以看出,这是一次同事间的会议。

　　通用管理人员——女性(2/5)的外观基本建立在相似的路径上——男性(1/5)。苗条、普通白人的外貌特征、栗色头发中夹着几丝灰白,看起来很贵的发型和服装。罗斯玛丽想知道另外三个虚拟形象是否也是白人。她在工作园区见到的大多数同事都不是白人,但她见到的每一个管理人员的虚拟形象都是白人,苗条而健康。据她所知,超级沃利虽然会修改年龄,但其他方面都会保持员工本身的模样。她把这些信息先放到一边,以后再去想。

　　"嗨,罗斯玛丽。情况怎么样?"她停顿了一下,"阿什维尔? 天气不错?"

　　她也学会了这种同事间的闲聊,"是的,天气很好。这是个不错的小城市,到处都是音乐。"

　　"很好,很好。"

　　"你来过这个地区吗?"

　　"呃,没有。"

　　罗斯玛丽想深入聊下去,问问这个管理人员是否也曾是个招募者,她为了升职摧毁了什么样的场地,但这会打破她正努力表现出的模范员工的假面。"你应该找个时间来看看。这里很美。这个地区还有真正的瀑布,但我工作太忙了,还没来得及去看。"

"听起来不错。你给我们带来了什么?"

她想象着那个缺乏个性的管理人员坐在一个童年卧室改成的工作区域里,视野一闪,完美地从娱乐状态转换到公事公办。

"两个表演。"她也用了他们的用语,"我看过这里的很多音乐人,但我认为这两支乐队适合SHL。第一支叫'一路向下',用民族乐器演奏出色的R&B音乐,歌曲朗朗上口。"她不确定他们是否足够好,但她愿意支持他们的音乐。

"听起来很有意思。有视频吗?"

"当然。这是一次练习,因为我穿着新连帽衫去看演出会感到紧张,在发生了那种事情之后……"她让自己的声音逐渐减弱。

通用管理人员很好地模拟出一个充满同情心的微笑,"是的,我们听说了你遇到的事情。很高兴你没事。"

"谢谢。另一支乐队名叫'西姆拉茨'。你会爱上他们的。我会把他们上次演出时别人录制的视频发过去。十二人乐队,听起来人很多,可以塞满任何房间。主唱的嗓音非常好,他们搞的这些荧光涂料可以在SHL转换得很好。人们会排队去看他们演出。"她终于搞明白怎么修改乐队交给她的视频中的元数据,她对此感到自豪,但这只是在她那长长的技术胜利清单上又增加的一项,一些除了她自己,没有人会为她庆祝的胜利。也许她应该设计一台兜帽机器人,跟着她随时赞美她修改的代码。

"哇哦——十二人乐队。我想很长时间没人请过这么大的摇滚乐队了。"

"但没问题吧?"

"当然,在合适的条件下。很贵,但如果他们真像你说的那么棒,那就值得。"

"他们很棒。"

"干得好,罗斯玛丽。你有联系方式吗?别又是见鬼的不可联络者。"

罗斯玛丽尽量不让自己的虚拟形象退缩。她把他们的联系方式发过去,"他们所有人都可以联系到。如果你们想派人看看的话,他们还会一起举办一场大型演出,就在这周六开始的一周内。"

"没必要。我相信有你的报告和视频就足够了。"管理人员又问了一遍,"嗨,你还没收到卢斯·坎农的消息,是吗?"

"不好意思,没有。"

"太糟糕了。飞了一个。不管怎样,你如果想离开那里,现在可以随时联系后勤部门。"

"我可以再待几天吗?去看看我提过的那些瀑布?我的房间租到月底。"

管理人员耸了耸她那过分完美的肩膀,"我看没什么不可以的。"

管理人员再次感谢她，说她很期待查看视频，然后就退出了。这个空间变成一片空白。罗斯玛丽切换到透明视图，看了一眼咖啡柜台。

莎迪把前臂支在柜台上看着她，"怎么样？"

"很好，我觉得。如果他们喜欢你，他们会在几天之内联系你。"

"我并不是一定要答应？"

"嗯。他们会为你提供一次试音或一份合同，或者二者都有，你不是一定要答应。不管怎样，谢谢你帮忙。"

"我的荣幸。破坏那些事情，并且与那些人谈判，我很感兴趣。"

罗斯玛丽咧嘴一笑。她曾经害怕解释自己的计划，担心莎迪的反应会和乔尼或卢斯一样，但如果罗斯玛丽当初面对她们也这么诚实，也许她们的反应会变得不一样。也许吧。

她试图保持距离，但很难不把莎迪当成朋友。这个计划使她们更亲密了，但她也不再觉得莎迪在挑逗她，要么因为她现在知道罗斯玛丽是什么人，要么因为罗斯玛丽很快就会离开城镇。她们双方的角色变成了友好的合作伙伴。"邀请函怎么样了？"

"一切顺利。"莎迪说，"年度仓库音乐会，集体表演。消息已经传出去了。"

第32章　卢斯　修复我的生活

席尔瓦确定了我们的乐队首秀,然后给老朋友们打电话,为我们在亚特兰大、雅典城和达隆尼加依次安排了演出。他称之为"我肯定疯了"佐治亚州巡回演出。

"别抱太大期望。"他说,我们正收拾行李准备出发,他把自己的音箱放到面包车后面,搁在我那台音箱旁边。

玛西娅也和我们在一起,鼓包里架子鼓硬件的重量使她微微蹒跚。她和阿普丽尔完全不像,但我不由自主地想起两人坚持自己拿巨大鼓包的画面,产生了一种奇怪的时空重叠感。

她满怀期待地看了我一眼,"帮下忙?"

"不好意思!"我抓住一个把手,帮她一起拎起来。

"想提醒一下,"席尔瓦伸出手一起帮忙,"期望值放低一点儿。这些地方不是你当初习惯的地方。"

"我当初习惯的事情已经不再是习惯了。我在一家古董店里演奏摇滚乐的时候,你也在那儿。他们说要放低音量,免得把架子上的东西震下去。"

"我在一家西部乡村酒吧的铁丝网后面为现场卡拉OK伴奏。"玛西娅伸手搂住我的腰。

席尔瓦咧嘴一笑,也加入比赛,"我曾经在机场行李领取处演奏。我不知道他们为什么认为人们等行李的时候会希望听到现场音乐。"

他们切换到疫前时代,于是我也加入进来,"在曼哈顿街头表演。八月,垃圾日。"

"哦,你赢了。"玛西娅捂住鼻子,"来吧,还有更多的音乐设备,我没法全拿过来。"

我看着他们两人回头朝小屋走去,把这一刻记在心里,因为我不知道这段时光会持续多久。再次住进这个地方的感觉很好。我最喜欢的地方,这里承载了很多共同经历。我加快速度,免得让人指责我拖后腿。

过去,通过高速公路前往亚特兰大只需四个多小时,现在我们走乡间小路花了将近七个小时,因为有限速,道路也迂回曲折,还有过于热心的警察。

"你们让我们停下都不需要理由吗?"第三次被拦下时,我沮丧地问。第一个警察说他认为我们没系安全带;第二个说我开车一直打晃,但拒绝给我做酒精测试;第三个说她接到电话提及一辆可疑的面包车。

第四个甚至不打算装装样子,"一辆马里兰州牌照的面包车开到离家这么远的地方,这个理由就够了。"然后跟我要驾照和汽车登记证。检查完所有的东西之后,他跟着我们穿过城镇,直到我们从他们第二个车牌识别器下面驶过,他才停了下来。我本来想抓紧时间吃点儿午餐,但他明确表示我们不能在这个城镇停留。我们只能沿着公路行驶到几公里之外,用加油站的自动售货机买了做好的三明治。

"我们能完全不进入城镇吗?"玛西娅问,又有一名警察屈尊跟在后面。

我集中注意力让车保持在限速之内,尽量沿直线行驶。

"如果我们想在演出前赶到目的地,那就不行。"席尔瓦说,"但这事肯定难办。北边也是这样吗,卢斯?"

"没这么糟糕。见鬼。"又有车灯出现在我身后。我叹了口气,停在路边。又来了。

亚特兰大的演出在小五星区一家琴行那没有窗户的后屋里举办。我走过工作台,看着整洁的吉他硬件容器,格子里摆满了吉他,标签上写着它们从哪儿来回哪儿去。我垂涎欲滴。我已经十多年没见过吉他店了——我不再进行巡回演出之后,吉他都是通过朋友买卖的。这里不是一家吉他店,但也类似,店主显然有她自己的定制维修项目。我的吉他也可以送来让琴师悉心保养一下,但这需要在本地待一阵子才好回来取,或者有个可以寄送的固定地址。未来再说吧。

我们夹在两支本地乐队之间,席尔瓦曾经和其中一名鼓手一起演奏。他们很体贴地把我们放在中间,这样他们的粉丝就不会迟到早退,跳过自己不认识的乐队。我们完成试音后一起从三家不同的比萨店点了比萨,如果有人监控送货情况,就不会认为我们有一大群人点餐。我很高兴能有机会和其他乐队聊天,即使他们没人考虑过巡回演出。他们满足于半定期地在这个地方和另外一两个地方演奏,跟我当初在2020的开心日子一样。控制风险,全然不同于我离乡后变化莫测的经历。

我看着观众入场,好奇地发现这里的人不需咨询也不了解最佳解决方案,就能建立起自己的安全系统。我的安全系统名叫"爱丽丝",如果不是靠她惊人的面部识别能力,以及对于人性的深刻怀疑,我知道我那个地方早在罗斯玛丽到来之前就会被警察突击搜查。这个地方似乎更加规范,我看着人们进场,试图搞明白这个系统,似乎包括电子钥匙链、扫描设备和一个问题。最终我放弃了,问起最后一项是怎么回事。

琴师的妻子咧嘴一笑,"在没有演出的日子里,我们网站的登录页是玛丽的一把定制吉他。在演出的日子,她会在早上放一张贝根曼陀林的照片,然后到了中午换成某件古董乐器。这个启动页的替代文本会显示乐器的品牌和年份——我们倒不是真的有那么件乐器。他们进来后要问起那件古董乐器。如果我们已经熟悉了某个人,他就可以买串钥匙链,跳过进门时的考验。"

"今天的古董是什么?"

"1959吉布森探险家吉他。"

我张大了嘴巴,"你们有那把吉他? 那东西差不多价值五十万美元吧?"

"我们当然没有! 她有一次维修过那把吉他,拍了张照片。任何一个真正想找那把吉他的人都会先打电话问问,不会亲自过来,因为我们主要还是一家修理店,而不是商店。它没有在我们的销售页面上列出,我们主要出售玛丽的定制产品,而不是古董。"

在我看来,这个系统很复杂,但他们的演出场地还在,而我的已经没了,所以我也没资格做出批评。我还有一个问题:"那新人怎么知道你们在这里?"

"他们不知道。"她耸耸肩,然后又想了一下,"我是说,如果一支乐队在这里演奏,想要邀请新人,他们可以为那些人担保,我们就启动审查程序,但我们会尽量限制人数,避免一切风险。"

爱丽丝本来希望我能谨慎小心,她讨厌我把迷路的羔羊带进去。我认为一个群体需要新鲜血液,否则就会停滞不前,而且,如果我们不能为有需要的人提供一个逃避现实的地方,无论他们是否认识我们,这个场地的存在也都没有意义。"安全总比遗憾好。"她曾经说,她是对的。我太轻信了。

后屋大概可以容纳三十人,加上三支乐队和店主,一共来了十二个观众。演出原定开始时间过了二十分钟之后,虽然上座率不高,他们还是锁上前门,关掉了商店灯光。这个场地的气味要比2020好一点儿:木材和油脂的味道,还有微弱的焊料气味。三排小台阶上,观众坐在从旧货店买来的沙发和躺椅上。头顶上的吊扇吱吱作响,搅动空气。

我靠在后墙上欣赏第一支乐队。他们还年轻,也就十几岁的样子,他们有本事进入这里本来会令我感到高兴,如果不是有个人在吃比萨时管席尔瓦那位鼓手朋友叫"爸爸"。尽管如此,他们还算是不错的表演者,即使歌曲有点儿平庸。他们来到这里,努力尝试,这就是我对人们的期待,想到父母会鼓励孩子为了音乐违背法律,我对未来升起了希望。听完他们前两首歌,我溜进了后台的小化妆间。

最后那支乐队不在里面——我猜都去欣赏自家孩子演奏了——我看到席尔瓦和他的朋友坐在前排。玛西娅独自一人待在乐队房间里,戴着兜帽,击打空气鼓。从她的动作中我认不出是哪首歌。我吻了她,她从沙发上跳了起来。

"戴着那个,任何人都可以偷偷接近你,"我在她摘下兜帽时说,

"我不明白人们怎么会在公共场合使用那东西。"

"那是因为你老了。"她看起来很生气,但不算暴怒。

"你比我还大两岁。"

"看不出来。你是老顽固。"

"我才不是!我只是不明白这些事情的意义。"

"这是很棒的科技,卢斯。我还是觉得你应该找个时间试试。给,稍微戴一下我的。女子国家队与加拿大队比赛。"

她把连帽衫递过来,但我在胸前握住她的手,轻轻往她的方向推,"我不想看到人们在摄像机前假装踢足球。不过如果这能让你为演出做好准备的话,开心就好。"

"她们在摄像机前比赛不等于假装比赛,就像你在一个空房间里演奏不等于假装演奏。反正我不喜欢在演出前听别的乐队演奏,这样就算他们表现得非常精彩、无可比拟,也不会影响我。"

我从琴盒里取出吉他,在她对面的沙发上坐下来调音,"嗯。我倒是比较想知道,这样我是不是也会表现得更好。虽然这不是什么竞争。"

"姑娘,一切都是竞争。"

她又坐回去看比赛,而我一边听乐队演奏,一边随便拨弄着吉他。他们在一种全家乐融融的氛围中结束了演出。我轻推玛西娅,到时候了。

"我们今晚还有个惊喜,"制琴师玛丽在我们踏上舞台区域时说，"他们是黑加仑火焰，来自外地。"

不能算最高级别的介绍。我猜席尔瓦没有把音乐发给他们，他朋友的介绍大概只能让我们进门。我一点儿也不担心。我一直很享受亲自赢得观众的支持。

这是我们第一次一起演出，我原本不是很在意这一点，但当我拿起吉他，试着弹出一个和弦时，它打动了我。我们最后几周时间一直围成一圈练习，现在我们要再次面对外界。看看能在家里发挥作用的暗示在这个环境中是否同样适用。席尔瓦和玛西娅对这些歌还不太熟，因为重新编曲的缘故，我自己也一样，包括我以前演奏过的歌曲。我感到一丝战栗，这种小小的怯场是可以克服并利用的，它能转化为能量。即使我们仍然艰难地在边缘徘徊，我们已经能想象到未来。新的乐队，新的巡演，赢得十几名新观众的支持。我最喜欢的挑战。为了再次经历这种挑战，我愿意违背任何法律。

"嗨。"我边说边走向麦克风。

下一个和弦就要来真的了。

第33章　罗斯玛丽　压力降低

罗斯玛丽怀着既兴奋又恐惧的心情等待音乐会。只不过是她的职业生涯岌岌可危罢了，没什么大不了的。她一直在确认莎迪和西姆拉茨的情况，等他们都接到电话后感觉松了一口气。西姆拉茨当场签约——她的工资单上还多了一笔奖金。莎迪的乐队被叫去试音，他们还在讨论。时钟开始嘀嗒作响。

"今天我神经紧张，"一起坐出租车前往仓库时，莎迪说道，"我在演出前经常会感到焦虑，但今天变本加厉。"

罗斯玛丽也有同感，"我也一样，我甚至都不用演奏。我想这就是举办演出的感觉吧？担心所有人会不会在正确的时间出现在正确的地点，还是说根本没人会来。"

"没错。"当莎迪抓住她的手时，罗斯玛丽也用力紧握了回去。一种团结的握手。

出租车抵达仓库，那里低矮而灰暗，就像雷雨云一样。莎迪抓起她的贝斯，让罗斯玛丽拿上箱子，她说那是贝斯用低音功放头。迟早有一天，罗斯玛丽得学会所有的术语。

"乘坐出租车直接来到演出的前门，还不用担心把警察引来，感觉有点儿怪。"莎迪说，"仅此一次，对吗？"

"仅此一次。"罗斯玛丽重复了一遍，希望自己不会又一次把所有人的一切搞砸。

他们走进前门，莎迪小声咕哝着，"也挺怪的。"

进入里面，橡胶腐烂的气味扑面而来。门厅有两层楼高，光线透过天窗照射进来，大部分地板铺着粉色和蓝色的毛绒地毯，上面留有一些踩踏的脚印。她突然看到炮塔：一座巨大的充气式城堡。她们没有从中穿过，而是绕了过去。在它后面，天花板变回了正常高度。

"他们究竟在这里做了什么？"莎迪问。

"托马斯说他们有所谓的'派对出租'业务。"罗斯玛丽上周有相当长的时间和那个举办演出的孩子在一起。

"那就能解释了，我觉得。"莎迪指着一间镶玻璃的陈列室，里面有三张很大的桌子，每一张上面展示着不同的装饰方案。一个是红色和金色，一个是银色和玻璃，第三个则是海景，到处都是贝壳和沙子。她们靠近了看，所有的东西上都覆盖了一层厚厚的灰尘。"我们能给你的派对选个主题吗？"

罗斯玛丽挠了挠头,"你们的'摇滚音乐会'是什么样的?"

"我来给你介绍!这边走。"

她们又经过几间陈列室,走向一扇标有"员工"的门。罗斯玛丽推开门,她们发现自己置身于黑暗之中,远处有个光点——另一扇敞开的门。

"欢迎!步入光芒中!"托马斯在那个方向喊道。她们慢慢穿过空旷的空间,用手机当手电筒照明。

"你们觉得还行吧?"他在她们走近时问道。

"没问题,"莎迪说,"安装得怎么样了?"

他朝另外两个人做了个手势,他们正在一堆电缆、扬声器、灯具和支架中间移动。一条粗线从开着的门延伸出去。"很好。我们为这事儿搜集了一些比较破的调音台设备,以防设备会弄丢。我们需要的其他所有东西也都搞定了。临时发电机、冲厕所的水什么的。"

"是啊。"罗斯玛丽尽量在莎迪之外的人面前隐藏自己的紧张。如果她处在他的位置,她都不确定这些东西是否真的能起效果。而且,他很聪明——没必要冒更多风险。

她本想早点儿来,但亲眼看着所有东西慢慢成形会使她更加紧张。她拿出手机查了一下她的公共汽车票。

"我真不敢相信你明天就要走了。"莎迪扭头看了看她,手里拿着贝斯。

"我已经完成了这里的工作。"

"几乎完成了。你还没有完成最后那部分,离开后留下毁灭的遗迹。"

罗斯玛丽胃里翻腾了一下,但她勉强露出一个微笑,"哦,是的,我忘了。"

到了七点,他们已经完成安装。两支乐队都进行了试音。他们听起来平淡无力。希望是因为这个空间过于空旷,而不是因为音响设备。就算效果不好,他们还是会演出的,罗斯玛丽心想,即使是一场差劲的演出。乐队会演奏,然后回家。

她为他们带来尚未爆发的危机——每天晚上悬于头顶,等待爆发。一定得在今天晚上爆发。她提交西姆拉茨乐队的视频时修改了元数据,显示着这里的GPS坐标;她也明确提到这场演出。这样应该足够了。她等待着。

托马斯的一个朋友带来了冰箱。里面只有水和苏打水,这样就算他们被突击搜查,也不会有提供酒精的问题。

"如果没人来怎么办?"她在七点半问。

"放松点儿,"托马斯说,"我们跟别人说的是八点,所以他们九点才会过来。他们会来的。就算不为音乐,也会为了充气城堡过来。"

"你给那东西充气了吗?"罗斯玛丽想象人们为了避免践踏而逃离,奔跑时直接撞上一个蓝色和粉色的巨大路障。

他笑了,"那个城堡上的洞可能比'泰坦尼克号'的还多。不过

'泰坦尼克号'只有一个大洞吧？反正，没有。目前还没充气。"

她开始觉得是不是没人像她这么严肃地对待这件事。他们有点儿心不在焉，即使这件事会对他们产生直接影响，而她可以置身事外。她希望他开这个玩笑是为了掩饰紧张。还是紧张点儿好。

八点十五分，人们开始陆续入场，她心里的担忧列表终于可以删掉"没有观众"这一条。继续下一条，她在周围走了一圈，确保所有的门都没上锁。他们告诉观众——都是乐队成员的朋友——从南边的员工入口进来，也告诉了他们十二个紧急出口都在哪里。等她转一圈回来时，场地已经挤满人了。大约五十人在舞台前面转来转去，黑暗的角落里可能还有几个人，如果可以靠发光的手机屏幕来判断的话。人数真合适：多到足以说明这是一场正宗演出，但也少到人们在必要时可以安全离开。所有观众都知道可能会发生什么，但还是选择冒这个险。

到了九点，大约来了六十个人。罗斯玛丽靠着后墙灯光照不到的地方。正如她希望的，莎迪的一路向下乐队现在听起来的效果远比试音时要强。声音会被观众吸收，而不是在墙壁之间反弹。人们摆动身体开始跳舞。她焦虑到什么都做不了，只能干等着那些不速之客。他们还没来。

这支乐队表演完节目之后，莎迪收拾好乐器，走向罗斯玛丽站的地方，手里拖着她的乐器包，把沉重的贝斯用低音功放头放在身边，"还没影子？"

"没呢。"

"他们还是可能会来。"

罗斯玛丽点点头,"这是我做过的最奇怪的事。"

"听着,"莎迪说,"我大姐是个护林员。有时他们会自己放火烧掉灌木丛。比起让灌木积聚起来等待山火爆发,可控燃烧造成的伤害反而更少。我会把这视为一种可控燃烧。"

"可控燃烧。"这个类比确实为罗斯玛丽带来了一些安慰。

舞台上的灯光变成了黑光。

"朋友们,城里的伙计们,乡村的兄弟们,"主唱脸上画了彩色旋涡,"请听我唱。"

鼓手敲出四个鼓点,整个乐队随即开始演奏。罗斯玛丽认出这是在翻唱她父母唱片里的一首歌:《我反抗法律》。"

"很有趣。"她低声说。她希望自己能专心享受音乐。

他们演奏了第二首歌,然后是第三首、第四首。罗斯玛丽没听过这几首歌,但她发现歌曲主题都与法律执行有关。她记得这支乐队并没有这么政治化,但这是个特殊场合。她仍然抱有一种反常的自豪感,她为SHL发现了一支很棒的乐队,也抱有一种反常的担忧,如果他们不愿走SHL乐队所需的通俗路线,那一切都毫无意义。不会的,她的直觉很准。这是一场特殊情况下的演出。

随后建筑外面传来一声呐喊——有一刻,罗斯玛丽仿佛又回到2020那次突击搜查。远处的门被打开,手电筒照了进来。扩音器或扬声器发出粗哑的声音:"停止演奏,这是非法聚集。"然后所有人都开始奔跑,跑向所有的门,所有的门都没锁。他们已经知道舞台的位置,观众相对于警察占有先机。有人在警察进来时朝他们照射聚光灯,影响他们的视线。

黑光下的西姆拉茨乐队,一堆彩绘的人体还有乐器,他们就像"泰坦尼克号"上那支随船一起下沉的乐队一样演奏着。警笛声构成了警方搜查的配乐。他们没什么好担心的,SHL会把他们保释出来的。如果事情像她希望的那样发展,就没有人会受伤,没有人会被抓,没有任何场地会被破坏,只不过是一群孩子非法侵入了托马斯妈妈的一间仓库。她自己也没什么损失,因为她与这场演出无关。在别的城市就不会这么容易了,但如果今晚的做法能成,她会想出更多办法。就像她遇到的抢劫犯一样,这场演出相当于大喊一声"嗨",为真正的演出分散注意力。正如莎迪所说,这是一次可控燃烧。

有人切断了调音台。乐队通过他们的音箱继续演奏,没有人声,直到发电机也被关闭,一下子切断了除鼓声外所有的灯光和声音。人们四散离开。罗斯玛丽心中涌出一阵令人战栗的恐慌感,她努力控制,避免与之一起失控。她看向莎迪,对方紧张地笑了笑。

罗斯玛丽伸手去拿莎迪的贝斯用功放头,但莎迪拦住她的手,自己拿了起来。"如果我们可能会分开的话,我还是自己带上所有东西比较好。"

一道闪烁的灯光朝她们这里照过来,罗斯玛丽的心脏又开始狂跳。最近的出口就是她们进来的那条路,穿过展厅和两层楼的门厅。

"很高兴认识你,罗斯玛丽。"接近出口时莎迪说,"保持联系。"

她猛地打开门,前方一片黑暗。早前唯一的光源就是透过天窗射下来的阳光,现在发电机关掉后也没有电力可用了。她没有考虑过一个断电的仓库在没有月亮的夜晚会有多黑。前面,红蓝两色警灯在一片漆黑的边缘闪烁,空气中充满了刺耳的嗡嗡声。

"啊,见鬼,他们就在前面。"莎迪停了下来。

"十一号出口在走廊那一头。"罗斯玛丽伸手拉住莎迪的手肘告诉她方向,"那边没有停车场,所以他们可能没把车停在那里。"

"谢谢!你来吗?"

"马上来。你该走了。"罗斯玛丽拥抱莎迪,"谢谢你的帮助。祝你好运!"

莎迪消失在黑暗的走廊里,她不可能知道这是罗斯玛丽第一次主动拥抱家人以外的人。这个重要的夜晚似乎对她产生了一种古怪的影响,促使她开始尝试舒适区之外的各种事情。她一方面感到害怕、激动、担忧、肾上腺素飙升,另一方面她也因此更加大胆。这次行动结束之前她都不敢说会不会成功,但目前为止,作为一次自行引发的混乱,一切都很顺利。她甚至觉得自己不配这么顺利。

罗斯玛丽转身回到正门,巨大的充气城堡使门厅显得又矮又小。除了两个耷拉下来的炮塔,它看起来完好无损。她在老电影里见过这种东西出现在学校活动和生日派对上,但从未亲眼见过。那是另一种童年,另一种成长经历,与她的疫后时代形成鲜明对比的疫前时代,到处都是真实的人类身体,人们自行掌控彼此之间的距离。她想到上面跳一下,就试试,然后再逃跑。

第34章　罗斯玛丽　自由意志占星术

这一次罗斯玛丽没办法不去医院。在城堡下面等着她的警察坚持要求她去医院,这样她就不能说自己是在逮捕或拘留期间受的伤。他记录了整个互动过程,声称是为了自我保护,但她能想象他的弟兄们被她的意外失足逗笑。

他还坚持等救护车过来,而不是自己开车送她去医院。其他人都已经四散离开,只留下罗斯玛丽和零零散散的几个人,肯定是警察进来时离门口太近的人。她唯一认识的是西姆拉茨的主唱,他在要登上一辆面包车时,朝她敬了个礼。那辆面包车基本是空的,他们本来肯定想带走更多的人,如果这是一次正常演出而非可控燃烧的话,他们很可能实现这个目标。希望警察没有怀疑。

救护车终于抵达,那名警察看着他们把她抬上车,然后自己驾车尾随。

和她一起坐在后面的急救员很亲切,还有点儿好奇,"你是怎么弄的?"

"我扭到脚踝了。"

"嗯,对,我看得出。但怎么弄的?"

"你见过可以弹跳的城堡吗?"

急救员笑了,"有一百万年没见过了。"

"我也没有。所以我没忍住。"

"你是因为这个被捕的?"

她努力装酷,就好像她每天晚上都这样,"不。是因为非法侵入和聚众。还有,呃,拒捕。警察说我不应该一直在那上头跳。"

"嗯。他肯定过了个很有趣的夜晚。"

"是的! 如果你能让我从那扇门溜走,就会是一个更加有趣的夜晚。"

友谊就此结束。"那可不行。"

"对不起。我开玩笑的。我只是没想到今晚会被捕。"那她为什么会停下来蹦蹦跳跳? 她就是想要那么做。也许一部分原因是她想要被抓走,被惩罚,因为她在巴尔的摩所做的事情。

"反正你那脚也走不远。"

他们脱掉她的鞋给她冰敷时,她瞥了一眼,青紫肿胀,这次受伤真是不得了。看一眼就够了,再看第二眼会让她想起他们要去的地方,而她一直努力回避去想。她讨厌医生,还有医院。也许没有人会喜欢,但这一路上她心里有一种混合了厌恶与恐惧的感觉,比受伤本身更令她难受。只是为了你的脚,她心想,他们不会让你留在那儿的。

医院不远,肯定不足以酝酿出什么了不起的逃亡计划。他们把她推出救护车,送进急救室。被警察护送进去肯定使她得到了某种优待,因为她直接被送入了检查区域。一名护士记录了她的病史,又给她拿了一个冰袋和止痛药,然后让她进入一间密封的检查室,等他们叫她去照 X 光。她等了又等。

一个安静的夜晚,还是说如今的医院都是这个样子?一扇紧闭的门代替了门帘——也许这些房间在隔绝噪声的同时也隔离了细菌。她最后一次能参考的经历在十几年前。大厅里挤满了尖叫的人,神经紧张,瘟疫在他们的皮肤上烧出想象出来的洞;她自己也在尖叫。发出那种声音是因为你的身体必须那样做,虽然知道医生已经尽力了,但疼痛并没有缓解;你说自己要疼死了,但他们不相信你的话。她一想到那些事情就想逃跑,但警察正坐在床头的椅子上。

最好还是转移一下注意力。她现在想听《血与钻》。她戴上兜帽,设置为透明视图,看了下警察是否会反对。这首歌令她想起医院——她意识到自己从进门开始就一直哼着这首歌——但带来的不是糟糕的回忆。这首歌会令她想起那些护士,那些在医护工作中不以居高临下的态度给孩子们加油打气的人。令她感到安全、疗愈,带给她力量。

她播放了两遍。这首歌仍然有那种魔力,但现在她想再听听卢斯的新歌。她破解的手机里有张专辑,复古风格,她不想现在当着警察的面听——她不希望自己再做出任何显眼的行为。她搜索了一下,看看有没有人通过正常渠道上传任何卢斯演出的片段,但只能找到疫前时代的东西。那个不一样的卢斯。

卢斯表演的地方不会有人把视频上传到兜帽空间。怎么可能找得到?再试试。等一下,她在乐队里演奏。罗斯玛丽刚才查找的是卢斯·坎农。她试着改为搜索"哈丽特"和"音乐"。

搜索结果给出一个沉浸式视频的十几个不同版本,视频标签包括"哈丽特——现场——做点儿什么!""哈丽特说的是实话!"

那名警察穿着自己的连帽衫——从他的手放在大腿上的动作来看,可能正在做文书工作——等 X 光检查的时候肯定会有人来叫她的,于是她打开了视频。

无人机拍摄。从镜头在稳定迅捷地移动来看,这一点很明显。它们穿过一片林木庄园,飞向一扇被音符覆盖的大门。另一些无人机飞入视野中,都飞向同样的位置。

有人问:"这是什么?"另一个人回答:"不知道。有人在大门外面发飙。'闪亮粉丝'公司说过来看看。"

然后它们来到门口,盘旋在半空中,几十架无人机发出的噪声淹没了另一边那个人的动静。这架无人机向前猛冲,几乎碰到了大门,它的麦克风肯定是单向的,因为其他噪声都消失了。

卢斯站在另一边,头发又油又乱,她朝大门的方向竖起中指。"去他妈的全息舞台。别把钱给他们。去学一种乐器。去看真正的乐队演出。重新开放这个地方,亲自来这里走一走。所有人都会害怕,关键在于当你害怕的时候你做了什么。这个世界还没有完蛋。"

"这小妞疯了。"操作员说。

"不——如果能亲自到这里来不是很棒吗?"

"嘘。"另一个人说。

卢斯接着说下去:"这个世界还没有完蛋。我们不需要保留所有的旧东西,我们需要一些新的。借把吉他,学学怎么弹。如果那不是你要寻找的东西,就去搞明白你要什么。找到你自己的风格。在某样东西上刻下你的名字。给它们打上烙印、描绘它们、拍摄它们、调整它们、彻底改变它们,用新的媒介塑造你自己。乐器和工具是同义词:我们仍然可以建立归属感。我们的歌曲还在创作中。"

她开始演奏,这是罗斯玛丽以前从未听过的音乐:愤怒而黑暗的和弦。一分钟后,她抬起头,似乎听到了什么,随即罗斯玛丽也听到了警笛声。

"晚安,孟菲斯!"卢斯说,朝着罗斯玛丽的方向挥了挥手,跑向停在路边一辆没什么特征的面包车。

孟菲斯。她在孟菲斯,这个地方是在——罗斯玛丽不得不查了一下——美国田纳西州。距离阿什维尔并不远,但如果她正在旅行,罗斯玛丽赶到那里的时候她可能已经离开了。如果她正在旅行,也许这意味着她的生活并没有被罗斯玛丽毁掉。也可能毁掉了,这是一次被拍摄到的崩溃。看起来不像是崩溃。她给人的印象是真心诚意、充满干劲的,虽然稍微有点儿失控。

不管怎么说,她的位置并不重要。信息会超越地理位置,即使这条信息说的是在某个地方做某件事情。这条信息正在人群间传播。播放量已达四十万,还在攀升。

她又播放了一遍,仔细聆听,然后摘掉兜帽开始思考。我们需要一些新的东西。创造更好的东西。建立归属感。这是一条直接传达给罗斯玛丽的信息。不只是给她,她知道。这条信息传达的对象远远不止她一个。今晚的音乐会是朝着正确的方向迈出的一步,但也仅仅是一步。下一步是什么? 她沮丧地呻吟了一声。

那名警察看了过来,"脚踝还疼吗?"

"是的。"这不是谎话,虽然也不是全部真相。

她一直在仔细思考那件事。他们过来带她去做 X 光检查的时候,他们把她的脚放在正确位置拍 X 光片的时候,一名医生终于现身,并证实她的脚踝是严重扭伤而非骨折的时候,她一直在想着那件事。他们给她包扎得很紧,告诉她脚踝要冰敷、抬高,尽量不要用力。医生给她开止痛药时,警察插话说,如果她能忍住痛的话,最好晚点儿再去取药。

"你对我的医疗也有发言权吗?"她问,仿佛来医院是她自己的选择。

"不，我不会告诉你该怎么做。我这么说只是希望减少一些文书工作，减少你的药片丢失的可能性，减少传讯后你离开时耽搁的时间。说到这个，你准备好了吗?"

她没有，但她认为不重要。

罗斯玛丽把旅行中期待经历的事情列了张清单，被关起来这种事并不在其中，她把它列入不想再经历的清单。聚众法似乎管不到监狱，她和另外三十个女人在同一间牢房里过夜，这里的空间几乎不够三十个女人站着，更不用说坐下来或者试图闭眼。只有三个人似乎曾出现在仓库音乐会上，她很高兴北卡罗来纳州最近取消了现金保释，收她入监的警官是这么说的，这样她就不用担心她们没有保释金，毕竟她们出现在这里是她的错。巴尔的摩那次搜查之后，SHL的管理人员表现出对法律纠纷的担忧，但他们只关注她和卢斯，完全不关注被他们牵扯进去的其他人。她以前甚至没有考虑过这个问题。

她在那块坑坑洼洼的水泥地板上为自己占了一小片地盘，等待着，这本身就是一项有趣的练习。没有连帽衫、没有手机、没有工作、没有音乐，没有杂事，她不知道该让自己的大脑想些什么。她的脚踝一跳一跳地疼，她想找人给她拿点儿冰块来，但没人理会她的请求。没有什么事情可做，只能等待、守住她的地盘、质疑当初的人生决定。

她醒来时有点儿不辨东南西北。她本来没打算睡着。一开始她想站起来,但她的脚立即提醒她,最好还是在地板上多待一会儿。早餐是一块方形白面包,上面摆了一块方形鸡蛋饼,她把它给了另一个看起来更饿的女人。

他们取消了现金保释,但保留了一个复杂的担保系统。法警不喜欢她这种在本州无亲无故的人。他告诉她在开庭日期之前不要离开这座城市。她争辩说她的工作需要旅行,于是成功地把限制改为留在本州内。对她有利的是,她没有任何犯罪记录,受到的指控只有聚众和非法侵入,都是三级轻罪。那名警察所说的拒捕显然只是为了吓唬她。法务部门很快就能把她弄出来,但她不想让他们知道她留在了那里。可能他们已经知道了,如果他们在她度假时也跟踪她的公司连帽衫的话。她还幻想他们不会那样做。

所以她暂时被困在了北卡罗来纳州。对公司来说,她在度假,这样也挺好的,因为她还在权衡自己所做的事情造成的各种难以预料的后果。她不知道是否有人受伤,是否有人会受到更重的指控,托马斯是否会遇到麻烦——还好他只有十七岁——他母亲是否会失去那座建筑。托马斯向她保证过,他妈妈还拥有别的地方——他喜欢这个计策。罗斯玛丽仍然不确定自己还有没有这样做的勇气,但感觉总比另一种选择要好。一边是她对卢斯的生活造成的那种破坏,另一边是她精心打造的这场骗局。

她一瘸一拐地回到房间,安排无人机给她送药。她意识到那个小冰箱里没有冰块,又在她的超级沃利订单里加了一个化学冰袋。她很想去看看莎迪有没有上班,但那就得走路。她瘫倒在床,专心思考一个始终困扰着她的问题:为什么视频的标签是"哈丽特"?

她看的那个视频没有给出答案,但另一个视频给了。从那架无人机的角度看,卢斯的吉他盒上可以看到一个很大的"哈丽特"标签,人们讨论了半天,上传者认为那就是她的名字。没有人把她和卢斯·坎农联系到一起,她是个昙花一现的明星,即使巴尔的摩有人看到了这个视频,他们也没有泄露秘密。这进一步增加了神秘感。罗斯玛丽统计出所有版本的播放量加在一起超过了三百万。三百万人津津乐道地看了这个视频,或者有三百万人把这记在心里,可能也有少数人像她这样反复观看?她不知道。她只知道自己需要做点儿什么来帮忙——以行动来响应这场号召。

她有一个小小的权力:为SHL推荐乐队。如果你算上她在这里对公司耍的花招,那就是两项权力。她能不能在哪种媒介上响应卢斯的号召?她迫不及待想去做这件事。最重要的是,她想成为卢斯传达信息的渠道,想在屋顶上把这一切大声喊出来,让人们听到。也许……也许她有个办法。

从再次道歉开始。

"巴尔的摩无家可归预防服务中心,我是乔尼。"

"请别挂。很抱歉在工作时打电话给你。"

"不好意思？你是哪位？"

"乔尼，我是罗斯玛丽。请不要挂断电话。"

电话那边传来一声叹息，但电话没有断开。罗斯玛丽把这视为一个积极信号。

"如果你认为我的愤怒已经过期，那你就错了。"

也许不是一个积极信号。"听着，你不必接受我的道歉。设身处地，我想我也不会原谅。我打电话是因为我想为卢斯做一件事，但我必须先找到她才能去做。"

"我不知道她在哪里。在你毁掉她的场地之后，她就离开了这座城镇。"

"我知道。我希望你有办法联系上她。肯定有人能联系她，对吧？如果2020发生了什么事，得有人知道怎么联系她。"

"有个律师。"乔尼承认。

"所以你可以让律师帮我传个口信吗？"

"我可以，但我还是不知道我为什么要那样做。你还能为她提供什么她不曾拒绝的东西？"

"一种不用妥协就能做到的办法，一个平台。你有没有看到她在格雷斯兰庄园的视频？"

"她什么？"

"我会给你发个链接。借件连帽衫看看，然后如果你愿意帮我联系她的话，请给我回电。再说一下，我甚至无法告诉你，我对自己的所作所为感到多么抱歉。你说我无法弥补,我确实不能,但也许我可以做点儿别的事情。看看那个视频,如果你愿意让我试一试的话,再打电话给我。"

罗斯玛丽挂断了电话。她还是希望乔尼能再次喜欢上她,能原谅她,但她现在只会安心等待回电。

第35章 卢斯 在荒野中呼喊

雅典城的场地没有人应门,席尔瓦联系不到那位请我们来做现场演出的朋友。我们原本计划花点儿钱住在汽车旅馆里,但汽车旅馆说我们必须提前预约,以便他们进行背景调查。最后我们是在面包车里过的夜,以后这种情况只会更多,所以我们最好早早习惯。到了达洛尼加,我们在一个寒冷而空荡的露营地演出,至少那里的房东很热情,他们为我们提供膳食,让我们免费住宿。

在这些演出结束后,我们回到纳什维尔待了几周,席尔瓦在田纳西州安排了几次演出。在诺克斯维尔豪宅的演出进行得很顺利,唯一的问题是调音台会收到警察的无线电信号,歌曲间隔时就会广播出来。他们说这是个漏洞,不过也很有用,虽然有点儿烦人,但如果警察朝他们这个方向过来,他们就能知道。无论如何,我不认为他们有必要那么担心——他们显然很富有,可以花钱摆脱任何麻烦。

　　我们离开诺克斯维尔时遇到倾盆大雨，但还是驶入了山区。谢天谢地，这样我们就不会随时遇到警察。我猜警察也不想站在外面淋雨，问我们一些毫无意义的问题。我给面包车买了新轮胎，抓地力看起来不错，这让我考虑起冬天来临时该去哪里的问题。不来山区，不去北方。

　　看过所有那些秘密房间和地下室之后，我以为已经见过全国最糟糕的场地，但我从未在这样的牛舍里演奏过，这个牛舍闻起来像是奶牛最近才搬出去，在它们出门的路上还留下了一份份礼物。这是个现代化的奶牛棚，有一排排水泵和排水沟，里面满是雨水和粪便。客人马上就到了，他们怎么还不把这些东西冲走？我无法想象会有观众愿意坐在那里听音乐，就像我在演奏时也不想闻到那些味道一样。它唯一的卖点是有片屋顶。

　　"认真的吗？"我问席尔瓦。

　　"演出就是演出，对吧？"

　　我叹了口气，跟他后面小心翼翼地下脚。我们从牛舍另一头走出去，沿着石灰岩台阶走下一座小山，虽然扶着一根镀锌管栏杆，却还是不断打滑。我小心翼翼跟在席尔瓦后面，玛西娅跟在我后面。我肩上的乐器包是防水的，音箱的箱子也一样，但拖着这么重的东西下山，感觉路途十分漫长，更不用说席尔瓦的音箱连箱子也没有；更不用说如果回来时还在下雨，上山的路会显得更长。我仍然低着头思考，拉起兜帽，挡住落到脸上的雨水，席尔瓦停下时，我直接撞到了他身上。

"哇呀。"他说。

我全部注意力都集中于脚下的道路,没有注意到我们已经来到另一座建筑前面。我低下头,地面看起来还是一样,杂草紧紧揪成一团,因为下面的土地已经变成了泥巴。我们走进一间旧牛舍,或者说,一间设计成旧牛舍模样的新牛舍,因为这一间闻起来没有奶牛的味道。铁皮屋顶放大了雨水打在上面的声音,震耳欲聋,但没漏水。秋季的潮湿笼罩了一切——现在最明显的是雨水的气味,然而整齐排成几排的金属折叠椅是干的,舞台也是干的——建筑物另一端有个真真正正的可升降舞台。照明灯悬挂在每根支撑梁上,几个高级扬声器对准了观众席。

"这是个真正的音乐场所。"我明白了,"你在耍我?"

席尔瓦咧嘴一笑。

"一家奶牛牧场里有个真正的场地,"玛西娅说,"我们怎么才能把我的架子鼓搬到这里?还有你的音箱?"

席尔瓦还在笑,"有一条下山的车道通向侧门。我觉得带你们从这边走会更有趣。"

玛西娅靠在一根柱子上,看着自己靴子上的泥巴,"你是说我们其实不用走那条死亡阶梯?也不用全身湿透?"

"你让我们以为我们会在那个母牛宫殿里演奏,这事儿过不去。我不确定我们的关系是不是到了你可以跟我开这种玩笑的程度。你去把面包车开下来吧。那么大的雨,我可不想再出去了。"我把钥匙朝他扔过去,他在半空中一把接住。

"好吧,好吧。值了。"他消失在雨中。

我又摇了摇头。我并不是真的生气,说真的,更像是松了一口气。因我不用为哞哞叫的观众演奏而松了口气,因为我们不用和奶牛一起呼吸两个小时的空气松了口气。潜意识里我还有点儿开心,我的生活中又出现了可以轻松自在戏弄我的人。如果他们对我漠不关心,没人会费那个劲。

"你们肯定是埃里克·席尔瓦的新乐队!"房间另一边有人对我喊道。一个大概六十岁的老人,穿着牛仔裤和夏威夷衬衫。

"是的。"我说。

"欢迎来到音乐之城。你以前在这里演奏过吗?"

"好几年以前,和另一支乐队一起。"

"那么很高兴你又回来了。我是戴夫。"

"这地方是你的吗?"

"对。这家奶牛场是我表哥的,但他让我建了这个地方。对于头顶飞过的无人机来说,这里看起来像间牛舍,而且远在乡下,不会有人抱怨噪声。"

在过去几个月的旅行中,我发现人们对于开创音乐场所有着无穷无尽的创造力。我把2020的事情告诉了他,他同情地皱起眉头。

席尔瓦把面包车倒车开到侧门,我们一起把音乐装备拖到里面。试音进行得很快,事实证明,戴夫是个很棒的技师。在那之后,除了等着看有没有观众冒着大雨过来,也无事可做了。

我很好奇我们的观众会是什么人。在这个一切都处于摄像头监视下的时代,很难说有谁会来。场地方有他们自己传播消息的方式、他们自己的本地网络。在有些地方,听我演奏的观众屈指可数,但我并不介意。我愿意为任何想听的人演奏。

人们开始陆续入场。这里的观众年龄较大,就像那家古董店一样。我们拿起乐器准备演奏时,从灯光明亮的舞台上看到下面大概有二十人。席尔瓦曾说可能会过来一群音乐人,我们基于这一点进行了排练。

我又一次沉浸在演奏的喜悦中,过了几首歌的时间才注意到,观众并没有真正给出反应。略有一些掌声,但感觉只是礼貌性的,出于义务的。我尽量克制沮丧。雨水带来了一种凉爽的氛围,牛舍舒适而干燥。我们听起来挺好的,别往心里去。

戴夫之前说要演奏一个小时,但刚到三十分钟我就感觉我们已经不再受欢迎了。人们在椅子里开始有点儿坐不住,金属折叠椅奏出自己的曲调。我不明白他们为什么会感到无聊。

"我们应该缩短时间吗?"我在歌曲间隙低声对席尔瓦说,"我觉得他们对我们没什么兴趣。"

"把节目演完吧。他们付钱了,所以我们应该演奏。戴夫看起来挺享受的,这是他的地方,为他演奏。"

这感觉挺古怪。我试着像平时那样全身心投入音乐,但我心里还抱着批评性的态度审视我们。我们没有做错什么,只是今晚运气不好。直到快结束的时候,我才开始感觉有人欣赏我们。舞台灯光很亮,我们看不清下面的人群,但最后三首歌时,有一个人的热情足以弥补其他人的态度。这鼓舞了我,让我充满能量地唱完了最后那个高音。

我们后面没有别的乐队,所以我们不需要抓紧时间收拾装备。我从舞台上跳下来,在角落里那张孤零零的周边商品桌旁边转悠。没有人到这边来。他们正在把椅子重新摆成一圈。他们聊了会儿天,然后再次坐下来,从座位底下拉出一些箱子。我恍然大悟。

我走回席尔瓦和戴夫聊天的地方,"你们这里一般演奏什么样的音乐?"

"经典老歌和蓝调音乐。"

所以这就是问题所在。他们很有礼貌,但我们只是一场即兴演奏会的开场表演。他们更想自己演奏,而不是听别人演奏。很可能他们甚至无法欣赏我们演奏的那种音乐。哦,好吧。在一群人面前做一场练习不算什么坏事。一首小提琴曲响起,我转身去听。

他们都是优秀的音乐人,他们乐器的声音回荡在房间里,有一种返璞归真的感觉。

我提醒自己,我需要努力赢得每一位观众,但并不是每次都能成功。

我们把音乐装备搬到面包车里,小心保持安静,不要打扰那些音乐人,虽然他们看起来不会被任何东西分散注意力。我们收拾好乐器后又回到里面,在便餐桌边吃了点儿东西。我在盘子里装满食物,靠在一根横梁上一边吃一边听音乐。

有人从奏乐的方向朝我走来。

"嗨,"罗斯玛丽说,"我好不容易才找到这个地方,错过了你们大部分的演出,但你的音乐听起来很棒。我不知道他们为什么不欣赏你们。"

"有时就是这样。"

她耸耸肩,露出一个微笑,"刚才我不是很讨厌吧?"

"不。我想我很感激有人能为我们喝彩。嗯,你在这里做什么?"

"几个月以来,我一直想和你联系。没有人愿意告诉我你的电话号码,我想这很公平,但我最后还是说服了乔尼,她把你那位律师朋友的联系方式给了我;他说他也不会帮我联系你,但他会告诉我你在哪里演奏,条件是,我去见你时不能带任何设备——今晚我是个不可联络者。"

她说出这个词的时候,我的嘴唇抽搐了一下——这词从她口中说出来也太随意了,毕竟是她的连帽衫记录毁了我的场地。她肯定误认为我要提出异议,因为她急忙补充道:"对不起。我知道不可联络是一种哲学,我知道我基本上完全与之相反。我不该那么说。我的意思是我把连帽衫和手机都留在了住处。我不可能把任何人带到这里来,除了和我一起过来的人。我之前所做的事情仍然令我感到震惊,即使是出于意外。"

提到2020仍然会给我带来极大的痛苦。"你是怎么到这里来的?如今大多数汽车不都需要通过那些设备操作吗?"我最近才知道这一点,乘坐玛西娅那辆小型自动驾驶汽车往来于纳什维尔附近时知道的。

她朝那些音乐人的方向挥了下手,"我的朋友诺兰和莎迪带我来的。诺兰有辆车,我发现这里有一场爵士乐演奏会,说服他来参加不难。"

我们一起看着小提琴手们演奏下一首歌。

"那么,罗斯玛丽,你还在为他们工作吗?"我甚至不想提那个名字,仿佛提了就会把他们带到这个可爱的地方来。

"是的,但这正是我想说的——"

"你大老远来到这里,不是为了说服我为那些混蛋演奏吧。千万别告诉我是这样。"

"不是这样的。"

我把注意力转向盘子里的砂锅菜,"现在我要吃晚餐了。谢谢你能来。回去时一路顺利。"

"我不是来说服你为他们演出的。"

"'为他们'还是'为我们'?如果在你做了那一切之后,你仍然为他们工作,你不可能置身事外。"

她叹了口气，"那就为我们好了，但其实不是这样的。我想了一个计策。我找到一个有演出的地方，如果我看到不错的乐队会邀请他们签约，然后我会骗全息舞台去一处假场地突击搜查。我已经在阿什维尔和夏洛特市试过了。这是一种多赢的做法。想签约的乐队得到了机会，场地仍然很安全，全息舞台暂时不会影响任何人。"

她多少给我留下了深刻印象，但我没让她发现这一点，"有人受伤吗？或者被捕？"

她低头看了看左脚踝，"我，这两件事都经历了。受伤只能怪我自己，我受到的指控是轻罪。"

"对你来说是轻罪，但对于那些付不起罚款的人，或者过去遇到过麻烦的人来说，并非如此。如果突击搜查的警察有问题呢，如果有人真的受伤呢？听起来像是有趣的诱饵调包手法，但你不可能永远这样做。如果你稍微马虎一点儿，他们就会明白过来。"

"我知道，我知道。我知道这不是真正的解决办法。我还在努力。这就是我来找你的原因。"

她紧紧握住拳头，关节发白。我缓和了语气，"你为什么来？"

"我来告诉你，我还有另一个主意，更了不起的主意。首先我得问问，你看过'哈丽特说的是实话'吗？"

"那是什么？"

"这个视频你得看看。"她把手伸向脖子，然后又放了下来，

"哦,见鬼。"

我能看出这个动作的意思:她很少不穿连帽衫,她承诺不带设备过来,但又需要给我看些东西。

"给我一分钟时间。"她等着现在这首歌结束,走向那群音乐人,和她的朋友诺兰说话。趁这段时间,我终于把晚餐吃完了。

她穿上诺兰的连帽衫,然后回到我靠的地方,把它脱下来,像个奖杯一样递给我。我以前从未真正用过这东西。我把盘子放在便餐桌的角落,从她手里接过来,仿佛那是什么不干净的东西。事实上,它稍微有点儿湿,可能是因为雨水,也可能是因为诺兰的汗。我可以选择把它递回去,也可以选择戴上看看她到底要搞什么,而我感到好奇。就一次,也不会带来什么伤害,反正玛西娅和席尔瓦现在没看我,反正他们永远不会停止嘲笑我的虚伪。

唯一的障碍是我对这东西一无所知。我费劲地摆弄它,在罗斯玛丽看来大概已经过了一万年时间。她伸手过来把它弄好,"你什么都不用做。我已经进入等候队列。"

牛舍消失了。在漫长的一秒钟内,我仿佛失去知觉般站在黑暗中。过了一会儿,我呼啸着穿过空中,距离地面不远,跟在一架无人机后面,周围传来一阵噪声。哦。我也是一架无人机,正跟着另一架无人机迅速飞过一片草坪,朝着一道围墙飞去。这种感觉令人不知所措,同时又兴奋不已。我怎么从未意识到,所有那些兜帽之子都知道飞起来的感觉。

然后我认出了那扇门，我知道这是什么时候、在哪里。引起这阵骚动的是我，在格雷斯兰庄园，大概几个月前。这段视频是在大门另一边盘旋的一架无人机拍摄的，我看着自己失去冷静。"我们还在现实生活中演奏音乐。来找我们！"

那天我口若悬河。我的愤怒中充满诗意。后来我没再想那件事，但现在，看着自己，那段记忆和艺术作品立即填满了我遗忘的部分。其中一部分出自我的歌曲笔记，我曾经想过但从未说出口的事情。这几乎让我觉得，那首没写完的歌被我忽视了太长时间。

我挣扎着脱下连帽衫，一时间分不清方向。另一个地方几乎感觉更真实了，难怪这些东西如此流行。

"那又怎样？这段视频像病毒一般疯狂传播？"我想不起来现代术语是什么，但我想她会接话的。

"到处都是。几百万浏览量。不过，不仅仅是那个。来，我会进入等候队列——"

她伸手去拿连帽衫，我仍然抓着没有放手，"你可以直接告诉我，不用再看。没问题的。"

"你有了很多追随者。人们发布回复，说他们会按你的号召去做，'在某样东西上刻下你的名字。给它们打上烙印、描绘它们、拍摄它们、调整它们、彻底改变它们，用新的媒介塑造你自己。'"

见鬼。在那一刻，我还没有完全明白，但她甚至背下来了。

"他们，嗯，知道我是谁吗？还是说，我只是个在一扇锁住的大门前面喊叫的女人?"

"最初没人知道,后来有人说你是一位来自巴尔的摩的音乐人,然后围绕着你的乐队名称出现了一系列争论,他们认为你的名字是哈丽特。所有的视频都是'哈丽特说的是实话'或者'哈丽特是对的'或者'就像哈丽特那样'。嗯,除了有些是'在格雷斯兰庄园外面发飙的女人'。"

也就是说,无论是哪种情况,他们都没有把这段视频与我的名字或者《血与钻》联系起来。不存在怀旧因素。他们看这段视频是因为他们相信我所说的话。或者因为他们想看别人崩溃的视频取乐——我帮不了那些人。但另一些……另一些人与我站在同一边。

她看懂了我脸上的表情,"你在想,'我怎么才能接触到他们?'"

"是的。"我承认。

"所以我想和你谈谈。我有个主意。我们需要你在SHL把那一切再说一遍。"

我不敢相信我们又绕到了同一个问题上,"你曾说过,不是那种主意。"

"不是让你跟他们签约——我是说,不是让你跟我们签约。你只需同意做一次演出。"

"第一个,不行;至于第二个,你不是说那些东西都要经过编排、安排好时间? 我是不是应该让他们给我留出五分钟时间抛出这些话?"我把连帽衫递给她,又拿起我的盘子,围着便餐桌上的食物慢慢绕了一圈。我不饿,但我在盘子里放了一块甜饼干,让自己的动作看起来合理一点儿。

"你可以称之为'五分钟 D 调即兴伴奏'或者'十六小节前奏',这样所有人都能知道什么时候再次进入。"我又绕回她这边时,她说道,"设置好时间之后,他们不会关注内容。"

"这太荒谬了。你为什么认为我会那样做?"

"因为这是你能见到的最大的平台。你可以颠覆它。"

我把盘子连同那块没动的饼干又放回桌角,"这不是颠覆。你一直在系统内部工作,认为你可以从内部改变它。这是给他们干活。他们没有动力改变他们的经营方式。"

"总比连试都不试要强!"她朝着那些音乐人挥了下诺兰的连帽衫,"这些人很好,但是为这群人演奏能让你实现任何目标吗?"

我们陷入了僵局。"罗斯玛丽,你没把我的话听进去。如果你认为我所说的内容那么重要,你为什么会忽略真正的信息?我说过,去他妈的全息舞台,我是认真的。我宁可一百年都在牛舍和秘密房间里演奏。"

"你也没把我的话听进去。你太固执了。你想把它烧掉,但在你点燃火柴之前,你没有兴趣拯救里面的人?带上我们!告诉我们要去哪里。"一滴眼泪顺着她的脸颊流下来,她用手背擦掉,"告诉我,怎么才能让你做一次演出。在这次演出上,我保证我会想办法让你告诉他们你对他们有何想法,让所有人都能听到。"

"我还是会收他们的钱,这等于我支持了他们。"

"你不一定要收他们的钱。或者你可以收了钱再捐给别的地方。哎呀。我不想和你争论。你为什么这么固执?"

"你为什么这么天真?"有几个音乐人向我们的方向投来目光。我本来不想提高嗓门的。

"你放弃了99%的人,卢斯。你为之演奏的观众都是知道怎么找到你的人。你会彻底错过我,或者说我会错过你。我甚至不知道该怎么说。算了吧。如果你不理解,这也无法让你妥协,我不知道要怎么解释。"

她松开拳头走远。我想起来我曾经在2020的窗口看着她做了同样的手势。她又一次放弃了我。

那天晚上我没有再见到她。她肯定在附近什么地方,因为她的朋友还在听爵士乐演奏,但她没再接近我。

凌晨一点,开了一整天的车又参加演出之后,我悄悄离开了演出现场。我们的计划是在面包车里睡一夜,然后白天开车回去。牛舍和面包车侧门之间的地面变得有些泥泞,我先脱了靴子踢到床下,才爬上后座的床铺,希望其他人也都这样做。玛西娅不久之后也过来了,我们亲热了一会儿,席尔瓦很快也爬进副驾驶座,把靠背尽可能往后放。小提琴手还在演奏,但那遥远的声音变成了一种美妙的催眠曲。有一点是肯定的,他们比我更有毅力——我的手指几小时前就吃不消了。陷入熟睡之前,我默默向各个意义上的音乐人致意。

我比其他人醒得早。从人体角度来说,除非从玛西娅上方爬过,否则没办法出去。我试着等待膀胱自行清空,但从人体角度来说这也不可能。

"不好意思……"我跨过去一条腿,在地板上找到我的靴子,然后伸手去摸门把手。我倒退着挪出车外,脚先着地,然后发现自己站在至少十厘米厚的泥巴里。我的短靴陷下去时,泥巴甚至灌进了里面。我试图走出这块地方,左脚的靴子留在了原地。

"哎呀。"我无处落脚,而且脚上已经沾满了淤泥。我试着用脚趾摸索靴子,但是找不到。至少,从没有铺石砖的车道上流下来的是泥巴,不是粪肥。我放弃了,直接把脚踩进泥里。

乘客门开了。"别出来。"我说——太迟了。

"好吧,很有趣。"席尔瓦抬起一只沾满泥巴的脚,然后又抬起另一只,踩在泥里发出一阵扑哧声。他的运动鞋倒是比我的靴子穿得牢固。

"离开这里的过程会更有趣的。"面包车的轮毂罩陷得很深。前一天晚上有这么多泥巴吗?我没觉得。我朝山上看去,"看起来整条路都被冲垮了。"

我推开牛舍的侧门,泥巴也跟着慢慢涌了进去,而之前泥巴就已经从门缝渗进了几米远。我去了下洗手间,然后看了看昨天晚上的便餐还剩下什么:薯条、一碗苹果和橘子、巧克力曲奇饼干。这些看起来都比土豆沙拉安全。我选了一个苹果和一个汉堡卷。

"看起来真不错。"玛西娅指着我的脚说。她身上也沾满了泥巴，但她的鞋还在。

"人人都是评论家。"我咕哝道。

她和我一起吃了点儿东西，然后我们忙着找工具把面包车从泥巴里弄出来。她从舞台后面找到了一些木板。我找到一把铁锹。我不知道席尔瓦跑到哪儿去了，于是我开始挖泥巴，从我靴子那个位置开始。几分钟后我找到了靴子，但挖掘这件事本身仿佛永无止境。每挖起一锹，又会有泥巴灌回去。雨还没停，这样做没什么用。

"这种生活是我自己选的。"我暗自念叨，像在念一种咒语，"这是我的旅程。"

玛西娅拿着一把耙子来到我旁边。我们俩似乎无法取得任何成果。把木板放在车轮下面也许有点儿用，但我不想在席尔瓦回来之前尝试挪车。

大约二十分钟后，他从牛舍另一边绕出来，一个年轻人开着拖拉机跟在他后面。年轻人有着长长的金色头发，是非常典型的农场男孩。那孩子眼睛瞪得大大的。"我见过你们!"他说。在这种情况下，在这仿佛出自《圣经》故事的雨水中，我多少有点儿期待他说：我的幽灵正在山顶游荡。

"你很有名。"他接着说，仍然盯着我看。他关掉了拖拉机。

"那首歌是很久以前的事了。"

我又说了几句,但他摇摇头,无视我的反驳。

"你,大概就是名扬四海。"他指了指自己的连帽衫。是那个视频。"我爸爸说我会喜欢这一次的音乐,但我懒得下山。他经常举办小提琴演奏会。你们昨晚演奏了吗?"

"我们演奏了……"我差点儿跟他道歉,却想不出要为什么而道歉。他错过了了我们,这是他的损失,不是我的。

"你能不能把视频里那些东西再说一遍,让我录下来? 这样我就可以说,你来过这里?"

这感觉很奇怪。这是一种表演。"让我想想怎么做最合适。我不想给这个地方带来任何麻烦。"

"你在农场摊位上跟我买鸡蛋,然后我认出了你,怎么样?"

好像说得通。"好吧,但先等我们把面包车从泥巴里弄出去。"

他的拖拉机很快就解决了面包车陷在泥里的问题。我们开车跟着拖拉机上山。

"我们现在到底要做什么?"玛西娅问。

我擦了擦靴子上的泥,"我自己也不太清楚。"

他在山顶上卖的鸡蛋五颜六色,古法养殖产品。他递给我一个纸箱,我凝视着这些鸡蛋,他开始给我拍摄,我不知道该说些什么。把我在那个视频中所说的话重复一遍,感觉很古怪。我不习惯按要求说些深奥的话。我放下鸡蛋,抓起我的吉他。

"这是个半成品。"我说,开始弹《展现独立》,这是我在密西西比写的那首尚未完成的歌曲。我还是不知道要怎么把它写完。

那个孩子谢了我,答应等到第二天再发布视频,从而让我们有时间逃走。

"所以你现在做的是意见领袖的工作?"我回到面包车里,席尔瓦坐在方向盘后面问道,"怎么回事?"

"不是。是我在利用一个平台。历史悠久的传统。"

"你要这么说也行。那孩子随时准备跟着你去任何地方。"

我也有同样的感觉。我假装拿起麦克风,想把这件事变成一个玩笑,"'坎农女士,你刚刚发现有几个或者几十个现代年轻人看到了一段你出洋相的视频。你有何感受?''我很高兴你能问出这个问题,鲍勃。'"

"你可以把这当成玩笑,但为什么要当玩笑呢?这也许是一件好事。"

"嘿,如果我把这首歌写完,你们想不想尽快找个时间录音?"我想转换话题。

席尔瓦和玛西娅的反应都很热烈,我们开车回家的一路上都在讨论专辑的理念——中间夹杂着闪烁的警灯、靠边停车、冲洗泥巴,周而复始。

第36章　罗斯玛丽　记住你是谁

罗斯玛丽刚一走出牛舍,就意识到自己的错误。她不需要离开。她本可以和那些音乐人坐在一起。她可以跟诺兰要钥匙,或者叫上他一起离开,但她不好意思在他看起来那么开心的时候这样做。她本可以冷静地走向自助餐台,给自己装一盘食物,然而她却在倾盆大雨中跑到外面。

自尊心使她无法回头,但她的自尊心并不防水——几秒钟她就全身湿透了。屋顶的飞檐也没什么用,雨水会从两边流下来。不仅如此,在牛舍外的聚光灯的光线下,可以看到整条路的泥流都被雨水冲向他们这里。不仅如此,这还是场冷雨。

她扶着栏杆走向山上一间空的挤奶房,她正在痊愈的脚踝开始抗议。这种气味,不说是她特别喜欢的,至少是很熟悉的:她和三头奶牛一起长大。一头奶牛就可以为他们家提供足够的牛奶——他们用多余的牛奶和邻居以物易物,或者做成奶酪和黄油——但她的父母认为奶牛是群居动物,所以养了一群。有趣的是,他们不会把同样的逻辑套在孩子身上。

她站在干燥的门廊里看着下面的牛舍灯光闪烁,人们四处走动。声音传不到这里。她又一次站在这样的位置上,远远遥望一个圈子里发生的事情,却无法参与。她不会演奏乐器。所有人都说这没关系。他们会说:"不是每个人都需要演奏——我们也需要观众!"但这样怎么才能响应卢斯那段"塑造一些东西/演奏一些东西"的演讲呢?那段长篇大论只与音乐有关,还是也适用于其他事情?也许她还是理解错了,因此卢斯不肯听她的。

一只大橘猫从牛舍里面走了过来,让她抚摸后背,然后又高高翘起尾巴走掉了。她一时间比之前更想念农场了。某种意义上,想念那里会使她的决心更加坚定。她必须搞明白她的生活应该是什么样子,必须把她热爱的这些东西组合到一起。

下面出现两盏汽车前灯,然后又是另两盏,她意识到演奏会肯定结束了。现在几点?她没带设备,没办法知道。反正肯定很晚了。

诺兰的汽车显示现在是凌晨三点。最初十五分钟他不得不手动驾驶,都是因为导航系统发出了错误信息,一直告诉他们找到路再前进。她就趁这段时间把她那次谈话告诉了他和莎迪。

"不管怎样,在这个系统内部工作有什么不好?这个系统给我们付薪水,防止我们的撞车,为那些不能离家的人投递食品杂货。当然,某些地方需要这样那样的颠覆,因为这能促使系统改进。她想让我做什么?如果我辞职,我就做不了任何能带来帮助的事了。我唯一拥有的权力全靠这份工作。"

"你为什么那么想讨好她?你对她有意思吗?"

莎迪看起来对于罗斯玛丽会怎么回答诺兰的问题异常感兴趣。"不是!我……我想帮她,我也希望她能帮我。我想,如果我们一起努力,我们可以做到更了不起的事情。无论如何,是她让我想变得更好。我甚至不确定,她本人是不是像她塑造的形象一样好,但当她唱歌的时候,我想要修好她口中那些坏掉的东西。"

"好吧,那是一种强大的天赋,能让别人想行动。"

"你也听过她的音乐。你能感觉到吗?"

"当然,听过一点儿。乐队有点儿参差不齐,这是可以理解的,因为他们刚开始组队,刚做了几场演出,但我能感受到你说的那种魅力。嘿!汽车搞明白我们在哪了!"

汽车转为自动驾驶,他转向她,"你的计划是什么?"

"我不知道。我的计划基于她同意演出。没有她,我就做不成事,不算我一直在做的那些。"

莎迪说:"但也不算太糟。你可以听音乐、安排一些有趣的演出,让人们不陷入麻烦。这不算做不成事。"

"如果永远这样下去,就等于做不成事。"

"你不必单枪匹马改变一切。你需要别人帮你。"

"就像你们。"

"是的,还有更多人。你需要能给法律制定者打电话的人,会竞选公职的人,能写文章的人,还有——"

"你说的这些需要花一辈子的时间!"

"也许需要,也许不需要。但我敢跟你打赌,肯定已经有人在为此努力了,他们可以好好利用你提供的任何帮助。"

罗斯玛丽不相信。

他们很晚才到家,罗斯玛丽一整天大部分时间都在莎迪的沙发上睡觉,而莎迪拖着疲惫的身体去了咖啡店。当她晚上醒来时,她的手机上有一条陌生号码发来的短信。

听着,我一直在考虑。你说唯一一次演出,也许我可以演出一次,以我的方式。

只可能是卢斯发的。时间标识显示这是两小时之前收到的。她立即发短信回复。**我很感兴趣——请告诉我详情!**

我会转告卢斯。这肯定是某个乐队成员的手机。

"你看起来很兴奋。"莎迪说着从门口走进来。

"还不知道。"

"你不知道你是不是兴奋?"

"我不想抱太大希望。"

罗斯玛丽第二天一直在等电话,试着决定要去哪里。她不必再待在北卡罗来纳州了——警察没有再出现,她的指控被撤销了——但她看着整个美国的地图,不知道该去哪里。她不能再留在莎迪的沙发上了。

这天一大半时间都花在公共汽车上,罗斯玛丽正好有时间听听威尔明顿的乐队。后勤部门泰然自若地接受了她的新计划。她要了一间海边的房间,并且在看过地图之后选了个名叫"卡罗来纳海滩"的地方,因为它的名字里有"海滩"两个字。

"那里距离威尔明顿大概有二十五公里,"他们警告说,"那里没什么东西。"

"你们让我回老家的时候,可没告诉我那里距离什么地方都很远。也许我有线索了。"她其实没有,但那并不重要。

"你知道现在是飓风季吗?"

"当然知道。"她在撒谎,她拉出一张气象图,"我没打算在那里待很久,现在还没有飓风的迹象。"

她在公共汽车站打电话叫来一辆单舱出租车,带她去后勤部门预订好的汽车旅馆。当她从车里走出来时,阳光照在她的皮肤上,感觉比之前几周更温暖、更明亮,空气中的味道有点儿咸。

银铃汽车旅馆有两层楼高,一楼建在高出地面三米的木桩上,房间直接面对室外走廊,完全不同于她在巴尔的摩那家城堡一样的酒店。也许她是唯一的客人。停车场空荡荡的,整个地区看起来冷冷清清。

她走出汽车旅馆,在街对面翻过一个小沙丘,找到了海滩。找到了。它没丢。你不可能弄丢大海。她爬上沙丘,喘了口气。她怎么没想到大海如此辽阔?

她把连帽衫的兜帽拉到头上,寻找她以前玩过的一个海洋背景的游戏,只是为了对比一下,随即又把兜帽放了下去,没有可比性。他们设置的地平线、颜色、天空都没错。她记起那些画面,自己沿着模拟海滩散步,听着海浪拍岸的声音,寻找被潮水冲上来的漂亮贝壳和宝物,来获得游戏积分。

他们漏掉的东西是风,风力强到足以在海鸥起飞和降落时让它们定格;音量;沙子,她刚走了三步,鞋里就进了沙子,于是她只能脱掉鞋袜,把袜子塞进鞋里一起拿着;冰冷的水;并不规整的贝壳和其他碎片,她一直以来的想象中,每一个贝壳都是完美的;海水涌来又退去,让她的双脚陷进泥沙中。沙子上各种各样的纹理:干燥的沙丘,标志着涨潮的沙砾痕迹,如果她敢于迎接海浪的冲击,她确实敢,就会更靠近有着湿润丝绒质感的沙滩。大海的重量。远处,一些木桩上的房屋原地倒塌、留下残骸。这是一件被人们玷污的东西,但如果你没有从那个角度去看,你就不会知道。从她站的位置看过去,大海赢了。

她在这里做什么? 这就是此时此刻的问题。她来这里是为了寻找乐队,破坏他们的场地,或者搭建假场地。这样的未来很糟吗? 也许不是,如果能来这种地方旅行的话。

她的手机在口袋里嗡嗡响,她看了一眼,同一个神秘号码发来信息,给出一个下载密码,用于一个只能在超级沃利/全息舞台网络之外访问的网站。她输入密码,遮住明亮的阳光看着屏幕。

页面上出现"黑加仑火焰——《展现独立》"。海滩空无一人,于是她把音量调大,为大海播放这首歌。

最后一个和弦结束之后,她又播放了一遍,然后再一遍。一次又一次,直到手机出现低电量警告。没关系,这首歌现在已经成为她的一部分。当一首歌与某个时刻完美地连接在一起时,只要听到这首歌,她必然就会想起沙滩、海鸥,那种纯粹的、无尽的快乐就会从她的胸口向外扩散,填满她的整具躯体。

歌词取自卢斯在格雷斯兰庄园说过的那些话,或者说,她当时说的那些话取自这首歌的歌词。充满教育意义且并不迂腐:一个邀请,一个挑战,一个号召。

她的手机关机了。她甚至还没来得及回复。希望卢斯不会觉得她没礼貌。她知道自己应该回去给手机充电,然后回信,但大海对她来说有着难以抗拒的诱惑。她把连帽衫的拉链拉到脖子那里,在沙滩上坐了下来。

第二天早晨,罗斯玛丽要求与管理人员会面。她说有很重要的事情,想看看能不能在这个流程中骗来一个非通用管理人员,如果确实存在这样一个人的话。不存在,至少今天没有。通用管理人员——男性(1/5)在一个不具恐吓性的普通办公室中与她会面。

"真快!你抵达——"他停顿了一下,"抵达威尔明顿才刚刚一个晚上。"

"不是在这个地方。"她说。

"哦?留言说你有收获。我们以为——"

"卢斯·坎农。"

"你又找到她了?在威尔明顿?"

"我说了不是在这个地方。我知道她在哪里。"

"她愿意签约吗?"

"她愿意做一场大型演出,然后就离开。"

显然,他脑子里的齿轮正在转动,"卢斯·坎农:仅此一夜。我们可以为那首重要的歌做个特别节目,也许可以编造一些追踪她的故事,引向一场演出……那篇著名的文章题目是什么来着?《最后的强力和弦》?我们可以把这场音乐会称为'终极强力和弦',或者'下一个强力和弦',诸如此类,她的复出只为举办一场演出……"

"这些她应该都没问题。"她们之前谈过这件事,设想过这种发展。卢斯不喜欢从复出的角度进行宣传,但这能很好地融入虚构的故事情节。"不过她对于这场演出的举办方式有一些具体要求。"

"你是说钱?我们会签合同,给她个好价钱。"

"不,她只有在特定条件下才会演出。"

"我们会看看法务部门怎么说。"

罗斯玛丽接着说:"必须有现场观众——"

通用管理人员叹了口气,"当然有。不合法又有什么关系呢?"

"她还希望自行选择地点。"

"你是说在哪个工作园区举办?这不是问题。"

"她不想在工作园区举办。她想在真正的场地演出。"这是卢斯的原话,真正的场地。"没有商量余地。"

"我们做不到。"

"我们当然可以做到。我们可以做到一切。专利药品在工作园区里举办过有观众的'音乐节'。把摄影设备运到某个地方也不是不可能。"

"每次这样做都得向州和联邦政府申请豁免。这可不容易。"

"有什么事情是容易的?这属于后勤保障,我们会去做这些事情,因为这场音乐会能让我们大赚一笔。"她谨慎地使用了我们这个词,而不是你们。罗斯玛丽·劳斯,模范员工。

"还有别的吗?"

"演唱会记录归我们所有,但歌曲链接会指向她自己的网站。"

"法务部门'绝对不会'同意的。"

"那么,他们可以具体讨论一下,看看她会不会走人,但如果我们能满足她的这些条件,她很可能愿意放弃周边商品收入。"

他又叹了口气,"你还站在我们这边吧？你听起来像是在为她工作。"

"我不是为她工作。你们做出决定后告诉我。"

她断开连接,脱掉连帽衫,面对大海的咆哮声。

第37章　卢斯　展现独立

　　疫前时代最后一夜的那个剧场,招牌上还写着我的名字。在过去与现在相重叠的所有那些变化、矛盾、事例中,我从未想过还有这一个。这很有意义。在我们集体放弃互相信任、互相靠近之前的最后一场演出,被及时捕捉了下来。一块纪念牌,纪念着我们曾经的样子。

　　"哦,天哪。"席尔瓦说,我意识到,在接近那里的过程中,他的感受肯定更奇怪,因为他曾经在那里工作。在那可怕的动乱中,他就是那个每天等待通知更换招牌的人。

　　桃子剧场名字里的一些笔画已经掉了或者被偷走了,只剩下一部分。几只椋鸟在余下的笔画中筑了巢,招牌周围大部分灯泡看起来像是被子弹打碎的。不知为何,没有人偷走那几个可以更换的字,**今晚:卢斯·坎农。**

　　我们来到近处再看,招牌是用一对看起来比较新的千斤顶支起来的。海报都不见了,玻璃售票亭用木板封着,人行道开裂了。对于最美好的日子来说,时间真是个混蛋。

　　"这个可怜的老姑娘。"我们沿着通道往前行驶时,席尔瓦摇了摇头。

　　玛西娅好奇地看着我们俩,"为什么总用'姑娘'? 感觉以前没听过有人用'姑娘'来称呼一座建筑,不过船和吉他就有……"

　　席尔瓦耸耸肩,"说不上来,不过如果外面看起来这么糟,我开始担心里面的状况了。"

　　"如果没法在这里演奏的话,他们会抓住一切机会把我们转移到他们的工作园区。"我说,但我也在琢磨同样的事情。我曾想象过这个地方在时间中冻结,保存完好。愚蠢。保存是一种行为,而不是一种状态。

　　我们又转了一个弯,我惊讶地发现,前面有多么荒凉,后面就有多么繁忙。十几辆卡车和面包车把装卸口挤得水泄不通。我们的车只能挡住其中一辆,但想来他们也不会在我们之前离开。

　　我把吉他扛在肩上看着其他人,"最后一次转身离开的机会。"

　　"这是你的主意,不是我们的。"玛西娅说,"完全取决于你。"

　　"席尔瓦?"

　　"我想看看里面是什么样子。"

　　后台热闹非凡。所有人都没工夫看我们一眼。我们一来就完全融入其中了。其中一些人正在组装摄像设备，另一些人试着把新的幕布挂起来，还有一些人通过房间中间的侧门搬进更多设备。我们从旁边走过，踏上舞台前部。

"哦，天哪。"席尔瓦重复了一句。

座位都消失了。墙上用长长的带子挂着绘画作品，这地方有一股浑浊的味道——水？垃圾？包厢上方的天花板上有一块形状像澳大利亚的污渍。几个工人把电线从舞台上拉下来，绕过墙壁，引入后台的一个角落，他们在那里搭建了一个临时控制隔间。

这里还是很美，壁灯、舞台、优雅的楼厅装饰线、吊灯。我脑海中突然浮现一个想法，如果有人把这里用作秘密场地，我选择在这里演出也许就毁掉了他们的一切，而我本可以随便找个地方。我本可以让他们在2020给我拍摄。我为什么要选这里？因为，我告诉自己，你想告诉他们过去不一定要成为过去之类的。

"你做到了！你是对的——这地方真漂亮！我从未见过这样的地方。"

我转身看到罗斯玛丽从舞台侧翼走过来。有趣的是，我每次遇到她总是未见其人先闻其声。你不得不承认，这孩子充满热情。她说"从未见过这样的地方"，这令我感到一阵同情。这是个美丽的地方，但在它的时代远远谈不上独一无二。

"一切都顺利吗？"我问。

"是的。一切都很顺利。这座建筑归城市所有，只要我们愿意出钱做好各方面的检查,他们对于接通电源完全没意见。这里主要是需要好好打扫一下。公司把座椅都弄走了,说这样更方便拍摄。所有的音响设备都在很久之前被卖掉了,不过反正我们会运自己的设备来。你应该看看,他们找到那个上面写了你名字的招牌时有多兴奋。就好像他们发现了一具完整的恐龙化石。哦,这里的化石不是说你,是那个老式招牌。"

我叹了口气。更多的怀旧因素,也许这是我自找的,是我选择了这个地方、这种形式。

"那么,嗯,谢谢你要求他们让我成为你这次演出的艺术家联络人。我其实不知道具体要做什么,因为我平时的工作不包括这个,不过只要你告诉我,需要我做些什么,我肯定照办。"

我们以前从未有过所谓的艺术家联络人。一次由敌人主办的活动。我其实不知道要让她做什么,但还是努力想了想,好让她觉得自己有用。"你能不能找人把我们的音乐装备搬进去?有人帮忙会更快。"

她敬了个礼,然后消失了,回来时领着两个魁梧的男人和一个更魁梧的女人。

"小黄人!太棒了!"玛西娅带着他们出了门。我跟在后面,但他们一路过去又拉上了两个人,最后没有任何东西需要我拿。所有的东西一趟就都搬进去了,只等我们装配。

"离前面近一点儿,"玛西娅摊开一块避免架子鼓移动的地毯时,我对她说,"如果我们要对着摄像机演奏,我希望我们所有人站得紧密一点儿。"

她向我敬了个礼,把地毯拖到离我更近的地方。技术人员开始围在我们周围,在木地板上贴记号。

"你好,我是卢斯。"我对那个给音箱连接麦克风的人说。

"你好。"他说,没自我介绍。

他们花了点儿时间才把声音控制住,扬声器仿佛是某种不想被驯服的生物,发出震耳欲聋的噼啪声和尖叫声。难点在于怎样创造出既适于录音又适于现场演奏的环境。我更担心后者。

"罗斯玛丽,你卖出了几张票?"我对着麦克风问出这个问题,她立刻出现在我面前。

她对空房间做了个手势,"他们通过一个活动送出了二十张票,还提供来这里的交通费用。"

二十张。"那是什么活动?"

"他们必须说出自己在哪儿第一次听到《血与钻》。我知道那不是你想要的,但宣传部门坚持认为那是最好的办法。值得一提的是,参加活动的人很多。"

这是我第一次听说这件事,但这次活动只是娱乐。"我想说的是,如果这里没有座位也没有人体来吸收声音,低音听起来会有明显过强的嗡嗡声。在这么大的场地里,二十个人微不足道。"

"也许一切都会自然而然变得顺利?"她又一次移开目光。

"当我告诉你我需要现场观众时,我指的可不是二十个人。"

"我知道,但我只能让他们同意这个数。有总比没有强,对吧?"

"我想是这样。我们会成功的。"没什么选择余地。

我们终于搞定,我对现场的声音感到满意,调整音量的无名调音员似乎也不打算折腾了。然后为了熟悉录音设备和灯光,我们把整个过程又排练了一遍。技术人员重新定位设备时,我听到他们在发牢骚。"我们到底在这儿干吗?"他们中的一个对另一个嘀咕着,而我也在思考同样的问题。如果没有观众的话,我坚持在这里演出的意义何在? 不,二十个人不等于完全没有。只要有人愿意听,我会为十个人、五个人、两个人演奏。我必须说服这些活动优胜者,这首最近的作品就跟他们熟知的那首一样好。

技术人员最终完成工作后,我对着麦克风问,能不能给我一分钟时间演奏。

"不好意思,"对面传来的声音可能是导演的,他没做自我介绍,"没时间了。"

我还记得我站在这个舞台上为自己演奏,没有其他人在,就在这个世界改变之前的最后几分钟。这是尝试重建记忆时会出现的问题:覆盖的内容会占据原有记忆的内存。

导演从隔间那儿走了过来,手里拿着一份打印的曲目列表,列着歌曲时间,还有一叠歌词单。我在两周前提交了所有这些文件。"这一切都仍然有效,对吧? 没变化吧?"

"没变化,除非你们肯让我删掉《血与钻》。"我说。它位于曲目列表最后一项,正在嘲笑我。SHL有一件事不肯让步:用这首歌压轴,否则就没有演出。

他张大了嘴。

"我开玩笑的。"我说,免得他把那些我已经知道的事情再告诉我一遍,"我不会幻想删掉重要压轴曲的。"

也许是因为我的玩笑,他坚持要我们检查一遍曲目列表中每一首歌的细节。全部结束之后,也差不多到开门时间了。为二十位观众开门。

一桌美味的食物在休息室等着我们,每一样东西都遵循我发送给他们的老式附加条款。这是罗斯玛丽做的,我非常确定。这个房间看起来和之前一模一样,只有那些照片不见了。我环顾四周,想起了其他人,另一次,疫前时代的最后几分钟。我在沙发上坐下,周围扬起一片灰尘。"再告诉我一次,我们为什么会在这里?"

"伙计,"席尔瓦说,"你一直这样问,就好像这不是你的主意。我对此没什么意见,我希望一切按你的计划进行,但也许是时候承认现实了。"

"我知道。我知道。这是值得的。这不是妥协。"

"某种意义上这是妥协,"玛西娅说,"但反正这个词需要重新定义。这是有正当理由的暂时性妥协,不是一种永久性状态。"

"这种说法对我很管用,"我对她说,吐了吐舌头,"嗨,席尔瓦,8

英寸×10英寸的照片都哪儿去了?"

他打量着墙上光秃秃的钉子,然后转过身对我眨了眨眼,"我不知道你在说什么。我敢肯定,这里工作的人不会把它们带回家妥善保管。"

有人敲门,我胃里翻腾起来。这不是往事重现,我心想。不会再朝那个方向发展。

玛西娅说:"进来。"进来的人是罗斯玛丽。她看起来有点儿紧张,但不算惊慌。我等着她告诉我们去看新闻。

"你们有什么需要吗?"

我感到如释重负,"观众。"

"二十位非常激动的活动优胜者已经在路上了。"

"你知道我不是这个意思。"

"我会尽我所能的,卢斯。我还做了另外一件事情! 每一个分享哈丽特视频的人现在都知道那是你。几个星期以来,我都在让他们为此做准备。我说如果他们能等到这场演出的最后,他们不会失望的。"

我总是忘记看不见的观众。

"老实说,SHL对人数感到有点儿困惑。"她说,仿佛看穿了我的想法,"初次观看者超过他们的预期,人口统计学特征分布全面。"

哈。

她又突然离开了房间,我挤进洗手间里换衣服。多年来没有人打扫过厕所。

"这可真是恰如其分。"玛西娅在我出来时指着我的T恤说。我在前胸印着"这是真实的吗",后背则是"这不是真实的"。

"你真该看看我的备选项。"我已经做好又丢掉的那几件印的是"该死的全息舞台""烧掉你的连帽衫""问问我关于巨无霸公司的事"和"你是全部控股子公司",然后我觉得他们可能会把这些内容打码。

又有人敲门。我又一次让自己坚强起来,准备迎接坏消息,但其实只是一位技术人员来提醒我最后五分钟准备。席尔瓦离开了房间,再一次给他的贝斯和我的吉他校音,等我们出去时便一切就绪了。玛西娅和我也跟在后面。

上一次来这里,上一次在同一个舞台侧翼向外看时,我不知道在那样一个令人心碎的夜晚要怎样演出。我不知道要怎样应对那群人。我还记得那天晚上我唱的每一首歌、我说的每一句话。我和观众,我们需要彼此。

那天晚上房间里空荡荡的,座位上的观众不多,我把他们都叫到前面来。现在房间显得更空了。有两个人坐在房间中央的金属折叠椅上。其余人——我想有十八个人——三三两两分散坐着,靠近屏障,但距离彼此不会很近。摄像机的方阵填满了屏障和舞台之间的空间。

"这样我们该怎么演奏?"我问,"他们甚至不会到前面来。"

"他们是粉丝，卢斯。"玛西娅说，"即使他们只知道那一首歌。即使他们从未看过演出。没必要评判他们。"

她是对的。

"我们开始吧。"我的入耳监听器中传来导演的声音。

观众席的灯光暗了。被摄像机包围的三盏聚光灯正在等待我们。我们走出后台时，它们改变方向，为我们照亮路径，然后再次改变方向，仿佛切断了我们身后的路。

稀疏的观众以零星的掌声欢迎我们。

导演在我的入耳监听器中说："别担心，在同时播出的节目中我们会放大观众的声音。"

希望我们不用在整场演出中一直听他说话。

"你走向麦克风的那一秒就开始。"导演说。他之前已经跟我说过两次了。我想让他闭嘴，让我的脑海中只留下自己一个人。

我在聚光灯之外徘徊。我看不见空荡荡的房间，但毫无疑问这里一片寂静——坐满了人的房间不可能这么安静。我不得不假装一下。假装这是一场2020的演出，假装这是我独自演奏或者和这支新乐队一起演奏的几十个小场地之一。那些地方有时候也很空。这里不缺令我激动的观众，只是缺少回应。当我开始演奏的那一刻，我们被发送到数百万连帽衫中播放，他们期待我假装直接面对他们演奏。我需要感受他们，但这没可能。

除了安排好的走位时间，技术人员在他们希望我站的位置标记了一个小方块。我的曲目列表也是固定的。我的精确活动范围也是固定的,他们允许我在特定时间走过去与玛西娅和席尔瓦互动。我提醒自己,很多演出都是经过设计编排的,即使我从未经历过这样的演出。我同意了所有这一切。为什么?

我没有触发摄像机,没用麦克风,对房间里的人说:"请大家靠近一点。"

没有人动。我满心惶恐地扭头看了一眼席尔瓦和玛西娅,他们没有看我。

"把这当作一次练习。"席尔瓦说,"我们可以纯粹地享受这种乐趣。"

"卢——斯!"附近传来一声刺耳的喊声。我手搭凉棚,发现罗斯玛丽正站在前排中央。为罗斯玛丽演奏。房间里唯一一个来听我演出的人是她,而不是昔日的幽灵。为罗斯玛丽演奏。演奏吧。

我走上前去。

曲目列表中的第一首歌是《一百七十二种方法》,我专门为这支新的三人乐队写的歌曲。我还没来得及思考是不是又一次让自己陷入窘境,就直接进入了开场音乐。乐队在四个连复段之后加入我,席尔瓦用两个较低的八度音配合我的吉他。我们用这首歌横冲直撞地开场。我稍微放松了一点儿。音乐带着嗡嗡声响彻整个空间,但听起来不算糟。为罗斯玛丽演奏,也许她会因为听到一些以前没听过的东西而感到兴奋。

　　我们奏出最后一个和弦，玛西娅敲响架子鼓作为歌曲之间的间奏，一切按计划进行，切换节奏，无缝衔接。没出意外。她敲出鼓点，我们从《一百七十二种方法》进入《别再去想》。2020的观众会在那一刻尖叫，但我没有听到任何人的声音，甚至连罗斯玛丽的声音也没有出现。间奏期间也没有掌声。在真实的现场演出中，我们可能会在这里多加几个小节的音乐，烘托一下气氛，但他们警告过我们不要这样做。按计划进行。

　　我试着强迫自己进入状态。第二首歌往往是最重要的。第一首歌的时候，部分观众还没有集中注意力，仍然感觉自己是个局外人，还在慢慢放松。你要靠第二首歌来赢得观众。

　　房间后面亮起一盏灯，一个亮点出现在黑暗中。有意思，但遵循引导来演奏需要集中注意力，所以我把它抛诸脑后。黑暗中又一个变化出现在房间中间，我的左边。我们继续演奏。副歌响起，这一次我听到几个声音跟着一起唱。也许是罗斯玛丽，也许是一位以前看过我演出的活动优胜者？这首歌已经流传很久了，所以有这个可能。

　　黑暗的边缘也在变化。有些事情发生在我的视野范围之外。我想知道发生了什么，但又没什么好办法。人们越来越近，就是这样。屏障另一边的空间满满都是人。

　　这首歌结束时气氛高涨，以四和弦戛然而止，没有让气氛消散。这一次的掌声远比我们走出后台时响亮，比我想象中二十个人的声音大得多,也许是他们的掌声在空旷的空间中会传得更远,也许是他们达到了某种声学最佳状态。

但并非如此,因为他们一直在欢呼,声音远远不是二十个人能发出的。

"下一首歌得开始了。"我耳中的声音说。

下一首歌是《挑剔礼物》,没错,像迪斯科一样脉动的感觉。这首歌前奏较长,让我可以环顾四周,可以向席尔瓦迈出几步。我本该留在聚光灯的范围之内,或者移动速度要足够慢,让它跟上我,但是我在转弯之前有意向前冲了一步,这样我就能看见房间里面的情况了。

"你偏离轨道了。"我耳中的声音说。

按照之前的安排,我走过舞台来到席尔瓦面前。俯下身去,两把吉他一起演奏,我对他耳语:"有人来了。"

很多人,就在舞台边上,真的,我应该在舞台边缘演奏,我已经看见他们了。有两扇门开着,一扇在后面,一扇在侧面,人正在源源不断地涌进来。

我回到麦克风前面,脑子嗡嗡作响。发生什么了?导演没在入耳监听器里说什么,但他的注意力很可能集中在监视器显示的内容上,而不是真实的剧场上。我们是他创作的故事中的一部分,这个故事没有为现实状况留出任何空间。

无论他们是谁,我能感觉到他们的存在。房间里的声音发生了变化,能量也发生了变化,也就是说,现在这里出现了几分钟前并不存在的能量。各种各样的人影在扭动、变换、跳舞。席尔瓦和玛西娅也感觉到了,或者说他们感觉到了我身上的变化,做出了回应。我没有意识到自己刚开场那段时间多么了无生气。

我把这次演出当作一项义务,一件我答应要做但并未全身心投入的事情。身体投入,但心灵没有,这场音乐会从一项精心安排的、不得不做的工作,变成了一项精心安排的主动行为。我从未想过这会成为一场真正的演出,就像我夜复一夜为越来越少的观众所做的那种演出,虽然我之前特意选了这个场地。

我骗自己说,我不希望往事重现。在那里,在那些连帽衫里,成千上万的人在看、在听。有些人是因为全息舞台现场或《血与钻》或这个愚蠢的复出故事;但也有些人是因为他们看过一段视频,他们觉得我也许会说出一些有价值的东西。在任何时候都不应该敷衍,为什么我总要不断认识这一点?

我让大脑关机、停止思考。我让自己的一部分关机,不再纠结我该站在舞台上哪个地方、我接下来该说些什么、下一首歌是什么,以及远程和现场的听众都是谁。为他们所有人演奏。为了触动哪怕仅仅一个人而演奏。演奏。

这首歌结束时,欢呼声肯定比刚开场时大多了。我还是不知道来了多少人,但他们都很投入。我想跟他们打个招呼,但我们在倒数第二首歌之前都没有安排谈话环节。我们开始演奏《跳弹》,然后是《加倍噪声》，接下来是《照亮我》。我们带来《离开小镇》——现在我已经看不见罗斯玛丽了，但她就在这首歌里。然后是《一微秒》，每个人都在我的脑海中，我唱给阿普丽尔、唱给我的家人、唱给爱丽丝、唱给2020、唱给所有从我人生中路过的人，或者说让我从他们的人生中路过的人。没有凑数的东西，我们按照曲目列表快速演奏着，冲向我一直在等待的那一刻，直到终于抵达。

我们为"十六小节乐队介绍"留出的时间就在那首歌之前。他们不会在这个时间点打断我，在我们还没演奏《血与钻》的时候。

我转向玛西娅和席尔瓦。"注意我的变化。"我说，虽然我们已经讨论过了，这话用不着再说。他们进入我们之前选择的律动节奏，准备跟上我。这个基础构架是为了掩饰我的意图，也让编辑在事后的定制视频中难以剪辑掉任何内容。

我手搭凉棚，看向聚光灯之外。在正常演出中，我会要求亮起观众席的灯光，但我知道，在这种中介空间里没法这样做。不过我也知道，他们就在那里。

"嗨，"我说，"我想你们都想知道，今天我为什么让大家聚集在这里。"

别犯傻，我心想，你有十六小节的时间，你知道你要说什么。

我给他们讲了这里举办的最后一场演出，以及我们那天晚上为什么要演奏。我给他们讲了前一天晚上停车场的事，以及那之后的夜晚，我们等着别人告诉我们还可以继续巡回演出。讲到阿普丽尔生病,那些恐惧、抗议,以及我在墙上用清单列出的、我们失去的一切。

导演的声音突然在我耳中炸响,"十六小节到了。开始下一首曲子。"

我把监听器从耳朵里扯掉,继续说下去:"我曾经拥有一个名叫'2020'的俱乐部。不是在疫前时代,而是最近。对于每一个在兜帽空间之外寻找群体的音乐怪才来说,我尽我所能让那里成为他们的大本营,我们在那里做出了一些很棒的音乐。如果你不介意违法的话,创立这样一个地方并不难,但这种事情不合法是毫无道理的。我们需要自己找回这样的群体——没有人会为我们提供。"

我给他们讲了2020的事,以及他们可以怎样去做同样的或类似的事情,如果音乐不是他们的爱好,选择艺术、故事或戏剧也一样。希望他们不会在这时候打断我们,我告诉观众全息舞台对音乐场所做了些什么,以及我认为他们需要做些什么,无论大事小事。

"我想时间差不多了。感到害怕没关系,但我们不能让它控制我们。我们都会害怕,关键在于我们害怕时所做的事情。为人类冒险是值得的。让我们一起创造新的东西。"

这是我与席尔瓦和玛西娅之前商量好的暗号,在现实中真正演出这首歌。没有监听器,我不知道我们是否还处于播放环境中,导演是否正在对我大喊大叫,或者已经彻底放弃了我们,但是我不在乎了。

《展现独立》。发光的歌词就藏在这个小镇一家旅馆的梳妆台后面。第二份草稿,在几年之后为格雷斯兰庄园的一群无人机演奏。再次修改,直到它变成一首真正的歌曲,而不是一段长篇大论。然后又一次修改,直到它说出我想说的一切。一本说明书、一份指南、一个采取行动的号召。

没有监听器,我听不到自己的吉他声和人声,但我身后有节拍,席尔瓦的贝斯是主心骨。我拼命弹着吉他。手指表皮裂开流血。我声音洪亮,吉他的声音也很强——我们是一整个生命体。《展现独立》是一道震颤的微光,一道架子鼓、贝斯和吉他带来的音墙。这个声音是实体的、可触摸的、能呼吸的;是一次祈祷。我对于疫后时代的希望就是共同努力奋斗,创造出一个全新的、更好的当下,无论需要多长时间才能实现。这就是此时此刻最重要的一切。

我弄断了一根弦,然后又一根,把第三根扯到一边,免得它碍事。席尔瓦和玛西娅就在我身边,跟着我一起重复副歌,我用余下的几根弦、余下的嗓音,以及我最后的能量与之呼应。我不想结束这首歌。我们终于咔嗒一声停了下来,但很难说,因为人群跟我们弹奏最后一个和弦时同样吵闹,挤挤攘攘,尖叫四起。我不知道这些观众都是从哪儿来的,仿佛是从我脑海中跳出来的,但我愿意相信他们,只要他们相信我,只要他们愿意进行好的传播,同声回应我们的歌曲。那个声音说我们和你在一起、我们就在这里、我们一起来做这件事。

　　《血与钻》属于事后弥补。我换成了我那把原音吉他,因为电吉他的弦都断了,然后把监听器塞回耳朵里。考虑到他们严格的时间安排,全息舞台现场的乐队怎么处理弦断的问题? 这个问题可以留待以后。

　　"这首歌献给活动优胜者。"我说,这是我做出的最微不足道的安抚。我并不讨厌活动优胜者。如果神秘人群是真实存在的,我希望这些神秘人群不会使活动优胜者感到困扰。

　　我也不讨厌《血与钻》。如果可以自己选,我不会演奏这首歌,但我并不讨厌它。我知道是它把我带到这里来的。这不再是我自己需要的那首歌,然而如果它仍然能对其他人说出一些话,令他们想起对他们来说很重要的某个地点或时间,那也挺好的。我会把它当成很重要的歌来演奏,就像十九岁的我曾经认真演绎的那样。

　　这首歌结束了,赢得热烈掌声。我用满是汗水的手臂擦了擦同样满是汗水的脸颊。"谢谢你们。"我说,我是真心的。

　　"先别动,三——二—— 一,"导演在倒数,"我们结束了。"

　　房间里的灯亮了起来。场地里挤满了人,他们还在欢呼,即使他们正在慢慢走向门口。

　　"见鬼,这是怎么了?"导演问。人群仿佛听到了,开始散去。并不疯狂,没有互相推挤,只是不断拥向出口。过了一会儿,空旷的场地里就剩下二十名困惑的活动优胜者零散地站着。

第38章　罗斯玛丽　尾声

　　罗斯玛丽对她邀请的人给出了清晰的指示。她在那些声东击西的演出中学到了一件事：告诉每个人安全进出的方法——不要隐瞒任何信息。有些人已经和她一起经历过几次这种事情，知道是怎么回事。有些观众经历过真正的警方突击搜查，比如被她说服从巴尔的摩前来的每一个人。风险最大的是她在兜帽空间里联系的那些人，在他们热烈讨论格雷斯兰庄园的视频之后，她邀请他们来体验一下真实的东西。

　　一切如她所愿，进行得很顺利。她在演出开始之前打开了所有的门锁，他们等到第一首歌结束才溜进来。全息舞台觉得没必要为二十名活动优胜者安排安保人员。监视这里的管理人员或行政人员都是远程操作的，摄像机都对准了舞台，而不是观众。摄像机操作员和音响师都有工作要做，注意力只集中在自己的事情上。公司会犹豫要不要冒险报警,但这会打断所有SHL观众正在观看的演出。讽刺的是,也许事实证明这才是最安全的现场演唱会。

随着人们陆续进入场地,卢斯的能量也发生了变化。她需要观众。一旦她能感觉到观众就在场地里,和她在一起,她就会放松下来,像她在2020时那样演奏。那是种你必须身在现场才能充分体验的演出。

2020的人们已经习惯了近距离接触拥挤的人群,罗斯玛丽在演出中认识的其他人也一样。他们给那些应邀第一次冒险走出兜帽空间的人做了榜样,那些人不曾出去寻找过秘密场地,甚至没有出去寻找的意识,就像罗斯玛丽以前那样。他们的肢体语言令她觉得很有趣:有些早就做过这种事的人,便按记忆行事;有些人显然想用魔法召唤出自己的空间隐形气泡。她想告诉他们,一切都会好起来的,这是第一步,以后会变得更容易。有几个人把兜帽拉到头上。她希望他们正在记录,从而让这场演出留下第二份记录,包含所有观众的记录,不会被公司编辑修改的记录。

在演出进行到一半的时候,她自己也进了一次兜帽空间,去看看SHL观众会看到什么样的画面。她可以直接载入到演出中,但她选择从外部进入。他们呈现出老式招牌原本的模样,所有的笔画都完整点亮。里面是个巨大而拥挤的空间,他们让这里看起来有点儿像桃子剧场,但更大众化。她找到一条路走到前面。卢斯睁着眼睛,目光环视她看不见的人群,这是一种心怀信念的行为,罗斯玛丽以前从未感受过。卢斯看起来筋疲力尽，但非常开心。她的棱角比罗斯玛丽记忆中更加分明，她的手臂强壮结实、肌肉发达，很有骨感。

她让音乐会在后台播放，然后打开一个工作人员聊天群，看看技术人员们正在说什么——他们紧张纷乱，不知所措。他们不得不为这场演出增加几十个镜像，以适应演出带来的额外流量。她其实不应该在那里，但进入他们的聊天频道很容易。

这基本和她做的另一项小调整一样简单：她潜入SHL网站后台，为这场演出创建了一个免费客户代码，她通过一个匿名账户把这个代码广泛发布出去。SHL仍然能赚到很多钱。如果有几千人碰巧使用了打折代码，嗯，那不是谁的错。只是个系统故障。

罗斯玛丽再次摘掉兜帽时，有一瞬间产生了一种错位感——她的实际位置距离她在虚拟空间里站的地方有三米远。与在兜帽中相比，卢斯成了舞台上一个更小的人影，但音乐以不同的方式直击人心。它完完全全地包围了罗斯玛丽，从音箱中传出，在扬声器中脉动，从地板上升起，从她周围的人群中飘来，人们伴随着音乐跳舞唱歌。她也加入了他们。

卢斯告诉过她，她要用倒数第二首歌的时间对观众说话，无论他们身在何处，到那个时间，罗斯玛丽和他们一起倾听。她就是他们。这与她想象中完全一致：一个采取行动的号召，短期和长期的行动。如果这个号召对其他人的感染力跟对她的一样，它就会产生效果。

"让我们一起创造新的东西。"卢斯说,然后,仿佛有什么看不见的暗号,那首她不知道卢斯什么时候创作的歌曲突然爆发。即使罗斯玛丽在往后余生中的每一个夜晚都去看演出,舞台上音乐人之间的心领神会也能一直令她感到惊讶。罗斯玛丽对站在她右边几米之外的莎迪和诺兰咧嘴一笑,两人也都报以微笑。这就是她答应他们的事情。这支乐队就是在牛舍演出的那支乐队,但这是不一样的表演,不一样的歌曲。

这就是格雷斯兰庄园门口的那首歌,她在海滩上收到的那首歌,但是更宏大,体现得更完整。就像海洋一样宏大。她抛掉一切杂念,关于这家公司、这份工作、她带进来的人、遇到的麻烦、这个房间、她的身体、她周围的身体。卢斯是个巨人,当她猛弹吉他时,她就是整个房间,但卢斯已经不再重要了。只有这首歌,这一刻;这首歌,这一刻;这一刻,她所在的和已经过去的这一刻,看着过去,说我在这里,我在这里,我会一直在这里。这里每个人都因他们的存在而留下痕迹。

然后,这首歌结束了。站在舞台上的人又变回了卢斯,一个正常体型的人站在他们上方,盯着这里,仿佛她不太能看得见他们,但她知道他们就在那里。吉他弦垂了下来,四处晃来晃去。有根弦断开时肯定割伤了她:一道细细的血线从她的额头上流下,她随手擦了擦,仿佛那只是汗水。

罗斯玛丽之前告诉过人们,在《血与钻》演出时或刚结束时离开,在SHL想明白该拿他们怎么办之前。她知道她应该引导人们离开房间,但她忍不住停下来听《血与钻》。无论她以后还会见到卢斯多少次,她知道自己再也不会听到她演奏这首歌。

这支三人乐队演奏的这首歌听起来有所不同,卢斯声音中岁月的痕迹也令这首歌发生了改变。不是不好的改变,而是某种受欢迎的、熟悉的、已经发生变化的东西。罗斯玛丽再也不是医院里的那个孩子了,她可以牢牢记住这首歌带来的慰藉,而不必想起那个地方。她拼命鼓掌欢呼,尽可能充实人群散去的空间。

灯亮了,卢斯和她的乐队看起来有几分困惑。她的贝斯手在她耳边低语,她把自己的吉他交给他,爬下舞台,和活动优胜者聊天,那些人看起来同样困惑,但也心满意足。

罗斯玛丽花了点儿时间跳回兜帽空间,看看有没有人讨论这场演出。她随便进了几个论坛,很多人都在研究怎样做才能响应卢斯的号召。一名法律系学生提出要组建一个应对聚众法的团体,另一个人说他们想在地下室里举办一场演出,还有人提到要在一个赞同聚众法的平台上竞选职位。很好。

卢斯正在和一名活动优胜者聊天。艺术家联络人应该去看看艺术家是否有什么需要,但罗斯玛丽突然害怕接近她,害怕自己做得不够或者做过了头,也许她仍然得不到原谅。然后卢斯看到了她,露出笑容,罗斯玛丽知道她过去那些可怕的行为也许还不能彻底被忘怀,但她已经得到了另一次机会。

　　罗斯玛丽尽量保持低调,希望SHL员工不会把这些人群和她联系起来。他们似乎都假装什么也没发生,因为他们无法解释这一切。几名活动优胜者站在一起聊天,仍然充满活力,兴奋得七嘴八舌的。虽然音乐会结束后已经过了很长一段时间,所有设备都已经打包收好,他们仍然没有离开。扬声器中正在播放预先录制的罐头音乐,两个女人在出口旁边跳舞。

　　"谢谢你。"卢斯出现在罗斯玛丽身边,伸出手臂。她的后背被汗水浸透,前额上还带着血迹,但这些都没关系。她们拥抱时有一种熟悉的感觉。"你想出去走走吗? 我想去散个步。"

　　罗斯玛丽看懂了卢斯的心情,她在演出后总是让自己被人群包围。她点点头。她们走出还没有上锁的前门。穿过街道,经过停在路边的汽车,一条杂草丛生的小路通向一个小公园,种在两边的树木枝条断裂。这条小路带她们走上一座小型天桥,她们把手肘支在栏杆上看着下面的小溪,水很浅,但流速很快。

　　"我想一切都很顺利。"罗斯玛丽说。

　　"太好了,真的。音响本来可以更好的,但我们不能奢望一个更完美的夜晚了。"她的眼睛闪闪发光,正是罗斯玛丽记忆中那种演出后的光芒。她也在其他表演者身上看到过这种光芒,但很少有人像卢斯那样从现场音乐中得到满足。

　　"你真是太棒了。"

　　"谢谢。嗯,是我产生了幻觉,还是演出中有段时间确实来了更多人？或者说,那是全息舞台体验的一部分？我可以发誓……"

"我邀请了一些人。我听说你需要观众。"

"不错,孩子。公司批准了吗?"

罗斯玛丽摇摇头,试图掩饰她的自豪,"没有经过批准。我们来瞧瞧我会不会遇到麻烦,还是说他们仍然很高兴我能把你带来。"

"所以你要继续为他们工作?"

"我不知道现在还能做什么。你说得对,我是在维护这个系统的存在,而不是改变它,但我一直觉得如果我在这里待得够久,也许我可以让他们看到这些方针有多蠢。"

"也许吧。"卢斯说,"我想,让他们看到我们的存在空间是有意义的。"

两人都安静下来,看着桥下的流水。树上有些动静,一只猫头鹰从黑暗中猛冲下来,掠过水面。它离开时爪子里抓着一条不断扭动的小银鱼,随后消失在树林中。

"哈!"卢斯脸上展现出纯粹的惊叹之情。

罗斯玛丽也很惊讶,"我见过老鹰攻击送货无人机,还有田里的老鼠。我以前从未见过猫头鹰捕猎。"

"我在布鲁克林长大,那里有鸽子和鹦鹉。"

罗斯玛丽从未见过卢斯在哪次采访中提到布鲁克林或者她的童年。她决定不要把话题引到这上面,"嗨,卢斯,你知道乔尼现在还在别的什么地方演奏吗?我跟她谈过一次,但那之后她就不再回复了。"

"我想她参加了一个仓库系列演出。域外艺术、音乐和戏剧,全部融合在一起。别把那些暴徒引来,拜托。"

"我不会的! 我正在阻止他们这么做,真的。只是需要时间。"如果她留在这家公司,她喜欢的这些人会一直说这些话。是她自己的选择:留下来,努力从内部做出改变,或者找到另一条道路。她现在比以前更加确定了,确实还有别的道路可走。

卢斯耸耸肩,"我恐怕得回去了。我们今晚要开车。"

"你仍然是我最喜欢的表演者。"罗斯玛丽本来没想这么大声说出来,这句话仿佛悬在半空。

"你得多出去看看。"

"哈。好吧,祝你一路平安。以后再见。"

"很快就会来到你附近的某个小镇。听着,如果你想要另一个选项的话,也许我们可以让你当一段时间的巡回演出经理,或者订票代理,或者兼任。如果我们的团队里有更加……消息灵通……的人,某种意义上安排演出会更容易。钱不多,而且你得习惯睡在非常狭窄的地方,但这也是一种选择。"

"说真的吗?"

"真的。等你准备好了,就来找我。"卢斯转身走开。

"所以你就继续去做那些小型演出?"罗斯玛丽在她身后叫道。

卢斯停下来回头看了看,"这是一种体面的生活方式。"

罗斯玛丽记起这是《这些翻转的手》中的歌词,但她并不怀疑,卢斯想要什么都会去做。卢斯总有办法实现自己的想法。现在,那个小小的身影正在走回桃子剧场,肩膀歪斜,步态蹒跚,仿佛在甲板上努力保持平衡。最后她在小路上拐了个弯,消失在罗斯玛丽的视野中。

罗斯玛丽本来还有些别的话想跟她说。她怎样学会在人群中站稳脚跟,就像卢斯教她的那样;人群怎样渐渐变得不那么可怕。她为自己创造了这种工作,秘密破坏,使SHL与她最初认为的模样稍微接近了一点儿。她怎样认为自己的职业生涯就是为了纠正自己最大的错误,但她仍然不确定这是否足够。

卢斯曾经告诉过罗斯玛丽,如果一个音符听起来不错,你要牢牢抓住它,一直演奏它,直到你准备好挑选一个新的音符。还有一件事虽然不是她说的,但罗斯玛丽是从她身上学到的:在任何特定时刻,没有所谓错误的音符。任何音符都可以融入任何和弦,任何和弦都可以纳入任何音符。就在这首歌萦绕在你身边的前一刻,可能还只是一个嵌入和弦的音符,格格不入但又恰到好处。

致　谢

　　我的第一本长篇小说紧跟着我的第一本短篇合集而来,有趣的是,六个月前我表达了值得铭记一辈子的谢意,而在这混乱的一年中,我很可能又积累了值得铭记下一辈子的谢意,但我是在中间的空白期写下这篇致谢的。即便如此,我还是难免会忘记一些人。我得在这里提前道歉,要提及每一位帮忙使这本书成为现实的人完全不可能。话虽如此,我们还是开始吧:

　　首先要感谢Zu,感谢你理解我为什么需要做这件事,并让这件事变得更简单,感谢你成为我所知道的最好的人。

　　我的代理人金-梅·柯特兰聪明睿智,乐于回答我那些最荒谬的问题。我对她和梅根·盖尔门特,以及霍华德·莫海姆文学代理公司的每一个人致以最衷心的感谢。

　　我要感谢我的编辑丽贝卡·布鲁尔愿意相信这本书,对于怎样使这本书变得更好有着清晰的构想。也要感谢梅加·贾因、亚历克西斯·尼克松、塔拉·奥康纳、杰西卡·普卢默、希拉·穆迪、米兰达·希尔,感谢杰森·布尔做出很酷的封面,感谢爱司图书和伯克利出版团队的其他成员。

感谢L.J.科恩、唐娜·巴克斯、凯莉·罗布森、阿米拉·平斯克、埃莉·平斯克和马莉·平斯克阅读初稿,还有之后阅读各稿,以及一直以来各种乱七八糟的随机问题,还给出很棒的反馈。感谢雷普·皮卡德和雪莉·奥黛特·莫罗在各种不同时间阅读各种不同章节。感谢我的写作伙伴凯兰·斯帕拉,不仅要一直陪伴我,还要阅读至少两份草稿,帮我理解并解决编辑问题。

我要感谢《阿西莫夫》科幻杂志的希拉·威廉姆斯(还有艾米莉·霍卡迪!),购买并编辑我的中篇小说《乡村公路圣母》,卢斯这个角色在生命中的另一个转折点。如果没有那个故事,这本小说也不会存在,那个故事将永远都是《阿西莫夫》的故事。

感谢红色独木舟(乔西、蒂娜、马特和所有其他人),让我在他们家的桌子上写完整篇初稿。事实上,我最早的一篇故事也是在那里写就的。

感谢我的父亲,感谢以斯帖,感谢弥尔顿,感谢图德霍普一家,感谢维斯金一家,感谢我的母亲、姐妹、堂表兄弟姐妹、姑母、叔父、姐夫妹夫、侄子侄女,感谢你们坚定的支持和热情。我非常爱你们。

再次感谢我的评论合作伙伴、工作坊伙伴、静修会主办方、Slack

聊天群组、美国科幻奇幻作家协会(SFWA)、所有的 Blurb 网站用户，以及这个令人惊叹的社区中的所有人。我真的很喜欢这个写作社区，包括巴尔的摩本地的和全世界的。感谢你们所有人，无论作为个体还是集体，感谢你们的友谊和支持。是你们为我带来灵感。

最后，故事和音乐有着类似的魔力。如果没有音乐和音乐社区，这本书就不会存在，即使我最近忽略了这方面的事情。感谢索尼娅，你是第一个带我踏上这条路的人，告诉我怎样在音乐中过着充满信念的生活，感谢她的乐队"消失的恐惧"，教会了我在路上一定要带上一块干净毛巾。感谢约翰·西伊，以及我的乐队"掩人耳目"的伙伴，杰斯·韦尔特、克里斯·普卢默和托尼·卡拉托，向每一场精彩的演出致敬。感谢和我一起上过舞台或分享圈子的每一支乐队，感谢每一位踏上舞台令我着迷的音乐人，这本书里藏着对其中一些人的致敬。(向拉恩·亚历山大和堕落者乐队致歉，以歌曲《巴尔的摩》作为一章的标题，以确保他们不知道这是献给他们的。)我知道也许这看起来应该出现在我的专辑内页说明而不是我的小说里，但如果没有这些人，没有他们献给这个世界的歌曲，这本书的每一个字都不可能出现。